Китай-город

Петр Боборыкин

Китай-город

© Индоевропейских Издание , 2021

ISNB: 978-1-64439-555-4

СОДЕРЖАНИЕ

КИТАЙ-ГОРОД

КИТАЙ-ГОРОД

КНИГА ПЕРВАЯ

I

В "городе", на площади против биржи, шла будничная дообеденная жизнь. Выдался теплый сентябрьский день с легким ветерком. Солнца было много. Оно падало столбом на средину площади, между громадным домом Троицкого подворья и рядом лавок и контор. Вправо оно светило вдоль Ильинки, захватывало вереницу широких вывесок с золотыми буквами, пестрых навесов, столбов, выкрашенных в зеленую краску, лотков с апельсинами, грушами, мокрой, липкой шепталой и многоцветными леденцами. Улица и площадь смотрели веселой ярмаркой. Во всех направлениях тянулись возы, дроги, целые обозы. Между ними извивались извозчичьи пролетки, изредка проезжала карета, выкидывал ногами серый жирный жеребец в широкой купеческой эгоистке московского фасона. На перекрестках выходили беспрестанные остановки. Кучера, извозчики, ломовые кричали и ходко ругались. Городовой что-то такое жужжал и махал рукой. Растерявшаяся покупательница, не добежав до другого тротуара, роняла картуз с чем-то съестным и громко ахала. По острой разъезженной мостовой грохот и шум немолчно носились густыми волнами и заставляли вздрагивать стекла магазинов. Тучки пыли летели отовсюду. Возы и обозы наполняли воздух всякими испарениями и запахами — то отдаст москательным товаром, то спиртом, то конфетами. Или вдруг откуда-то дольется струя, вся переполненная постным маслом, или луком, или соленой рыбой. Снизу из-за биржи, с задов старого гостиного двора поползет целая полоса воздуха, пресыщенного пресным отвкусом бумажного товара, прессованных штук бумазеи, миткалю, ситцу, толстой оберточной бумаги.

Нет конца телегам и дрогам. Везут ящики кантонского чая в зеленоватых рогожках с таинственными клеймами, везут распоровшиеся бурые, безобразно пузатые тюки бухарского хлопка, везут слитки олова и меди. Немилосердно терзает ухо бешеный лязг и треск железных брусьев и шин. Тянутся возы с бочками бакалеи, сахарных голов, кофе. Разом обдадут зловонием телеги с кожами. И все это облито солнцем и укутано пылью. Кому-то нужен этот товар? "Город" хоронит его и распределяет по всей стране.

Деньги, векселя, ценные бумаги точно реют промежду товара в этом рыночном воздухе, где все жаждет наживы, где дня нельзя продышать без того, чтобы не продать и не купить.

На возах и в обозах, рядом и позади телег, ломовой, в измятой шляпенке или засаленном картузе, с мощной спиной, в красной жилетке

1

и пудовых сапогах, шагает с перевалом, невозмутимо-стойко, с трудовой ленью, покрикивая, ругаясь, похлестывает кнутом своего чалого широкогрудого и всегда опоенного мерина под раскрашенной дугой. Вот луч солнца, точно отделившись от огненного своего снопа, пронизывает облако пыли и падает на воз с чем-то темным и рыхлым, прикрытым рогожей, насквозь промоченной и обтрепанной по краям. На возу покачивается парень без шапки, с желтыми плоскими волосами, красный, в веснушках, в пестрядинной рубахе с расстегнутым воротом, открывающим белую грудь и медный тельник. Глаза его жмурятся от солнца и удовольствия. Он широко растянул рот и засовывает в него кусок папушника, держа его обеими руками. На папушник намазана желтая икра, перемешанная с кусочками крошеного лука, промозгло-соленая, тронутая теплом. Но глаза парня совсем закатились от наслаждения. Он облизывается и вкусно чмокает, а тем временем незаметно сползает все по скользкой и смрадной рогожке. С воза обдает его гнилью и газами разложения. Зубы щелкают, щеки раздулись; он обедает сладко и вдосталь.

А за ним, снизу от Ножовой линии, сбоку из Черкасского переулка, сверху от Ильинских ворот ползет товар, и над этой колышущейся полосой из лошадей, экипажей, возов, людских голов стоит стон: рубль купца, спина мужика поют свою нескончаемую песню...

II

У биржи полегоньку собираются мелкие "зайцы" — жидки, восточники, шустрые маклаки из ярославцев, греки... Два жандарма, поставленные тут затем, чтобы не было толкотни и недозволенного торга и чтобы именитые купцы могли беспрепятственно подъезжать, похаживают и нет-нет да и ткнут в воздух рукой. Но дела идут своим порядком. И на тротуаре и около легковых извозчиков, на площади и ниже, к старым рядам, стоят кучки; юркие чуйки и пальто перебегают от одной группы к другой. Двое смельчаков присуждались даже к жирандоли около колонн тяжелого фронтона. Потом они отошли к углу дома Троицкого подворья, стали в двух шагах от подъезда и продолжали свои переговоры. Они со всех сторон были освещены. Один, в белой папахе и длинной черкеске желто-бурого цвета, при кинжале и в узких штанах с позументом, глядел на своего собеседника — скопца — разбойничьими, круглыми и глупыми глазами и все дергал его за борт длинного сюртука. Скопец немного подавался назад, про себя вздыхал и часто вскидывал глазами кверху.

Кругом мальчишки выкрикивали уличный товар. Куски красного арбуза вырезывались издали. А там вон, на лотках,— золотистые кисти винограда вперемежку с темно-красным наливным крымским величиной в добрую сливу и с подрумяненной антоновкой. Разносчики газет забегали с тротуара на средину площади и совали прохожим под нос номера листков с яркими заглавными карикатурами. Парфюмерный магазин с нарядным подъездом и щеголеватой вывеской придавал нижнему этажу монументального дома богатых монахов европейский вид. На углу купол башни в новом заграничном стиле прихорашивал всю эту кучу тяжелых, приземистых каменных ящиков, уходил в небо, напоминая каждому, что старые времена прошли, пора пускать и приманку для глаз, давать архитекторам хорошие деньги, чтобы весело было господам купцам платить за трактиры и лавки.

А там, дальше, виднелся кусок теплых "рядов". Лестница с аркой, переходы, мостики, широкие окна манили покупателя прохладой летом, убежищем от дождя осенью и теплом в трескучие морозы. Узкий переулок уходил вдоль к Никольской, точно коридор с низким, в один этаж, корпусом по левую руку. Церковь с старинными очертаниями глав и ребер крыши выглядывала сбоку из-за домов. Вся небольшая площадь улыбалась, точно ядреная купчиха, надевшая все свои кольца и серьги; только на волосах у ней "головка", а остальное все по моде, куплено у немца и дорогой ценой. Свет особенно ласково играл в зеркальных стеклах дома, где нет кое-каких лавок, а каждое помещение оплачивается многими тысячами. Дом, сдавленный, четырехэтажный, по цвету как будто из цельного камня, не испортил бы и лондонский Cheapside или гамбургский Jungfer-Stieg.

Он смотрит на своего соседа и радуется. Такого соседства не стыдно. Но там все-таки трактир, служат молодцы в рубашках; а в нем все на благородный аршин и покрой. Швейцары в ливреях, массивные двери, чугунные лестницы, глянцевитые конторки, за конторками тихий, благообразный и выученный народ, хоть в любой всемирно известный дом, хоть к самому Ротшильду. Правда, деньги на руках у артельщиков; но артельщики сидят за решетками, их не видно, да и они по благообразию подходят к дубовым рамам с блистающими стеклами. Только в одном углу площади запоздалые мостовщики разворотили целых полдесятины, стесняют езду и шутливо перекликаются с ломовыми и кучерами. Они отделили себя бечевкой и полдничают, сидя на куче голышей вокруг деревянной чашки, куда они в квас накрошили огурцов, луку, вяленой рыбы, и хлебают не спеша, вытянувши ноги, окутанные в тряпки поверх лаптей. Им любо! Солнышко щекочет им загривки. Дождя, знать, не будет до ночи, и то славу Богу!

III

В банке, вверх по Ильинке, с монументальной чугунной лестницей и саженными зеркальными окнами все в движении. Длинная, в целый манеж, зала с пролетными арками в обе стороны наполнена гулом голосов, ходьбой, щелканьем счетов, скрипом перьев. Ясеневого дерева перила и толстые балясины празднично блестят. На них приятно отдыхает глаз. Над каждым отделением вывешены доски с золотыми буквами: "Учет векселей", "Прием вкладов", "Текущие счета". За решеткой столько же жизни, как и в узковатой полосе, где толчется и проходит публика. Контористы, иные с модным пробором, иные под гребенку, все в хорошо сшитых сюртуках и визитках, мелькают за конторками: то встанут с огромной книгой и перебегают с места на место, то точно ныряют, только головы их видны на несколько секунд. Всего больше народа у вкладов и выдачи денег по текущим счетам. Сквозь кучку, где выделялся священник с большим наперсным крестом, в шоколадной рясе и дама с кожаным мешком, немного тугая на ухо и бестолковая, ловко протискался, никого особенно не задев, лет под тридцать, не красавец, но заметной и своеобразной наружности: плотный, широкий в плечах, повыше среднего роста, с перехватом в талье длинного двухбортного сюртука, видимо вышедшего из мастерской француза. Голова его, небольшая, круглая, выпуклая в боках, с крутым лбом, сидела на туловище чрезвычайно свободно, поворачивалась часто и легко. Волосы пепельного цвета, мягкие, некурчавые, лежали на лбу широкой прядью, как на бюстах императора Траяна. Борода, немного потемнее, так же как и усы, расчесана была посредине, где образовался точно веер с целой градацией оттенков, начиная от ярко-белокурого на самом проборе. Губы полускрывали тонкие усы, ничем не смазанные. Нос утолщался книзу. Посредине его шел желобок, делавший его шире и некрасивее. Светло-карие глаза смотрели возбужденно. В них были видны и юркость, и сознание здоровья и силы, и наклонность все обсмотреть, взвесить и оценить, в то время как легкие складки вдоль носа и приподнятые углы рта улыбались снисходительно, а при случае и вкрадчиво.

В посадке этого мужчины, в том, как сидел на нем сюртук, как он был застегнут, в походке и покрое панталон — опытный глаз отличил бы бывшего военного, даже кавалериста. Звали его Палтусов.

Он протянул руку к контористу — тот в эту минуту подавал даме книгу расписаться — и чуть-чуть дотронулся до его плеча.

— Евграф Петрович в директорской? — спросил он теноровым голосом, скоро, тоном своего человека, умеющего делать вопросы служащим и не мешать им.

— Как же, пожалуйте! — ответил конторист с улыбкой.

Палтусов незаметно приосанился, передал низкую поярковую шляпу из правой руки в левую и пошел к стеклянным дверям кабинета, где сидят обыкновенно директора.

Навстречу попался ему в приемной — там стоял диван и стол с двумя креслами — совсем круглый человек, молодой, не старше Палтусова, с вихром на лбу, весь в черном; его веселые темные глаза так и бегали.

— Ба! Андрей Дмитрич! Ко мне? По делу?

— Переводец простой... Зашел посмотреть на вас,— сказал ласково Палтусов.

— Сию минуту. Присядьте. И я тоже здесь примощусь. Я — духом!

Круглый директор присел на кончик дивана. Палтусов поместился по сю сторону стола. Он и не заметил, что тут уже стал конторист с целой пачкой разных печатных бланков, ордеров всяких цветов, длины и рисунка.

— Вы посидите, голубчик,— кидал слова директор, а сам все

4

подмахивал,— я мигом. Нынче каторжный день! Такие задаются... Это что?

— В учетный-с.

— Ладно... Я вас сам сведу к контролеру. Он у нас строгий. Пожалуй, придерется — скажет, личность не известна.

— Знает меня.

— Придерется! А малый — золото! Формалист. В контроле служил... Это еще что?

— Это Федор Карлыч просили подписать,— доложил конторист.

— А ежели провремся?

— Они говорят, что ничего.

— Ну, коли ничего, так я подпишу.

Маленькая белая рука директора так и летала по бланкам. Подпишет вдоль, а потом поперек и в третьем месте еще что-то отметит. Палтусов любовался, глядя на эту наметанность. В голове круглого человека происходило два течения мыслей и фактов. Он внимательно осматривал каждый ордер и подписывал все с одним и тем же замысловатым росчерком, а в то же время продолжал говорить, улыбался, не успевал выговаривать всего, что выскакивало у него в голове.

— Довольно? — спросил он и вздохнул.

— Пока все-с,— ответил конторист.

— Ну, грядите с миром. Дайте передышку.

Конторист вышел. Они остались вдвоем.

IV

— Очень рад, что зашли,— начал еще радушнее директор.

Подсаживаясь к Палтусову, он потрепал его по плечу и заглянул в глаза.

Тот встал.

— Боялся помешать вам.

— Нам ведь всегда некогда. Наше дело: чик, чик, чик пером, и только пронесите, святые угодники! А то и подмахнешь ордерок на полмиллиончика... иудейской фабрикации. А потом и печатай портрет в "Клад-дерадаче"!..

И он захохотал визгливой дробью.

Палтусов вторил ему легким барским смехом.

— Вы захаживайте... Ненадолго... Да ведь вам где же... Все около женского пола...

— Какое!

— Да нечего!.. Куда ни пойдешь, а уж Андрей Дмитрич ведет под руку то Марью Орестовну, то Людмилу Петровну, то Анну Серафимовну. А супруг сзади пардесю {пальто (от фр.: pardessus).} волочит... И все каких! Первого разбора, миллионы все под ними трещат! С золотым обрезом!

Они вышли в общую залу. Директор поддерживал Палтусова под

правое плечо, смеялся, мигал и заглядывал в лицо. Палтусов только качал головой.

— Все балагурите, Евграф Петрович.

— Куда ни пойдешь — везде он кавалером и руку сейчас согнет. И в Кунцеве, и в Сокольниках на кругу, и в Люблине, опять в Парке... А зимой! И в маскараде-то по две маски разом... Мы тоже ведь имеем наблюдение...

— А сами-то?

— Что ж?.. я маскарады лю-блю-ю,— протянул директор и быстро опустил голову вниз, к груди Палтусова.— Люблю. Это развлечение по мне. День-деньской здесь в банке-то этой,— сострил он,— ровно рыжик в уксусе болтаешься, одурь возьмет!.. Ни на какое путное дело не годишься. Ей-ей! В карты я не играю. Ну и завернешь в маскарад. Мужчина я нетронутый... Жених в самой поре. Только еще тоски не чувствую.

Он остановил Палтусова в проходе против лестницы и взял его своими короткими руками за бока.

— Что же не сватаетесь?

— Говорю, тоски еще не чувствую. Над нами не каплет. Что ж, это вы хорошо делаете, что промежду нашим братом — купеческим сыном — обращаетесь.— Он стал говорить тише.— Давно пора. Вы — бравый! И на войну ходили, и учились, знаете все... Таких нам и нужно. Да что же вы в гласные-то?

— Не собственник...

— Эка! Промысловое свидетельство! Табачную лавочку! Пустое дело. А ведь они у нас глупят так, что нет никакой возможности. Я и ездить нынче перестал; кричали в те поры: не надо нам бар, не надо ученых, давай простецов. Сами речи умеем говорить... Вот и договорились!

Директор опять подхватил Палтусова под правое плечо. Палтусов улыбался и думал в эту минуту в ответ на то, что ему говорил круглый человечек. Он почти всегда думал о себе, потому тихая усмешка так часто и всплывала на его лице.

V

— Вот и контрольная,— довел его директор до широкой двойной конторки за перилами.

Директору поклонился сухощавый блондин с лысиной, в цветном галстуке. Палтусов уже видел его, но по имени не знал.

— Вот им переводец,— сказал директор контролеру.

— Очень хорошо-с! — ответил тот одним духом и нахмурил брови.

У него в руках было несколько листов, за ухом торчало перо, во рту — карандаш. Он что-то искал. Щеки его покраснели. Нервно перебрасывал он ворох векселей, телеграмм с переводами, ордеров — и не находил. Его нервность сказывалась в порывистых движеньях рук, головы и даже всего корпуса. Он то и дело вертелся на каблуках.

Выхватит один бланк, отбросит, потом опять схватит и насадит на медный крючок, висевший на стене за его спиной, начнет снова швырять и выдувать воздух носом, а левой рукой ерошит себе редкие волосы около лысины.

Кругом барьера дожидалось человек пять, больше артельщики.

— Павел Павлыч! — окликнул еще раз директор.— Пожалуйста, не задержите Андрея Дмитриевича.

И он своими глазками указывал Палтусову, как тормошится контролер.

— Позвольте-с,— кинул тот Палтусову и с сердцем насадил на крючок еще два бланка.

Палтусов достал перевод из большого гладкого портфеля венской работы, в виде пакета. Он передал сизый листок директору. Тот сейчас же схватил глазами сумму.

— Выиграли, что ли, первого сентября? — спросил он, прищурившись.— Или тетенька какая Богу душу отдала?

— Ни то, ни другое. Так, оставались деньжонки... Вексель был на несколько тысяч рублей.

Контролер вручил одному из артельщиков четыре листка разных цветов, перечеркнутые и помеченные и карандашом и чернилами, и сказал вслух, так что директор и Палтусов слышали:

— И все от несоблюдения правил! А тут и задерживай публику!

Директор протянул ему вексель Палтусова.

— Золото человек! — сказал он шепотом, отведя Палтусова в угол.— Дорогого стоит, а копуга. А вы, голубчик, к нам на текущий? Ведь вы — у нас?

— Да, пускай лежат...

— Бумаг не будете покупать?

— Может быть...

— Мы этим не промышляем. Вот и биржа... Смотришь на такого русского молодца, как вы, и озор берет. Что ни маклер — немчура. От папеньки досталось. А немцы, как собаки, везде снюхаются!..

Оба расхохотались.

— Помилуйте,— продолжал горячиться директор.— Карлушка какой-нибудь паршивый, пара галстуков была у него да кальсоны вязаные, состоял на побегушках у жида в Зарядье, а глядишь, годика через три — биржевой маклер. Немцы выклянчили — в двадцати тысячах дохода... За невестой куш берет... Сами вы плошаете, господа!

— Дайте срок! — вырвалось у Палтусова, и он поправил тотчас же булавку на галстуке, точно хотел сдержать себя.

— Евграф Петрович! — тихо выговорил уже другой конторист, не тот, что был в директорской.— Ждут-с...

И он протягивал пачку ордеров.

— Ну, заболтался; прощайте, голубчик, увидимся! В первом же маскараде, октябрь на дворе. Павел Павлыч! — крикнул директор через спины и головы артельщиков.— Не задержите господина Палтусова — прошу!

Ножки его засеменили. Молоденький конторист еле успевал догонять его. Директор на ходу обернулся и сделал Палтусову ручкой.

Исполнительный контролер спустил свою публику скоро, совал им в руки листы с суровой поспешностью. Палтусова он отличил почтительным приглашением:

— Пожалуйте в кассу. Первая вправо-с!

Касса, где Палтусову пришлось получить деньги, которые он тут же перевел на текущий счет,— расчетную книжку он захватил,— помещалась около той, куда вносили. Пока вписывали ему сумму и переводили деньги из одной кассы в другую, Палтусов, облокотившись о дубовый выступ кассы, смотрел на то, как считали пачки ассигнаций в стороне, за небольшим желтым столом, усеянным листками розовых и белых бланок. Считало несколько молодцов в чуйках и длиннополых сибирках, посланные хозяевами. Он с особым выражением оглядывал и мальчишек лет двенадцати-десяти, чумазых, в рваных полушубках, присланных за кушами или с кушами в десятки тысяч. Они брали пачки, перевязанные веревочками, развязывали их, мусолили грязные пальцы и принимались считать. Иные и совсем не считали, а просто доставали пачки из холщовых мешков и накладывали их на прилавок, перед решеткой кассира, без всякой бережи, точно картофель или репу. В глазах Палтусова так и рябило. Тысячные пачки сторублевок, выданные из банка и аккуратно сложенные, возвышались стопками на столе и похожи были издали на кипы книжек. На текущий счет приносили больше засаленные бумажки, и мальчишки комкали их, укладывая на прилавок. В десять минут перед глазами Палтусова пропестрели сотни тысяч. И он все не мог надивиться тому, что детям, неграмотным, без всякой опаски и контроля поручают капиталы.

"В такой стране не нажиться?— говорили его разбегающиеся карие глаза.— Да надо быть кретином!"

VI

Внизу, у подъезда, стояла его пролетка. Он ездил с месячным извозчиком на красивой, но павшей на ноги серой лошади. Пролетка была новая, полуторная. Работнику он приплачивал шесть рублей в месяц; подарил ему три пары замшевых перчаток и два белых платка на шею. Платил он за экипаж восемьдесят рублей.

Палтусов получил обратно свою расчетную книжку. Когда швейцар подал ему очень длинное коричневое пальто, однобортное, с круглым широким воротником-шалью, он инстинктивно ощупал в правом кармане сюртука и портфель и книжку. Швейцарам он везде — и в банках, и в амбарах у богатых купцов, и в присутственных местах — давал часто и много на водку.

Один из унтер-офицеров выбежал на подъезд и крикнул:

— Подавай!..

Другой подал Палтусову его мохнатое, лиловое с черным, одеяло, которым он прикрывал ноги. Он это делал и любя теплоту и оберегая ноги от летучего ревматизма, схваченного, как он говорил, в Болгарии, во время перехода через Балканы.

Пролетка стала подъезжать; но ее задержал целый обоз, ехавший из переулка с ящиками макарон и вермишели. Кучер Палтусова выругался, но, взглянув на барина,— замолчал. Барин степенно натягивал на правую руку серую шведскую перчатку и поглядывал по сторонам, вдыхал в себя свежесть улицы, все еще недостаточно нагретой сентябрьским солнцем. Ему давно нравился "город". Он чувствовал художественную красу в этом скопище азиатских и европейских зданий, улиц, закоулков, перекрестков. Ему были по душе это шумное движение ценностей, обозы, вывески, амбары, склады, суета и напряжение огромного промыслового пункта.

"Тут сила,— думалось ему всегда, как только он попадал в "город",— мошна, производительность!..".!

Не на ветер летят тут деньги, а идут на како- нибудь новое дело. И жизнь подходила к рамке. Для такого рынка такие нужны и ряды, и церкви, и краски на штукатурке, и трактиры, и вывески. Орда и Византия и скопидомная московская Русь глядели тут из каждой старой трещины.

Глаза Палтусова обернулись в сторону яркого красного пятна — церкви "Никола большой крест", раскинувшейся на целый квартал. Алая краска горела на солнце, белые украшения карнизов, арок, окон, куполов придавали игривость, легкость храму, стоящему у входа в главную улицу, точно затем, чтобы сейчас же всякий иноземец понял, где он, чего ему ждать, чем любоваться!

Палтусов загляделся на одну из боковых главок. Весело у него стало на сердце. Деньги, хоть и небольшие, есть, лежат вон там, наверху, связи растут, охоты и выдержки немало... двадцать восемь лет, воображение играет и поможет ему найти теплое место в тени громадных гор из хлопка и миткаля, промежду миллионного склада чая и невзрачной, но денежной лавчонкщ серебряника-менялы.

Провезли наконец макароны и вермишель. Палтусова усадил швейцар, подоткнув с обеих сторон одеяло, и низко поклонился.

Кучер сделал головой полуоборот и дотронулся до зада лошади синей вожжой.

— В трактир! — приказал барин.

Пролетка повернула на Варварку, проехала мимо церкви великомученицы Варвары с ее окраской свежего зеленого сыра и лихо остановилась у подъезда двухэтажного трактира, ничем не отличающегося на вид от первого попавшегося заведения средней руки.

Спертый влажный воздух с запахом табачного дыма, кипятка, половиков и пряностей обдал Палтусова, когда он всходил по лестнице. Направо, в просторном аквариуме-садке, вертелась или лениво двигалась рыба. Этот трактирный аквариум тоже нравился Палтусову. Он всегда подходил к нему и разглядывал какую-нибудь матерую стерлядь. Из-за буфета выставилась голова приказчика в немецком платье и кланялась ему.

— Калакуцкий здесь?— звонко спросил Палтусов у молодца при сбережении платья.

Молодец затруднился. Подскочил приказчик.

— Калакуцкого знаете, Сергея Степановича? — переспросил Палтусов.

Приказчик закрыл на секунду глаза и выговорил почти на ухо:

— Не приметил. Навряд ли-с.

Палтусов поблагодарил его наклонением головы и взял сначала вправо, в угловую комнату с камином, где больше завтракают, чем пьют чай. Там было еще не много народу. Он вернулся и прошел через ряд комнат налево, набитых мелким торговым людом. Крайняя, почище и попросторнее, известна тем, что там пьют чай и завтракают воротилы старого гостиного двора. Около часу всегда можно слышать голос Пантелея Ивановича, первого "прядильщика", рассуждающего, поплевывая и шепелявя, о политических делах. И половые в этой комнате служат иначе, ходят чуть слышно, обращаются к гостям с почтительной сладостью. Чай и завтраки часто затягиваются, разговор хозяев переходит к своим делам. В воздухе запахнет сотнями тысяч. Половые, у притолоки или в стороне у печки, слушают с неподвижными и напряженными, потеющими лицами.

И в этой комнате не было того господина. Они согласились завтракать в особой комнате, в "сосновой" или "березовой".

Палтусов осведомился, нет ли Калакуцкого в одной из них. И там его не было.

Часы показывали десять минут первого.

— Проводи меня в березовую, наверх,— сказал Палтусов мальчику-половому, бледнолицему парню лет четырнадцати, в коротких белых штанах и с плоскими волосами, густо смазанными коровьим маслом.

Мальчик провел его в дверь налево от буфета. Они миновали узкий коридор. Мальчик начал подниматься по лесенке с раскрашенными деревянными перилами и привел на вышку, где дверь в березовую комнату приходится против лестницы. Он отворил дверь и стал У притолоки. Палтусов оглянулся. Он только мельком видел эту светелку, когда ему раз, после обеда, показывали особенности трактира.

— Пошли кого-нибудь пограмотнее,— сказал он мальчику,— и скажи там швейцару, чтобы господина Калакуцкого проводить сюда.

Подросток поклонился по-деревенски, тряхнул волосами и затворил дверь.

Светелка, вся обшитая некрашеным березовым тесом, приняла его точно в колыбель. В ней чувствовалась свежесть дерева; свет смягчался матовым тоном березы. Самая теснота этого чуланчика возбуждала веселость. Стулья с высокими спинками из резной березы, с подушками из тисненой красной кожи, зеркало, карнизы, отделка окон и дверей перенесли Палтусова к детским годам. Ему казалось, что он в игрушечном домике и начнет сейчас играть с этой белой мебелью. Из окна над столом, занимающим две трети светелки, вид на Зарядье и Москву-реку тешил глаз яркостью и пестротой цветных пятен — крыши и купола, главки, башенки, а дальше муравейник синеющего Замоскворечья — и превращал трактирный чуланчик в терем.

Палтусов любил все, отзывающееся старой Москвой, любил не один "город", но разные урочища Москвы, находил ее живописной и богатой эффектами, выискивал уголки, пригорки, пункты, откуда открывается какая-нибудь красивая и своеобразная картина. Но мысль его не могла долго оставаться на художественной стороне предмета. В этой трактирной светелке чутье его обоняло и нечто другое. И даже крыши и главы под его ногами говорили ему все о той же бытовой и промысловой жизни. Он точно чуял в воздухе рост капиталов и продуктов. В воображении его поднимались его собственные палаты — в прекрасном старомосковском стиле, с золоченой решеткой на крыше, с изразцами, с резьбой полотенец и столбов. Настоящие барские палаты, но не такие низменные и темные, как тут вот, почти рядом, на Варварке хоромы бояр Романовых, а в пять, в десять раз просторнее. Какая будет у него столовая! Вся в изразцах и в стенной живописи. Печку монументальную, по рисункам Чичагова, закажет в Бельгии. Одна печка будет стоить пять тысяч рублей. Поставцы из темного векового дуба. Какие жбаны, ендовы, блюда с эмалью будут выглядывать оттуда. Ведь есть же здесь внизу, в этом самом трактире, "русская палата", где всякий нож, каждый стакан сделан по рисунку? Но все-таки это трактир. Тут нет своего, барского, тонкого вкуса, нет любви к вещам, заработанным умом, бойким умом и знанием людей, их душевной немощи и грязи, их глупости, скаредности, алчности... Славно!

VII

Мечты его прервал половой лет за тридцать, с подстриженной рыжеватой бородкой и впалой грудью,— доверенный молодец, умеющий служить хорошим гостям в отдельных комнатах.

— Ну вот что, голубчик,— скоро заговорил Палтусов, отвернувшись от окна,— закусочки нам сначала, но, знаешь, основательной... Балык должен быть теперь свежей получки от Макария?

— Самолучший.

— Не забудь хрящей. Соленых хрящей... Недурно бы фаршированный калач; да это долго.

— Минут пятнадцать!

— Так не надо. Листовка у вас хороша ли?

— Особенная!

Так обсуждены были и другие водки и закуски. Половой отвечал кратко, но впопад, с наклонением всего туловища и усиленным миганьем серых больших глаз.

И процесс заказыванья в трактире нравился Палтусову. Он любил этих ярославцев, признавал за ними большой ум и такт, считал самою тонкою, приятною и оригинальною прислугой; а он живал и в Париже и в Лондоне. Ему хотелось всегда потолковать с половым, видеть склад его ума, чувствовать связь с этим мужиком, способным превратиться в рядчика, в фабриканта, в железнодорожного концессионера.

Фамильярности он не допускал, да ее никогда и не было со стороны ярославца. Всего больше лакомился он чувством меры у такого белорубашника, остриженного в кружало. Он вам и скандальную новость сообщит, и дельный торговый слух, и статейку рекомендует в "Ведомостях",— и все это кстати, сдержанно, как хороший дипломат и полезный собеседник.

— С Богом! — отпустил Палтусов полового.— Тебя как звать?

— Алексеем-с.

— Так вот, голубчик Алексей, скажи там внизу, чтобы не прозевали Калакуцкого.

— Сергея Степаныча?

— Ты знаешь его?

— Помилуйте!..

Алексей не досказал, но его бледные большие губы говорили: "Мне не знать господина Калакуцкого?" Он отворил дверь. Палтусов остановил его движеньем руки.

— Карту вин принеси с закуской и шампанское заморозить.

— Редер?— больше утвердительно, чем звуком вопроса выговорил Алексей.

— Н-да; редер все лучше остальных...— решил Палтусов и опустился на диван, когда шаги Алексея под слышались вниз по лестнице.

Ему захотелось глубоко и сладко вздохнуть. Славное житье в этой пузатой и сочной Москве!.. В Петербурге физически невозможно так себя чувствовать! Глаз притупляется. Везде линия — прямая, тягучая и тоскливая. Дождь, изморось, туман, желтый, грязный свет сквозь свинцовые тучи и облака. Едешь — вся те же дома, тот же "прешпект". У всех геморрои и катар. В ресторане — татары в засаленных фраках, в кабинетах темно, холодно, пахнет вчерашней попойкой; еда безвкусная; облитые диваны. Ничего характерного, своего, не привозного. Нигде не видно, как работает, наживает деньги, охорашивается, выдумывает яства и питья коренной русский человек... То ли дело здесь!

Он вынул из кармана бумажник, достал оттуда какую-то записку, перечел ее, чмокнул губами, потом расчесал бороду перед зеркалом маленьким гребешком в серебряной оправе и снова опустился на диван. Долго рассматривал он свою расчетную книжку. Сумма теперь округлилась. В голове идут расчеты — быстрые, в цифрах. Он поправляет их и заменяет другими, приводит разные соображения. Отделать квартиру необходимо. Правда, у него номер прекрасный, в две комнаты, но все-таки — номер. Квартира — клади две тысячи. Надо бы и лошадь. Это выгоднее. Он платит восемьдесят рублей в месяц. На это можно держать пару. Вот выпадет снег. Он и начнет с саней — это втрое дешевле хорошей пролетки или одноконного фаэтона. Платья не нужно.

Дверь шумно отворилась. Все пространство ее занял очень высокий, вершков двенадцати, широкий, но не толстый барин в серой шляпе, наполовину покрытой трауром. Он похож был на отставного французского генерала или хозяина цирка; длинные с проседью усы, совсем падающие на галстук, бритое продолговатое лицо, чуть заметная мушка под нижней губой, густые русые брови, лысая голова, под гребенку обстриженная там, где еще росли волосы. Барин одет был живописно: с отложным широким воротником рубашка, в черном коротком, плотно застегнутом пиджаке без талии и панталонах-

12

шароварах к сапогам уже. На груди болталось золотое pince-nez {пенсне (фр.).} на широкой ленте.

VIII

— C'est parfait! {Это превосходно! (фр.).} — захрипел он.— А я внизу вас ищу!

Палтусов поднялся и, подскочив к Калакуцкому, протянул ему обе руки и пожал его свободную правую руку. Во всех этих движениях проскользнула искательность; но улыбающееся благообразное лицо сохраняло достоинство.

— Пожалуйте, пожалуйте, Сергей Степанович. Я уж распорядился закуской! Разве вас не сейчас же провели? Я приказал.

— Провели...

Калакуцкий немного отдувался и оглянул комнату своими тусклыми глазами навыкате с нависшими веками.

— Да мы здесь задохнемся!..

— Можно отворить окно...

— Ничего... А веселенький ватерклозетик!..

Он рассмеялся задыхающимся смехом. Палтусов ему вторил. Он усадил барина на диван. Тотчас же пришло двое половых. Стол в минуту был уставлен бутылками с пятью сортами водки. Балык, провесная белорыбица, икра и всякая другая закусочная еда заиграла в лучах солнца своим жиром и янтарем. Не забыты были и затребованные Палтусовым соленые хрящи. Калакуцкий заказал завтрак: паровую севрюжку, котлеты из пулярды с трюфелями и разварные груши с рисом. Указано было и красное вино.

— Какой номер-с?— спросил Алексей.

— Да все тот же. Я другого не пью.

И Калакуцкий ткнул пальцем в большую карту вин.

Кушанья поданы были скоро и старательно.

Они еще не успели покончить с солеными хрящами и осетровым балыком, как на столе уже шипела севрюжка в серебряной кастрюле. За закуской Калакуцкий выпил разом две рюмки водки, забил себе куски икры и белорыбицы, засовал за ними рожок горячего калача и потом больше мычал, чем говорил. Но он ел умеренно. Ему нужно было только притупить первое ощущение голода. Тут он сделал передышку.

— Измучился я, mon bon {добрейший (фр.).}, должен был лазить по лесам... Канальи!.. Без своего глаза пропадешь, как швед под Полтавой...

Речь шла о стройке. Калакуцкий давно занимался подрядами и стройкой домов и все шел в гору. На Палтусова он обратил внимание, знакомил его с делами. Накануне он назначил ему быть на Варварке в трактире и хотел потолковать с ним "посурьезнее" за завтраком.

Но Палтусов сам не начинал разговора о себе. У него был на это расчет. Калакуцкий — для первых ходов — казался ему самым лучшим рычагом. Нюх говорил Палтусову, что он нужен этому "ловкачу", так он называл его про себя и под этой кличкой даже заносил в записную книжку о Калакуцком.

— Так вы совсем москвичом делаетесь? — спросил его Калакуцкий за севрюжкой.

— Делаюсь.

— Штука любезная. Мы в молодых людях нуждаемся, таких вот, как вы. Очень уж овчиной у нас разит. Никого нельзя ввести в операцию... Или выжига, или хам!..

— Мне нравится Москва.

— Сундук у ней хорош, да не сразу его отопрешь, голубчик. Хамство уж очень меня одолевает иной раз,— даже сам-то овчиной провоняешь... Честной человек!.. Вечером приедешь — так и разит от тебя!..

Он тоже не начинал без подхода. Говорил он одно, а думал другое. Он мысленно осматривал Палтусова. Малый, кажется, на все руки и с достоинством: такое выражение у него в лице, а это — главное с купцами, особенно если из староверов, и с иностранцами. Денег у него нет, да их и не нужно. Однако все лучше, если водится у него пяток—десяток тысяч. Заручиться им надо, предложить пай.

— Вы, я слышу, mon cher {мой милый (фр.).},— заговорил он, так, между прочим, пропуская стаканчик лафиту,— все с купчихами?..

— Кое-кого знаю,— сказал Палтусов, чуть-чуть улыбнувшись, и отер усы салфеткой.

— Это хорошо! Продолжайте! Надо завязать связи. У Марьи Орестовны бываете?

— Как же.

— Эта из мужа веревки вьет. Он тоже хам и самолюбивое животное. Но его надо ручным сделать. Вы этого не забывайте. Ведь он пост занимает. Да что же это я все вам не скажу толком... Вы ведь знаете,— Калакуцкий наклонился к нему через локоть,— вы знаете, что у меня теперь для больших строек... товарищество на вере ладится?

— Слышал,— ответил Палтусов ласково и сдержанно.

— А знаете, что я в прошлом году, когда у нас было простое компаньонство, предоставил моим товарищам?

— В точности не знаю.

— Семьдесят процентиков! Joli? N'est се pas? {Красиво? Не так ли? (фр.).}

— Joli,— повторил Палтусов.

Он не любил французить, но выговор был у него гораздо лучше, чем у Калакуцкого.

— Мне бы хотелось и вас примостить. В карман я к вам не залезаю...

— У меня крохи, Сергей Степанович,— выговорил с благородной усмешкой Палтусов.

— Ничего. Когда совсем налажу, скажу вам. Что будет — тащите. Не на текущем же счету по два процента получать!

Палтусов понял тотчас же, почему Калакуцкий сделал ему такое предложение. Это его не заставило попятиться. Напротив, он нашел, что это умно и толково. Он знал, что Калакуцкий зарабатывает большие деньги, и все говорят, что через три-четыре года он будет самый крупный строитель-подрядчик.

— Благодарю вас,— сказал он доверчивым тоном и сейчас же сообщил Калакуцкому, какие у него есть деньжонки, не скрыл и того, в каком они банке лежат и сколько ему нужно, чтобы обзавестись квартирой.

Калакуцкий все это одобрил. Они подходили друг к другу. Строитель был человек малограмотный, нигде не учился, вышел в офицеры из юнкеров, но родился в барской семье. Его прикрывал плохой французский язык и лоск, вывозили сметка и смелость. Но ему нужен был на время пособник в таком роде, как Палтусов, гораздо образованнее, новее, тоньше его самого.

IX

После котлет принесли шампанского. Палтусов угощал им, Калакуцкий принял; но счет завтрака они разделили пополам. Подали кофе и ликеры. Половые ушли, поставив три раскрытых ящика с сигарами.

— Так вот, любезнейший Андрей Дмитрич,— заговорил Калакуцкий, и его глаза уставились на Палтусова,— я хочу вас нанимать, или с вами союз заключить.

— В каком смысле?— спросил Палтусов.

Вина он выпил довольно, но язык его был так же сдержан, как и в начале завтрака. Только щеки стали розовее. Он очень от этого похорошел.

— Да в том, сударь мой, что вам надо быть моим тайным агентом.

— Агентом? — переспросил Палтусов, переставив ударение.

— Именно! Ха, ха! Я не в сыщики вас беру. Рассудите — вы мне уже говорили, что желали бы присмотреться к делам и выбрать себе, что на руку. Ну не пойдете же вы ко мне в конторщики или нарядчики?.. Компаньоном — у вас капитала нет... Пай предложу вам с удовольствием. Но этого мало. Вы можете быть весьма и весьма полезны нашим операциям и теперь и после... У меня в голове много прожектов. Я целые дни занят, разрываюсь, как каторжный, и страшно от этого теряю... Тут надо человека отыскать, туда заехать, там понюхать. Вот и необходим агент! Но какой? Вы не обижайтесь... такой, чтобы стоил компаньона.

— Понимаю, понимаю,— тихо повторял Палтусов и глядел в стакан с шампанским, точно любовался, как иглы тонкого льда мигали в вине и гнали наверх пузырьки газа.

— И не побрезгуете?

— Идея хороша!

— И тянуть нечего. Проволочка всякому делу — капут!.. А положение простое — процент. Вам небось сказывали, что я умею платить и делиться? Это — первое. Примите добрый совет...

Тут глаза Палтусова слегка покраснели.

— Идея прекрасная, Сергей Степанович!— выговорил он и встал со стаканом в руке. Глаза его обежали и светелку с видом на пестрый ковер крыш и церковных глав, и то, что стояло на столе, и своего собеседника, и себя самого, насколько он мог видеть себя.— У вас есть инициатива!— уже горячее воскликнул он и поднял стакан, приблизив его к Калакуцкому.

— Без ученых слов, голубчик!..

— Нет, позвольте его повторить, Сергей Степанович! Инициатива! По-русски — почин, если вам угодно! Отчего мы, дворяне, люди с образованием, хороших фамилий, уступаем всем этим... Как вы выражаетесь — хамам? Отчего? Оттого, что почина нет... А хам — умен, Сергей Степанович!

— Плут!— вырвалось у Калакуцкого.

— Умен,— повторил Палтусов.— Я его не презираю. Такой же русак, как и мы с вами... Я говорю о мужике, вот об таком Алексее, что служит нам, о рядчике, десятнике, штукатуре... Мы должны с ними сладиться и сказать купецкой мошне: пора тебе с нами делиться, а не хочешь, так мы тебя под ножку.

— Отлично! Да вы оратор! Разумеется, нам следует выкуривать бороду. Я это и делаю...

— За эту идею позвольте чокнуться,— протянул Палтусов стакан к Калакуцкому.

Тот тоже привстал. Они чокнулись и три раза поцеловались. Это сделалось как-то само собой.

И Калакуцкий начал рассказывать анекдоты из своей практики: как он начинал, чему выучился, сколько раз висел на волоске. Он привирал невольно, в жару разговора, увеличивая цифры убытков и барышей, щеголял своей сметкой и деловой неустрашимостью. Все это отлично схватывал Палтусов; но хвастливые речи строителя, возбужденные вином, пары шампанского, аромат ликеров, дым дорогих сигар образовали вокруг Палтусова атмосферу, в которой его воображение опять заиграло. Ведь вот этот подрядчик не Бог знает какого ума, без знаний, с грубоватой натурой, а ведет же теперь чуть ли не миллионные дела! И надо поклониться ему за это. Он — первый из "пионеров"-дворян пошел на разведки и стал выхватывать куски изо рта толстобрюхих лавочников и целовальников. Явится он, Палтусов, а за ним и другой, и третий — люди тонкие, культурные, все понимающие, и почнут прибирать к рукам этот купецкий "город", доберутся до его кубышек, складов и амбаров, настроят дворцов и скупят у обанкрутившихся купцов их дома, фабрики, лавки, конторы. И ему казалось, точно он не в светелке трактира, а на воздушном шаре поднялся на двести сажен от земли и смотрит оттуда на Москву, на Ильинку, на ряды и площади, толкотню и езду чуть заметных насекомых-людей.

— А сегодня, mon cher,— захрипел опять Калакуцкий,— не угодно ли вам будет исполнить два порученьица?

Палтусов не удивился этой американской быстроте осуществления плана. Он выслушал внимательно, записал, что нужно, переспросил скоро и точно и незаметно, прощаясь с строителем, привел его к размерам процента за свои услуги.

— Видите,— сказал Калакуцкий, выпрямляя грудь.— Дел у меня несколько. Те идут своим чередом. А вот по новому товариществу — на вере. Расходы положим в триста пятьдесят рублей,— протянул он,— и десять процентов с чистой прибыли. Ça vous va?.. {Это вам подходит?.. (фр.).}

Палтусов молча поклонился и пожал руку Калакуцкому. В голове его уже сидело черновое нотариальное условие, которое он на днях и подбросит патрону.

Он так и назвал его мысленно: "патрон". Это ему не очень понравилось. Он не хотел бы ни от кого зависеть. Но разве это зависимость? Это купля-продажа — не больше.

Калакуцкий сел в дрожки, запряженные парой чубарых лошадок с пристяжкой, и поскакал к Варварским воротам. Палтусов остался в "городе" и велел кучеру "трогать" в "Славянский базар".

X

Ресторан "Славянского базара" доедал свои завтраки. Оставалось четверть до двух часов. Зала, переделанная из трехэтажного базара, в этот ясный день поражала приезжих из провинции, да и москвичей, кто в ней редко бывал, своим простором, светом сверху, движеньем, архитектурными подробностями. Чугунные выкрашенные столбы и помост, выступающий посредине, с купидонами и завитушками, наполняли пустоту огромной махины, останавливали на себе глаз, щекотали по-своему смутное художественное чувство даже у закорузлых обывателей откуда-нибудь из Чухломы или Варнавина. Идущий овалом ряд широких окон второго этажа, с бюстами русских писателей в простенках, показывал извнутри драпировки, обои под изразцы, фигурные двери, просветы площадок, окон, лестниц. Бассейн с фонтанчиком прибавлял к смягченному топоту ног по асфальту тонкое журчание струек воды. От них шла свежесть, которая говорила как будто о присутствии зелени или грота из мшистых камней. По стенам пологие диваны темно-малинового трипа успокаивали зрение и манили к себе за столы, покрытые свежим, глянцевито-выглаженным бельем. Столики поменьше, расставленные по обеим сторонам помоста и столбов, сгущали трактирную жизнь. Черный с украшениями буфет под часами, занимающий всю заднюю стену, покрытый сплошь закусками, смотрел столом богатой лаборатории, где расставлены разноцветные препараты. Справа и слева в передних стояли сумерки. Служители в голубых рубашках и казакинах с сборками на талье, молодцеватые и степенные, молча вешали верхнее платье. Из стеклянных дверей виднелись обширные сени с лестницей наверх, завешенной триповой веревкой с кистями, а в глубине мелькала езда Никольской, блестели вывески и подъезды.

Большими деньгами дышал весь отель, отстроенный на славу, немного уже затоптанный и не так старательно содержимый, но хлесткий, бросающийся в нос своим московским комфортом и убранством.

Зала ресторана еще не начала пустеть. Это был час биржевых

маклеров и "зайцев" почище, час ранних обедов для приезжих "из губернии" и поздних завтраков для тех, кто любит проводить целые дни за трактирной скатертью. Немцев и евреев сейчас можно было признать по носам, цвету волос, коротким бакенбардам, конторской франтоватости. Они вели за отдельными столами бойкие разговоры, пили не много, но угощали друг друга, посматривали на часы, охорашивались, рассказывали случаи из практики, часто хохотали разом, делали немецкие "вицы" {тяжеловесные остроты (от нем.: Witz).}. За большим столом, около самого бассейна, поместилось дворянское семейство, только что приехавшее: отец при солдатском Георгии на коричневом пиджаке, с двойным подбородком, мать — в туалете, гувернантка, штук пять подростков, родственница-девица, бойкая и сердитая, успевшая уже наговорить неприятностей суетливому лакею, тыча ему в нос местоимение "вы", к которому, видимо, не была привычна с прислугою. Они завтракали на целый день, отправляясь осматривать Грановитую палату, царь-пушку, соборы, по дороге синодальную типографию, отслушать молебен у Иверской, поесть пирожков у Филиппова на Тверской и до обеда попасть в Голофтеевскую галерею, где родственница должна непременно купить себе подвязки и пару ботинок и надеть их до театра. А билеты рассчитывали добыть у барышников. Ближе к буфету, за столиком, на одной стороне выделялось двое военных: драгун с воротником персикового цвета и гусар в светло-голубом ментике с серебром. Они "душили" портер. По правую руку, один, с газетой, кончал завтрак седой высохший старик с желтым лицом и плотно остриженными волосами — из Петербурга, большой барин. Он ел медленно и брезгливо, вино пил с водой и, потребовав себе полосканье, вымыл руки из графина. Лакей говорил ему "ваше сиятельство". В одной из ниш два купца-рыбопромышленника крестились, вставая из-за стола. Каждый дал лакею по медному пятаку. Они потребовали одну порцию селянки по-московски и выпили по три рюмки травнику. Купидоны им понравились.

XI

Палтусов вошел в ресторан, остановился спиною к буфету и оглянул залу. Его быстрые дальнозоркие глаза сейчас же различили на противоположном конце, у дверей в комнату, замыкающую ресторан, группу человек в пять биржевиков и между ними того, кто ему был нужен.

Подвернувшемуся лакею с длинными жидкими бакенбардами он сказал ласково:

— Не трудитесь, голубчик.— И прошел через всю залу. Прислуге во фраках он везде говорил "вы".

Он наметил у стола биржевиков молодого брюнета с лицом, какие попадаются в магазинах белья и женских мод, в узких бакенбардах, с прической "капульчиком", в темно-красном шарфе, перехваченном матовым золотым кольцом. Пиджак из английского шевиота сидел на нем гладко и выказывал его округленные, падающие, как у женщины, плечи.

— Карл Христьяныч! — окликнул его Палтусов. Ему и нужно было этого самого маклера.

Биржевик привстал и направил на него простоватые масленые глаза.

— Почтение! — сказал он с умышленной интонацией русского немца-шутника, подражающего "купецкому" жанру.

И руку подал нарочно ребром, а не ладонью. Палтусов ответил ему в тон:

— Изволили откушать?

— Как же! Побаловались. Пора и пошабашить.

— Можно на пару слов?

— С нашим удовольствием.

И, обратившись к остальным, маклер сказал им по-немецки:

— Kinder! Auf Wiedersehen! Präzise {Дети! До свиданья! Точно (нем.).}.

Те почему-то загоготали.

"Карлуша" — так его звали приятели — отряхнулся, дал лакею на чай, поправил галстук и взял Палтусова под руку. Они пошли не спеша в угловую комнату, где никого уже не было.

Разговор длился не больше десяти минут. Маклер стоял, а Палтусов присел на конец дивана.

Слышны были слова: "пай", "новый корпус", "сам Сергей Степанович", "пустить в ход", "куртаж". Немчик только кивал головой да играл цепочкой и раза два сказал:

— Без сумленья. В настоящем виде.

Он уже иначе не умел говорить с русскими, как таким языком.

— Стало, живет? — спросил Палтусов, поднимаясь и пожимая ему руку.

— Будьте благонадежны...

Маклер заторопился.

— Вы уж, голубчик, извините, пожалуйста, после биржи... А теперь надо...

Из губ его слетело несколько имен. Из залы можно было расслышать:

— К Ценкеру, на Маросейку, у Кнопа, Корзинкины... Да еще к Катуару!..

Вышло новое рукопожатие.

— Как курса? — спросил на ходу Палтусов.

— Курса?

Маклер остановился, щелкнул языком и выговорил:

— Швах!

И почти бегом пустился по ресторану.

Глядя вслед убегавшему немчику, Палтусов вспомнил сегодняшние веселые речи банковского директора. Вот хоть бы этот Карлуша! Какая ему цена? А он, наверно, зарабатывает тысяч двенадцать, а то, гляди, и все шестнадцать. Не весело целое утро разъезжать по конторам, а потом бегать по биржевому залу. Да ведь у него в голове зато ни одной своей мысли. Он дальше десятичных дробей вряд ли ходил. Днем колесит по Москве и юлит на бирже; после биржи — обед, а ночью пляшет — невест себе выплясывает — до петухов; сегодня в Большой Алексеевской, завтра на Разгуляе, в Плетешках, послезавтра на Татарской... И выпляшет — возьмет полмиллиона и банковый учредитель будет. Зато он немец! А Евграф Петрович уверяет, что "немцы между собой везде снюхаются".

Он улыбнулся. Ему в сущности нечего было завидовать этому Карлуше. Такой "капульчик" должен успевать при стачке своего брата немца. Чего-нибудь позамысловатее выгодной женитьбы и маклерского дохода он не выдумает. Не те у него мозги...

У буфета Палтусова кто-то удержал двумя руками. Он поднял голову и рассмеялся. С непритворным удовольствием обнял он сам высокого, немного пухлого, совсем бритого мужчину, одних с ним лет, в короткой синей визитке и серых панталонах. За границей его всякий принял бы за молодого французского нотариуса или за английского духовного, снявшего с себя долгополый сюртук. Мягкие русые волосы с пробором на боку, подстриженные сзади и гладко причесанные спереди, необыкновенно подходили к крупному носу, золотым очкам, добрым и умным глазам этого москвича, к его заостряющемуся брюшку, тонкой усмешке и белым рукам-огурчикам. Держался он прямо, даже немного выпрямившись, и не наклонял голову, а подавался вперед всем туловищем.

— Палтусов!

— Пирожков!

Они громко чмокнули себя в щеки.

— Где пропадаете? — спросил Палтусов, все еще придерживая приятеля.

— А вы? Я был в деревне с мая вот по сие время.

— Это и видно.

Палтусов указал глазами на брюшко Пнрожкова.

— Да, есть-таки развитие сальника. Вот все хожу.

— Вы здесь завтракаете?

— Покончил. Не выпить ли элю?

— Я тороплюсь. Ах, какая досада!

Палтусов опять нелицемерно наморщил лоб. Ему очень хотелось покалякать с этим "славным малым", которого он считал "умницей" и даже "ученым". Но дело не ждало. Он это и объяснил Пирожкову.

Приятель не возмутился; без всяких переливов голоса — как говорят все почти молодые русские — спросил он у Палтусова, где тот живет и что вообще делает.

— Пускаюсь в выучку к Титам Титычам,— сказал Палтусов нотой, в которой сквозила совестливость.

— Вот что!— протянул его приятель.— Что ж! штука весьма интересная. Мы не знаем этого мира. Теперь новые нравы. Прежние Титы Титычи пахнут уже дореформенной полосой.

— Да я не литератор, Иван Алексеевич, я — для разживы. Что ж так-то болтаться?

Глаза Пирожкова повеселели.

— Вы своего рода Станлей! Я всегда это говорил. Сметка у вас есть, мышцы, нервы... И Балканы переходили.

Они оба тихо рассмеялись. Палтусов выхватил часы из кармана.

— Батюшки! двадцать третьего! Голубчик Иван Алексеич, заверните... Оставьте карточку... Пообедаем. Ведь вы покушать любите по-прежнему?

— Есть тот грех!

— В "Эрмитаже"? Стерлядку по-американски, знаете, с томатами.

По лицу Пирожкова пошла волнистая линия человека, знающего толк в еде.

— Так на Дмитровке?

— Да, да!..— торопился Палтусов.

Они выходили вместе. В передней Палтусов, надев пальто, опять взял Пирожкова за борт визитки. Ему вспомнилась их жизнь года три перед тем, в меблированных комнатах у чудака учителя, которому никто не платил.

— Фиваида-то наша рушилась! — возбужденно сказал он Пирожкову.— Славно жили! Что за типы были! И Василий Алексеич с своей керосиновой кухней... Где он? Пишет ли что? Вряд ли!

— Умер,— отвечал Пирожков, и улыбка застыла у него на губах.

Они смолкли.

— Буду ждать!— крикнул Палтусов из сеней.— Захаживаете ли когда к Долгушиным?

— По приезде еще не был.

— Гниют на корню. Дворянское вырождение!..— Фраза Палтусова прогудела в сенях.

XII

Малый в голубой рубашке натянул на Пирожкова короткое, уже послужившее пальто и подал трость и шляпу. Иван Алексеич и зиму и лето ходил в высокой цилиндрической шляпе, которую покупал всегда к Пасхе. Он пошел не спеша.

Встреча с Палтусовым и его отнесла к той зиме, когда они жили в комнатах у учителя арифметики Скородумова, в переулке на Сретенке, около церкви "Успенья в Печатниках". Тогда Иван Алексеич серьезно подумывал о магистерском экзамене. Прошло три года, а он все еще не магистр. Правда, он ездил за границу, но вряд ли с специальною целью. Он изучал много хороших вещей разом: и движение философских идей, и уличную жизнь, и рестораны, и женщин, и театры, и журнализм... Читал он немало книжек, хаживал и в кабинеты, по своей науке принимался за собирание специальных мемуаров и даже заплатил три золотых за право иметь свой стол с микроскопом. Но как-то работы не вышло. В Москве время текло опять почти что так, как оно текло, когда Иван Алексеич кончил курс кандидатом и отдыхал, живя в Лоскутном. И это славная полоса была. Много пили портеру и элю. Целые вечера проводили в бильярдной; зато журналы и книжки читали запоем, точно варенье глотали ложками. Иной раз, не вставая, в постели пролеживали до сумерек с каким-нибудь английским томом по психологии или этнографии. А там вечер — в театре молодых актрис поддерживали, в клубе любительниц поощряли, развивали их, покупали им Шекспира, переводили им отрывки из немецких критиков, кто не знал языка. Споры, беседы... На Сретенке, у Скородумова, начался непрерывный содом. Сколько прошло отличных ребят или забавных, нелепых; но с ними весело жилось. И какие женщины попадались! Пойдут всей гурьбой в концерт, в оперу, наслушаются музыки, и до пяти часов утра "пивное царство", поют хором каватины, спорят, иные ругают "итальянщину", дым коромыслом, летят имена: Чайковский, Рубинштейн, Балакирев, Серов! На другой день голова трещит. Идет в ход зельтерская вода. Покойник Василий Алексеич — опять полоса... Натура этого скитальца, его причуды, лень, ум, даровитость; не виданное Пирожковым обаяние на женщин, вся жизнь, сотканная из нежных сношений с ними. И на это целый год пошел. "Номера" рухнули. Да и пора было. Несколько месяцев в деревне отрезвили. Тут уж план работы выяснился: досуга вволю. Хозяйство ведет брат, кушать можно всласть; но и моциону много. Ходи себе по липовой аллее и поглощай книжки. Осень стояла небывалая. И теперь жаль, что поторопился в город; да как-то нельзя...

Пирожков стал в раздумье под навесом подъезда — куда идти? Идти можно — куда захочешь. Но никуда не нужно идти Ивану Алексеичу. Нет у него ни казенной службы, ни конторы, ни работы в университетском кабинете. Еще не начинал ее. Да и не все там съехались, профессор в заграничном отпуску, ассистент болен. Зайти разве по старой памяти в аудиторию? Не хочется; что за охота припоминать зады? Слышно, какой-то доцент у юристов собирает аудиторию человек в двести, говорит ново, смело, готовится к лекциям. Недурно бы; да, кажется, лекции-то его поутру, с десяти часов. Почитать разве газеты в кондитерской? Так лучше подняться в читальню того же "Славянского базара". Там десятка два газет. Тяжеленько! С некоторых пор Иван Алексеич чувствует иногда легкую одышку, ему неприятны всякие спуски и подъемы. И печень начала немного пошаливать. Нет-нет да и колотье. Он пил горькую воду в деревне.

"Куда же идти?" — еще раз спросил себя Пирожков и замедлил шаг мимо цветного, всегда привлекательного дома синодальной типографии. Ему решительно не приходило на память ни одного приятельского лица. Зайти в окружный суд? На уголовное заседание? Слушать, как обвиняется в краже со взломом крестьянин Никифор Варсонофьев и как его будет защищать "помощник" из евреев с надрывающею душу картавостью? До этого он еще не дошел в Москве...

Москва!.. Он имел к ней слабость, да и теперь любит ее по-своему, как "этнографический центр". Изучать ее было бы занимательно. Разбить на области: фабрики, рабочий люд, нравы и обычаи вот этого самого "города", раскол, проституция. Хорошо! Но ежедневных ресурсов просто для развитого человека, как он, с европейскими привычками, с

22

желаньем после завтрака поговорить о живом вопросе, найти сейчас же под боком кружок людей... Этого нет. Прежде у него был Лоскутный, были номера на Сретенке... Должно быть, молодость проходит; старые приятели разбрелись и слиняли, новых что-то не вырастало. Вот Палтусов еще из самых бойких, но его тянет к наживе — это ясно...

Иван Алексеич повел носом. Пахло фруктами, спелыми яблоками и грушами — характерный осенний запах Москвы в ясные сухие дни. Он остановился перед разносчиком, присевшим на корточках у тротуарной тумбы, и купил пару груш. Ему очень хотелось пить от густого, пряного соуса к дикой козе, съеденной в ресторане. Груши оказались жестковаты, но вкусны. Иван Алексеич не стеснялся есть их на улице.

Он любил свободу, какою все пользуются на парижских бульварах, но оставался джентльменом, никогда не позволял себе никакой резкой выходки: это лежало в его натуре.

Фруктовые запахи, вкус груш, не утоливших вполне его жажды, привели его к мысли о квасной лавке. Ведь это в двух шагах. Ход с Никольской. Он перешел улицу.

XIII

Проникают к квасной лавке — одна только и пользуется известностью — через Сундучный ряд, под вывеску, которая доживет, наверное, до дня разрушения гостиного двора с его норами, провалившимися плитами и половицами, сыростью, духотой и вонью. Но многие пожалеют летом о прохладе Сундучного ряда, где недалеко от входа усталый путник, измученный толкотней суровских лавок и сорочьей болтовней зазывающих мальчишек и молодцов Ножовой линии, находил квасное и съедобное приволье...

Иван Алексеич студентом и еще не так давно, в "эпоху" Лоскутного, частенько захаживал сюда с компанией. Он не бывал тут больше двух лет. Но ничто, кажется, не изменилось. Даже красный полинялый сундук, обитый жестью, стоял все на том же месте. И другой, поменьше,— в лавке рядом, с боками в букетах из роз и цветных завитушек. И так же неудобно идти по покатому полу, все так же натыкаешься на ящики, рогожи, доски.

За несколько шагов до квасной лавки обдаст вас сырой свежестью погреба, и ягодные газы начинают вас щекотать в ноздрях. Доносятся испарения съестного. Три разносчика — бессменно промышляющие на этом месте — расположились у входа в лавку, направо и против нее. Они в постоянной суете. День выпал скоромный. У двоих имелись пирожки с ливером, с мясом и кашей, с яйцами и капустой, с яблоками и вареньем. Третий предлагал ветчину в большом розовом куске с нежным жиром и жареные мозги. Подальше стоял рыбник для любителей постной еды и в скоромный день. Разносчики с фруктами часто проходили мимо, выкрикивая товар, и заглядывали в квасную лавку.

Каждый раз, когда, бывало, Иван Алексеич приходил сюда в приятельском обществе и спрашивал: "С чем пирожки?", он особенно улыбался от созвучья с собственной фамилией. Не мог он воздержаться от точно такой же улыбки и теперь. Перед ним распахивал довольно еще чистую верхнюю холстину жилистый белокурый разносчик, откинувший от тяжести все свое туловище назад.

— Прикажете парочку?

Пирожков сделал знак рукой, говоривший: "Повремени малость".

В просторной лавке без окон, темной, голой, пыльной, с грязью по стенам, по крашеным столам и скамейкам, по прилавкам и деревянной лестнице — вниз в погреб — с большой иконой посредине стены,— все покрыто липким слоем сладких остатков расплесканного и размазанного квасу. Было там человек больше десяти потребителей. Молодцы в черных и синих сибирках, пропитавшихся той же острой и склизкой сыростью и плесенью,— одни сбегали в подвал и приносили квас, другие — постарше — наливали его в стаканчики-кружки, внизу пузатенькие и с вывернутыми краями. Такие стаканчики сохранились только в квасных, у сбитенщиков, да по селам, в харчевнях и шинках.

Свободное место нашлось для Пирожкова у входа направо. Он заказал себе грушевого квасу. Публика всегда занимала его в этой квасной лавке. Непременно, кроме гостинодворцев, заезжих купцов, мелкого приказного люда, двух-трех обтрепанных личностей в немецком платье, каких в Ножовой зовут "Петрушка Уксусов", очутится здесь барыня с покупками, из дворянок, соблюдающая светскость, но обедневшая или скупая. Она наедается вплотную, но не любит встречаться с знакомыми и, если можно, не узнает их.

Все смотрело и сегодня, как тому быть следовало.

Иван Алексеич оглядывал публику, попивая холодный, бьющий в нос, мутноватый квас. Вот и барыня. Она опорожнила три стакана квасу после полуфунтового ломтя ветчины и четырех пирожков и собирает покупки. Барыне лет под сорок. Она нарумянена. Это видно из-под вуалетки. Нос и лоб ее лоснятся от испарины. Губы сжаты так, как они сжимаются у обедневших помещиц, желающих во что бы то ни стало поддержать "положение в обществе". Пирожков узнал ее. Они встречались в одном доме, где ее терпеть не могли, но принимали запросто.

Барыня, должно быть, не разглядела Пирожкова. Она встала, прикрикнула на мальчишку, заставила его подать себе корзину и пошла к дверям. Он привстал и сказал ей:

— Bonjour, madame! {Здравствуйте, сударыня! (фр.).}

Она вся выпрямилась, громко ответила ему: — Bonjour, monsieur {Здравствуйте, сударь! (фр.).},— и, отворотясь, вышла из лавки.

Разносчик с простывшими наполовину пирожками опять вырос перед ним. Иван Алексеич съел один с яблоками, повторил с вареньем. Это заново зажгло у него жажду. Он спросил вишневого квасу и выпил его две кружки. Желудок точно распёрло какими-то распорками: поднимался оттуда род опьянения, приятного и острого, как от шампанского. Наискосок от него, за стеклянной дверью, другой разносчик наклонился над доскою, служившей ему столом, и крошил мозги на мелкие куски; посолив их потом, положил на лист оберточной бумаги и подал купцу вместе с деревянной палочкой — заместо вилки — и краюшкой румяной сайки.

Слюнки полились у Ивана Алексеича. Он позавтракал, ел сейчас сладкое, но аппетит поддался раздраженью. Гадость ведь в сущности это крошево на бумаге. А вкусно смотреть. За вишневым квасом пошли кусочки мозгов. За мозгами съедены были два куска арбуза, сахаристого, с мелкими, рыхло сидевшими зернами, который так и таял под нёбом все еще разгоряченного рта.

Выйдя на Никольскую, Иван Алексеич придавил себя пухлой ручкой по животу, под правым ребром.

"Что же это я?.. От безделья?!"

И ему стало стыдно.

XIV

Никольская была ему достаточно знакома. Студентом он покупал и продавал книги в лавке Ивана Кольчугина. Сюда же, в другую лавчонку, продал он перевод книжки по технологии еще на первом курсе. За лист заплатили ему по семи рублей. Тогда он перебивался; из дому получал не всегда аккуратно. Вот и лавка старого серебряника. За стеклом стоят позолоченные солонки русского образца, с крышкой и круглые — для подношения "хлеба-соли". Не лучше ли вот это изучать, чем засиживаться в квасной лавке? Тут народный вкус, рисунок, свеобразное изящество...

Но Ивану Алексеичу показалось, что солонку, которую он в эту минуту рассматривал, он уже торговал раз, года два тому назад. Ему помнилось, что она не серебряная, а медная, позолоченная. Вот он спросит.

— Солоночка-то,— обратился он к приказчику,— вот эта, около образа Николая Чудотворца, какая ей цена?

— Три с полтиной!

"Три с полтиной! — думал он.— Разумеется, не серебряная. С первого слова и такая цена!.."

— Да она из чего?

— Бронзовая-с... Через огонь золоченная.

Так и есть: он не ошибся. Вот и зеленоватое пятнышко на створчатой крышке от времени. И его он вспомнил.

— Штиблеты лаковые!.. Господин! Штиблеты! — окачивал его крикливым тенором "носящий", в резиновых калошах на босу ногу, с испитым лицом, подтеками на виске и в халате.

"Не купить ли?" — Иван Алексеич испытывал ощущение малодушного позыва к покупкам, так, по-детски, чего-нибудь... По телу внутри разлилась истома; всего приятнее было останавливаться почаще, перекинуться парой слов, поглядеть... А покупка все как будто дело...

— Цена?— спросил он кротко-смешливым тоном, хорошо известным его приятелям.

— Шесть рублей, господин!

25

— Будто?— продолжал Иван Алексеич в том же тоне.

Ему припомнилась сцена из английского романа в русском переводе, где юмор состоит в том, что спрашивали: "Что вы желаете за эту очень маленькую вещь, сэр?" И опять: "Что вы желаете за эту очень маленькую вещь, сэр?" В Лоскутном они целую неделю "ржали", отыскав этот отрывок, и беспрестанно повторяли друг другу: "Что вы желаете за эту чрезвычайно маленькую вещь, сэр?"

— Шесть рублей — никогда!..— дурачился Иван Алексеич.

— Для починку — четыре!.. Нынче праздник, господин...

— Какой это?

— Опохмеленья! — И халатник показал зеленые зубы.

Не купить ли в самом деле? Он отдаст за три рубля. И тотчас перед Пирожковым всплыла, как живая, сцена: товарищ его, Чистяков, теперь адвокат, выдержал экзамен и на радостях купил у "носящего" такие вот "штиблеты". И в тот же день в Сокольниках одна из ботинок располыснулась от носка до щиколки, и он остался в носках. Тоже какой был хохот! И умные, искристые, полные комизма глаза покойника Шуйского виднеются ему со сцены, в пьесе, переделанной с французского, где он приходит в меховой шапке, купленной у "носящего" в городе. И как он художественно играл ощущенье страха, когда явилось у него пятно на руке и он уверился, что заразился от шапки! Давно это — еще гимназистом видел.

— Не надо, голубчик,— сказал Пирожков уже серьезно халатнику.

"Носящий" начал приставать. Чтобы отделаться от него, Иван Алексеич перебежал улицу против лавки с тульскими изделиями. Медь самоваров, охотничьих рогов, кофейников, тазов слепила глаза. Ему показалось, что тут много новых вещей, каких прежде не делали. Он поднялся в лавку. Теперь его еще больше щемило неудержимое, совсем детское желание что-нибудь купить. С полки выглядывало несколько садовых шандалов с пыльными колпаками. Вечера еще стояли теплые. В номерах, где он живет,— балкон. Недурно оставаться подольше на балконе.

— Сколько стоит?

— Рубль семь гривен.

Поторговались. Шандал куплен за рубль пятнадцать копеек. Нести его очень неловко. Иван Алексеич опять перешел улицу, поравнялся с бумажными лавками в начале "глаголей" гостиного двора. Захотелось вдруг купить графленой бумаги и записную книжку. Это еще больше его затруднило; но он успокоился после этих новых покупок.

Вышел он на Красную площадь. День еще потеплел после полудня. Свет вместе с пылью так и гулял по длинному полотну мостовой — от Воскресенских ворот до Василия Блаженного. Направо давит красная кирпичная глыба Исторического музея, расползшаяся и вширь и вглубь, с ее восточной крышей, башнями, минаретами, столбами, выступами, низменным ходом. На расстоянии — Пирожков нарочно отошел влево, ближе к памятнику — музей нравился ему теперь гораздо больше, чем не так давно. Он мирился с ним. Прежде он почти негодовал, находил, что эта "груда кирпича" испортила весь облик площади, заперла ее, отняла у Воскресенских ворот их стародавнюю жизнь.

Глаз достигал до дальнего края безоблачного темнеющего неба. Девять куполов Василия Блаженного с перевитыми, зубчатыми, точно булавы, главами пестрели и тешили глаз, словно гирлянда, намалеванная даровитым ребенком, разыгравшимся среди мрака и крови, дремучего холопства и изуверных ужасов Лобного места. "Горячечная греза зодчего",— перевел про себя Пирожков французскую фразу иноземца-судьи, недавно им вычитанную.

Птицы на головах Минина и Пожарского, протянутая в пространство рука, пожарный солдатик у решетки, осевшийся, немощный и плоский купол гостиного двора и вся Ножовая линия с ее фронтоном и фризом, облезлой штукатуркой и барельефами, темные пятнистые ящики Никольских и Спасских ворот, отпотелая стена с башнями и под нею загороженное место обвалившегося бульвара; а из-за зубцов стены — легкая ротонда сената, голубая церковь, точно перенесенная из Италии, и дальше — сказочные золотые луковицы соборов,— знакомые, сотни раз воспринятые образы стояли в своей вековой неподвижности... Площадь полна была дребезжанья дрожек и глухого грохота тяжелых возов. Пешеходы и дрожки тянулись вниз к Москве-реке и по двум путям в Кремль. Седоки и извозчики снимали шапки, не доезжая Спасских ворот. Из Никольских чаще спускались экипажи с господами.

"Мужик, артельщик, купец, купчиха, адвокат",— считал Пирожков и минут с десять предавался этой статистике. В десять минут не проехало ни одной кареты, не прошло ни одной женщины, которую он способен был назвать "дамой".

Его точно тянуло в Кремль. Он поднялся через Никольские ворота, заметил, что внутри их немного поправили штукатурку, взял вдоль арсенала, начал считать пушки и остановился перед медной доской за стеклом, где по-французски говорится, когда все эти пушки взяты у великой армии. Вдруг его кольнуло. Он даже покраснел. Неужели Москва так засосала и его? От дворца шло семейство, то самое, что завтракало в "Славянском базаре". Дети раскисли. Отец кричал, весь красный, обращаясь к жене:

— Мерзавцы! Канальи! Везде грабеж!

"И я — из их породы,— подумал Иван Алексеич,— и я направляюсь, должно быть, в Оружейную палату?"

Он участил шаги и махнул извозчику. К нему подлетело несколько пролеток от здания судебных мест.

Поскорее в университет, в кабинеты, хоть сторожа спросить, с ним поболтать, хоть нюхнуть пыльных шкапов с препаратами!.. А крест Ивана горел алмазом и брызгал золотые искры по небу...

— На Моховую!— крикнул Пирожков, снял шляпу и дохнул полной грудью.

XV

— Вадима Павловича можно видеть?— осведомился Палтусов у артельщика.

Передняя, в виде узкого коридора, замыкалась дверью в глубине, а справа другая дверь вела в контору. Все глядело необыкновенно чисто: и вешалка, и стол с зеркалом, и шкап, разбитый на клетки, с медными бляшками под каждой клеткой.

— Сейчас доложу,— сказал сухо-вежливо артельщик и скрылся за дверью.

Это был первый деловой визит Палтусова по поручению Калакуцкого, довольно тонкого свойства. Подрядчик хотел испытать ловкость своего нового "агента" и послал его именно сюда. Палтусову было бы крайне неприятно потерпеть неудачу.

Его заставили прождать минуты три; но они показались ему долгими. Раза два выпрямлял он талью перед зеркалом и даже стал отряхивать соринку с рукава.

— Пожалуйте,— пригласил его малый.

Он прошел через комнату, похожую на контору нотариуса. Там сидело человек пять. Постороннего народа не было.

— Туда, в угол,— указал ему один из служащих.

Надо было зайти за решетку и взять влево мимо конторок. Оттуда вышел полный белокурый мужчина. Палтусов заметил его редкие волосы и типичное лицо купца-чиновника, какие воспитываются в коммерческой академии. Это был заведующий конторою, но не сам Вадим Павлович. Он возвращался с доклада. Палтусову он сделал небольшой поклон.

Палтусов ожидал вступить в большой, эффектно обставленный кабинет, а попал в тесную комнату в два узких окна, с изразцовой печкой в углу и письменным столом против двери. Налево — клеенчатый диван, у стола — венский гнутый стул, у печки — высокая конторка, за креслом письменного стола — полки с картонами; убранство кабинета для средней руки конториста.

Палтусов назвал себя и прибавил — от Сергея Степановича Калакуцкого.

Над столом привстал и наклонил голову человек лет сорока, полный, почти толстый. Его темные вьющиеся волосы, матовое широкое лицо, тонкий нос и красивая короткая борода шли к глазам его, черным, с длинными ресницами. Глаза эти постоянно смеялись, и в складках рта сидела усмешка. По тому, как он был одет и держал себя, он сошел бы за купца или фабриканта "из новых", но в выражении всей головы сказывалось что-то не купеческое.

Палтусов это тотчас же оценил. Да он и знал уже, что Вадим Павлович Осетров попал в дела из учителей гимназии, что он кандидат какого-то факультета и всем обязан себе, своему уму и предприимчивости. Разбогател он на речном промысле, где-то в низовьях Волги. Руки Палтусову он первый не протянул, но пожал, когда тот подал ему свою.

— Милости прошу,— и он указал ему на стул.

Вышла маленькая пауза. Глаза Осетрова произвели в Палтусове что-то вроде неловкости.

— Я — от Сергея Степановича,— повторил он и начал скоро, не тем тоном, какой он желал бы сам придать своим речам. Началом своего визита он не был доволен.

— Да-а? — откликнулся Осетров. Он говорил высоким, барским, масленым голосом, с маленькой шепелявостью: произносил букву "л" как "о". В этом слышался московский уроженец.

— Сергей Степанович уже беседовал с вами по новому товариществу на вере, и он теперь хотел бы приступить к осуществлению.

"Глупо, книжно!" — выругал себя Палтусов.

— Как же,— точно про себя выговорил Осетров, пододвинув к гостю папиросы, и сказал с интонацией комического чтеца:—Угощайтесь.

Палтусов обрадовался папиросе. Она давала ему "отвлечение". Он одним мигом построил в голове несколько фраз гораздо точнее, кратче и деловитее.

— Ему бы хотелось знать,— продолжал он увереннее и совсем смело поглядел в смеющиеся глаза Осетрова,— может ли он рассчитывать и на вас, Вадим Павлович?

Осетров затянулся, откинул голову на спинку стула, пустил струю, и из насмешливого рта его вышел звук вроде:

— Фэ, фэ, фэ!..

"Не войдет",— решил Палтусов и почувствовал, что у него в спине испарина.

Ему, конечно, не детей крестить с Калакуцким! Одним крупным пайщиком больше или меньше — обойдется; у него хватит и кредиту и знакомства. Но обидно будет "по первому же абцугу" дать осечку и вернуться ни с чем. Надо чем-нибудь да смазать эту "шельму",— так определил Осетрова Палтусов.

— Да зачем я ему?— спросил Осетров ласково-пренебрежительно и так посмотрел на Палтусова, как бы хотел сказать ему: "Да вы разве не знаете вашего милейшего Сергея Степановича?"

Палтусов и это понял. Ему надо было сейчас же поставить себя на равную ногу с Осетровым, доложить ему, что они люди одного сорта, "из интеллигенции", и должны хорошо понимать друг друга. Этот делец из университетских смотрел докой — не чета Калакуцкому. Таким человеком следовало заручиться, хотя бы только как добрым знакомым.

XVI

— Позвольте, Вадим Павлович,— начал уже другим тоном Палтусов,— быть с вами по душе. Вы меня, может, считаете компаньоном Калакуцкого? Человеком... как бы это выразиться... de son bord? {его партии (фр.).}

Он не без намерения вставил французское выражение, удачно выбранное.

29

Осетров сидел на кресле вполоборот и смотрел на него через плечо прищуренным левым глазом, а губы, скосившись, пускали тонкую струю дыма.

— Вы кто же?— спросил он мягко, но довольно бесцеремонно.

У Палтусова капнула на сердце капелька желчи.

— Я — такой же новичок, как и вы были, Вадим Павлович, когда начинали присматриваться к делам. Мы с вами учились сначала другому. Мне ваша карьера немного известна.

Лицо Осетрова обернулось всем фасом. Он отнял от рта папироску.

— Вы университетский?

— Я слушал лекции здесь,— ответил скромно Палтусов; он скрыл, что экзамена не держал,— после того как побывал в военной службе, в кавалерии.

— Из офицеров?— с ударением добавил Осетров и засмеялся.

— Да, из офицеров. Участвовал в последней кампании,— вскользь сказал Палтусов и продолжал: — Думаю теперь войти в промысловое дело. У Калакуцкого я занимаюсь его поручениями...

— Что получаете?

Этот допрос начинал коробить Палтусова, но он закусил губы и сдержал себя. Да это ему и не вредило, в сущности.

— Содержание до пяти тысяч. С процентами надеюсь заработать в этом году до десяти.

— Начало не плохое,— одобрительно вымолвил Осетров.— Ваш принципал — шустрый дворянин. Пока,— и он остановился на этом слове,— дела его идут недурно. Только он забирает очертя голову, хапает не в меру... Жалуются на его стройку... Я вам это говорю попросту. Да это и все знают.

Палтусов промолчал.

— Видите ли,— Осетров совсем обернулся и уперся грудью о стол, а рука его стала играть белым костяным ножом,— для Калакуцкого я человек совсем не подходящий. Да и минута-то такая, когда я сам создал паевое товарищество и вот жду на днях разрешения. Так мне из-за чего же идти? Мне и самому все деньги нужны. Вы имеете понятие о моем деле?

— Имею, хотя и не в подробностях.

— Привилегия взята на всю Европу и Америку. Париж и Бельгия в прошлом году сделали мне заказов на несколько сот тысяч. Не знаю, как пойдет дальше, а теперь нечего Бога гневить... Мои пайщики получили ни много ни мало — сто сорок процентов.

— Сто сорок? — воскликнул Палтусов.

— Да. Будет давать и двести, и больше. Когда расширится на всю Россию да немцев прихватим...

— Да ведь это вчетверо выгоднее всякой мануфактуры? — вырвалось у Палтусова.

— Еще бы!.. Шуйское дело в этом году тридцать пять дало, так об этом как звонят!..

— Вадим Павлович,— одушевился Палтусов,— вы, конечно,

30

понимаете... Калакуцкому,— он уже не называл его "Сергеем Степановичем",— нужно ваше имя...

— Я в учредители не пойду... Я ему это сказал досконально.

— Ну просто пай, другой возьмете... для меня сделайте!..

— Для вас?— с недоумением переспросил Осетров.

— Ваш отказ поставит меня невыгодно. Он припишет это моему неумению. А ведь мы, Вадим Павлович, люди из одного мира. Между нами должна быть поддержка... стачка...

— Стачка?

— Да-с, стачка развития и честности. Вы поднялись одним трудом и талантом. Я вижу в вас самый достойный образец. Ваш пай, хоть один, даст каждому делу другой запах; это и для меня гарантия. Я ведь пайщик Калакуцкого.

"Экой ты какой, без мыльца влезешь!" — говорили глаза Осетрова.

— Что ж,— помолчав, сказал он,— я возьму пая три... не больше.

— Позвольте пожать вашу руку. Вы меня много обязали. Не посетуете, если я с вас попрошу взяточку?

— Какую?

— Только уговор лучше денег. Как немцы говорят: nicht schlimm gemeint {без злого умысла (нем.).}. У вас паи не все разобраны?

— Нет еще. Мы удвоили.

— Почем они?

— По тысяче рублей.

— Могу я просить у вас два пая?

— С удовольствием. Вот когда уладим. Понаведайтесь. Вы, значит, при капитале?

— Так, крохи...

— От papa и maman? {От папеньки и маменьки? (фр.).}

— Именно!.. Ха-ха!

Произошло рукопожатие. Осетров привстал, но до дверей не провожал его. В передней Палтусов дал двугривенный служителю и, когда спускался с лествицы, почувствовал, что у него лоб влажен.

"Не моему принципалу чета,— повторял он на дрожках по дороге на Ильинку.— Этот — Руэр, и лицо-то такое же, точно с юга Франции. Он Калакуцких-то дюжину съест. Надо его держаться..."

Оба поручения исполнены, и за второе он особенно был доволен. Дворянский гонор немного щемило, но все обошлось с достоинством.

XVII

Пробило три часа. В рядах старого гостиного двора притихло. И с утра в них мало движения. Под низменными сводами приютились "амбары" — склады самых первых мануфактурных и торговых фирм, всего больше от хлопчатобумажного и прядильного дела. Эти лавки смотрят невзрачно, за исключением нескольких, отделанных уже по-новому — с дорогими стеклами в дубовых и ореховых дверях с фигурными чугунными досками. Вдоль стен стоят соломенные диваны и

31

козлы, на каких купцы любят играть в "дамки" и "поддавки". Кое-где сидят сухие пожилые приказчики в длинных ваточных чуйках или просторных пальто с бобром и однозвучно перекидываются словами. Выползет с внутреннего двора, из-под сводчатых ворот огромный воз с товаром. Лошадь станет, вся вытянется, напрягутся жилы. Непомерная тяжесть тащит ее назад, да тут еще подвернулся камень, вывороченный из отсырелой мостовой, покрытой грязью, с ямами, целыми ручьями в дождь, с обвалами и промоинами. Ломовой с бессмысленною злостью хлещет лошадь вожжами по глазам, под брюхо, потом ухватит что попало — полено, доску — и колошматит свою собственную животину. Мальчишка из трактира с чайником топчется и кричит также на лошадь. Сидельцы ухмыляются или бранят извозчика.

— Родимая! — гаркнет всеми внутренностями ломовой и, ухватив за супонь, выбежит на улицу вместе с возом, после чего начинает костить своего бурого: — Жид, анафема, стерва!..

Потом опять все тихо. Со двора доносятся голоса, когда идет отправка или прием товара. Там целые горы тюков и ящиков захватили арки и выползли со всех сторон на середину двора. Вороха рогож, циновок, плетушек, кулей лежат тут неделями и месяцами, мокнут, преют, жарятся на солнце. Одной хорошей искры довольно, чтобы все это вспыхнуло и превратило двор в огненную печь. Но хозяева не боятся. Им тут хорошо и покойно. Бог даст, и простоит все по-дедовски, пока будет стоять старый гостиный двор. "Амбары" у них — наследственные; они их покупали на кровные деньги. Наемная цена им высокая: за один створ до четырех тысяч в год берут.

Тяжелый, неуклюжий, покачнувшийся корпус глядит на две улицы. Посредине он сел книзу; к улицам идут подъемы. Из рядов к мостовой опускаются каменные ступени или деревянные мостки с набитыми брусьями, крутые, скользкие, в слякоть грозящие каждому — и трезвому — прохожему. Внизу, в подпольном этаже, разместились подвалы и лавки — больше к Ильинке, где съезжать в переулок и подниматься нестерпимо тяжко для лошадей, а двум возам нельзя почти разъехаться с товаром. А тут еще расположилась посудная лавка с своей соломой, ящиками и корзинками. Насупротив железный и москательный товар валяется в пыли и темноте. Весь этот угол дает свежему человеку чувство рядской тесноты и скученности, чего-то татарского по своему неудобству, неряшеству, погоне за грошовой выгодой.

По Варварке, против церкви и поближе, дожидалось двое широких хозяйских пролеток с заводскими жеребцами. Один кучер курил; другой — нет. Он служил у беспоповского раскольника. По этой стороне линия смотрела повеселее. Лавки шли всякие, рядом с амбарами первых тузов много и "не пущих".

На двух створах с дубовыми дверями медные доски, старательно отчищенные, ярко выставляли рельефные слова: "Мирона Станицына сыновья". Снаружи через стекла дверей просвечивали белые стены, чугунная лестница во второй этаж, широкое окно в глубине, правее — перила и конторки. Никакого товара не было видно ни на полу, ни по стенам. У дверей стоял, держась за ручку, молодец в синей чуйке. Его обязанность в этом только и заключалась. Амбар был из самых поместительных и шел под крышу. В верхнем этаже — также с галереей — находились склады товара, материй и сукон. Материи производила фирма "Станицына сыновья". Сукно шло с фабрики жены представителя фирмы, старшего брата. Младший находился в слабоумии.

Конторщики в первом отделении амбара беззвучно писали и изредка щелкали по счетам. Их было трое. Старший — в немецком платье, в черепаховых очках, с клинообразной бородой, в которой пробивалась уже седина, скорее оптик или часовщик по виду, чем приказчик,— нет-нет да и посмотрит поверх очков на дверь в хозяйскую половину амбара.

На перилах лежало два пальто посторонних лиц; одно военное; через дверь долетали раскаты разговора. Слышались жидкие звуки мужского голоса, картавого и надтреснутого, и более молодой горловой баритон с офицерскими переливами. Между ними врезывался смех, должно быть, плюгавенького человечка,— какой-то нищенский, вздутый, как пузырь, ничего не говорящий смех...

XVIII

Вдруг малый пришел в волнение, схватился за ручку, широко распахнул половинку, нагнул голову ниже плеч и тряхнул потом головой.

В амбар вошла "сама". Этого никто не ожидал, кроме, быть может, старшего конторщика. Он быстро встал, выбежал из-за перегородки, сложивши руки на груди, с переплетенными пальцами, поклонился два раза и полушепотом выговорил:

— Матушка, все ли в добром здоровье?

Она поклонилась ему ласково и степенно, как кланяются купчихи первых домов, одной головой, без наклонения стана. Этой женщине, сквозь прозрачную вуалетку, точно посыпанную золотым песком, вряд ли бы кто дал больше двадцати трех лет. Ей было уже двадцать семь. Рослая, с прекрасным бюстом, не жирной, но не худой шеей и тонкой умной головой, она смотрела настоящей дамой. Ее охватывало короткое пальто из черного фая. Оно позволяло любоваться линией ее талии и переходило в кружевную оборку. Широкие, модного покроя рукава, также отделанные кружевами и бахромой из гофрированных шелковых кусочков, выпускали наружу только ее пальцы в светло-серых перчатках. Вокруг шеи шел кружевной высокий барок. Из-под пальто выходило узкое, песочного цвета, тяжелое платье: спереди настолько высокое, что вся нога, в башмаках с пряжками и цветных шелковых чулках, была видна. На ее лоб и глаза, глубоко сидевшие в впадинах, легла тень от полей широкой "рубенсовской" шляпы с густым темно-гранатовым пером.

В этой "хозяйке" по костюму было много европейски живописного. Но овал лица, сановитость его, что-то неуловимое в движениях говорило о коренной Руси, о той почве, где она выросла и распустилась. Красавицей вряд ли бы ее назвали, но всякий бы остановился.

— Кто здесь? — тихо спросила она старшего конторщика и сделала шаг назад. Лоб ее наморщился.

— Тот-с... офицер-с, Саввы Иваныча сынок... с крестом... Изволите знать?

Она только опустила глаза и сжала губы. Все лицо ее точно наполнилось презрительным чувством.

— А еще?

— Еще... господин Ифкин. Так, кажется, их прозванье? Они всегда-с...

Станицына не дала ему договорить и сказала:

— Доложите.

— Да пожалуйте, матушка.

— Доложите,— повторила она.

Старик осторожно приотворил дверь. Разговор смолк. Он вошел и вернулся тотчас же. А за ним выбежал ражий офицер с красным, лоснящимся лицом, завитой, с какими-то рожками на лбу, еще мальчик по летам, но уже ожирелый, в уланке с красным кантом и золотой петлицей на воротнике. Уланка была сшита нарочно непомерно коротко и узко, так что формы корнета выставлялись напоказ при каждом повороте. В петлице торчал солдатский Георгиевский крест на широкой ленте и как будто больших размеров, чем делают обыкновенно.

— Entrez, entrez... {Войдите, войдите... (фр.).} Анна Серафимовна! Как же вы это с докладом?!. Ваш муж приказал вам сказать, что у нас женского пола нет. Ха, ха! Мы здесь как монахи! Даже стаканы у нас с чаем!

Он и смеялся, и нахально оглядывал ее, и как-то переминался с ноги на ногу, позвякивая шпорами и расставляя ноги по-кавалерийски.

Улан приходился дальним родственником ее мужу. Он в кампанию пошел вольноопределяющимся в гвардию, взял пушку; но в тот полк, куда поступил, все-таки не попал офицером. Теперь он и спал и видел, как бы ему прикомандироваться, приехал в четырехмесячный отпуск, пьянствовал и спускал отцовские деньги в "макао" а "баккару". Родители его прозывались Сыромятниковыми. Это его немного стесняло; зато у него был французский язык. И вряд ли во всей, даже гвардейской, кавалерии кто так умел носить рейтузы и длинный до носу козырек, как он. Да и никто, когда они стояли под Константинополем, не слал таких лаконических французских телеграмм:

"Papa, perdu dix mille francs. Envoyez traite. Si non — adieu. Ferai un mauvais coup! Théodule" {"Папа, проиграл десять тысяч франков. Высылайте переводный вексель. Если нет — прощайте. Совершу недоброе дело! Федул" (фр).}.

Его действительно звали по-русски Федул, но он переименовал себя потом в Теофиля.

Из двери показался штатский, худой, короткий, с редкими волосиками на лбу, в усах, смазанных к концам, черноватый, в коротком сюртучке и пестром галстуке, один из захудалых дворянчиков, состоявших бессменно при муже Станицыной. За ним, кроме хорошего обращения и того, что он знал дни именин и рождения всех барынь на Поварской и Пречистенке, уже ничего не значилось.

— Madame!— вскрикнул он и закатился смехом.— Veuillez entrer!.. {Благоволите войти! (фр.).} Вы нас хотели накрыть?! N'est ce pas, Théodule?!.. {Не правда ли, Федул?! (фр.).}

И оба они ввели ее в хозяйское помещение амбара.

XIX

Лицом к двери, у большого стола с двумя низкими пюпитрами красного дерева,— диваны и стулья с сафьянной обивкой были такие же,— вытянул ноги на средину комнаты, сидя на краю стола, муж Анны Серафимовны Станицыной, Виктор Миронович. Он казался головой выше улана. Народ называет такое сложение "глистой". Узость плеч, приподнятых и острых, вытянутая шея с кадыком, непомерная длина рук и ног делали его неприятным на взгляд по одной уже фигуре. Голова подходила к остальному складу: лоб, сдавленный с боков и сверху сжатый, заостренная макушка и выдающийся затылок достаточно говорили о его мозговом устройстве. Желто-русые волосы вились на висках и на лбу. В лице сохранилась моложавость — и женоподобная и мальчишеская, что-то изношенное и недозрелое, развратное и бесполое. Он страдал глазами. Красные веки окружали его желтоватые длинные глаза, всегда с одним и тем же выражением подзадоривания и зубоскальства. Ресницы по цвету были почти светло-рыжие. Под маленьким, раздутым книзу носом открывался постоянно улыбающийся рот с белыми, но редкими зубами, как у детей. Пепельные волоски чуть пробивались на подбородке, ушедшем тоже в клин, с ямкой посредине, хотя он и не был добр. Купеческое происхождение сидело во всем его облике; но голос, манера тянуть слова нараспев, развинченность приемов, словечки на русском и французском языках и туалет делали из Виктора Мироновича нечто весьма мало отзывающееся старым гостиным двором. Шили на него исключительно два парижских бульварных портных: Дюсотуа и Блан. Галстуки, белье, золотые мелкие вещи он носил не иначе как лондонские, "точно такие", как принц Галльский, от тех же самых поставщиков.

В это утро его худосочное туловище просторно драпировал пиджак. Низкие стоячие воротнички, торчащие на середине шеи, уходили в галстук цвета "vert merveilleux" {пронзительно-зеленый (фр.).}. Приятели не скрывали того, что Станицын красит шею особой краской, чтобы она выходила шоколадною. Этому он также научился за границей. Ноги его, в панталонах прусского покроя, на плоской и длинной ступне, не особенно скрашивали ботинки с коричневым сукном. Руками своими он любовался, но с ногтями до сих пор не мог сладить — придать им красивую овальную форму и нежный цвет, хотя и "лечился" у всех известных "маникуров".

Виктор Мироныч был на семь месяцев моложе жены.

— Bonjour, madame,— сказал он ей и по-английски протянул ей руку.

Она пожала, вуалетки не подняла и села на диван у левой стены.

Улан и штатский стояли перед ней и все хохотали.

— Я вам не помешала?— спросила она густым, немного глухим голосом.

В ее произношении слышалось волжское "о", но не очень сильно. Это придавало большую оригинальность ее говору.

— Чаю не угодно? С лимончиком?— пошутил Станицын своей фистулой, от которой у жены его давн ходят мурашки по телу, точно от грифеля.

— Собираетесь?— спросила она больше мужа, чеь его приятелей.

— Представьте!— закричал улан.— Виктор нынче ушел в дела!.. Мы приезжаем вот с Фифкой...

Анна Серафимовна удивленно вскинула на него ресницами. Ее широкие бархатные брови слегка поднялись.

— Ха-ха!.. Виктор! Ma femme ne sait pas!.. {Твоя жена не знает!.. (фр.).} Вы не знаете, мы так Ифкина прозвали... Фифка! Ведь хорошо? А?! Что скажете?

Штатский осклабился.

— Так вот-с, приезжаем, зовем Виктора к Генералову, привезли устриц... Ostendes... {Остендских... (фр.).} И вдруг упирается! Говорит, нельзя, дела, не управился. В амбаре надо сидеть. Амбар! C'est cocasse! {Это забавно! (фр.).}

Улан перекинулся назад всем своим пухлым туловищем. В ушах Анны Серафимовны звенел долго хохот обоих приятелей мужа. Она вбок посмотрела на него. Он все еще не менял позы, сидел на ребре стола и носком правой ноги ударял о левую. Один раз его глаза встретились с ее взглядом. Ей показалось, что она прочла в них: "Зачем пожаловали?"

Она знала, что ей всегда можно заставить его опустить свои рыжие ресницы, но она этого не сделала.

— Tu restes décidément? {Ты решительно остаешься? (фр.).} — французил улан.

— J'y suis, j'y reste! {Здесь я нахожусь, здесь я останусь! (фр.).} — сострил Станицын. Он не знал в точности, чья это историческая фраза, но помнил, что в Café de Madrid часто повторяли ее.

Произношение у него было изломанное, отзывалось близким знакомством с актрисами "Folies Dramatiques" и "Théâtre des Nouveautés". Оснований положили гувернеры.

— Ну, Фифка!.. Détalons!.. Chère cousine... {Удираем!.. Дорогая кузина... (фр.).} Что это вы какие строгие? Точно посечь нас собираетесь. Вы видите: оставляем вас en tête-à-tête... {наедине (фр.).} Это всегда хорошо. Как бы сказать... добродетельно. Виктор! Мы тебя, голубчик, подождем до пятого... Идет? Вы позволите?— обратился он к Анне Серафимовне.— Муженька-то в строгости держите. Не женись, Фифка!.. Правда, за тебя, урод, никто и не пойдет...

Улан схватил штатского под мышки и одним взмахом поднял его на воздух. Тот взвизгнул. Станицын лениво и немного беспокойно оглянулся, кисло повел губами и сказал:

— Ступайте, у меня голова кружится. Des gaillards comme èa {Весельчаки этакие (фр.).}. Точно вас с цепи спустили.

— Madame!— дурачливо раскланялся улан и щелкнул шпорами.

— Bien bonjour, Анна Серафимовна,— прибавил от себя и дворянин; он по-французски употреблял московские обороты, вроде этого или bien merci {Очень здравствуйте... Очень благодарю — словосочетания, невозможные во французском языке.}.

Анна Серафимовна привстала и пожала им руки без улыбки и молча.

Станицын проводил их за дверь. В конторе они еще довольно долго болтали. По лицу молодой женщины пробегали струйки нервных вздрагиваний. Она сняла вуалетку, а потом и шляпу. Ее голове жарко стало. Почти черные волосы, гладкие, густые, причесаны были по-старинному, двумя плоскими прядями, и только сбоку, на лбу, она позволяла себе несколько завитков: они смягчали строгость очертаний ее лба и линию переносицы. Глаза ее, темно-серые, с синеватыми белками и загнутыми ресницами кверху, беспрестанно то потухали, то вспыхивали. Брови, как две пышных собольих кисти, не срастались, но близко сходились при каждом движении лба. Тогда все лицо делалось сурово, почти жестко. Свежий рот и немного выдающиеся зубы, а главное, подбородок, круглый и широкий, проявляли натуру жены Виктора Мироновича и породу ее родителей, людей стойких, рослых, именитых, долго державшихся старых обычаев и состоявших еще недавно в беспоповцах.

XX

Анна Серафимовна хотела даже снять пальто, но в эту минуту вошел ее муж.

— Здравствуйте-с,— протянул он.

Она давно уже была с ним на "вы", "Виктор Миронович". Он часто говорил ей "ты" и "Анна", а "вы" употреблял в особых случаях.

Виктор Миронович прошел к столу и сел за свои пюпитр, отхлебнул из стакана чаю и обернулся к ней.

— Hein?— пустил он парижский звук.

Ему он выучился в совершенстве.

Рот жены его раскрылся, но зубы были сжаты, зрачки глаз сузились. Она вытянула немного руки и вся выпрямилась на своем месте.

— Виктор Мироныч,— начала она, и волжское произношение заслышалось сильнее,— всему бывает предел.

— Hein? — повторил он, но уже не тем звуком. Глаза его вызывающе и глупо поглядели на жену.

Он чего-то ждал неприятного, но чего — еще не догадывался.

Рука ее опустилась в карман пальто и достала оттуда небольшой портфель из черной кожи, с серебряным вензелем. Она нагнула голову, достала из портфеля две сложенных бумажки и развернула их, а портфель положила на диван.

Тут она встала и подошла к нему. Он почувствовал на лице ее горячее дыхание.

— Что это? — подзадоривающим звуком спросил он и сделал ненавистную ей гримасу губами, точно он принимает лекарство.

— Ваши векселя,— выговорила она и побледнела. До тех пор щеки ее хранили румянец, редко появлявшийся на них.

— Мои?

Он встал и нагнулся.

Его голова, клином вверх, с запахом помады и фиксатуара, пришлась к ее носу и глазам. Что-то непреодолимо противное было для нее всегда в этой детской, "несуразной" — она так называла — голове с ее вьющимися желтыми волосами и чувственным, вытянувшимся затылком.

— Ваши,— еще раз сказала она и отвела его от себя рукой.— Виктор Мироныч, вы видите, кем андосованы?

Она знала деловые слова.

— Кем? — нахально спросил он ее, подняв голову, и засмеялся.

Вся кровь мигом бросилась ей в голову. Она схватила его за руку, силой посадила в кресло, оглянулась и, нагнувшись к нему, стала говорить раздельно, точно диктовала ему по тетрадке.

— Вот до чего вы дошли. Я купила эти документы. Вы знаете, кому вы их выдали. Подпись видна. Из Парижа они пришли или из Биаррица — я уж не полюбопытствовала. Вы мне, Виктор Мироныч, клялись, образ снимали, что больше я об этой барыне не услышу!

Он повел глазами, и дерзкая усмешка появилась опять на его губах.

— Не смейте так на меня глядеть!— глухо крикнула она.— Мне теперь все равно, какие у вас метрески. Я вам не жена и не буду ею. Значит, вы свободны. А я только не хочу, чтобы вы срамили меня и детей моих. Разорить их я вас не попущу!

— Да в чем же дело?— нетерпеливо и на этот раз трусливо спросил Станицын.

— Я пришла вам сказать вот что: извольте от дел устраниться. Дайте мне полную доверенность. Кажется, вам нечего меня бояться? Только на моей фабрике и есть порядок. Но вы и меня кредиту лишаете. Долгу сколько?

— Сколько? — повторил он совсем глупо.

— Сто семьдесят тысяч вами одними сделано в одиннадцать месяцев. Хотите, мы сейчас Трифоныча позовем? — и она указала на дверь.— И это такие, которые в известность приведены, а разных других, по счетам, да векселей, не вышедших в срок, да карточных... наверно, столько же. Вы что же думаете? Протянете вы так-то больше года?

Он молчал. Два векселя в сорок тысяч держит в руках жена. В кассе значилась самая малость. Фабрика шла в долг. Банки начали затрудняться усчитывать его векселя. Это грозное появление Анны Серафимовны почти облегчило его.

— А перед братом у вас и совести нет,— продолжала она совсем тихо.— Благо он слабоумный, дурачок, рукава жует — так его и надо грабить... Да, грабить! Вы с ним в равной доле. А сколько на него идет?

38

Четыре тысячи, да и то их часто нет. Я заезжала к нему. Он жалуется... Вареньица, говорит, не, дают... папиросочек... А доктор ворчит... И он — плут... Срам!..

И она отвернула лицо. Глаза ее закрылись, и тень пробежала по щекам...

— Mais vous êtes drôle... {Но вы смешны... (фр.).} — начал было он и смолк.

— Претит мне!— перебила она повелительно и страстно.— Скройтесь вы с глаз моих! Уезжайте и проживайте где хотите! Будете получать тридцать тысяч.

— Две тысячи пятьсот в месяц? — со смехом крикнул он.

— Да, больше нельзя... Не хотите?— с расстановкой выговорила она.— Ну, тогда разделывайтесь сами. Вам негде перехватить. Фабрика станет через две недели. За вас я не плательщица. Довольно и того, Виктор Мироныч, что вы изволили спустить... Я жду!

Станицын вынул двухцветный фулярный платок, обмахнулся и зашагал взад и вперед.

Она дело говорила: занять можно, но надо платить, а платить нечем. Фабрика заложена. Да она еще не знает, что за этими двумя векселями пойдут еще три штуки. Барыня из Биаррица заказала себе новую мебель на Boulevard Haussman и карету у Биндера. И обошлось это в семьдесят тысяч франков. Да еще ювелир. А платил он, Станицын, векселями. Только не за тридцать же тысяч соглашаться!

— Mais, ma chère {Однако, моя дорогая... (фр.).},— начал он,— как же я могу... есть, наконец, привычки...

— Через три года будете получать вдвое. Я ручаюсь. А теперь и этого нельзя. И одна моя просьба, уезжайте вы поскорей, Виктор Мироныч; вы видите, я не могла вас дождаться, сюда приехала!..

Она надела шляпу, стала посредине комнаты и сложила руки на поясе.— Comme c'est...— Станицын искал слово,— comme c'est propre... {как это чистоплотно... (фр.).} От жены такая сделка... Ха! Ха!

— Вы это говорите?!

— Разумеется... Лучше уехать... Вы на все способны!..— Он приложился к пуговке воздушного звонка.

XXI

Вошел конторщик.

— Позовите Максима Трифоныча,— сказал ему Станицын и закурил сигару.

Анна Серафимовна отошла к окну, по другую сторону бюро, и стала завязывать шляпку. Она заметила, что муж сделал мимовольное движение плечами и пустил сразу длинную струю дыма. Победа одержана; муж сделает так, как она желает. Но была ли это победа? С таким человеком немыслимы никакие уговоры. Чести у него нет, даже той "купеческой", какая передавалась из рода в род в ее "фамилии". А ведь отец его считался по всей Москве "честнейшим мужиком". Откуда же этот выродок? Мать была "распутная" и пила еще молодой женщиной. Анна Серафимовна не застала ее в живых, когда сделалась женой Виктора Мироныча, но слыхала от добрых людей. Потому, должно быть, и меньшой брат, Карп Мироныч, родился дурачком, а теперь и совсем полоумный... Да, этот постылый и бесстыжий муж наделает сейчас же за границею новых долгов. А как его удержишь? Он взрослый. Фирма существует. В Париже ничего не значит, купивши на десять тысяч франков, набрать в магазинах на двести. Еще, пожалуй, впутаешься с ним так, что и жизни не будешь рада! И теперь-то надо доставать денег...

Старший конторщик отворил дверь и в два приема приблизился к хозяину с наклонением всего корпуса.

— Написать полную доверенность надо, Максим Трифоныч,— небрежно выговорил Станицын.

Он подошел к старику и говорил ему дальше вполголоса.

Максим Трифонович поднял на него глаза и тотчас же опустил их.

— На чье имя?— чуть слышно спросил он. Станицын кивнул вбок головой, на жену.

— На управление фабриками-с, с правом выдачи?..

— Ну да, ну да,— перебил его Станицын.— Ведь вы знаете...

— Черновую прикажете?

— Да уж это Анна Серафимовна вам укажет.

Ей неприятно сделалось, что муж сейчас же распорядился при ней, не соблюл своего достоинства,— неприятно не за него, а за себя, как за его жену.

— Завтра утром ко мне придите и принесите черновую,— откликнулась она и поправила ленту.

— Больше никаких приказаний не будет?— осведомился старик.

— Никаких,— точно со смехом ответил Станицын и застегнул пиджак.— Я на днях еду, Максим Трифоныч. Все дело будет вести вот Анна Серафимовна... до моего возвращения,— кончил он хозяйским тоном.

Максим Трифонович перешел глазами от Виктора Мироныча к его жене, глядя на них через очки. Он перевел дыхание, но незаметно. Сегодня утром он боялся за все станицынское дело и надеялся на одну Анну Серафимовну. Теперь надо половчее составить доверенность на случай непредвиденных "претензий" из-за границы.

Станицын взял с кресла шляпу и перчатки и, поморщиваясь от сигары, надевал их.

— Можете идти,— отпустил он Максима Трифоновича.

Обида, женская гордость, гнев, презрение как-то разом опали в душе Анны Серафимовны. Она теперь ничего определенного не чувствовала. Говорить с этим человеком ей не о чем. Но в его присутствии она испытывает всегда раздражение особого рода. Точно ей неловко перед ним. И отчего? Все оттого, что у ней в голосе иногда прорывается приволжское "о" да по-французски она не привыкла болтать. Ее учили, и она может вести разговор с иностранцами за границей, а с ним не решалась никогда, особенно при гостях. А он всякие слова выговаривает, и произношение у него от французского актера не отличишь; у всех этих "мерзких" по кафе и театрам выучился. Она знает ему цену и на его делах показывает ему, что он за человек, ловит его с поличным, а все-таки он считает себя "из другого теста", барином, джентльменом, с принцами знаком, а она — "купчиха". Надобно слышать, с каким выражением он произносит это слово. И теперь вот он струсил, расчел, что лучше так поладить, чем со срамом вылететь в трубу; а все-таки он не признает ее нравственного превосходства, не преклоняется перед ней, и ничем не заставишь его преклониться. Вот это ее и грызет, хоть она и не сознается самой себе. Такое ничтожество, такая пустельга, как Виктор Мироныч, у которого, как у кошки, "не душа, а пар", и считает себя из белой кости, а на нее смотрит как на кумушку!

Краска опять появилась у ней на щеках.

— Вас приятели ждут,— сказала она с сердцем.

— Дайте мне надеть перчатки,— возразил он и задирательно посмотрел на нее своими воспаленными глазами.

Опять злость закипела в ней. Хорошо, что этот человек уезжает: немудрено и отравить его или руками задушить. В какую минуту! Один его голос может привести в исступление. Минутами всю ее как-то корчит от его голоса и смеха. Разве можно выносить, как он надевает вот теперь перчатки, покачивается, курит, а сейчас возьмется за шляпу? Все дышит наглостью и чванством, закоренелой испорченностью купеческого сынка, уже спустившего со смерти отца до трех миллионов рублей. Как же его заставить преклониться перед собой, когда весь европейский "high life" {высший свет (англ.).}, лорды, маркизы, графы, эрцгерцоги толпились на его празднике, где живых цветов было на пятнадцать тысяч франков? Одного немецкого князька он собственноручно оттаскал и заплатил отступного. Любовниц отбил у двух владетельных особ. Где же ему обойтись тридцатью тысячами рублей? Разумеется, придется платить и все сто тысяч. Но и то лучше. Одно она хорошо знает, что она ему своих денег не даст и фабрики своей не заложит. Может детей у ней отнять? Она вся похолодела. На это и у него достанет ума. Нет! По чутью, как зверь, он должен догадаться, что с Анной Серафимовной шутки плохи на этот счет. И головы не снесешь!..

Белки у нее потемнели, а зрачки снова сузились.

В эту минуту Виктор Мироныч стоял у двери и пропустил сквозь зубы фистулой:

— Bonjour...

Она не обернулась.

XXII

Одна в хозяйской половине амбара Анна Серафимовна вздохнула свободно. Она прошлась немного, села в низкое кресло мужа и, позвонив, приказала себе подать чаю. Ей принесли стакан с лимоном.

Станицын оставил на пюпитре несколько непросмотренных фактур и счетов. Анна Серафимовна позвала еще раз старшего приказчика.

Старик подошел к ручке. Она отдернула. Глаза его смотрели умиленно. Максим Трифонович искренне любил ее и тайно любовался ею как женщиной, давно прозвал ее "королевой" и удивлялся ее деловым способностям.

— До отъезда Виктора Мироныча,— сказала она,— я конторой заниматься не буду. Я уж на тебя полагаюсь, Трифоныч, а если нужно усилить счетоводство — возьми еще парня.

При муже она говорила ему "вы", но с глазу на глаз ей, да и самому Трифонычу, было ловчее так.

— Тут прибрать надо. Есть что к спеху? — спросила она, нагнув голову над бумагами.

— Платежи больше.

— Ну, так это до завтра... В кассе сколько?

Трифоныч помялся и с жалобной усмешкой вымолвил:

— Наличными — самая малость.

— Хорошо... Завтра доверенность как следует выправить. Я приготовлю. Виктора Мироныча уже беспокоить подписями нечего. Директор давно был по Рябининской фабрике?

— На той неделе.

— Написать ему потрудись, чтобы пожаловал.

— Слушаю-с.

— Наверху еще не забирались?

— Нет еще-с.

— Крикни-ка им, что я сейчас поднимусь.

Трифоныч вышел и тихо-тихо притворил дверь. Анна Серафимовна сняла опять шляпку, пальто и перчатки, аккуратно положила шляпку и пальто на диван, а перчатки на шляпу, хлебнула раза два из стакана и посредине комнаты вся выпрямилась, подперев себя руками сзади под ребра. Грудь у нее не опала от кормления двоих детей. Весь стан сохранил девственные линии. Хоть она и никогда не любила мужа, но разве она такая, как его "француженки", крашеные, обрюзглые или сухие, жилистые? Одни их сиплые голоса — отвращение! Или та вот — тоже страсть-то, его, что в Биаррице познакомилась и теперь его обчищает?.. Вылитая немка из Риги — нога в пол-аршина, губы намазаны, глаза навыкат. Она видела портрет. Портрет-то... шутка: шесть тысяч стоил! Еще год, другой, и будет она в дверь толщиной. Влюбись он в нее, в Анну Серафимовну, и тогда все ту же брезгливость будет она к нему иметь. Он для нее не мужчина; но срамиться, имея такую жену, с продажными гадинами, выдавать их по отелям за законных жен?!

Глаза ее окинули отделку лифа и юбку из тяжелого светло-песочного фая.

Она задумалась. Этот песочный цвет отзывался "купчихой". Она только тут это поняла. Зачем она выбирает такие цвета? Разумеется, самый купеческий цвет... "Жозефинка" говорила ведь ей, что не следует... А не все равно? Матерья прекрасная, немаркая, износу ей нет. Да для кого ей "шик"-то иметь? Она любит хорошие вещи, и всякий скажет, что она "дамой" смотрит, особенно на улице, в шляпке и в пальто или накидке. Да, на улице, в шляпке, а вот выбор материй-то и выдает. Не выбирай она купеческих колеров, и не было бы так часто на лице Виктора Мироновича пренебрежительной усмешки: "Пыжишься тоже, а вкус-то из Ножовой!"

Платье показалось ей совершенно безвкусным. Она подарит его племяннице. Не то чтобы она стыдилась своего звания, нет. Не желает она лезть в дворянки; но со вкусом одеваться каждый может... И нечего давать всякой дряни предлог смотреть на вас свысока оттого только, что вы цвета подходящего не умеете себе выбирать.

Наверху, в складах материй и сукна, приказчики приостановились забираться, все причесались и ожидали прихода хозяйки. Верхний амбар полон был света, заходившего именно теперь, к вечеру. По прилавкам и полкам играли полосы и "зайчики". Штуки разноцветного товара целыми стопами поднимались на прилавках и по полу, у окон и столбов, поддерживающих своды. Запах набивных ситцев и других бумажных тканей смешивался с более кислым запахом прессованного сукна. Склад держался в большой чистоте. Кроме штукатуренных стен, ясеневых полок и прилавков и чугунного пола, лестниц и перегородок, не к чему было пристать пыли и грязи.

Трифоныч слегка поддерживал хозяйку под левый локоть, когда она поднималась в верхний амбар.

— С месяц не была здесь,— сказала она и оглянула все помещение.— Тесно делается?

— Нет-с, еще управляемся,— откликнулся с поклоном главный доверенный приказчик, степенный мужчина за сорок лет, с огромной русой бородой.

Оптовых покупателей уже не ждали больше. Анна Серафимовна могла оглядеть товар без помехи. Ей принесли стул, но она не села, а отправилась сначала в "свое" отделение, где лежали сукна. Она знала толк в товаре и даже в фабричном деле. На своей фабрике почти каждого мальчишку звала она по имени. С главным приказчиком отделения сукон она перекинулась двумя-тремя словами, но в отделении шерстяного и бумажного товара ей захотелось пробыть подольше. И тут она много разумела: сорт товара сразу называла точным именем и редко ошибалась в фабричной цене.

XXIII

Около прилавка, в уровень с ним, положены были штуки какой-то темной бумажной ткани.

Анна Серафимовна развернула верхнюю штуку и спросила приказчика:

— Это бязь?

— Так точно.

— По какой цене?

Он назвал.

— Дешевле стала?

— На две копейки спустили,— пояснил приказчик.

— Всё армяне берут?

— Так точно.

Все приказчики боялись ее гораздо больше, чем хозяина. Его они давно прозвали "бездонная прорва" и "лодырь". Каждый из них старался красть. Им уже шепнули снизу, что, должно быть, "сама" берет в свои руки все дело. Тогда надо будет подтянуться. Кто-нибудь непременно полетит. Трифоныча они недолюбливали. Он усчитывал, что мог, и с главными приказчиками у него часто бывали перебранки. Трифоныч всегда держал руку хозяйки, почему его и считали "наушником" и "старой жилой".

На лестнице послышались скорые мужские шаги. Анна Серафимовна подняла голову. Это был Палтусов, в шляпе и пальто. Она вспыхнула. Ей стало сначала неловко оттого, что он ее застал в амбаре, среди ситцев и сукон, как настоящую хозяйку-купчиху. Но это чувство пролетело мгновенно, хотя и заставило ее покраснеть. Ну что ж такое? Она купчиха, владетельница миллионной фабрики, занимается делом, смыслит в нем. Тут нет ничего постыдного. Хорошо, кабы все так поступали, как она.

Когда Палтусов подошел к ней, она совершенно оправилась и протянула ему руку.

— Еду по Варварке,— мягко заговорил он, снимая шляпу и низко наклонив голову, как он делал только перед немногими женщинами.— Смотрю, ваша коляска. Спрашиваю. Анна Серафимовна одна в амбаре, а Виктора Мироновича нет... Вы заняты? Не мешаю?..

От его голоса она заметно оживилась. В нем было что-то такое, что действовало на нее совсем особенно. Перед ним она редко совестилась своего звания; но зато ей хочется быть "выше" этого звания, чтобы он видел в ней "человека", а не "кумушку", как Виктор Миронович. И, кажется, Палтусов так и начинает на нее смотреть. Его наружность она находила резкой противоположностью фигуре и лицу мужа. Ей нравился его склад, рост, выражение глаз, голос, манера говорить и держать себя... Он — "из господ", с воспитаньем, везде принят, служил в кавалерии и лекции слушал, а не пренебрегает бывать в купеческих домах. И держится не как барин, спустившийся до купцов; во все он входит, обо всем обстоятельно расспросит, чрезвычайно прост, никогда не скажет ни одной банальной любезности. С Виктором Миронычем сухо вежлив. Ни разу у него не ужинал. Ему не надо ни его сигар, ни его шампанского. Такого "барина" она бы пригласила к себе в директоры фабрики, если б он был техник. Только она минутами не то боится его, не то в чем-то как будто подозревает.

— Мешаете?— переспросила она.— Ничуть!

— Рассматриваете товар?

— Да, надо...

Она пошла к лестнице и его пригласила рукой. Приказчики враз поклонились.

— Сами хозяйничать надумали?— говорил ей вслед Палтусов.

44

— Фабрикой... своей... я давно занимаюсь, а вот теперь...

Она остановилась на лестнице двумя ступеньками ниже его и обернулась, глядя на него снизу вверх.

— Супруг уехал?

— Уезжает.

— Надолго?

— Не знаю. Чай, на всю зиму.

Ее приволжское "чай" немного резнуло его ухо, но тотчас же и понравилось ему. Голова Анны Серафимовны с широкими прядями волос, блеск глаз и стройность стана — все это окинул он одним взглядом и остался доволен. Но цвет платья он нашел "купецким". Она подумала то же самое и в одну с ним минуту и опять смутилась. Ей стало нестерпимо досадно на это глупое, тяжелое да вдобавок еще очень дорогое платье.

— Не угодно ли чаю?— спросила она, стараясь улыбнуться, у дверей хозяйского отделения.

— Не откажусь, если есть.

— Сейчас... Максим Трифоныч,— кивнула она в сторону конторщика.

Палтусов вошел за нею.

— Вы, значит, берете на себя все дело?— сказал он ей тоном утвердительного вопроса.

— Как это вы догадались?

— Догадался. И очень рад.

Они присели на диван, налево от входа.

— Виктор Мироныч,— начал он,— не деловой человек. У него тоска по... бульварам.

Палтусов рассмеялся. Ей понравилось, что он говорит про ее мужа в тоне приличной шутки, хотя и давно раскусил его. Так она желала бы, чтоб в ее присутствии все говорили о Станицыне, пока она считается его женой.

— Да,— спокойно сказала Анна Серафимовна.

Незаметно Палтусов взял ее за руку и почтительно пожал.

— Хороший вы человек!— тихо вымолвил он и поглядел ей в глаза ласково и кротко.

У ней внутри защекотало. Она слегка выдернула руку и обернула голову.

— Что же, вы это из жалости говорите, Андрей Дмитрич? — спросила она.

— Нет! не из жалости!— с живостью возразил он.— Цельный человек!.. Русская культура вот такая и должна быть... А точно,— он как бы искал слово,— судьба ваша...

Он не договорил. Дверь скрипнула. Приказчик подавал ему стакан чаю.

— Вы не выпьете?— спросил Палтусов.

— Я уж пила.

— Вам ехать?

— Да, надо.

45

— И я тороплюсь.

Приказчик вышел.

— И вы опять соломенной вдовой останетесь?

Палтусов во второй раз заглянул ей в глаза, но на большем расстоянии.

— Да я давно соломенная вдова! — вырвалось у Анны Серафимовны. Оба они поднялись разом с дивана.

XXIV

Им обоим приятно было бы остаться еще вдвоем в этом хозяйском отделении амбара. Но если б у Анны Серафимовны и не случилось экстренного дела, она бы все-таки поспешила уехать. Палтусова она принимала несколько раз у себя на дому, но в гостиной, в огромной комнате, на диване, в роли дамы,— она там не так близко сидела к нему, думала не о том, следила за собой, была больше стеснена, как хозяйка.

— Можно будет нанести вам визит? — спросил Палтусов с продолжительным наклонением головы и протянул ей руку.

— Милости просим,— весело сказала она и не успела высвободить свою руку, как он поцеловал ее немного выше кисти, где у ней поверх перчатки извивался длинный, до локтя, и тонкий браслет, в виде змеи, из платины.

— Я хотел расспросить вас подробнее о вашей школе.

Они выходили в наружное отделение конторы.

— Идет порядочно. Только вот теперь я реже буду ездить на фабрику.

"От сердца ли спросил он про школу?" — подумала она и опустила вуалетку. Трифоныч вырос перед нею. Оба конторщика приподнялись с своих мест. Палтусов еще раз простился и надел шляпу, когда брался за ручку двери. Она поклонилась ему и смотрела через стекло, как он вышел под свод рядов, повернул вправо, спустился с мостков и сел на пролетку. Его низкая шляпа, изгиб спины, покрой пальто, лиловое одеяло на ногах, борода с профилем приходились ей очень по вкусу. Все это было и красиво и умно. Она так и сказала про себя: "умно".

Своим подчиненным Анна Серафимовна сделала один общий поклон и сказала Трифонычу, подбежавшему к ней, так, чтобы никто не расслышал:

— Завтра пораньше зайди... и принеси все платежи, самые нужные.

На что он шепнул:

— Слушаю, матушка,— и, подавшись назад, три раза тряхнул седеющей головой.

Малый у дверей бросился кликать кучера. Подъехал двухместный отлогий фаэтон с открытым верхом. Лошадей Анна Серафимовна любила и кое-когда захаживала в конюшню. Из экономии она для себя держала только тройку: пару дышловых, вороную с серой и одну для одиночки — она часто езжала в дрожках — темно-каракового рысака хреновского завода. Это была ее любимая лошадь. За городом в Парке или в Сокольниках она обыкновенно говорила своему Ефиму:

— Пусти-ка Зайчика!

Зайчик брал раза два призы. Дышловые были отлично выезжены. Ефим — не очень толстый, коренастый кучер, по-московски выбритый и с большими усами. Жил сначала в наездниках на помещичьих заводах, пил редко, за лошадьми ухаживал умело, отличался большой чистоплотностью и ценил в хозяйке то, что она любит лошадей, знает в них толк и жалеет их: ездит умеренно, зимой не морозит ни лошадей, ни кучера, когда нужно — посылает нанять извозчичью карету. При Викторе Мироновиче состоял свой кучер, который в отсутствие барина пьянствовал и водил в конюшню разных "шлюх".

Между Ефимом и Анной Серафимовной установилось большое понимание.

— В Ильинские ворота проедешь,— приказала она ему.

Малый застегнул фартук. Фаэтон тихо пробрался по переулку. Выехав на Ильинку, Ефим взял некрупной рысью. Езда на улице поулеглась. Возов почти совсем не видно было. Но треск дрожек еще перекатывался с одного тротуара на другой.

Из своей легкой на ходу коляски, покачиваясь на пружинах шелковой репсовой подушки, Анна Серафимовна глядела вперед, не поворачивая головы по сторонам. Она и обыкновенно не делала этого, а теперь ей надо было обдумать много серьезных деловых вещей. Сейчас она должна заехать к своему приятелю-советнику Ермилу Фомичу Безрукавкину. Он ее банкир и душеприказчик. Завещание свое она давно написала. С ним разговор будет короткий об деле. Деньги он приготовит. Ермил Фомич очень обрадуется, что с завтрашнего дня все поступит к ней на руки. Вот только охотник он до умных разговоров. А ей к спеху. Ждут ее обедать к "тетеньке" Марфе Николаевне Кречетовой. Там садятся ровно в пять. Ее подождут; но сильно запоздать она сама не хочет. Тетенька — человек нужный. Она при хороших деньгах; к племяннице большое доверие имеет. Придется, быть может, перехватить. У Ермила Фомича она не желала бы дисконтировать, хотя он с удовольствием, хоть на двести тысяч и больше. Да неизвестно еще, какие "супризы" приготовит муженек в течение зимы.

Сквозь эти расчеты и соображения нет-нет то мелькнет лицо Палтусова, то вспомнится голос и та минута, когда он так быстро и ново для нее поцеловал ей руку выше кисти. И та минута, когда она стояла на лестнице и рассердилась еще сильнее на свое песочное платье. Теперь она опять слегка покраснела.

Проходил разносчик с ананасом и виноградом.

— Стой!— крикнула Анна Серафимовна Ефиму.

Она подозвала разносчика. "Куплю тетушке",— решила она, но начала основательно торговаться.

Ананас уступили ей за три рубля. Это ей доставило удовольствие: и недорого и подарок к обеду славный. Скупа ли она? Мысль эта все чаще и чаще приходила Анне Серафимовне. Скупа! Пожалуй, и говорят так про нее. И не один Виктор Мироныч. Но правда ли? Никому она зря не

47

отказывала. В доме за всем глаз имеет. Да как же иначе-то? На туалет,— а она любит одеться,— тратит тысячи три. Зато в школу целый шкап книг и пособий пожертвовала. Можно ли без расчета?

Нежный запах ананаса, положенного в открытый верх коляски, достигал до ее обоняния. И опять всплыли глаза Палтусова. Глазам-то она не верит. Очень уж они мягки и умны. Такой человек на каждом хочет играть, как на скрипке...

Ефим свернул с Маросейки и остановился на просторном дворе у бокового крыльца в крытом проезде.

XXV

Надо было позвонить. Ермил Фомич жил по-заграничному. Прислуживали ему камердинер и мальчик. Как холостяк, он дома почти никогда не обедал; приедет из города, переоденется и на целый вечер в гости или обедать, а то в театр, если не сидит дома и не читает книжку нового журнала. До журналов — большой охотник и до русских запрещенных книг. Анна Серафимовна так и разочла: заехала к нему теперь, перед обедом. В своем амбаре он сидел только до четвертого часа, а потом заезжал в два-три места по городу, а иногда в Замоскворечье. Но домой непременно завернет, снимет визитку, черный сюртук наденет и шляпу другую. Для амбара у него шелковая, высокая, а для гостей — поярковая, какие живописцы за границей носят.

— Дома Ермил Фомич?

Отворил камердинер, небольшого роста, брюнет, франтовато и пестро одетый.

— Никак нет-с. Пожалуйте. Сейчас будут.

Он знал Анну Серафимовну. Ермил Фомич ему наказывал, что "эту даму" всегда просить и осведомляться, не угодно ли чего: чаю, кофею, зельтерской или фруктовой воды.

Дом у Ермила Фомича — небольшой, снаружи не очень внушительный, отделан художником... Уже в передней фрески на стенах и по потолку показывали, что хозяин не желал довольствоваться обыкновенной барской или купеческой лакейской. Отделка следующих комнат, библиотеки, столовой, двух гостиных, комнаты в готическом вкусе, спальной и образной, была известна Анне Серафимовне. Она мало понимала в произведеньях искусства. Картины, бюсты, вазы оставляли ее равнодушной. И своей "тупости" она не скрывала. Муж ее не покупал картин. Деньги шли у него на кутежи, чванство, женщин и карты. Развить свой артистический вкус ей было не на чем у себя дома, а за границей на нее нападала ужасная тяжесть и даже уныние от кочевания по залам Дрезденской галереи, Лувра, венского Бельведера, флорентийских Уффиций.

Но во второй, маленькой, гостиной у Ермила Фомича висит картина — женская головка. Анна Серафимовна всегда остановится перед ней, долго смотрит и улыбается. Ей кажется, что эта девочка похожа на ее

Маню. Ей к Новому году хочется заказать портрет дочери. За ценой не постоит. Пригласит из Петербурга Константина Маковского.

Камердинер ввел ее в первую гостиную, с узорчатым ковром и золоченой мебелью с гобеленами, и спросил, как всегда:

— Не угодно ли чего приказать?

Она ответила, что ничего не желает, опустилась у окна в кресло и тут только почувствовала усталость в ногах, не от ходьбы, а от волнений сегодняшнего дня.

Потом вынула из кармана записную книжечку в шелковом сиреневом переплете, прикоснулась кончиком языка к карандашу и записала несколько цифр.

Надо изложить все Ермилу Фомичу покороче и подельнее насчет доверенности и прочего. А деньги он приготовит. В банки она не любила вкладывать. Да и не тот процент. Бумаг купить — лопнет общество или сам банк. Такой же человек, как Ермил Фомич, не лопнет. Ему ничего не значит давать ей десять процентов. Он не дисконт и все сорок получит с ее же денег.

С четверть часа подождала Анна Серафимовна. Каждый раз, когда она попадала в дом Безрукавкина, ей приходила мысль: почему это Ермил Фомич не присватался за нее десять лет назад? Отец отдал бы за него непременно. Ему, правда, лет сильно за пятьдесят, а тогда было за сорок. Влюбиться в него трудно; да и зачем? Жила бы в почете, покойно, он бы ее только похваливал, нашел бы в ней добрую помощницу. И какое она добро делает — все бы ему по душе. Он книжек читает больше ее, да и не очень скуп. Картины его надо бы похвалить, а она не понимает в них толку. Так она и теперь улыбается, когда он ей расписывает, что вот в этом ландшафте есть особенного. Она и теперь к его языку применилась: знает, что есть "сочная кисть" и "колорит", и освоилась с словом "зализать" и "компоновка". А тогда и подавно бы применилась. И вдовой раньше бы была. Будто больше ничего и не надо?

Глаза Анны Серафимовны блеснули и прикрылись веками. Еще раз кусок сегодняшнего разговора с Палтусовым припомнился ей. Он назвал ее "соломенной вдовой". И она сама это подтвердила. У ней это сорвалось с языка, а теперь как будто и стыдно. Ведь разве не правда? Только не следовало этого говорить молодому мужчине с глазу на глаз, да еще такому, как Палтусов. Он не должен знать "тайны ее алькова". Эту фразу она где-то недавно прочла. И Ермил Фомич когда разойдется, то этаким точно языком говорит.

— А!.. бесценная Анна Серафимовна!— раздалось над ее головой.

Безрукавкин, полный, русый, не очень еще старый, бородатый человек, в коротком клетчатом пиджаке, на вид скорее помещик, чем коммерсант, протягивал ей обе руки.

Она встала. Он ее опять усадил и, не выпуская рук, присел рядом на другое кресло.

— Денег надо, Ермил Фомич,— весело начала она.

— Черпайте! Приказывайте! Ваш слуга и казначей...

— Да, может, моих-то не хватит...

— Так за мои примемся. А разве муженек?!.

В десяти словах она ему все изложила. Ермил Фомич слушал, закрыв совсем глаза, и чуть слышно мычал.

XXVI

— Так вот как-с,— выговорил с удареньем Безрукавкин и поник головой.

— Одобряете? — спросила она.

— Еще бы! Абсолютно!

Он встряхнул волосами по моде сороковых годов "à la moujik" {по-мужицки (фр.), т. е. в скобку.} и, улыбаясь, глядел на свою гостью.

— Еще бы! — повторил он.— Умница вы, да и какая! Вас бы надо к нам в биржевой комитет или в думу... Ей-ей! Все это превосходно — и полное мое вам одобрение. Завтра пораньше Трифоныча ко мне... Какую надо сумму и проектец доверенности. У меня есть дока... Из наших банковых юрисконсультов. Я ему завтра покажу, нарочно заеду. Так вы,— он начал говорить тихо,— пенсиончик супругу-то положили?..

Они оба расхохотались.

— А за пазухой надо сотни тысяч держать!

- Да я так и буду готовиться, Ермил Фомич.

— Пожалуй, и не хватит!..

Он ее жалел. С "дамами" Безрукавкин всегда бывал любезен, но Анну Серафимовну отличал особенно. Его влекли к ней, кроме наружности, ее деловая натура и "истовый" вид, умение держать себя. И по части "вопросов" можно с ней пройтись. Серьезные книжки любит читать, статейку ей укажешь — непременно прочтет, слушает его почтительно, спорит мало и, если с чем не согласна, возражает умно. Не раз и он жалел: почему не пришло ему на мысль присвататься к ней десять лет тому назад? Очень уж он сжился с своей холостой свободой. Все говорил: "Так-то лучше", да и не взвиделся, как пятьдесят семь годков стукнуло.

Анна Серафимовна встала и посмотрела, который час. Пора на обед к тетке. Ермил Фомич протянул ей обе руки и задержал ее еще минуты на две в гостиной.

— Когда же мы сядем рядком,— спросил он,— да потолкуем ладком?

— Забываете меня, заехали бы когда-нибудь. Я вечера все дома сижу.

— Какова статейка-то в последнем номере, а?

Они перешли в его библиотеку.

— Не читала еще.

— А-а! Прочтите! Знамение времени! Вы раскусите, чем пахнет! Есть что-то такое, как бы это сказать... Протестация. Пришел конец нашему квасу-то. Мы шапками закидаем! Мы да мы! А вся Европа нам фигу кажет...

Безрукавкин быстро подошел к письменному столу и взял книгу журнала. Она была развернута. Он надел было очки и собрался прочитать Анне Серафимовне целую страницу.

50

"Батюшки!" — испугалась она и начала отступать к двери.

— Торопитесь?— спросил он с книжкой в руке.

— Да, извините, Ермил Фомич, спешу.

— Жаль, а тут вот есть одно выражение. Так у нас еще не писали. Я боялся — остановка будет месяца на четыре, однако до сих пор Бог миловал...

— Вот вы какой!..— пошутила она.

— Я такой!.. Это точно. Из старых западников... У меня какие друзья-то были? Кто мне дорогу-то указал?.. Храни, мол, Ермил, наши... как бы это сказать... инструкции. Я и храню! Перед Европой я не кичусь! Наука...

Он не докончил и подбежал к этажерке с книгами.

— Эту вещицу не видали?

Глаза его заблестели, когда он поднес брошюру к лицу Анны Серафимовны. Она прочла заглавие.

— Интересно?— спросила она боязливым звуком. Ермил Фомич оглянул комнату и продолжал шепотом и немного в нос:

— Я, вы знаете, этих господ не признаю. Они чрез край хватили... Додумались до того, что наука, говорят, барское дело!.. Каково? Наука! А что бы мы без нее были?.. Зулусы или, как их еще... вот что теперь Станлей, американец, посещает... А есть два-три места... мое почтение! Я отметил красным карандашом.

Анна Серафимовна стояла уже в дверях передней.

— Ах да! Вам к спеху... Не хотите ли просмотреть брошюру?

— Боюсь, Ермил Фомич!

— Вы-то?.. Да вы смелее любого из нас.

— Где уж! Дай Бог со своей-то домашней политикой справиться.

— Ну, коли так, с Богом! Пожалуйте руку. А если что — не побрезгуйте, заверните в амбар.

— У вас там и без меня много дела.

— Какой!... Так, по инерции... Ей-богу! Сидишь, сидишь... Один вексель учтешь, другой, третий; отчет по банку или по обществу просмотришь; в трактир чайку! Китай!.. Ташкент!.. По сие время еще в татарщине находимся!

И он резнул себя по горлу.

В передней Ермил Фомич собственноручно отворил Анне Серафимовне дверь в сени и крикнул камердинеру:

— Проводи!

XXVII

К тетушке Марфе Николаевне езды было четверть часа. Минут пять она опоздает, не больше. До сих пор все идет хорошо. Ермил Фомич — верный друг. Он считается, как и она, скуповатым, а по своей части кряжистым "дисконтером", но она знает, что он способен открыть ей широкий кредит. Да до кредита авось дело и не дойдет. Если она и спустит весь свой капитал в первые два года, так после выберет его. А ее суконная фабрика пойдет своим обычным порядком. Какой на нее "оборотный" капитал нужен, она не тронет его. Чистого дохода с фабрики она не проживет, даже если бы с мануфактур Виктора Мироновича и не получалось никакого дохода, до покрытия его долгов. Только надо хорошенько все оговорить и следить за ним. Пожалуй, придется иметь верного человека за границей.

Она задумалась.

Не хорошо! Что ж это будет в сущности? Похоже на шпионство. Какое шпионство? Простое наблюдение... Под рукой кому следует дать знать — магазинщикам и прочему люду, что хотя он и может подписывать векселя, но платить нечем, все у него заложено, а распоряжение делом — у жены. Если он не уймется — она ему предложит дать ей вторую закладную на мануфактуры. Тогда пускай пишет векселя. За нею все равно останется его недвижимость. Не хватит у нее своих денег, Ермил Фомич даст без залога, учтет вексель на какую угодно сумму, да и в банках можно учесть. У ней лично кредит солидный — где хочет: и в государственном, и в торговом, и в купеческом, и в учетном.

Все дела да дела, расчеты, подозрения, цифры, рубли. Сушь! А день стоит такой радостный. Вот пять часов, а тепло еще не спало. Даже на весну похоже: воздух и греет и опахивает свежестью.

Анна Серафимовна потянула на себя полы шелкового пальто. Она не вернется домой до вечера. А вечером засвежеет. Кто знает, быть может, и морозик будет. Ведь через несколько дней на дворе октябрь. Ей дадут что-нибудь там, у тетки. Она не одного роста с кузиной, зато худощавее.

Коляска ехала на добрых рысях. Ефим натянул вожжи. Лошади, настоявшись досыта, немного горячились и закусывали то та, то другая удила уздечки. Раза два на плохой мостовой порядочно качнуло. Но нить мыслей Анны Серафимовны не прервалась. Дела не позволяли ей отдаться своим ощущениям. Да, она за последнее время точно отказалась от своей жизни. Как будто забыла, что ей всего двадцать семь лет, что считают ее хорошенькой, целуют ручки, всячески отличают ее, обходятся с нею совсем не так, как с женщинами ее круга. Не потому ли, что она слывет за миллионершу? Кто знает? И этот Палтусов точно так же...

Она не замечала, что уже третий раз после разговора в амбаре мысль ее переходила к этому человеку. Ей хотелось теперь еще сильнее, чтобы он не смотрел на нее только как на купчиху-скопидомку. Надо ей больше читать,— вот когда дело наладится, после отъезда мужа. Она немало читала и любит серьезные вещи. Не слишком ли уж она скромна? Вон хоть бы взять Ермила Фомича. Он так и режет. Правда, не всегда у него иностранное слово кстати. Сегодня он пустил и "протестации" и "инерцию"... А ведь он на медные деньги учился. Когда он ей раз записку написал, так ни одной живой "яти" не было. Разве у ней такая грамотность? Она из пансиона второй ученицей вышла... И детей будет сама учить — и русскому, и когда надобность будет, так и арифметике и географии. Степенность и осторожность ее одолевают. И людей мало видит умных, развитых. А Ермил Фомич промежду них терся лет еще двадцать пять назад; на нем и осталась эта чешуя... Вот он "западник" — и поди с ним тягайся!

Ловко, крутым поворотом влетел Ефим во двор одноэтажного длинного дома с мезонином и крыльями — вроде галерей,— окрашенного в нежно-абрикосовый цвет. Двор уходил вглубь, где за чугунной белой решеткой краснели остатки листьев на липах и кленах. Дом Марфы Николаевны Кречетовой занимал широкую полосу земли, спускавшейся к Яузе. Из сада видны были извилины реки, овраги, фабрики, мост, а над ними, на другом берегу,— богатые церкви и хоромы Рогожской, каланча части, и еще дальше — башни и ограды монастыря. Точно особенный город поднимался там, весь каменный, с золотыми точками крестов и глав, с садами и огородами, с внешне строгой обрядной жизнью древнего благочестия, с хозяйским привольем закромов, амбаров, погребиц, сараев, рабочих казарм, затейливых беседок и вышек.

XXVIII

В переднюю, просторную низкую полукруглую комнату, высыпала молодежь встретить Анну Серафимовну. Поднялись говор, смех, оглядыванье туалета, поцелуи. Всех шумнее держала себя ее двоюродная сестра, меньшая, незамужняя дочь Марфы Николаевны — Любаша, широкоплечая, небольшого роста, грудастая девица. Ее темные волосы были распущены по плечам. Заметный пушок лег вдоль верхней губы. Разом взявшись за руки, накинулись на гостью две девушки, обе блондинки, высокие, перетянутые, одна в коротких волосах, другая в косе, перевязанной цветною лентой,— такие же бойкие, как и Любаша, но менее резкие и с более барскими манерами. Одна была консерваторка Кисельникова из купеческих дочерей, другая — учительница Селезнева, дающая уроки по богатым купцам, из чиновничьей семьи. Они очень походили одна на другую и схоже одевались, бывали в одних домах, разом начинали хохотать и кричать, вместе бранились с своими кавалерами и беспрестанно переглядывались. В дверях показались два подростка в расстегнутых мундирах технического училища, а за ними, уже из залы, видна была низменная фигура молодого брюнета в бородке, с золотым pince-nez, в белом галстуке при черном, чрезмерно длинном сюртуке,— помощник присяжного поверенного Мандельштауб, из некрещеных евреев.

— Тетя! Пора!— кричала Любаша, тиская Анну Серафимовну.

Она давно привыкла звать ее "тетя".

— Всего пять минут опоздала.

— Жрать смерть хочется! — сошкольничала Любаша на ухо, но так, что подруги ее слышали и разразились смехом.

— Ах, Люба! — вырвалось у Селезневой. Она при посторонних церемонилась.

— Ну ладно! — отозвалась Любаша.— Тетя! голубушка! шляпка-то у вас — целый овин. А лихо! Только я ни за что бы не надела. Пожалуйте, пожалуйте, родительница уж переминается.

Она схватила Анну Серафимовну за плечи и больше потащила, чем повела в залу.

— Брысь, брысь! Реалисты-стрекулисты! — крикнула она на техников, расталкивая их.— Не пылить!..

В зале накрыт был стол во всю длину, человек на четырнадцать. Особой столовой у Марфы Николаевны не было. Она не любила и больших дубовых шкапов. Посуда помещалась в "буфетной" комнате. Белые с золотом обои, рояль, ломберные столы, стулья, образ с лампадкой; зала смотрела суховато-чопорно и чрезвычайно чисто. За чистотой блюла сама Марфа Николаевна, а Любаша, напротив, оставляла везде следы своей непорядочности.

— Вы не знакомы? — спросила она помощника в белом галстуке, указывая на Станицыну.

— Не имел удовольствия встречать...— начал было он.

— Ну вы как затянете. Тетя моя, то бишь сестра двоюродная... ну да это все равно... Анна Серафимовна. Видите, какая прелесть... А это адвокат... то бишь помощник Мандельбаум.

— Штауб,— поправил он полуобиженно, но улыбающийся.

За Любой давали полтораста тысяч — можно было и православие принять.

— Ну, все равно! Штауб, Баум, Шмерц. Все едино, что хлеб — что мякина... А вы знаете, тетя милая, у нас зять.

— Кто?— тихо спросила Анна Серафимовна, все еще не пришедшая в себя.

— Зять, Сонин муж. Доктор Лепехин. Вот сейчас справлялся тоже — скоро ли обедать. А я ему говорю: лопайте закуску!

— Любовь Саввишна,— покачал головой брюнет,— вы все нарочно.

— Сойдет!.. Для таких кавалеров не начать ли парлефрансе?

И она чуть-чуть не высунула ему язык. Девицы шли назади и все "прыскали".

В дверях гостиной наткнулись они еще на подростка — в солдатском мундире, очках, с большим количеством прыщей на красном, потном лице. Он хлопнул каблуками.

— Это ничего,— пояснила Любаша Анне Серафимовне.— Из училища. Я им всем говорю: что вы к нам шатаетесь? Зубрить вам надо. Ей-богу, директору напишу, чтоб пробрали. А он все насчет любовной страсти. Этакие-то корпусятники!

Любаша приложила руку к сердцу, сгримасничала и тряхнула своей гривой. Анна Серафимовна сдержанно засмеялась и шепнула ей:

— Полно, нехорошо!

— Сойдет!— крикнула ей в ответ Любаша и ввела в гостиную.

XXIX

На среднем диване, под двумя портретами "молодых", писанных тридцать пять лет перед тем, бодро сидела Марфа Николаевна и наклонила голову к своему собеседнику, доктору Лепехину, мужу ее старшей дочери Софьи, медицинскому профессору, приезжему из провинции. Марфа Николаевна сохранилась: темные волосы, зачесанные за уши, совсем еще не серебрились даже на висках, красиво сдавленных. Кожа потемнела против прежнего, но все еще была для ее лет замечательно бела. В линии носа, в глазах, не утративших блеска, сидело фамильное сходство с племянницей. Она немного согнулась, но не сгорбилась. Голову ее драпировала черная кружевная косынка, надетая по-своему, вроде платочка. Черное же шелковое платье с большой пелериной придавало ей значительность и округляло ее сухой стан. Она все собирала и как бы закусывала свои тонкие губы, почему кумушки и болтали, что она придерживается рюмочки. Но это была чистейшая клевета. Марфа Николаевна, правда, имела привычку выпивать за обедом и ужином по рюмке тенерифу, но к водке отроду не прикладывалась.

Обширный диван с высокой резной ореховой спинкой разделял две большие печи — расположение старых домов — с выступами, на которых стояло два бюста из алебастра под бронзу. Обивка мебели, шелковая, темно-желтая, сливалась с такого же цвета обоями. От них гостиная смотрела уныло и сумрачно; да и свет проникал сквозь деревья — комната выходила окнами в сад.

Зятя Марфы Николаевны Анна Серафимовна видела всего два раза: когда он венчался да еще за границей. Ей показалось, что он похудел и оброс еще больше волосами. Борода начиналась у него тотчас под нижними веками. На голове волосы курчавились и торчали в виде шапки. Ему можно было дать лет тридцать пять. В начинающихся сумерках гостиной блестели его большие круглые глаза восточного типа. Он весь ушел в кресло и поджал под него длинные ноги. Фрак сидел на нем мешковато: профессор приехал от какого-то чиновного лица.

— Ах, Аннушка! — встретила Марфа Николаевна племянницу своим певучим голосом.— Мы думали — не будешь. Спасибо, спасибо.

Старуха приподнялась с дивана, вышла из-за стола, обняла Анну Серафимовну и поцеловала ее два раза.

— Маменька! — вмешалась Любаша.— Я велю давать суп. Мужчинки,— крикнула она,— полумужчинки! закуску можете травить!.. Марш!

— Люба, что ты это мелешь?— не то что очень строго, но все-таки по-матерински остановила ее Марфа Николаевна.

Она давно перестала сердиться на дочь за ее язык и обхождение. Ссориться ей не хотелось. Пожалуй, сбежит... Лучше на покое дожить, без скандала. Марфа Николаевна только в этом делала поблажку. В доме хозяйкой была она. Деньги лежали у нее. Всю недвижимость муж ей оставил в пожизненное владение, а деньги прямо отдал. Люба это прекрасно знала.

— Егор Егорыч,— обратилась она к зятю,— наша Аннушка-то какая милая!.. Вы как ровно не признали ее.

— Признал-с,— ответил горловым голосом зять, встал и протянул руку Анне Серафимовне.

Он ей никогда не нравился. Она даже побаивалась его учености и резкого тона. Говорил он — точно ногу или руку резал.

— Закусить милости прошу,— пригласила старуха.— Люба, проси гостей в залу.

Племянницу Марфа Николаевна придержала в гостиной и шепнула ей:

— Не привез жену-то!.. Так скрутил! Даром что бойка была. Вот я тоже и Любови говорю: дай срок-от, нарвешься ты вот на такого же большака...

Опершись слегка на руку Анны Серафимовны, красивая старуха перешла в залу, истово перекрестилась большим крестом, села на хозяйское место, где высилась стопа тарелок, и начала неторопливо разливать щи.

— Сюда, сюда,— указывала она рядом с собою Анне Серафимовне,

Молодежь долго шушукалась и топталась около закуски. Из задней двери выплыли две серые фигуры и сели, молча поклонившись гостям.

— Где же Митроша?— спросила Марфа Николаевна.

— Не приезжал еще! — откликнулась Любаша.— Нам из-за него не...— Она хотела сказать "околевать", но воздержалась.

Остались не занятыми два прибора. Подростки и девицы, наевшись закуски, загремели стульями и заняли угол против хозяйки.

XXX

— Тетя! — крикнула Любаша через весь стол, упершись об него руками.— Знаете, кого мы еще к обеду ждали?

— Кого?

— Сеню Рубцова... вы его помните ли?

Анна Серафимовна стала вспоминать.

— Родственник дальний,— пояснила Марфа Николаевна,— Анфисы Ивановны покойницы сынок. И тебе приходится так же,— наклонилась она к племяннице.

— Нашему слесарю — двоюродный кузнец!..— откликнулась Любаша.

Техники и юнкер как-то гаркнули одним духом. Профессор ел щи и сильно чмокал, посапывая в тарелку. Прислуживал человек в сюртуке степенного покроя, из бывших крепостных, а помогала ему горничная, разносившая поджаристые большие ватрушки. Посуда из английского фаянса с синими цветами придавала сервировке стола характер еще более тяжеловатой зажиточности. В доме все пили квас. Два хрустальных кувшина стояли на двух концах, а посредине их массивный граненый графин с водой. Вина не подавали иначе, как при гостях, кроме бутылки тенерифа для Марфы Николаевны. На этот раз и перед зятем стояла бутылка дорогого рейнского. Молодежи поставили две бутылки ланинской воды; но техники и юнкер пили за закускою водку, и глаза их искрились.

— Тетя! — крикнула опять Любаша.— Сеня-то какой стал чудной! Мериканца из себя корчит! Мы с ним здорово ругаемся!

Анна Серафимовна ничего не ответила. Она расслышала, как адвокатский помощник сказал Любаше:

— А вы большая охотница... до этого?..

Тетка старалась ввести ее в разговор с зятем. Он обеих давил своим присутствием, хотя и держался непринужденно, как в трактире, и не выражал желания кого-либо из присутствующих занимать разговорами.

— Вот, Егор Егорыч,— начала Марфа Николаевна,— рассказывает про свои места... Про поляков... не очень их одобряет...

Он только повел белками и выпил после тарелки щей большую рюмку рейнвейна.

— Егор Егорыч,— подхватила с своего места Любаша,— прославился тем, что Дарвинову теорию приложил к обрусению... Не пущай! Как у Щедрина...

Вся молодежь расхохоталась. Мандельштауб даже взвизгнул, белокурые девицы переглянулись к толкнули одну другую.

— Люба! — строго остановила мать и покачала головой.

Обросшие щеки профессора пошли пятнами.

— А вы знаете ли, что такое Дарвинова теория? — спросил он глухо.

— Гни в бараний рог! Кто кого сильнее, тот того и жри!..— обрезала уже в сердцах Люба.

Она терпеть не могла своего шурина.

— И будем гнуть-с! — также со злостью ответил он и ударил ножом о скатерть.

"Господи! — подумала Анна Серафимовна.— Они подерутся".

Подали круглый пирог с курицей и рисом, какие подавались в помещичьих домах до эмансипации. Зазвякали ножи, все присмирели, и в молодом углу ели взапуски... Любаша ужасно действовала своим прибором. Анна Серафимовна старалась не глядеть на нее. Вилку Любаша держала торчком, прямо и "всей пятерней" — как замечала ей иногда мать, отличавшаяся хорошими купеческими манерами; ножик — так же, ела с ножа решительно все, а дичь, цыплят и всякую птицу исключительно руками, так что и подруг своих заразила теми же приемами. Невольно бросила Анна Серафимовна взгляд на свою кузину. В эту минуту Любаша совсем легла на стол грудью, локти приходились в уровень с тем местом, где ставят стаканы, она громко жевала, губы ее лоснились от жиру, обеими руками она держала косточку курицы и обгрызывала ее. Глаза ее задорно были устремлены на зятя и говорили: "Вот дай срок, я догложу, задам я тебе феферу!"

— Как вы это страшно сказали,— с улыбкой заметила Анна Серафимовна профессору.

Он дожевал и, не поднимая головы, выговорил:

— Такой народ!..

— Маменька,— донесся голос Любаши,— здесь вина нет... Там

рейнвейн стоит,— и она ткнула головой в воздух,— а здесь хоть бы чихирю какого поставили.

Мать показала головой лакею на свою бутылку тенерифу.

— Нет, нет! Покорно спасибо. Пожалуйте нам красного!.. Лафиту!

Подозвана была горничная. Марфа Николаевна что-то шепнула ей и сунула в руку ключи. В передней заслышались шаги.

— Вот Митроша! — возвестила Любаша; потом оглядела всех и вскрикнула: — Ведь нас тринадцать будет!..

Все переглянулись, не исключая и зятя. Мать пустила косвенный взгляд на две серые фигуры: одна была приживалка — майорша, другая — родственница, вдова злостного банкрота.

— Ха-ха!— сквозь зубы рассмеялся зять и поглядел на Любашу.— Дарвина имя всуе употребляете, а тринадцати за столом боитесь.

— И боюсь. И все боятся, только стыдно сказать... И вы, когда попа встретите, что-то такое выделываете, я сама видала.

Приживалка-родственница безмолвно встала и отошла в сторону.

— Поставь их прибор на ломберный стол,— приказала лакею Марфа Николаевна.

Все точно успокоились и стали доедать рис и сдобные корки пирога.

Подали и бутылку красного вина. Досталось по рюмке молодому концу стола. Любаша пролила свое вино; юнкер начал засыпать пятно солью и высыпал всю солонку.

XXXI

К ручке Марфы Николаевны подошел сын ее Митроша, или "Митрофан Саввич", как звала его сестра, когда желала убедить его в том, что он "идиот" и "чучело". Он походил на сестру только широкой костью и не смотрел ни гостинодворцем, ни биржевиком. Всего скорее его приняли бы за домашнего учителя или даже за отставного военного, отпустившего бороду. Одет он был в модный темный драповый сюртук, но все на нем сидело небрежно и точно с чужого плеча. Рыжеватые волосы, давно не стриженные, выдавались над лбом длинным клоком, борода росла в разных направлениях. На переносице залегли две прямые морщины, и брови часто двигались. Ему минуло двадцать семь лет.

Митрофан Саввич поклонился всем небрежно и торопливо и сел рядом с шурином. Он его почитал и постоянно ему поддакивал. Анна Серафимовна знала наперед, как он будет себя вести: сначала посидит молча, будет жадно "хлебать" щи и громко жевать сухую еду, а там вдруг что-нибудь скажет насчет политики или биржи и начнет кричать сильнее, чем Любаша, точно его кто больно сечет по голому телу; прокричавшись, замолчит и впадет в тупую угрюмость. Если за столом сидит кто, играющий на каком-нибудь инструменте, он заговорит о своем корнет-пистоне. Играет он целые дни по возвращении домой, собрал на своей половине целую коллекцию медных инструментов, а когда устанет, призовет двух артельщиков и приказывает им действовать на механическом фортепьяно. С десяти до четырех он сортирует товар: марену, кубовую краску, буру, бакан, кошениль, скипидар, керосин. В этом он считается большим докой. Перед обедом бывает на бирже. Анна Серафимовна все это знала и почему-то каждый раз говорила себе: "А ведь свезут его когда-нибудь в Преображенскую больницу". Не прошло и пяти минут, как Митроша выпил квасу и уже кричал высокой фистулой по поводу какой-то депеши об англичанах:

— Торгаши проклятые!.. Опять гадить!.. Уж мы их припрем!.. Эти самые текинцы! Откуда взялись текинцы? Биконсфильд!.. Жидовское отродье! И вдруг в лорды произвели! С паршами-то!

Помощник присяжного поверенного повернул голову в своих высоких стоячих воротниках при крике "жидовское отродье". И "парши" ему не пришлись по вкусу. В другом месте он напомнил бы, что и Спиноза был тоже "с паршами", но полтораста тысяч... все полтораста тысяч...

Любаша наклонилась к нему и сказала громким шепотом:

— Пускай его!.. Сейчас клапан-то закроется! У него ведь это вдруг!..

Девицы хотели расхохотаться, но просидели тихо: каждая имела тайные виды на Митрошу.

Шурин согласился с ним. Молодежь слышала, как он с каким-то даже щелканьем своих белых зубов сказал:

— Пустить надо грамоты! Индийский народ за нас.

"Что за столпотворение вавилонское",— подумала Анна Серафимовна. Ее начало давить, как во сне, когда вас "домовой",— так ей рассказывала когда-то няня,— душит своей мохнатой лапой.

Рыба на длинной деревянной доске, покрытой салфеткой, следовала за пирогом. Соус "по-русски" подавала горничная особо. Любаша, как и все, кроме Анны Серафимовны,— ее научил муж,— ела всякую рыбу ножом и крошила ее, точно она сбирается мастерить тюрю. Никто не услыхал, как в дверях залы показался новый гость, высокого роста, с волосами и бородкой каштанового цвета и пробритой губой, что могло бы придавать ему наружность голландского или шведского шкипера. Но черты его загорелого лица были чисто русские, не очень крупные. Круглый нос и светло-серые глаза, сочные губы и широкий подбородок — все это отзывалось Поволжьем. Вокруг рта и под носом появлялись мелкие складки юмора.

Он держал в руках шотландскую шапочку. На нем плотно сидел клетчатый коричневый сьют. Его сапоги на двойных подошвах издавали сильный скрип.

— Сеня! — первая увидала его Любаша, бросила салфетку, не утеревшись, и вскочила из-за стола.

— Опять тринадцать будет!— крикнула девица Селезнева.

Приживалку посадили на прежнее место. Было немало хохоту. Новый гость пожал руку Марфе Николаевне, Любаше, ее брату и шурину. Его посадили рядом с Анною Серафимовною.

XXXII

Их перезнакомили. Действительно, он приходился в одинаковом дальнем родстве и покойному мужу Марфы Николаевны, и ей самой, и, стало быть, и Анне Серафимовне. Тетка припомнила племяннице, что они "с Сеней" игрывали и даже "дирались", за что Сеню раз больно "выдрали". Анна Серафимовна незаметно, но внимательно оглядела его.

— Как вас звать? — тихо спросила она под шум голосов и стук ножей.

— Купеческий брат Любим Торцов,— пошутил он. Говор его не то что отзывался иностранным акцентом, а звучал как-то особенно, пожестче московского.

— Нет, по отчеству?

— Тихоныч! — уже совсем по-купечески произнес он и даже на "о" сильнее, чем она произносила.

Это ей понравилось.

— Вы на Волге все жили?— спросила она.

— На Волге... десять лет невступно.

— Ведь я старше вас? — ласково выговорила она и в первый раз подольше остановила на нем свои глаза.

Рубцов тоже уставил глаза в ее брови: он таких давно не видал.

— Ну, вряд ли,— бойко, немного хриповатым голосом ответил он...— Мне двадцать шестой пошел. Я вот Митрофана на два года моложе.

— А я вас на два года старше...

Ей и то почему-то было приятно, что она старше его... На вид он смотрел тридцатилетним.

— И вы,— продолжала она понемногу спрашивать,— давно с Волги-то?

— ...Да семь годов будет... Аттестат зрелости не угодил получить. Вы нешто не слыхали? Отец в делах разорился в лоск... И мать вскорости умерла. Сестра в Астрахани замужем. Вот я, спасибо доброму человеку, и уехал за море.

— В Англии всё были?

— И в Америке тоже. Какие крохи оставались — я махнул на них рукой... Да вы что же все про меня? Вы лучше про себя расскажите. Вон вы, сестричка, какая... Вы не обидитесь? Я вас, помню, так звал.

— Зовите... И по какой же вы там части?

— Да по всякой... Кой-чему научился как следует. Из фабричного дела — суконное знаю порядочно.

— Суконное? — вскричала Анна Серафимовна.

— А что?

— Как это славно!

— Не хотите ли меня брать?

— Что же?

— Смотрите! Дорог я!

Он рассмеялся, и она с ним. Им стало ловко, весело, они сейчас почувствовали, что во всем обеде только между собою и могут вести они разговор людей, понимающих друг друга. Появление этого "братца" сегодня — после сцены в амбаре, пред открывающейся перед нею вереницей деловых забот и одиночества — разом освежило Анну Серафимовну... Недаром, точно по предчувствию, спешила она к тетке. Ей, конечно, было бы приятнее найти в Семене Тихоновиче побольше изящества в манерах и в говоре; но и так он для нее был подходящий человек... В нем она учуяла характер и живой ум. Такой малый не выдаст... Остался мальчиком в погроме дел отца, не пропал, учился, побывал в Америке... Не шутка! И все-таки не важничает, не тычет в нос заграницей, говорит сильно на "о", напоминает ей своим тоном детство. Да еще моложе ее на два года!..

Любаша с прихода Рубцова заметно притихла. Она прислушивалась к разговору его с Анной Серафимовной, начала насмешливо улыбаться, от жареного — подавали индейку, чиненную каштанами,— отказалась и сложила даже руки на груди, а рот вытерла старательно салфеткой. Она не нападала на этого "братца" так смело, как на шурина, а больше отшучивалась.

За пирожным — яблочный пирог со сливками — Рубцов, видя, как она пустила шарик в нос одному из техников, сказал ей тоном взрослого с девочкой:

— Без пирожного оставим!.. Который годок-то?

— Двадцать лет! — ответила она и хотела ему показать язык.

— Хорошо, что я сегодня здесь около бабушки сижу,— обратился он к Анне Серафимовне,— а то кузиночка-то все книжками меня пужает. Все насчет обмена веществ... Штофвексель {Обмен веществ (от нем.: Stoffwechsel).}. Из физиологии-с!..

— Я вижу, что тебе хорошо там — присоседился,— подхватила Любаша и начала шептаться с подругами.

Все три девицы встали из-за стола, гремя стульями. Любаша, когда приходилось "прикладываться" — так она называла целование руки у матери,— не могла не заметить Рубцову и Анне Серафимовне:

— Вас теперь, я вижу, и водой не разольешь.

— Что мы, собаки, что ли? — возразил Рубцов.— Эх, кузиночка! А еще Гамбетту видели живого.

XXXIII

Все перешли в гостиную; но Любаша и остальная молодежь, видя, что Рубцов отошел к окну вместе с Анною Серафимовною, потащила всех в мезонин, где помещался бильярд. Митроша сел с шурином играть в карты в вист. Для этого приглашена была одна из приживалок — майорша. Марфа Николаевна отдыхала после обеда с полчасика. За стол сели поздно, и глаза у ней слипались.

Она тихо подошла к племяннице, взяла ее за плечи, поцеловала в лоб и поглядела на Рубцова, стоявшего немного поодаль.

— Видишь, Сеня, сестрица-то у тебя какая?

И старуха нежно погладила племянницу по волосам. Глаза Анны Серафимовны так и горели в полусвете гостиной, где лампа и две свечи за карточным столом оставляли темноту по углам.

Рубцов загляделся на свою "сестрицу".

— Вам, тетенька, бай-бай?— спросила Анна Серафимовна.

— Я на полчасика... Ты посидишь?

— Детей я не видала с утра.

— Не съедят... Ну, я пойду, велю вам сладенького подать.

Тут только Анна Серафимовна вспомнила про ананас. Его сейчас принесли. Тетка была тронута и сказала шепотом:

— Пускай постоит! Тем не стоит давать.

Согнутая спина старухи, с красивыми очертаниями головы, исчезла в дверях следующей комнаты.

Рубцов указал Анне Серафимовне на два кресла у окна.

— Курите?

— Нет!

— Папенька не позволял? Он ведь на этот счет строг был.

— И у самой охоты не было.

Ей делалось все ловчее с ним и задушевнее, хотя он и не смотрел особенно ласково. Домашние обиды и дрянность мужа схватили ее за сердце, но она подавила это чувство. Она не станет ему изливаться. После, может быть, когда сойдутся совсем по-родственному.

— У вас сколько же деток? — спросил он, закуривая собственную хорошую сигару.

— Двое: мальчик и девочка.

— Красные детки? — Про мужа он не стал расспрашивать — она догадалась почему; сказал только вскользь: — Супруга вашего показали мне раз на выставке, в Париже.

Однако она сообщила ему, между прочим, когда подали им фрукты и конфеты, что берет все дело в свои руки.

— Ой ли?— вскрикнул он и встал.

Тут он расспросил ее про размеры дела, про мануфактуры мужа и про ее суконную фабрику. О фабрике она говорила больше и заохотила его посмотреть, и про свою школу упомянула.

— Хвалю!— кратко заметил он.

С директором у ней мало ладу, а контракт его еще не кончился. Директор — немец, упрям, держится своих приемов, а ей сдается, что многое надо бы изменить.

— Вы бы заглянули,— пригласила она.

— Как, вроде эксперта?— спросил он с ударением на "э".

— Вот, вот!

Прибежала Любаша угощать их "своими конфетами", поднесенными ей Мандельштаубом.

— Маменька-то,— рассказала она им,— ни с того ни с сего генеральшу прикармливать стала, а та у ней серебряный шандал и стащила.

— Ах! — пожалела Анна Серафимовна.

— Да, все вышли, а она и стибрила. Зато настоящая генеральша... У ней кто чином выше из салопниц — тот ее и разжалобит скорее.

Они ничем не поддержали ее балагурства. Любаша убежала и крикнула им:

— Естественный подбор!..

Анна Серафимовна поняла намек. Рубцов крякнул и мотнул головой.

— Чудеса в решете,— начал он.— Москательный товар и происхождение видов Дарвина... и приживалки-генеральши!

— Нынче так пошло,— точно про себя заметила Анна Серафимовна.

— Да, на линии дворян, как мне на той неделе в Серпухове лакей в гостинице сказал.

Так они и проговорили вдвоем. Она узнала, что Рубцов еще не поступил ни на какое место. Всего больше рассказывал он про Америку; но у янки не все одобрял, а раза два обозвал их даже "жуликами" и прибавил, что везде у них взятка забралась. Францию хвалил.

Партия в вист кончилась. В зале стали играть и петь. Любаша играла бойко, но безалаберно, пела с выражением, но ничего не могла доделать.

— Ничего не любит кузиночка-то,— выговорил Рубцов,— только тешит себя!

Из половины Митроши доносились звуки корнета и гул механических фортепьян. Профессора он поил венгерским и угостил хором:

"Славься, славься, святая Русь!.."

XXXIV

Засвежело. Анна Серафимовна уехала от тетки в десятом часу. Рубцов проводил ее до коляски. Она взяла с него слово быть у ней через три дня.

— Муж уедет,— говорила она ему,— по делам управлюсь... Тогда на свободе... Буду ждать к обеду...

Коляска поднималась и опускалась. Горели сначала керосиновые фонари, потом пошел газ, переехали один мост, опять дорога пошла наизволок, городом, Кремлем — добрых полчаса на хороших рысях. Дом тетки уходил от нее и после разговора с Рубцовым обособился, выступал во всей своей характерности. Неужели и она живет так же? Чувство капитала, москательный товар, сукно: ведь не все ли едино?

"Затеи. Один дудит в трубу, другая озорничает, ничего не любят, ни для чего не живут, кроме себя. Как еще не повесятся с тоски — удивительное дело!"

Ефим сдержал лошадей у крыльца. Анна Серафимовна негромко позвонила. Сени освещались висячей лампой. Ей отворил швейцар — важный человек, приставленный мужем. Она его отпустит на днях. Белые, под мрамор, стены сеней и лестницы при матовом свете лампы отсвечивали молочным отливом.

На верхней площадке ее встретила не старая еще женщина — ее доверенная горничная-экономка Авдотья Ивановна, в короткой шелковой кацавейке и в "головке". Она ходила беззвучно, сохраняла следы красивых черт лица и говорила сладким московским говором.

63

— Что дети? — тихо спросила Анна Серафимовна.

— Уложили-с — започивали. Мадам тоже ушедши из детской.

При детях состояла англичанка бонна. Авдотья Ивановна пошла вперед со свечой через высокие, полные темноты парадные комнаты. Половина Виктора Мироныча помещалась внизу. Когда Анна Серафимовна бывала в гостях и даже дома одна, ни залы, ни двух гостиных не освещали.

Дом спал, со своей штофной мебелью, гардинами, коврами и люстрами. Чуть слышались шаги обеих женщин.

— Барин заезжали недавно,— не поворачиваясь, доложила Авдотья Ивановна.

Она всегда что-нибудь сообщит про "барина", хотя Анна Серафимовна и не поощряла этого. Через коридорчик прошли они в детскую.

— Не разбуди,— шепотом сказала Станицына Авдотье Ивановне, останавливая ее у дверей.

В детской стоял свежий воздух. Лампада за абажуром позволяла разглядеть две кроватки с сетками. Мать постояла перед каждой из них, перекрестила и вышла.

В своей спальне, с балдахином кровати, обитым голубым стеганым атласом, Анна Серафимовна очень скоро разделась, с полчаса почитала ту статью, о которой спрашивал ее Ермил Фомич, и задула свечу в половине одиннадцатого, рассчитывая встать пораньше. Она никогда не запирала дверей.

Часу в четвертом она проснулась и закричала. Ей почудилось во сне, что воры забрались к ней. Спальня тонула в полутьме лампадки.

— Кто тут?!— дико крикнула она и села в постели, вскинув руками.

— Anna! C'est moi! {Анна! Это я! (фр.).} — проговорил голос ее мужа, нетвердый, но нахальный.— Не бойся!..

Она сейчас накинула на себя кофточку. От Виктора Мироныча пахло шампанским. В полусвете виднелись его длинные ноги, голова клином, глаза искрились и смеялись.

— Что вам нужно от меня?— гневно и глухо спросила она.

Муж уже сидел у ней на кровати.

— Анна!— говорил он не очень пьяным, но фальшиво чувствительным голосом...— Зачем нам ссориться? Будем друзьями... Ты видела сегодня — я на все согласен... Но тридцать тысяч... C'est bête... {} Согласись! это... это...Это глупо... (фр.).

Вмиг поняла она, в чем дело.

— Вы проигрались?..

— Mais écoute... {Но послушай... (фр.).}

— Проигрались?— повторила она и совсем села в постели.— Не лгите! Сколько? Сейчас же говорите!

Он был так ей гадок в эту минуту, что рука зудела у нее...

— Не кричите так!..— обиделся он и встал.

— Сколько? Ну, все равно, завтра мы увидим. Но уходите, Виктор Мироныч, ради Бога, уходите!

— Будто я так?.. Je vous donne si peu sur la peau {Я вас так мало трогаю (фр.).}.

И он захохотал... Вино только тут начало забирать его... Но не успел он повернуться, как две нервные руки схватили его за плечи и толкнули к двери.

Долго, больше получаса, в спальне раздавалось глухое женское рыдание. Анна Серафимовна лежала ничком, головой в подушку.

КНИГА ВТОРАЯ

I

Утром, часу в десятом, перед подъездом дома коммерции советника Евлампия Григорьевича Нетова стояла двуместная карета. Моросил октябрьский дождик. Переулок еще не просыпался как следует. В нем все больше барские дома и домики с мезонинами и колоннами в александровском вкусе. Лавочек почти нет. Бульвар неподалеку. Дом Нетову строил модный архитектор, большой охотник до древнерусских украшений и снаружи и внутри. Стройка и отделка обошлись хозяину в триста тысяч, даром что дом всего двухэтажный. Зато таких хором не много найдешь на Москве по фасаду и комнатному убранству.

Кучер, в меховом кафтане, но еще в летней шляпе, курил папиросу. За дышло держался одной рукой конюх в короткой синей сибирке, со щеткой в другой руке. Они отрывочно разговаривали.

— Куды-ы? — переспросил кучер, не выпуская изо рта папиросы.

— Сказывала Глаша — за границу.

— Вот оно что!..

— Легче будет.

— Это точно... Он куды проще...

— Однако тоже бывает привередлив...

— С таких-то миллионов будешь и ты привередлив...

Швейцар отворил наружную массивную дверь, за которой открылась стеклянная. Он улыбнулся кучеру и почистил бронзовое яблоко звонка.

— Скоро выдет?..— крикнул ему конюх.

— Одевается,— смешливо ответил швейцар, не очень рослый, но широкий малый, из гусарских вахмистров, курносый, в гороховой ливрее — совсем не купеческий привратник.

Он потер еще суконкой чашку звонка и ушел. Дождь немного стих; вместо дождя начала падать изморось.

— Эк ее! — заметил флегматично кучер и дернул вожжой: правая лошадь часто заигрывала с левой и кусала дышло.

Дернул ее за узду и конюх.

Разговор прекратился; только слышно было дыхание рослых вороных лошадей и вздрагивание позолоченных уздечек.

Швейцар вернулся в сени. То были монументальные пропилеи. Справа большая комната для сбережения платья открывалась на площадку дверью в полуегипетском, полувизантийском "пошибе". Прямо против входа, над лестницей в два подъема, шла поперечная галерея с тремя арками. Свет падал из окон второго этажа на разноцветный искусственный мрамор стен и арки и на белый настоящий мрамор самой лестницы. Два темно-малиновых ковра на обоих подъемах напоминали немного вход в дорогой заграничный отель. Но стены, верхняя галерея, арки, столбы, стиль фонарей между арками, украшения перил, мебель в сенях и на галерее выказывали затею московского миллионщика, отдавшего себя в руки молодого славолюбивого архитектора.

Ступени лестницы, стены и арки отливали матовым блеском; ничто еще не успело запылиться или потускнеть. Видны были строгость и глаз в порядках этого дома.

Швейцар тотчас же подошел к мраморному подзеркальнику, отряхнул и обчистил щетку и гребенку, две шляпы и бобровую шапку, лежавшие тут вместе с несколькими парами перчаток. Потом он вынес из несколько низменной комнаты, где вешалки с металлическими номерами шли в несколько рядов, стеганую шинель на атласе, с бобром, и калоши, бережно поставил их около лестницы, а шинель сложил на кресло, выточенное в форме русской дуги. Другое, точно такое же, стояло симметрично напротив. Сам он подошел к зеркалу, поправил белый галстук и застегнул ливрею на последнюю верхнюю пуговицу.

На галерее видны были снизу два официанта в темных ливреях с большими золотыми тиснеными пуговицами. Один стоял спиной влево, у входа в парадные комнаты, другой — в средней арке.

— Оделся? — полушепотом спросил швейцар.

— Нет еще.. Викентий ходит у двери. Стало, не звал.

— А на женской половине?..

— Не слышно еще...

Вправо с галереи проход, отделанный старинными "сенями" с деревянной обшивкой, вел к кабинету Евлампия Григорьевича. Перед дверьми прохаживался его камердинер Викентий, доверенный человек, бывший крепостной из дома князей Курбатовых. Викентий — седой старик, бритый, немного сутуловатый, смотрит начальником отделения; белый галстук носит по-старинному — из большой косынки.

Он прохаживается мелкими шажками перед дверью из карельской березы с бронзовыми скобами. Не слышно его шагов. Больше тридцати лет носит он сапоги без каблуков, на башмачных подошвах. С тех пор как он пошел "по купечеству", жалованье его удвоилось. Сначала его взяли в дворецкие, но он не поладил с барыней; Евлампий Григорьевич приставил его к себе камердинером.

Ходит он и ждет звонка. Из кабинета проведен воздушный звонок. Это не нравится Викентию: затрещит над самым ухом, так всего и передернет, да и стены портит. В эту минуту, по его расчету, Евлампий Григорьевич выпил стакан чаю и надел чистую рубашку, после чего он звонит, и платье, приготовленное в туалетном кабинетике, где умывальник и прочее устройство, подает ему Викентий. Часто он позволяет себе сделать замечание: что было бы пристойнее надеть в том или ином случае.

II

Кабинет Евлампия Григорьевича — высокая длинная комната, род огромного баула, с отделкой в старомосковском стиле. Свету в ней гораздо меньше, чем в остальных покоях. Окна выходят на двор. Везде обшивка из резного дерева: дуба, карельской березы, ореха. Потолок, весь штучный, резной, темных колеров, с переплетами и выпуклыми фигурами, с тонкой позолотой, стоил больших денег. Он выписной, работали его где-то в Германии. Поверх деревянной обшивки идут до потолка кожаные тисненые обои в клетку, с золотыми разводами и звездами. Их нарочно заказывали во Франции по рисунку. Таких обоев не отыщется ни у кого. От них кабинет смотрит еще угрюмее, но "пошиб" вознаграждает за неудобство, разумеется — "на охотника", кто понимает толк. Евлампию Григорьевичу кажется, что он из таких именно "понимающих" охотников. Каждый стул, табурет, этажерка делались по рисункам архитектора. Хозяин кабинета не может никуда поглядеть, ни к чему прислониться, ни на что сесть, чтобы не почувствовать, что эта комната, да и весь дом,— в некотором роде музей московско-византийского рококо. Это сознание наполняет Евлампия Григорьевича особым сладострастным почтением к собственному дому. Ему иногда не совсем ловко бывает среди такого количества вещей, заказанных и сделанных "по рисунку", но он все больше и больше убеждается в том, что без этих вещей и он сам лишится своего отличия от других коммерсантов, не будет иметь никакого права на то, к чему теперь стремится.

По самой средине кабинета помещается письменный стол с целым "поставцом", приделанным к одному продольному краю, для картонов и ящиков, с карнизами и русскими полотенцами, пополам из дуба и черного дерева, с замками, скобами и ключами, выкованными и вырезанными "нарочно". Стол смотрит издали чем-то вроде иконостаса. Он покрыт бронзой и кожаными вещами, массивными и дорогими. До чего ни дотронешься, все выбрано под стать остальной отделке. Хозяину стоило только раз подчиниться, и все, что ни попадало на его стол, отвечало за себя. Фотографические портреты, календарь, бювары, сигарочницы, портфели размещены были по столу в известном художественном порядке. Иногда Евлампию Григорьевичу и хотелось бы переставить кое-что, но он не смел. Его архитектор раз навсегда расставил вещи — нельзя нарушить стиля. Так точно и насчет мебели. Где что было первоначально поставлено, там и стоит. Один столик в форме каравая, на кривых ножках, очень стесняет хозяина, когда он ходит взад и вперед. Он то и дело задевает его ногой; но архитектор чуть не поссорился с ним из-за этого столика. Столику следует стоять тут, а не в другом месте,— Евлампий Григорьевич смирился и старается каждый раз обходить. Даже выбор того места в стене, где вделан несгораемый шкап, принадлежал не ему лично.

Два резных шкапа с книгами в кожаных позолоченных переплетах сдавливают комнату к концу, противоположному окнам. Книг этих Евлампий Григорьевич никогда не вынимает, но выбор их был сделан другим руководителем; переплеты заказывал опять архитектор по своему рисунку. Он же выписал несколько очень дорогих коллекций по истории архитектуры и специальных сочинений. Таких изданий "ни у кого нет", даже и в Румянцевском музее...

Над диваном, наискосок от письменного стола, висит поясной

женский портрет — жены Евлампия Григорьевича, Марьи Орестовны, снятый лет шесть тому назад,— в овальной золотой оправе. Три-четыре картины русских художников, в черных матовых рамах, уходят в полусвет стен. Были тут и жанры и ландшафты; но попали они случайно: в любители картин хозяин кабинета не записывался — он не желал соперничать с другими лицами своего сословия. Эта охотницкая отрасль мало отзывалась вкусами тех "советников" и руководителей, около которых "выровнялся" Евлампий Григорьевич, стал тем, что он есть в настоящую минуту...

На столике-табурете, около письменного стола, допитый стакан чаю говорил о том, что Евлампий Григорьевич в уборной, надевает чистую рубашку после вторичного умывания. Запах сигары ходил по кабинету, где стояла свежая температура, не больше тринадцати градусов.

III

Уборная разделена на три части: вправо туалет и помещение для того платья, какое приготовлено камердинером; влево мраморный умывальник с кранами холодной и горячей воды, на американский манер, с разноцветными мохнатыми и всякими другими полотенцами... Спальня переделана из бывшей гардеробной. Это довольно низкая комната, где всегда душно. Но больше некуда было перейти Евлампию Григорьевичу, когда Марья Орестовна, ссылаясь на совет своего доктора, объявила мужу, что отныне они будут жить "в разноту". Он смирился, но с тех пор все еще не утешился.

Ему минуло недавно сорок лет. Сложения он сухого; узкая грудь, жидкие ноги и руки; среднего роста; бледное лицо скучного сидельца. Его русая бородка никак не поддается щетке, она торчит в разные стороны. Стрижется он не длинно и не коротко. Глаза его, с желтоватым оттенком, часто опущены. Он не любит смотреть на кого-нибудь прямо. Ему то и дело кажется, что не только люди — начальство, сослуживцы, знакомые, половые в трактире, дамы в концерте, свой кучер или швейцар,— но даже неодушевленные предметы подмигивают и подсмеиваются над ним.

В это утро он серьезно озабочен. Ему предстоят три визита, и каждый из них требует особенного разговора. А накануне жена дала почувствовать, что сегодня будет что-нибудь чрезвычайное... И уступить надо!.. Нечего и думать о противоречии... Но и уступкой не возьмешь, не сделаешь этой неуязвимой, подавляющей его во всем Марьи Орестовны тем, о чем он изнывает долгие годы... Только ему страшно взглянуть ей в "нутро" и увидать там, какие чувства она к нему имеет, к нему, который...

Но сколько раз попадал он на зарубку того, что он положил к ногам Марьи Орестовны,— и все-таки облегчения от этого не получил...

Рубашка застегнута до верхней запонки. Нетов позвонил и перешел в кабинет,— у него была привычка одеваться не в спальной и не в уборной, а в кабинете.

Викентий вошел, перенес платье в кабинет, положил его на

69

древнерусские козлы с собачьими мордами по концам и стал подавать разные части туалета, встряхивая их каждую отдельно, как это делают старые слуги из крепостных, бывших долго в камердинерах.

Нетов оглянулся на окно и, скосив рот,— зубы у него большие, желтые,— сказал:

— На дворе-то какая скверь!

— Упал барометр,— в тон ему заметил Викентий.

— Какой фрак приготовил? — спросил Нетов.

— Второй-с.

Он часто с утра надевал фрак. Ему приходилось председательствовать в разных комитетах и собраниях. Заезжать переодеваться — некогда.

— Орден прикажете? — осведомился Викентий, когда натянул на плечи барина фрак не первой свежести — деловой фрак.

— Не надо...

Нетов надел бы и свою Анну и Льва и Солнца второй степени, но Марья Орестовна формально ему приказала: ничего на шею не надевать, пока не добьется Владимира, а персидскую звезду пристегивать только при приемах каких-нибудь именитых гостей. Ордена лежали у него в особом кованом ларце с серебряными горельефами. Заказал себе он маленькие ордена для вечеров, но и этого не любила Марья Орестовна. Она говорила, что Анну имеет всякий частный пристав.

— Узнай, можно ли к Марье Орестовне?

Нетов никогда не произносил имени своей жены перед камердинером не смущаясь, без внутренней потуги. Ему все сдавалось, что этот барский "хам" с своей чиновничьей наружностью говорит ему про себя: "Эх ты, кавалер Льва и Солнца, в крепостном услужении находишься у бабенки!"

Викентий вышел. Нетов взял со стола портфель и ждал не без волнения.

— Не выходили,— доложил, вернувшись, Викентий.

Нетов вздохнул. Этак лучше. Не сейчас надо испивать чашу.

IV

Официанты, по знаку Викентия, выпрямились. Мимо одного из них прошел "барин",— прислуга так называла Евлампия Григорьевича,— не глядя на него. Ему до сих пор точно немножко стыдно перед прислугою... А в каком сановном, хотя бы графском или княжеском, доме так все в струне, как у него?

Без Марьи Орестовны он никогда бы сам не добился этого, кровь бы "разночинская" не допустила.

Лакей отвесил ему поклон. Барыня приказала и этому официанту и другим людям брить себе все лицо и волосы подстригать покороче. У ней зрела мысль напудрить их в один из больших приемов и расставить по лестнице. А при этом разве допустимы усы и даже бакенбарды?

Швейцар издали увидел Евлампия Григорьевича и встряхнул еще

раз шинель, а не пальто: холодно и моросит. Викентий шел позади барина; дойдя до лестницы, он сбежал по другому сходу и взял шинель из рук швейцара.

— А пальто вычищено? — осведомился Викентий на всякий случай.

— Готово.

Поклон швейцар отвесил такой же, как и официанты. Немало он натерпелся от барыни. Она долго находила, что он кланяется по-солдатски.

— Шинель прикажете?— спросил Викентий.

— Шинель.

Камердинер накинул на него широкую, с длинным капюшоном шинель с серебристым бобром, простеганную мелкими клетками, самого строгого петербургского покроя, крытую темно-коричневым сукном, немного впадающим в бутылочный цвет. Марья же Орестовна дала ему совет заказать такую шинель у Сарра, в Петербурге.

— Статс-секретарь Бутков носил этакие шинели,— сообщила она ему,— так и называются: "manteau Boutkoff".

Ему бы никогда не догадаться. И действительно, когда он в этой шинели, то ощущает сейчас особую приятность: нет мехового запаха, мягко, руку щекочет атлас подкладки, всего проникает струя порядочности, почета, власти... Пахнет статс-секретарем и камергером.

Швейцар выбежал на подъезд. Конюх торопливо потер щеткой бок одной из лошадей и отскочил в сторону. Кучер перебрал вожжами и заставил пару подпрыгнуть на месте. Изморось все еще шла и начала слепить глаза кучеру.

На крыльцо вышел за швейцаром и Викентий. Он неизменно, делал это. Даже Марья Орестовна должна была сознаться, что не она его этому научила. На лице его всегда был вопрос, обращенный к барину: "Не угодно ли что приказать или что забыть изволили?"

Евлампий Григорьевич всегда говорил ему:

— Ступай.

Но Викентий подсаживал его каждый раз вместе с швейцаром.

В карете Нетов укутался и сел в угол. Портфель положил в особое помещение, ниже подзеркальника, куда можно положить и книгу или газету. Часто он читает в карете, когда отправляется на какое-нибудь заседание.

То, что он найдет там, куда едет по "своим делам" и соображениям, отступило перед тем, что ожидает его сегодня дома до обеда.

Неужели ему весь век так поджариваться на какой-то сковороде?.. Точно он лещ, положенный живым в кипящее масло. Это уподобление он сам выдумал. Все есть, и впереди можно еще многого добиться... и в крупном чине будет, и дворянство дадут, и через плечо повесят, может, через каких-нибудь два-три года. Но он страдалец... Разве он господин у себя в доме?.. Смеет ли он поступить хоть в чем-нибудь, как сам желает?.. Да и уверенности у него нет... А ведь он не дурак!.. И что же нужно такое иметь, чтобы обратить к себе сердце женщины, не принцессы какой-нибудь, а такой же купчихи, как и он?

Евлампий Григорьевич попал на свою зарубку... Что она такое

была?.. Родители проторговались!.. Родня голая; быть бы ей за каким-нибудь лавочником или в учительницы идти, в народную школу, благо она в университете экзамен выдержала... В этом-то вся и сила!.. Еще при других он употребляет ученые слова, а как при ней скажет хоть, например, слово "цивилизация", она на него посмотрит искоса, он и очутится на сковороде...

V

Первый ранний визит сделал Нетов своему дяде, Алексею Тимофеевичу Взломцеву, старому человеку, по мануфактурному делу — главе крупнейшей фирмы. От него кормилось целое население в тридцать тысяч прядильщиков, ткачей и прочего фабричного люда. Он придерживался единоверия, но без всякого задора, позволял курить другим и сам курил, читал "светские" книжки, любил знакомство с господами, стоящими за старину, за "Россию-матушку" и единоплеменных "братьев", о которых имел довольно смутное понятие. Взломцев так много занимался по своим делам, что день расписывал на часы и даже родственникам, и таким почетным, как Нетов, назначал день и час и сейчас заносил в книжечку. Жил он один, в большом, богато отделанном доме с парадными и "простыми" комнатами, без новых затей, так, как это делалось лет тридцать — сорок назад, когда отец его трепетал перед полицеймейстером и даже приставу подносил сам бокал шампанского на подносе.

Нетова встретил в конторе, рядом с кабинетом, высокий, чрезвычайно красивый седой мужчина за шестьдесят лет, одетый "по-немецки" — в длинноватый темно-кофейный сюртук и белый галстук. Он носил окладистую бороду, белее волос на голове. Работал он стоя перед конторкой. При входе племянника он отпустил молодца, стоявшего у притолоки.

Они поцеловались.

— Чаю хочешь? — спросил дядя.

— Пил, дяденька.

Евлампий Григорьевич не отстал от привычки называть его "дяденькой" и у себя на больших обедах, что коробило Марью Орестовну. Он не рассчитывал на завещание дяди, хотя у того наследниками состояли только дочери и фирме грозил переход в руки "Бог его знает какого" зятя. Но без дяди он не мог вести своей политики. От старика Взломцева исходили идеи и толкали племянника в известном направлении.

— Ну, что же скажешь? — спросил Взломцев, снял очки и заткнул гусиное перо за ухо. Стальными он не писал. Глаза его, черные, умные и немного смеющиеся, говорили, что долго ему некогда растабарывать с племянником.

— Да вот,— начал, заикаясь, Нетов и поглядел на лацкана своего фрака, отчего почувствовал себя беспокойнее,— как насчет Константина

Глебовича, он засылал просить... пожаловать к нему... слышно, завещание составил...

— А нешто очень плох?

— Плох, не доживет, говорят, до распутицы.

— Что ж... мы не наследники,— пошутил старик,— за честь благодарим...

— Я вот сегодня хочу к нему заехать в полдень; так... узнать, когда он желает вас просить?

— Да, чтобы верно было... и день и час... Коли может, так вечером. Тут ведь история-то короткая. Читать мы завещание не станем.

— Конечно-с. Только у него есть расчет на душеприказчиков.

— Я не пойду. Так ему и скажи, чтоб извинил меня. Есть люди молодые. Да и своих дел много... Где мне возиться?.. Еще кляузы пойдут! Жена остается... А он ей вряд ли много оставит.

— Я полагаю, что не много... Так, на прожитье.

Помолчали.

— Жаль его,— выговорил дядя,— пожил бы.

Нетов вздохнул на особый манер.

— С ним много для тебя уходит, Евлампий... Чувствуешь ли ты?

— Помилуйте, дяденька!

— Надо тебе другого Константина Глебовича искать.

— Где же сыщешь?

— Да, ноне, братец, не та полоса пошла... Он для своего времени хорош был... Ну и события... Герцеговинцы... Опять за Сербию поднялись, тут, глядишь, война. А нынче тихо, не тем пахнет.

— Да, да,— повторил Нетов, отводя глаза от дяди.

— Ты достаточно у Лещова-то в обученье побывал. Пора бы и самому на ноги встать. Не все на помочах. Ты, брат, я на тебя посмотрю, двойственный какой-то человек... Честь любишь, а смелости у тебя нет... И не глуп, не дурак-парень... нельзя сказать; а все это — как нынче господа сочинители в газетах пишут — между двумя стульями садишься... Так-то...

Старик добродушно рассмеялся.

VI

У дяди своего Нетов чувствовал себя меньшим родственником. К этому он уже привык. Алексей Тимофеевич делал ему внушения отеческим тоном, не скрывал того, что не считает племянника "звездой", но без надобности и не принижал его.

К Взломцеву Нетов всегда обращался за мнением и редко уходил с пустыми руками.

Помявшись на месте, он сел в сторонку и выговорил:

— Вот опять тоже Капитон Феофилактович.

— Что еще? — насмешливо спросил старик.

— Да как же, дяденька, вы рассудите... Был все с нашими... Помните, прием добровольцам делал... и по Красному Кресту... И во всех таких...

делах... речи тоже говорил... А мы, кажется, оказывали ему всякое почтение. А между прочим, он между нашими врагами очутился.

— Почему ты так думаешь?

— Как же-с! Теперь хоть бы в этой новой газете пошли разные статейки и слухи... Прямо личность называют. Тут непременно по внушениям Капитона Феофилактовича делается.

— Можешь ли доказать?

— Видимое дело, дяденька.— Евлампий Григорьевич заговорил горячее.— Кто же, кроме его, знает разные разности... Хотя бы и про нас с вами?

— А разве и про меня есть что?

— Изволите видеть, прямо-то не смели назвать, а обиняками. Но узнать сейчас можно.

— Вре-ешь? — все еще весело спросил Взломцев. Евлампий Григорьевич развернул портфель и вынул сложенный вчетверо лист газеты.

— Вот, извольте взглянуть.

Он указал Взломцеву столбец и строку. Старик надел черепаховое pince-nez, взял газету, развернул весь лист, отвел его рукой от себя на пол-аршина и медленно, чуть заметно шевеля губами, прочел указанное место.

С его губ не сходила усмешка, брови не сдвигались... Алексей Тимофеевич не почувствовал себя сильно обиженным. Он часто говорил: "На то и газетки, чтобы быль с небылицей мешать". В статейке имени его не стояло, но намеки были ясные. Подсмеивались над славянолюбием и "квасным" патриотизмом и его племянника и его самого.

— Изволили видеть, дяденька? — начал в тот же тон Нетов.— И к чему же это исподтишка?.. И сейчас "славянолюбцы" и все такое... А сам он разве не в таких же мыслях был?.. Везде кричал и застольные речи произносил... Ведь это, дяденька, как же назвать? Честный человек пойдет ли на такое дело?

Взломцев промолчал.

— И все это один свой интерес...

— А ты думал как? — перебил дядя и тихо рассмеялся.

— Ему, изволите видеть, непременно хотелось прямо в действительные статские... или чтоб Станислава через плечо... А вместо того и коллежского не получил. Так мы с вами, дяденька, тут не причинны.

— Уж ты меня-то бы не вмешивал,— порезче перебил Алексей Тимофеевич.

— Да я говорю вообще, дяденька. Но, между прочим, и вы косвенно... Нельзя же так именитых людей!.. И после того, что он себя выдавал...

— А ты постой... Все это ты так... Очень он тебя испугался, хоть ты теперь и в почете... Ему надо в дворяне выйти или надо ему предоставить место такое, чтобы дела его совсем наладились.

— Это верно-с.

— Канючить, следовательно, нечего. Надо его ручным сделать.

— Я и думал то же.

— А придумал ли что?

— Да если что представится... А теперь вот я к нему собираюсь... заехать... Насчет статейки ничего не скажу, а увижу, как он себя поведет.

— С пустыми-то руками явишься?.. умно!..

— Чин-то ему посулить не велика трудность.

— А ты спервоначалу сам получи.

Евлампий Григорьевич покраснел. Дядя знал все его сокровенные расчеты.

— Лучше же показать ему, что мы всю его тактику понимаем.

— А ты вот что...

Взломцев потер себе переносицу.

— Ты говоришь, очень Константин Глебович плох?..

— Да как же-с!.. Недели две — больше не проживет.

— Надо будет его замещать.

— Кандидат есть.

— До новых выборов... Кандидат не в счет... Ты ему и посули... да он и не плохой директор будет... Пожалуй, лучше-то и не найдешь.

"И этого придумать не мог,— дразнил себя Евлампий Григорьевич,— а вот дядя сейчас же смекнул, в одну секунду! Эх!"

Долго не мог он поднять глаза и взглянуть пристальнее на дядю.

— Так ли? — спросил Алексей Тимофеевич.

Племянник заходил с опущенной головой.

— А ты сядь! В глазах у меня рябит, когда ты этаким манером поворачиваешься.

— Ваша мысль богатая, дяденька!

— Ну и поезжай... Лещову так и скажи, что Алексей, мол, Тимофеевич благодарит за честь, свидетелем распишусь, а от душеприказчиков пускай избавит меня. Довольно и своих делов.

— А вы позволите, если речь зайдет о директорстве... поставить на вид, что Алексей Тимофеевич, с своей стороны, как учредитель и главнейший...

— Можешь, только осторожнее.

— Да уж вы извольте положиться на меня, дяденька.

— Извини, я тебя отпущу.

Старик повернулся к конторке, а потом вбок подал руку племяннику. Нетов так и вышел из конторы с опущенной головой.

"Идей у него своих не имеется! Это несомненно. А кажется, чего было проще сообразить насчет смерти Лещова?.. Вот дядя так голова!.."

VII

К другому родственнику, но уже со стороны отца и более дальнему, Евлампий Григорьевич попал в одиннадцать часов. Тот жил около Басманной. Дом у Капитона Феофилактовича Краснопёрого выстроен был на славу, с картинной галереей и зимним садом. Лет двадцать назад этот предприниматель сильно прогремел в обеих столицах. Чисто русской изворотливостью отличался он. До железнодорожной лихорадки, до банковского приволья он уже пустил в ход целую дюжину обществ, товариществ и компаний. Одно время дела его так порасстроились, что он вынырнул потому только, что успел ловко продать все свои паи. Года на три, на четыре он совсем притих, распродал свои картины, приемы прекратил, ездил лечиться за границу. Потом опять поднялся, но уже не мог и на одну треть дойти до прежнего своего положения.

Никого он так не раздражал и не тревожил, как Евлампия Григорьевича. Краснопёрый служил живым примером русской бойкости и изворотливости, кичился своим умом, уменьем говорить,— хотя говорил на обедах витиевато и шепеляво,— тем, что он все видел, все знает, Европу изучил и России открыл новые пути богатства, за что давно бы следовало ему поставить монумент. Честолюбивая, но самогрызущая душа понимала и ясно видела другую, еще более тщеславную, но одаренную разносторонней сметкой душу русского кулака.

"Целовальник, подносчик, фальшивый мужичонка",— называл его про себя Евлампий Григорьевич и радовался несказанно, когда вдруг все заговорили, что Краснопёрый вылетел в трубу с дефицитом в два миллиона. Он презирал этого "выскочку", как сын купца, хоть и второй когда-то гильдии, но оставившего ему прочное дело, с доходом в худой год до двухсот тысяч чистоганом. Ему не надо ни компаний составлять, ни людей морочить, ни во вся тяжкия пускаться и Европу удивлять. Он, Нетов,— выше всего этого. Но честь они оба любят одинаково. Обоим хочется ленту через плечо и дворянство, для себя самих хочется,— детей у них нет. Так Краснопёрый еще подождет, а у него, Нетова, и то и другое будет. И он как-никак, а почетное лицо. Только держать он себя и на одну сотую не умеет так, как этот нахал. Тот у Господа Бога табачку попросит. Все министры его приятели, с генерал-адъютантами запанибрата, брюхо вперед, фрак ловко сидит, на всю залу, с кем хочешь, будет своим суконным языком рацеи разводить.

Евлампий Григорьевич даже плюнул в окно кареты за сто сажен до дома своего родственника.

Вот и теперь... Он знает, как тот его примет. Придется проглотить не одну пилюлю. И все это будет "неглиже". Так тебя и тычет носом: "Пойми-де и почувствуй, что ты передо мною, хоть и в почете живешь,— мразь".

Щеки Евлампия Григорьевича краснели и даже пошли пятнами. Он хотел было взяться за снурок и крикнуть кучеру, чтобы тот поворачивал назад. Но сделать визит надо. Хуже будет. Дяденька Алексей Тимофеевич недаром придумал насчет места директора. Только каково это будет прыгать перед этакой ехидной? Он тебя из-за угла помоями обливает, а ты к нему на поклон с дарами приходишь... "Батюшка, сложи гнев на милость!" Когда Нетов страдал и сердился про себя, голова его усиленно работала. Он находил в себе и бойкие слова, и злость, и язвительность. Если бы он мог вслух так кого-нибудь отделать хоть раз, тогда все бы держали перед ним "ухо востро". Но он чувствовал, что никогда у него недостанет духу. Вся горечь уйдет внутрь, всосется, потечет по жилам и отдастся в горле... Век не вылезешь из своей кожи!

Его еще раз неприятно кольнуло, когда карета остановилась на рысях перед крыльцом. А он не успел дорогой обдумать и того, в каком порядке сделает он свой "подход", с чего начнет: будет ли мягко упрекать или не намекнет вовсе на газетную статейку? Вылезать из кареты надо. Дверь отворилась. Его принимал швейцар.

VIII

И швейцар и остальная прислуга у Капитона Феофилактовича одета по-русски, как кондукторы и прислуживающие при шинельной "Славянского базара", как швейцары контор и многих московских домов,— в высоких сапогах бутылками и коротких казакинах. Не лучше ли бы было и ему, Нетову, так одеть прислугу?.. А то выдает себя за славянолюбца и хранителя русских "начал", а все в ливреях, точно у какого немецкого принца. Но Марья Орестовна так распорядилась. Ведь и она воспитала себя в славянолюбии; но без ливреи не соглашается жить. А этот вот "подносчик" по наружности во всем из себя русака корчит. Сам фрак носит, но в доме у него смазными сапогами пахнет. Нет официантов, выездных, камердинеров, буфетчиков, одни только "малые" и "молодцы".

Из узкой передней лестница вела во второй этаж. С верхней площадки, через отворенную дверь, Евлампий Григорьевич вошел в приемную комнату, вроде тех, какие бывают перед кабинетами министров, с кое-какой отделкой. К одной из стен приставлен был стол, покрытый полинялым синим сукном. На нем — закапанная хрустальная чернильница и графин со стаканом.

Дожидалось человека три мелкого люда. У дверей кабинета стоял второй по счету казакин. Он впустил Евлампия Григорьевича с докладом.

В кабинете — большой комнате, аршин десять в длину,— свет шел справа из итальянского и четырех простых окон и падал на стол, помещенный поперек,— огромный стол в обыкновенном петербургском столярном вкусе. Мебель сафьянная с красным деревом, без особых "рисунков", несколько картин, и позади кресла, где сидел хозяин, его портрет во весь рост работы лучшего московского портретиста. Сходство было большое; только Капитон Феофилактович снимался лет десять раньше, когда волосы еще не так серебрились. На портрете его написали стоя, во фраке, с орденом на шее, в белом галстуке, с модным вырезом жилета и с усмешкой, где можно было и не злоязычному человеку прочесть вопрос:

"А чем же я, примерно, не министр финансов?"

Теперешний Капитон Феофилактович сидел в соломенном кресле вполоборота к столу и лицом к входной двери. Лицо его прямо так и выскочило из питейной лавочки, курносое, рябоватое; скулы выдавались, но рот хранил самодовольную и горделивую складку.

Волосы мелкокурчавые он сохранил и на лбу и на темени, носил их не длинными и бороду подстригал. Его домашний светло-серый костюм смахивал на охотничью куртку. Короткая шея уходила в широкий косой ворот ночной рубашки, расшитый шелками, так же как и края рукавов; на пальцах остались следы чернил. Он вряд ли еще умывался; ноги его, с широкой мужицкой ступней, засунуты были в коты из плетеных суконных ремешков, какие носят старухи.

При входе Евлампия Григорьевича Красноперый не привстал и даже не обернулся к нему тотчас же, а продолжал говорить с приказчиком. Тот стоял налево, у боковой двери, в коротком пальто, шерстяном шарфе и больших сапогах, малый за тридцать лет, с смиренно-плутоватым лицом. Голову он наклонил, подался всем корпусом и не делал ни шагу вперед, а только перебирал ногами. Вся его посадка изображала собою напряженное внимание и преклонение перед хозяйским "приказом".

Гость остановился и притаил дыхание. Уже самый прием этот оскорблял его. Разве эта "образина" не могла попросить его в гостиную и извиниться, приказчика сначала отпустить, а не продолжать перед ним, Евлампием Григорьевичем, своих домашних распоряжений, да еще в ночной сорочке и котах? Красные пятна на щеках обозначились с новой силой.

IX

— Не перепутай,— продолжал Красноперый и ткнул в воздух грязным указательным пальцем.

Когда он говорил, в груди у него слышался хрип, точно в засоренном чубуке. Он часто икал.

— Как можно-с,— откликнулся приказчик.

— Оттуда к Мурзуеву... Полушубков пятьсот штук, да хороших, не кислых.

— Слушаю-с.

— Кажинную штуку пересмотри и перенюхай.

— Слушаю-с.

— От Мурзуева к тому... знаешь, в Зарядье?

— Знаю-с.

— Капитон, мол, Феофилактович приказали отпустить холста рубашечного две тысячи аршин... ярославского, полубелого, чтоб без гнили.

— Слушаю-с.

Тут только Красноперый обернулся к гостю и небрежно сказал ему:

— А, Евлампий Григорьевич! Здравствуй!.. Обожди маленько... присядь.

Всего обиднее то, что он ему говорит "ты". И всегда так говорил... Они четвероюродные братья, но есть разница лет. Другой бы давно дал знать такому "стрекулисту", что пора оставить эту фамильярность или ему самому отвечать таким же "ты". И на это не хватает духу!..

— Все искупи седни,— он, не стесняясь, говорил "седни", а в сановники метил,— и сдай в склад под расписку.

— Слушаю-с,— повторил в двадцатый раз приказчик.

— Для вас все, для вашей команды,— еще небрежнее заметил Краснопёрый родственнику.

Евлампий Григорьевич хотел что-то возразить, но лицо хозяина кабинета уже смотрело в профиль на приказчика.

— С Богом,— отпустил Краснопёрый и не тотчас же обернулся к Нетову, а нагнул голову, как бы что-то соображая.

Приказчик взялся за ручку двери.

— Вонифатьев!— крикнул хозяин.

— Что прикажете-с?

Больше двух шагов приказчик не сделал.

— Вот еще что я забыл, братец... По Ильинке проезжать будешь, то бишь, по Никольской, заверни к Феррейну и отдай ему... не в аптеку, а в магазин... материалов.

— Понимаю-с.

— Чтобы все по записке было отпущено, без задержек.

— Записочку...

— Что ты мне тычешь?.. Знаю...

Краснопёрый не спеша открыл один из ящиков, порылся там, достал бумажку, сложенную вдвое, и протянул.

Приказчик подбежал и взял бумажку.

— И таким же манером в складе прикажете?

— Да, братец, и в складе... ступай...

"Вот и ему, Нетову, этот куценосый будет сейчас же говорить "ты", как и Вонифатьеву в смазных сапогах".

Дверь затворилась за приказчиком.

Капитон Феофилактович сел теперь в кресло, лицом к гостю, потянулся и зевнул.

— Что не куришь?

— Не хочется,— ответил Нетов и почувствовал, какой у него школьнический голос.

— Добро пожаловать!.. А ты, кажется, в изумление пришел, что я тебе сказал насчет склада?.. Да, брат, я теперь отдуваюсь... Ваши дамы-то... хоть бы и твоя супруга... только ленточки да медальки носить охотницы; а охотка прошла — и нет ничего.

— Однако....— начал было Нетов.

— Да что тут однако, я тебе на деле показываю... Ты ведь тоже соревнователем числишься... А заглядывал ли ты туда хоть раз в полугодие, вот хотя бы с весны?..

— Вы знаете, Капитон Феофилактович, что у меня у одного, кажется...

— Нечего кичиться твоими трудами!.. Сидишь да потеешь в разных комитетах... Ха, ха!.. А после над тобой же смеются... Лучше бы похлопотать о русском раненом воине. Чево! Война прошла... Целым батальонам ноги отморозило!.. Калек перехожих наделали, что песку морского... Пущай!.. Глядь — ни холста, ни полушубков, ни денег — ничего!.. Краснопёрого за бока!.. Он христолюбец!..

X

Губы Евлампия Григорьевича совсем побелели. Он то потирал руки, то хватался правой рукой за лацкан фрака. "Бахвальство" братца душило его. А отвечать нечего. Он действительно не знает, что делается в этом "складе". И Марья Орестовна что-то туда не ездит. У ней вышла история, она не перенесла одной какой-то фразы от председательши. С тех пор не дает ни копейки и не дежурит, аршина холста не посылала... А этот "Капитошка" угостил его целым нравоученьем, перечислил и полушубки, и холсты, и аптекарские товары.

— Так-то оно и все идет у нас на Руси православной,— протянул Капитон Феофилактович и, прищурившись на гостя, подзадоривающим тоном спросил: — Читал, как вас с дяденькой-то ловко отщелкали, ась?..

Этого не ожидал Нетов даже и от Краснопёрого. Сам он — заведомо подстрекатель пасквиля и вдруг издевается как ни в чем не бывало!..

— А что же-с, вам это особенно приятно?— сумел он спросить, и голос его дрогнул.

— Да мне что? Не детей с вами крестить! Ругайтесь промеж себя, нам же лучше.

— Однако такая газета стоит того, чтобы ее судом...

— Судись, коли охота есть!.. Деньги-то все равно зря тратишь. Ну, найми Федора Никифоровича. Он тебя так распишет, что хоть сейчас в царствие небесное... Ха, ха!..

— Дядюшка тут припутан ни к селу ни к городу.

— Факты верные... Скаред и самодур... Он все в сторонке да потихоньку, ан и его — на свежую воду... Радуйся! Ведь тебя, брат, супруга в альдермены на аглицкий манер произвела... Ну, и стой за свободу слова, за гласность. Ты должон это делать, должон... Ха, ха, ха!..

Краснопёрый долго смеялся, покачиваясь на кресле. Ногу он задрал кверху.

Бледность Евлампия Григорьевича перешла опять в красноту. Он еще сильнее краснел от сознания, что не в силах сдержать себя, с презрением относиться ко всему этому "гаерству" и безнаказанной дерзости "мужлана" и "сивушника".

— Что ж, вы думаете,— заговорил опять Краснопёрый,— вам все в зубы будут глядеть?.. Хозяйничай, как знаешь, батюшка!.. Да я бы вас еще не так! Отдали самые сурьезные статьи в чьи руки?..

— Сведущие люди...

— Отчего шпыняют вас?! Оттого, что вы какого-нибудь голоштанного кандидатишку пошлете за границу отхожие места изучать, с меня же, как с платящего жителя, сдерете на его содержание, а потом позволяете ему мудрить и эксперименты производить!.. Эх вы!..

Он встал, подтянул свой костюм весьма бесцеремонно и пожал плечами.

Как же говорить после такого приема? Только срамиться. И переход-то нельзя сделать. К чему придраться? Или разговор перевернуть? На это Евлампия Григорьевича никогда не ставало и в заседаниях, не то что уж в подобном случае.

— Вы это напрасно,— выговорил он с большим усилием. Лучше всего было молчать,— разумнее и ловчее ничего не придумаешь.

— Да нечего!.. Газетная лапша хорошая штука для вашего брата...

— Мы не так к вам относимся...

— Кто мы?

— Да хоть бы дядюшка... и я тоже. До сих пор, кажется, имел я основание, Капитон Феофилактович, считать вас русским коренным человеком... Вы же меня и ввели к таким людям, как хотя бы Лещов Константин Глебыч...

— Да ты куда это ударился, сударь мой?

— Нешто мы изменили? Или передались, что ли? Вон другие себя величают всячески: либералы мы, говорят, западники... А я, кажется, все в том же духе...

— Надоел, Евлампий Григорьевич, надоел ты мне своим нытьем... Славянофил ты, что ли? Кто тебя этому надоумил? Книжки ты сочинял или стихи, как Алексей Степаныч покойник? Прения производил с питерскими умниками аль опять с начетчиками в Кремле? Ни пава ты ни ворона! И Лещов над тобой же издевался!.. Я тебе это говорю доподлинно!

XI

Дальше молчать было невозможно. Евлампий Григорьевич задвигался на стуле.

— Зачем же-с, зачем же-с,— заговорил он.— Я вовсе в это не желаю входить. Душевно признателен за то, что видел от Константина Глебовича. И хотя бы он за глаза... при его характере оно и не мудрено; но мы об этом не станем-с...

— Это твое дело! — перебил Краснопёрый.

— Не станем-с,— повторил Нетов.— Потому, кто же может в душу к другому человеку залезть. А вот, Капитон Феофилактович, мы с дядюшкой Алексеем Тимофеевичем думаем сделать вам совсем другое... сообщение.

— Какое такое сообщение?

Краснопёрый подпер себе руки в бока.

— Так как Константин Глебович очень плох, можно сказать в полном расстройстве здоровья, так мы и думали, по прежним нашим связям с вами...

— Ну-у?

— Как вы полагаете сами насчет мест, занимаемых теперь Константином Глебовичем?..

Лицо Краснопёрого изменило выражение. Он подался вперед всем корпусом.

— Как же тут полагать? Ты говори толком.

— Ведь желательно, чтобы, ежели после его кончины места эти останутся вакантными, человек стоящий получил главную силу и мог сообразно тому действовать.

— Дальше что же, сударь мой, дальше-то?

— И чем раздоры иметь... и друг дружку ослаблять, не любезнее ли бы было, Капитон Феофилактович, в соглашение войти... Если вы к нам в тех же чувствах, как и прежде, то мы, с своей стороны, окажем вам поддержку.

— А ты думаешь, для меня невесть какая благодать на Лещова место сесть?— пренебрежительно спросил Краснопёрый. Он сразу уразумел, в чем дело, и уже сообразил, как надо поломаться. Коли сами залезают, стало, он им нужен... Газетные статейки подействовали.

"Подлец ты, подлец,— беспомощно бранился про себя Нетов.— И зачем я тебя улещаю?.. Надо бы тебя за пасквили к мировому, а то и в окружный... Ты же нас осрамил на всю Москву, и я же должен прыгать перед тобою".

— Хуже будет, ежели кто-нибудь из ваших заклятых врагов да попадет...— сказал с усилием Нетов.— Ведь вы опять в дела вошли. Кредит поднимается сразу и всякое предприятие.

— Тих, тих, а посулы знаешь!

— Почему же вы это за посулы принимаете? Надо предвидеть-с.

— Благоприятель еще жив, а мы уж рассчитываем, кого бы нам посадить, чтобы нашу руку гнули. Об одеждах его мечем жребий!..

— Это уж совсем напрасно,— рассердился въявь Нетов и встал.— Вам достаточно известно, Капитон Феофилактович, что я никакими аферами не занимаюсь. (Марья Орестовна не могла его отучить от "афер"); ежели я и дядюшка Алексей Тимофеевич об чем хлопочем, так это единственно, чтоб люди стоящие сидели на таких местах. И потом мы полагали, что вам с нами ссориться не из чего. Кроме всякого содействия, вы от нас ничего не видали.

— Ладно, ладно!.. Сейчас и петушится, ха, ха!..

Краснопёрый переменил тон.

— Была бы честь предложена! — вырвалось у Нетова. Но он тотчас же испугался и ушел в себя.

— Да ладно, я ведь не кусаюсь. А ты вот что мне скажи: это ты сам придумал насчет Лещова?.. Вряд ли!.. Дядюшка надоумил?

— Это все единственно... кто... я ли, дядюшка ли. Что для вас выгоду имеет, вы сообразите сами...

— Плох он нешто?..— спросил вдруг Краснопёрый серьезно.

— Вы о ком, о Константине Глебовиче?

— Да.

— Оченно плох... Я вот к нему...

— Удостовериться, сколько дней проживет?

— Вовсе не так, Капитон Феофилактович, вовсе не в этих расчетах, а потому, собственно, что они просили насчет завещания.

— Пишет?

— Да-с... И дядюшку желали в душеприказчики.

82

— Тот не пошел... старый аспид?

— У них делов достаточно и своих...

— А ты?

— Мне также вмешиваться не хотелось бы... подписаться свидетелем, почему не подписаться...

— Улита едет — скоро ли будет... Лещов-то пять раз уж на моей памяти отходил, однако все еще жив. Он Господа Бога слопает.

— Не доживет до зимы.

— Ну и пущай его... Вам с дядей вот что скажу, друг любезный: загадывать нечего, можно и провраться... Коли вы оба со мной ладить хотите... так мы посмотрим...

— Мы надеемся, что вы, как и прежде, этих-то, которые над нами в издевку... и насчет русских и славян...

— Это ты не гоноши... Я — русак. В деревне родился... стало, нечего меня русскому-то духу обучать... А вы очень не тянитесь... за барами, которые... кричат-то много... Он, говорит, западник... Мы не того направления. Вы оба о том лучше думайте, чтоб кур не смешить да стоящим людям поперек дороги не становиться, так-то!

Краснопёрый встал и протянул руку Нетову. Больше не о чем было разговаривать. Хорошо еще, что проводил до приемной.

XII

Не много приятности предстояло и у Лещова. Но, видно, такой крест выпал, даром ничто не дается.

Всю дорогу — минут с двадцать — на душе Евлампия Григорьевича то защемит от "пакости" Краснопёрого, то начнет мутить совесть: человек умирает, просит его в свидетели по завещанию, учил уму-разуму, из самых немудрых торговцев сделал из него особу, а он, как "Капитошка" сейчас ржал: "об одеждах его мечет жребий"; срам-стыдобушка! Сядет у его кровати, ровно друг, а сам перед тем заезжал к такому "мерзецу", как Краснопёрый, сулить ему места Константина Глебовича. И зачем все это?.. Не мог он разве жить себе припеваючи? Ни забот, ни сухоты, ни обиды. Где хочешь... в Ниццу или в Неаполь, что ли, поезжай. Палаццо там выведи, певчих своих, церковь собственную... Так нет!.. Все подошло одно к одному; завелся и вырос внутри червяк — какое... целый глист ленточный,— гложет и гложет... И к людям таким попал в выучку: Лещов, Марья Орестовна. Теперь уж и нельзя назад, не пускает собственное прошедшее.

Ежится Евлампий Григорьевич в своей мягкой стеганой шинели. Ему не по себе, точно он перед припадком лихорадки. Слишком уж играли на его нервах, да и еще поиграют. У Лещова он засиживаться не станет... Нет!.. А дома-то?.. Что такое готовит Марья Орестовна? Господи!..

Карета въехала в ворота и остановилась у подъезда со старинным навесом деревянного крыльца. Дом у Лещова был небольшой, одноэтажный, с улицы штукатуренный, в переулке, около Новинского бульвара, старый, купленный с аукциона; построен был каким-то еще "бригадиром".

Покупщик поправил его немного внутри, сделал потеплее, перестлал полы и вставил новые окна; но об убранстве не заботился. Расположение комнат, почти вся мебель, даже запах старых дворянских покоев остались те же. Одна зала была попросторнее, остальные комнаты теснее, и воздух в них всегда стоял спертый.

Впустил Нетова лакей с длинными усами, в черном сюртуке.

— Здравствуйте, батюшка Евлампий Григорьевич,— сказал он с поклоном.

— Как барин? — спросил Нетов, войдя в переднюю, где еще сохранились "лари".

— Очень мучились... Одышка... Совсем залило... вода-то...— прибавил он шепотом.— Доктор в три часа ночи был. Консилиум, слышно, хотят.

— Кто у него теперь?

— Ждали Качеева Аполлона Федоровича,— изволите знать?

— Адвокат?

— Да-с... А тех вот о сю пору нет. Верхового послали...

И в переднюю проник запах комнаты труднобольного. Нетов нахмурился и сжал губы. Он боялся покойников и умирающих.

Лакей пошел вперед через залу — пустую, скучную комнату с ломберными столами и роялем, без растений, без картин, через гостиную с красной штофной мебелью, проходную, неуютную, и повернул налево чрез комнату, которая у прежних владельцев называлась "чайной".

Раскат желудочного кашля остановил и испугал Нетова. Точно у него самого вышло наружу все нутро. Лакей постучал в дверь и приотворил. Оттуда выглянуло молодое лицо. Они пошептались.

— Пожалуйте, батюшка,— пригласил лакей Евлампия Григорьевича.

Больной помещался на широкой двуспальной кровати из темного ореха. Сторы были подняты, но свет входил в комнату серый; коричневые обои делали ее еще более тоскливой. Только дамский туалет с серебряным зеркалом и кисеей на розовой подкладке немного освежал общий вид. В воздухе двигались невидимые полосы эфира, испарения микстур. В подушках, опершись о них спиной, Лещов только что осилил страшный припадок удушья и кашля. Голова его опустилась набок. Из длинного отекшего лица с редкой бородой, почти совсем седой, глядели два глаза, озлобленные на боль, подозревающие, полные горечи и брезгливого чувства ко всем и ко всему. Глаза эти то расширяли свои зрачки, то разбегались и блуждали по комнате. Рот кривился. Грудь дышала коротко и томительно. Можно было заметить, что ее "заливает", как сказал лакей Нетову. Живот, непомерно раздутый, указывал также на последний период водяной. Фланелевое одеяло прикрывало тело больного до пояса. Он разметал его. На ногах лежало другое, полегче. У изголовья стоял столик со множеством лекарств. В ногах, на табурете, лежали игральные карты и грифельная доска. Подальше из-за кровати выставлялся сложенный ломберный стол; на нем — бумаги, чернильница с пером и два толстых тома.

Жена Лещова смотрела дамой лет под тридцать. Она, как-то не под стать комнате при смерти больного была старательно причесана и одета, точно для выезда, в шелковое платье, в браслете и медальоне. Ее белокурое, довольно полное и красивое лицо совсем не оживлялось глазами неопределенного цвета, немного заспанными. Она улыбнулась Нетову улыбкой женщины, не желающей никого раздражать и способной все выслушать и перенести.

— Евлампий Григорьевич,— тихо сказала жена, наклоняясь над ним.

— А? что?..— раздраженно окликнул он.

Она повторила и, обернувшись к гостю, показала лицом, как она хорошо переносит последние дни своих мучений. Нетов подошел к кровати на цыпочках.

— А! приехал!.. Спасибо!

И Лещов говорил ему "ты". А он ему — "вы".

— Как? — спросил Нетов больного.

— Видишь... Душит... Скоты у нас доктора... Разбойники!.. Вот хочу Маттеи попробовать... А всех этих жидов гнать вон!.. Сотенных-то!

Лещов схватился за грудь и злобно вскинул головой на жену.

— Ну, что торчишь?.. Что торчишь? Господи ты Боже мой!.. Ну, сложи все это с табуретки!.. И уходи! Не мозоль ты мне глаза!

Жена взяла карты и грифельную доску и вышла молча, сохраняя все ту же улыбку.

XIII

— А дядя что? Алексей Тимофеевич? Ты ему передавал мою просьбу?

— Передавал-с, Константин Глебович.

— И что же?

— Они свидетелем — с полным удовольствием...

— Стало, в душеприказчики не хочет?

— Изволите видеть...

— А-а! — перебил больной, и глаза его сверкнули...— Пятится?.. И ты тоже?

— Я, Константин Глебович, с полным моим удовольствием... только позвольте вам доложить...

— Ну да, ну да!.. Ах вы, христопродавцы!..

Он откинулся на подушку. В горле у него захрипело. Но в таком положении он оставался недолго. Снова приподнял он голову и подался вперед, так что его голова почти ткнулась в лицо Нетову.

— Вот вы все таковы! Пока человек жив, на ногах, нужен вам, глупость-то вашу отчищает, как коросту какую,— вы ему всякое уважение. А тут в пустяках — отказ, трусость поганая, моя хата с краю... Славно!.. Чудесно!.. И не надо!..

— Константин Глебович, вы изволите знать дядюшку! У них делов собственных по горло. И с судом они опасаются всяких столкновений.

85

— Делов... Столкновениев!.. Вот они у нас как выражаются, господа коммерсанты...

Больной приподнялся и выпрямился. Правую руку он вытянул, а левой открыл еще больше ворот рубашки.

— И в вас-то я двадцать пять лет самых лучших всадил, в вас? Срам вспомнить!.. Меня с вами начали смешивать... в одну кучу валить... Такой же кулак, говорят, как и все они, воротило, выжига, выкормок купеческий. А я магистерский диплом имею... Ты это забыл?..

— Помилуйте, Константин Глебович...

— А я забыл!.. За чечевичную похлебку, как Исав, продал свое первородство. Стал с вашим братом якшаться!.. И благодарности захотел...

Рот больного сводило. Он заметался на постели. Нетову сделалось очень жутко. Сам он готов был сейчас пойти в душеприказчики, но за дядю отвечать не мог.

— Христа ради, Константин Глебович,— заговорил он,— не извольте так расстраиваться-с. Я, с своей стороны, готов.

— Не хочу!...— крикнул гневно Лещов.— Не хочу!.. Убирайтесь!.. Найду и других. Дворника позову, кучера, вон Андрея своего... не хуже вас будут... и в безграмотстве не уступят... Вот... умирать как пришлось...

— Я за честь почту-с,— продолжал Нетов,— быть свидетелем, коли ваше на то желание, Константин Глебович.

— Не надо!.. Не нуждаюсь... Я вас насквозь вижу... Вы уж и теперь подыскиваете человека на мою ваканцию. Чего глаза-то опускаешь, Евлампий Григорьевич?.. Ваше степенство! Вон и щеки у тебя пятнами пошли...

— Помилуйте-с!..— прошептал Нетов. Ему ужасно захотелось съежиться.

— Ха, ха! — разразился Лещов, и его смех перешел в новые раскаты кашля.

Нетов переполошился, вскочил, схватил стакан с питьем. Из полуотворенной двери показалось лицо жены.

— Микстура белая,— шепотом подсказала она Нетову и скрылась.

— Прикажете лекарства? — спросил тот больного.

Лещов ничего не ответил. Он с усилием откашливался. Жилы налились у него на лбу и висках. Лицо посинело. Надо было поддерживать ему голову. После припадка он упал пластом на подушки и с минуту лежал, не раскрывая глаз. В спальне слышалось его дыхание.

На цыпочках отошел Нетов к двери.

Вдруг больной схватился за колокольчик и позвонил. Дверь отворила жена.

— Качеев здесь? — чуть слышно спросил он.

— Нет еще!

— Разбойник!.. Селадон проклятый!..

Он уже не обращал никакого внимания на гостя.

— Не угодно ли мой экипаж? — предложил Нетов, обращаясь к жене.

— Не хочу! — крикнул Лещов.— Не надо!.. Благоприятели удружили! Оставьте меня! Все, все!..

86

И он замахал рукой.

XIV

Нетов вышел за двери с Лещовой. Она улыбнулась ему, сложила руки, как на картинах складывают, становясь перед образом, и подняла глаза.

— Ради Бога,— заговорила она, уводя его в гостиную,— не раздражайте его. Простите. Он вне себя.

— Да, я понимаю-с,— заторопился Нетов,— совершенно верно изволите говорить. Вне себя.

— Пожалуйста, прошу вас... согласитесь...

Она опустилась на диван и приложила к глазам батистовый платок с разноцветной монограммой.

— Да я с полной готовностью. И дядюшка Алексей Тимофеевич согласны в свидетели.

— Какие свидетели?— вдруг спросила она наивным тоном и отняла платок от покрасневших глаз.

— По духовной...

Евлампий Григорьевич прикусил себе язык. Он, быть может, проврался. Ведь этих вещей не говорят женам. Кто ее знает? Живут они, кажется, не очень-то ладно.

— По завещанию? — томно переспросила она и склонила голову на плечо.

— Собственно... я полагаю так,— начал путаться Евлампий Григорьевич.

— Ах, monsieur Нетов... я далека от всего этого... я ничего не знаю... мой муж никогда меня не посвящал в дела... Никогда... Он смотрит на меня, как на дурочку... И вот теперь поймите мое положение... в такие минуты... я как в лесу... Волю свою он не передает мне на словах! О нет!.. Я недостойна... Я не ропщу... вы понимаете, Евлампий Григорьевич... какая будет воля моего мужа — я не знаю... Но выбор исполнителей... так важен... ваше участие...

— Да я всей душой... Только Константин Глебович разгневались... Они не пожелают меня без дядюшки; а Алексей Тимофеевич раз что скажет, решения своего не изменит.

— Кто же будет? — всхлипнула Лещова и опять закрыла глаза платком.

Евлампий Григорьевич увидал себя в эту минуту на постели, обложенного подушками, больного, при смерти... Какое-то он будет составлять завещание? А его Марья Орестовна что станет выделывать? Она и этак, пожалуй, не прослезится. Но на нее он не посмеет так кричать, как Лещов. Все они на один лад. Вбежал лакей.

— Пожалуйте...— позвал он барыню.— Гневаются... Опять Аполлона Федоровича требуют.

— Меня зовет?— спросила Лещова с видом жертвы.

— Да-с! Приказали вас звать. Звонок в передней. Должно быть, Аполлон Федорович.

Лакей убежал.

— Вы не побудете? — спросила Лещова, вставая, и протянула Нетову белую круглую руку, всю в кольцах.

— Да ведь теперь что же-с, бумаги еще не готовы. Константин Глебович разгневались... Пожалуй, и в свидетели не пожелают... что же их беспокоить? Вы сами изволите видеть... А если что нужно... дайте знать.

— Ах, Евлампий Григорьевич,— она оперлась об его руку и поникла головой,— разве я что значу?

— Ну вот, быть может, доверие имеют к адвокату.

— К Качееву?

— Да-с.

— Не думаю... Я в стороне... И хочу... чтобы потом никто не имел права...

— Однако все-таки-с... Доверенный человек и закон знает... Да и сам Константин Глебыч рассудят, когда поспокойнее будут, кого им лучше выбрать... Я с своей стороны...

А сам думал: "Еще впутаешься с тобой. Почнешь ты оттягивать имущество, если тебе мала покажется твоя доля..."

Он торопливо стал раскланиваться.

— Пожалуйста... не извольте меня провожать, ваш больной как бы опять не разгневался...

Нетов пятился к двери весь в испарине, не зная, как ему поскорее уйти из этого дома, где еще так недавно его, как говорил Краснопёрый, "натаскивали".

Лещова проводила его до залы и на пороге еще раз подняла глаза кверху.

XV

В спальне она застала адвоката Качеева.

На краю постели сидел, нагнув вправо голову и весело глядя на больного, молодой блондин небольшого роста. Его бакенбарды расчесаны, точно две пуховки из-под пудры, на розовых щеках. Лоснящиеся мягкие волосы лежали на голове послушно, на лбу городками, а на висках разбитые пробором на две половины. Усы, светлее волос, кончались тонкими нитями, по которым прошелся брильянтин. Голубые глаза смотрели на больного, как баловники глядят на детей. Фрак со значком сидел на Качееве, точно будто он ехал на бал. По вырезу жилета, в виде сердца, широкий галстук с прямо обрезанными концами падал на грудь. В манжетах желтели круглые матовые шарики с жемчужиной посредине. По всей комнате пошел запах пресных духов и смешался с удушливым воздухом лекарств.

Качеев держал больного за руку, там, где пульс, докторским приемом.

— Вот и вижу,— говорил он нараспев женоподобным голосом; в эту минуту вошла Лещова,— что кипятились на кого-то. За это штраф. А! Аделаида Петровна, bonjoir!— Он вскочил и приложился к руке.

Лещова поглядела на него с таким же выражением, как и на Нетова.

— Дурно ведет себя Константин Глебович...

Мученическое выражение разлилось по всему лицу. Лещовой.

— Подай бумаги! — прохрипел больной.

Она не расслышала.

— Бумаги!— закричал он.— Кому я говорю? Рада! Заплела коклисы! Приятный мужчина явился. Как же тут хребтом не вилять? И браслеты все надо напялить.

Качеев и Лещова обернулись к больному разом. Лицо ее продолжало улыбаться; адвокат подошел к кровати.

— Опять начали! — пригрозил он.— Воля ваша, доктору пожалуюсь. Как же это вы меня приглашаете? Вам надо быть в полном обладании своих духовных способностей, а не так себя вести, Константин Глебович... Вы этак до состояния невменяемости дойдете!

Больной стих и даже улыбнулся.

— Ах, батюшка,— начал он жаловаться,— раздражает она меня, мочи нет.

Он ткнул указательным пальцем по направлению жены.

Адвокат присел опять на край постели.

— Уговор!— сказал он.

— Какой?

— О деле будем толковать — не кипятиться, а то сейчас уйду.

— Ладно!

— Или я ваш поверенный, или вы меня для одной трепки пригласили?

— Пригласил! — повторил Лещов.— Нарочных гонять надо!.. Семью собаками не сыщешь!.. У какой барыни под юбкой нашли?

— Константин Глебович! — остановил адвокат и кивнул головой в сторону Лещовой.

Она подала шкатулку красного дерева с медной отделкой.

— А на что же поставить-то? — грубо спросил больной.— Писать-то где он будет?.. И этого сообразить не может!.. Господи!.. Полудурья, полудурья!..

Лещова ни на каплю не изменилась в лице. Только ее глаза встретились с глазами адвоката. Качееву стало неловко, хотя он уже привык к таким супружеским сценам и до болезни своего доверителя.

— Я прикажу,— особенно кротко выговорила Лещова.

— А сама не можешь? Лакеев звать, чтобы всякий скот видел, что я делаю, и сейчас всем просвирням протрубил... Барин, мол, с аблакатом запирался. Умна!..

— Да вот стол,— нашелся Качеев,— мы сейчас же приставим... Тут все есть, что нужно... Пожалуйте.

Они придвинули ломберный стол к кровати. Портфель Лещов придерживал на груди.

— Отлично так будет! — вскричал Качеев и отодвинул табуретку.—

Ну, Константин Глебович, коли не станете ругаться, я с вами три короля в пикет сыграю после.

— Ой ли? — обрадованно спросил больной, и в первый раз глаза его улыбнулись.

Жена его, не дожидаясь нового окрика, вышла из спальни.

XVI

Портфель лежал уже на раскрытом столе. Лещов сначала отпер его, держа перед собой. Ключик висел у него на груди в одной связке с крестом, ладанкой, финифтевым образком Митрофания и золотым плоским медальоном. Он повернул его дрожащей рукой. Из портфеля вынул он тетрадь в большой лист и еще две бумаги такого же формата.

— Что же,— дурачливо начал Качеев,— мы опять сказку про белого бычка начнем?

— Какого бычка?— полусердито, полушутливо переспросил Лещов.

— А то как же? В десятый раз будем перебирать пункты духовной.

— Да вы что кричите!— перебил его больной.— Дверь-то хорошенько притворите, дверь... За каждой скважиной уши! И Христа ради потише... Не можете, что ли, тенор-то ваш сдержать?.. Подслушивает!.. Все ложь!.. Глазами и так и этак... И жертву из себя... агнец на заклание... Улыбка-то одна все у меня внутри поворачивает! Ан и будет с фигой.

И он злобно рассмеялся. Рассмеялся и адвокат, но по-другому, весело и бесцеремонно.

— Вы точно из последней пьесы Островского,— сказал он, еле сдерживая смех.

— Какой пьесы?

— Мне рассказывали, он на днях читал в одном доме, как купец-изувер собрался тоже завещание писать и жену обманывал, говорил, что все ей оставит и племяннику миллион, а сам ни копейки им. Все за упокой своей души многогрешной... Ха, ха!..

— Чего вы зубоскалите?.. Разве я так? Обманываю я?.. Боюсь я сказать? Хитрю?.. Небось, на ваших глазах: она знает,— и он указал на дверь,— что нечего ей рассчитывать. Никаких чтоб расчетов. И улыбками она своими меня не подкупит!.. Коли что — так я, как этот самый купец... ни единой полушки!..

— Да полноте, Константин Глебович, что вы юродствуете! Ведь завещание я же писал.

— Разорву, сейчас разорву!.. Такие минуты находят, что, кажется, своими бы руками...

— Ха, ха!.. А купец-то зубами хочет... железные, говорит, у меня зубы.

— Не смейте так! — грозно оборвал больной Качеева.

Тот помолчал, сделал поприятнее мину и выговорил:

— Нужно только пожалеть от души вашу супругу!

— Скажите, пожалуйста!

90

— Да, пожалеть... Ее выдержка изумительна.

— Выдержка!.. Я знаю...

— Ангельское терпение. А у меня его меньше, Константин Глебович... Довольно и того, чему я бывал свидетель, хоть бы сегодняшним днем... Я не за этим езжу к вам... Если вам не угодно...

Он начал подниматься с табурета.

Лещов пугливо оглянулся и привстал с постели.

— Полно, полно... Нечего тут кавалера-то из себя строить. Не ваша сухота... Давайте о деле...

— Да ведь все готово!

— Прочтите мне параграф... какой бишь...

— О чем?

— Об учреждении имени... Константина Глебовича Лещова...

— Параграф седьмой?

— Да, да...

Адвокат начал перелистывать тетрадь, опустив низко голову в листы. Лещов следил за ним тревожным взглядом и дышал коротко и прерывисто. Он думал:

"Наказал же меня Господь. Отнял разум и соображение... Как же было поручить составление духовной такому шалопаю, красавчику, Нарциссу? Да ведь она, Антигона-то облыжная, на него целый год буркалы свои пялит. Ведь они меня еще до смерти отравят, подсыплют морфию, обворуют, сожгут завещание... Разве ему, этому шенапану, довольно его практики?.. Что он получит? Десять, ну пятнадцать тысяч... А тут сотни... И посулит ей законный брак. Успеешь умереть с духовной — он же оспаривать будет, пополам барыши вытянет у нее потом, поступит к ней на содержание... И пойдут трудовые деньги не на хорошее, на родное дело, не на увековечение имени Лещова, а на французских девок, на карты, на кружева и тряпки этой мерзкой притворщицы и набитой дуры!.."

XVII

Параграф был прочитан. В нем Константин Глебович оставлял крупную сумму на учреждение специальной школы и завещал душеприказчикам выхлопотать этой школе право называться его именем. Когда Качеев раздельно, но вполголоса прочитывал текст параграфа, больной повторял про себя, шевеля губами. Он с особенной любовью обделывал фразы; по нескольку раз заново переделывал этот пункт. И теперь два-три слова не понравились ему.

— Постойте,— перебил он.— Тут надо заменить.

— Что? — нетерпеливо спросил Качеев.

— Да вот это: "ежели, в случае каких-либо недоразумений..."

— Облизывали достаточно...

— Кто — я?

— Вы, Лещов Константин Глебович.

— Какая у меня степень? Ведь это между вашей братьей развелись малограмотные скоробрехи; а я не могу; чувство у меня есть художественное. Вы его все утратили... Ремесленники, наймиты везде развелись.

Качеев выпустил тетрадь и сложил руки на груди.

— Вы забыли уговор, Константин Глебович. Опять ругаться?

— Подайте мне.

Лещов потянулся за тетрадью. Адвокат подал ее.

— Одно слово!.. Все равно надо переписать...— отрывисто заговорил Лещов.

Его уже начинало опять душить.

— Зачем переписывать... Ведь вы ждали свидетелей?

— А! Свидетелей? — разразился Лещов.— Был тут сейчас Евлашка Нетов, тля, безграмотный идиот Я его оболванил, я его из четвероногого двуногим сделал. А он... отлынивает... зачуяли, что мертвечиной от меня несет... С дядей своим, старой Лисой Патрикевной, стакнулся... Тот в душеприказчики нейдет.. Я его наметил... Почестнее, потолковее других... Теперь кого же я возьму?.. Кого?

— Помилуйте,— перебил Качеев,— у вас пол-Москвы знакомых... Ну, барина какого-нибудь из ваших приятелей, из византийцев... ха, ха, ха!

— Откуда у вас такое слово?

— Робята одобряли...— продолжал смешливо Качеев.

— Выдохлись они теперь, болтают все на старые лады. Уж коли брать, так купца. Этот хоть умничать не станет и счет знает... А кого взять?.. Может ли он понять мою душу? Раскусит ли он — лавочник и выжига,— что диктовало, какое чувство... вот хоть бы этот самый седьмой пункт?.. Вы не знаете этого народа?.. Ведь это бездонная прорва всякого скудоумия и пошлости!..

Припадок кашля был гораздо слабее. Лещов положил голову на ладонь правой руки и смотрел через белокурую голову Качеева. Голос его стал ровнее, заслышались тронутые, унылые звуки...

— Молодой человек, вот вы тоже начали с этим народом вожжаться... Не продавайтесь! Бога для — не продавайтесь... Хотя бы и так, как я... Я не плутовал!.. Свезут меня завтра на погост, будут вам говорить: Лещов наворовал себе состояние, Лещов был угодник первых плутов, фальшивых монетчиков... не верьте... Ничего я не украл, ничего! Но я пошел на сделку... Да. Хоть и тыкал их в нос, показывал им ежесекундно свое превосходство, а все-таки ими питался... И опошлел, каюсь Господу моему и Спасителю! Опустился... Все думал так: вот буду в стах тысячах, а потом в двухстах, трехстах, и тогда все побоку и заживу с другими людьми, спасаться стану... Мыслить опять начну... Чувствования свои очищу... Ан тут болезнь подползла. И никакие доктора меня не подымут на ноги — вижу я это. Не хуже их ставлю себе диагнозу... Вот она, трагедия-то. Слушай меня, франт-адвокат, слушай... коли в тебе душа, а не пар, гляди на меня, и гляди в оба и страшись расплаты с самим собою.

От утомления он смолк и закрыл глаза. Лицо еще больше осунулось. Вокруг глаз темнели бурые впадины.

Качеев быстро поглядел на него, положил тетрадь в портфель и перегнулся через стол.

— Константин Глебович,— тихо выговорил он,— право, довольно... выправлять духовную... Когда свидетели будут готовы, пошлите за мной... Да и без меня подпишут, вы форму знаете, а душеприказчиков найдем и проставим других...

— Кого?— чуть слышно спросил Лещов.

— Да того же Нетова... А второго... ну хоть меня! Я закон знаю. Теперь лучше в карточки поиграть... Я схожу за картами.

Качеев вышел.

XVIII

В гостиной, где адвокат нашел Лещову с вязаньем в руках, вышел разговор вполголоса.

— Раздражался? — спросила она кротко.

— Беда! Целое наставление мне прочел. Точно Борис Годунов последний монолог... Пожалуйте нам карты... Маленький пикетец соорудим... Я еще поспею в суд... Ах, барыня вы милая!

Он поцеловал ее руку, а она его в затылок, встала и пошла к двери.

— Карты там... в спальне... А как же с душеприказчиками?

— Я себя предлагаю.

— Добрый друг,— протянула она и подняла вверх глаза.

Глаза адвоката смотрели вбок. В них мелькнула мысль: "Кто тебя знает, как-то ты себя поведешь после вскрытия завещания".

Но они больше между собою не шептались. Лещова вошла первая в спальню.

— Три короля! — громко произнес Качеев, входя вслед за нею,— не больше, Константин Глебович, вы слышите?..

— Как тебе угодно,— спросила Лещова,— на столе или положить доску на постель?

— На постель!.. Знаешь ведь.

Она достала небольшую доску из-за туалета, поместила ее на край постели, придвинула табурет, положила на доску две колоды и грифельную доску, взбила подушки и помогла мужу приподняться.

Началась партия. Лещова присела у нижней спинки кровати и глядела в карты Качеева. Больной сначала выиграл. Ему пришло в первую же игру четырнадцать дам и пять и пятнадцать в трефах. Он с наслаждением обирал взятки и клал их, звонко прищелкивая пальцами. И следующие три-четыре игры карта шла к нему. Но вот Качеев взял девяносто. Поддаваться, если бы он и хотел, нельзя было. Лещов пришел бы в ярость. В прикупке очутилось у Качеева три туза.

— Ты что нам обоим в карты глядишь? — спросил Лещов жену.

— Я не вижу твоих карт, мой друг.

— Как не видишь? Сядь вот тут.

Он указал на изголовье.

— Возьми стул и сиди... Ковыряй что-нибудь, вяжи, не мозоль так глаза.

Жена исполнила его желание и села на стуле у изголовья.

— Береженого Бог бережет,— повторил Качеев, сдавая.— Вы, Константин Глебович, очень уж горячитесь!.. Снесли не так.

— У вас, поди, учиться надо?

— А хоть бы и у нас!..

После порядочной игры Лещову — что ни сдача — семерки и осьмерки. Качеев выиграл короля. В счете больной раскричался, начал сам считать,— они играли по одной восьмой,— сбился и страшно раскашлялся.

— Не довольно ли? — заметила Лещова.

— Не твое дело! — оборвал он ее.

Она хотела уйти.

— Сиди тут! Сиди!

Как суеверный игрок, он имел свои приметы. После третьей сдачи карты опять потянули к противнику.

— Что ты тут торчишь?.. Ступай!.. Сядь на другое место!..

Лещов начал рукой толкать жену. Она отошла к окну и взяла работу.

Третьего короля не доиграли. После нового взрыва игрецкого раздражения с Лещовым сделался такой припадок одышки, что и адвокат растерялся. Поскакали за доктором, больного посадили в кресло, в постели он не мог оставаться. С помертвелой головой и закатившимися глазами, стонал он и качался взад и вперед туловищем. Его держали жена и лакей.

"Не подпишет духовной,— думал Качеев, надевая перчатки в передней,— подкузьмила его водяная... Что ж! Аделаида Петровна дама в соку. Только глупенька! А то, кто ее знает, окажется, пожалуй, такой стервозой. Коли у него прямых наследников не объявится, а завещания нет, в семистах тысячах будет, даже больше".

Он сам затворил дверь в передней. Лакей был занят с барином. "Напутствие" Лещова пришло ему на память.

"Нашел время каяться",— рассмеялся он про себя и, выйдя на крыльцо, зычно крикнул кучеру-лихачу:

— Перфил! Давай!

XIX

Марья Орестовна Нетова позвонила. В ее будуаре были звонки электрические, а не воздушные; она находила их "более благородными". Она только что взяла ванну и отдыхала на длинном атласном стеганом стуле, с ногами. Вся комната обтянута голубым атласом в белых лепных рамках. Такой же и плафон. Точно бонбоньерка, вывернутая нутром. Туалет, большое трюмо, шкап, шифоньера — белые, под лак, с позолотой; кружевные гардины, гарнитуры и буфы делают комнату нежной и дымчатой. Но погода впускала в это утро двойственный, грязноватый свет.

На Нетовой капот из пестрой шелковой материи — мелкими турецкими цветочками, на голове легкая наколка, ноги,— она вытянула их так, что видны и шелковые чулки с шитьем,— в золотых туфлях. Марья Орестовна блондинка, но не очень яркая; волосы у ней светло-каштановые. Всего красивее в ее голове: лоб, форма черепа, пробор волос и то, как она носит косу. Ей за тридцать. На вид она моложе. Но на переносице то и дело ложатся резкие прямые морщины. Нос у ней большой, сухой, с горбиной, узкими и длинными ноздрями; губы зато яркие, но не чистые, со складками, и неправильные, редкие, хотя и белые зубы. Она смотрит часто в одну точку своими карими узкими и немного подслеповатыми глазами. Ее не роскошная грудь сохранила приятные очертания, плечи круглые, невысокие, несколько откинуты назад. Она часто пожимает ими на особый лад и при этом поворачивает вбок голову. Если бы она встала, то оказалась бы ростом выше среднего. Руки ее — с длинными, почти высохшими пальцами, так что кольца на них болтаются. Сквозь духи и пудру идет от нее какой-то лекарственный запах.

Она допила чашку какао. Она это делала по предписанию доктора и всегда с гримасой.

Вошла ее первая камеристка из ревельских немок, Берта, крепкая низкорослая девушка, в сером степенном платье и вся в веснушках.

— Позовите мне экономку, а после — дворецкого.

Дом управлялся Марьей Орестовной. Люди у ней ходили в струне. У Евлампия Григорьевича и не найдется даже таких звуков, как у его супруги, для отдачи приказаний. Она говорит иногда в нос, чуть заметно,— уже совсем с барской нервностью и вибрацией.

Экономка — дворянка, женщина лет за пятьдесят, в черной тюлевой наколке и шелковом капоте с пелеринкой пюсового цвета, еще не седая, с важным выражением — остановилась в дверях. При себе Нетова никогда не посадила бы ее, хотя экономка была званием капитанша и училась в "патриотическом", как дочь офицера, убитого в кампанию, а папенька Марьи Орестовны умер только "потомственным почетным гражданином".

— Пожалуйста, Глафира Лукинишна,— закартавила Марья Орестовна и наморщила лоб,— больше мне этого какао не делать... Я прекращаю с завтрашнего дня...

— Что же будете кушать? — спросила экономка низким грудным голосом.

— Пока чай... И вот еще, я вас должна предупредить, Глафира Лукинишна, что мне лично... вы, быть может, и не понадобитесь больше.

— Как же-с?

— Если я уеду за границу... у Евлампия Григорьевича приему не будет такого.

— Но все-таки...— возразила экономка.

— Доложите ему... Пожелает он...

— Вам стоит сказать.

Глаза экономки добавили остальное. Марья Орестовна нахмурилась.

— Просить я не стану... Вы, во всяком случае, получите от меня

95

содержание... за... три месяца... И прошу сдать тогда все, что у вас на руках, дворецкому.

Экономка что-то хотела возразить, но Марья Орестовна сделала знак левой рукой и прибавила:

— После.

XX

По уходе экономки Марья Орестовна переложила левую ногу на правую, поправила кружево на груди и поглядела в окно.

Глаза у нее горели. Она всю почти ночь не спала. С ней это часто бывает. Какой-то недуг подкрадывался к ней, хотя она ни на что не жалуется. Доктор к ней ездит, иногда и прописывает ей: вот какао посоветовал пить по утрам. Но она ничем не больна. Нервы? Да. Но отчего?

Она не сомкнула глаз до рассвета —думы не позволяли. Не легко убеждаться окончательно, что она не может продолжать так жить,— под одной крышей с своим Евлампием Григорьевичем... Еще недавно могла, а теперь не может. Свыше ее сил! Тянула она его, тянула в гору, и вдруг —тошно!

Она еще раз позвонила и приказала позвать себе дворецкого.

У ней был настоящий maître d'hôtel, обруселый эльзасец, Огюст, полный блондин, в кудрях на круглой голове и с легким немецким акцентом. Он служил когда-то контр-метром в ресторане Бореля.

С ним она говорила по-французски.

Он получил то же предуведомление, что и экономка, смутился этим больше, но утешился, когда услыхал, что monsieur Niétoff, вероятно, оставит его у себя, даже если барыня и уедет за границу.

За границу!.. много раз она бывала там — сначала с удовольствием, а потом равнодушно, частенько со скукой. Теперь "заграница" манит ее... Она уже видит себя в Позилиппе или в Ницце на зиму, а на лето в Ишле, в Дьеппе, на острове Уайте, осенью во Флоренции. Тогда только она и будет жить, как она всегда мечтала. Одна, с dame de compagnie {с компаньонкой (фр.).} из умных пожилых парижанок. Разве трудно иметь салон? Она и теперь может называться "madame de Niétoff", а к тому времени ее "благоверному" дадут генеральский чин. И он не будет пришпилен к ней, как бывало. Никогда! До конца дней ее!

Марья Орестовна встала. В ногах она почувствовала большую слабость, точно их кто искалечил. И так губить свое здоровье? Из-за кого?

Она перешла в свой кабинет, комнату строгого стиля, с темно-фиолетовым штофом в черных рамах, с бронзой Louis XVI {Людовика XVI (фр.).}. Шкап с книгами и письменный стол — также черного дерева. Картин она не любила, и стены стояли голыми. Только на одной висело богатейшее венецианское резное зеркало. В этой комнате сидели у Марьи Орестовны ее близкие знакомые — мужчины; после обеда сюда подавались ликеры и кофе с сигарами. Евлампия Григорьевича редко приглашали сюда.

В просвете тяжелой двойной портьеры открывался вид на два салона и танцевальную залу. Разноцветные сплошные ковры пестрели, уходя вдаль, до порога залы, где налощенный паркет желтел нежными колерами штучного пола. Все эти хоромы, еще так недавно тешившие Марью Орестовну своим строгим, почти царственным блеском, раздражали ее в это утро, напоминали только, что она не в своем доме, что эти ковры, гобелены, штофы, бронзы украшают дом коммерции советника Нетова. Не может же она сказать ему:

— Пошел вон!..

Как он ни дрессирован, но у него достанет духу сказать:

— Нет, не желаю-с.

Ну и довольно... Но у ней нет ничего своего!.. Ничего! Или так, пустяки, экономия от туалета, от расходов... Как же могла она в десять лет, постоянно работая умом и волей, очутиться в таком положении?

Нынешняя ночь припомнила ей — как...

Нетова присела к письменному столу, раскрыла серебряный новый бювар, взяла лист продолговатой цветной бумаги с монограммой во всю высоту листка, написала записку, позвонила два раза и отдала вошедшему официанту, сказав ему:

— Послать сейчас выездного. Принимать с трех. Если господин Палтусов будет раньше — принять.

XXI

"Обед-то ведь не заказан",— подумала Марья Орестовна и позвонила. Она не ждала сегодня званых гостей. Палтусов, вероятно, останется. Еще, быть может, двое-трое. Но кто-нибудь да должен сидеть. Не может она, да еще сегодня, оставаться с глазу на глаз с Евлампием Григорьевичем.

Заказывание обеда делалось у ней через экономку. Почти всегда Марья Орестовна входит в подробности. Но на этот раз она сказала появившейся в дверях Глафире Лукинишне:

— Обед на пять персон... Закуску, как всегда...

На письменном столе лежали газеты, московские и петербургские, книжка журнала под бандеролью, толстый продолговатый пакет с иностранными марками и большого формата письмо на синей бумаге, тоже заграничное.

Газеты и журнал Марья Орестовна отложила. В пакете оказались образчики материй от Ворта. Она небрежно пересмотрела их. Осенние и зимние материи. Теперь ей не нужно. Сама поедет и закажет. В эту минуту ей и одеваться-то не хочется. Много денег ушло на туалеты. Каждый год слали ей из Парижа, сама ездила покупать и заказывать. А много ли это тешило ее? Для кого это делалось?..

В синем конверте с французскими марками оказалась фактура башмачника — ее поставщика. В Москве она никогда не заказывала себе обуви. Марья Орестовна поглядела на итог — двести семьдесят один франк — и отложила счет.

Надо же ей посмотреть, сколько накопилось у ней добра в гардеробной. Неужели все везти с собою?

Через пять минут она входила вслед за Бертой в обширную и высокую комнату, обставленную ясеневыми шкапами, между которыми помещались полки, выкрашенные белой масляной краской, покрытые картонками всяких размеров и форм, синими, белыми, красными. В гардеробной стоял чистый, свежий воздух и пахло слегка мускусом. У окон, справа от входа, на особых подставках развешаны были пеньюары и юбки и имелось приспособление для глажения мелких вещей. Все дышало большим порядком.

— Отоприте,— приказала Берте Марья Орестовна, указывая ей на первый шкап по левую руку.

В этом шкапу висели зимние платья, укутанные в простыни, тяжелые, расшитые шелками, серебром, золотом, с кружевными отделками. Некоторые не надевались уже более года. Половину этого надо будет оставить. В следующем шкапе помещались мантильи, накидки, разные confections de fantaisie {В данном случае: изысканные предметы дамского туалета (фр.).}. Многое уже вышло из моды. Но у Марьи Орестовны нет привычки дарить. А продавать тоже не может. Из этого шкапа она выберет две-три вещи. Осенние простые туалеты она возьмет на дорогу и для ненастных дней в Ницце или где проживет зиму; у Ворта закажет четыре платья — не больше.

"Закажет!.. Будет ли ей по средствам? Нынче каждое простое платье стоит у него тысячу франков и больше".

Так обревизован был весь гардероб. Одно платье и кофточку она подарила камеристке. Берта густо покраснела и сделала книксен, подогнув правую ногу под левую.

Осмотр гардеробной утомил Марью Орестовну. Она вернулась в кабинет и взялась за газеты. Прежде всего за одну мелкую московскую, где за два дня "отделывали" ее мужа и его дядю. И сегодня, вероятно, что-нибудь новое. С той статейки и начался в ней перелом. Ее уязвило не оскорбление мужу, а то, что она — жена его. В тот день она начитала ему как следует, дала приказ, как поступить, к кому ехать, что говорить. Ее это раздражило, вызвало желчь, помогло обдумать целый план действий. А вчера вся эта пошлость припомнилась ей и, как последняя капля, заставила разлиться чашу ее душевного недуга.

Стоило почти десять лет работать над таким человеком, как ее супруг! Добьется она того, что ему будут писать на пакетах: "Его превосходительству"... А потом? Она-то сама, ее-то личная жизнь при чем тут? Терпеть, чтобы тебя в грошовой газете всякий пасквилянт, получающий по три копейки со строки, срамил из-за ничтожества твоего Евлампия Григорьевича, чтобы над твоим "ученичком" издевались, как над идиотом, и тебя показывали в "натуральном виде" — так и стояло в фельетоне,— со всеми твоими тайными желаниями, замыслами, внутренней работой, заботами о своей "интеллигенции", уме, связях, артистических, ученых и литературных знакомствах?

"Дворянящаяся мещанка" — вот твоя кличка!..

XXII

Московская газетка нервно встряхивалась в руках Марьи Орестовны. Она читала с лорнетом, но pince-nez не носила. Вот фельетон — "обзор журналов". В отделе городских вестей и заметок она пробежала одну, две, три красных строки. Что это такое?.. Опять она!.. И уже без супруга, а в единственном числе, какая гадость!.. Нелепая, пошлая выдумка!.. Но ее все узнают... Даже вот что!.. Грязный намек... Этого еще недоставало!..

Лицо Нетовой разом побледнело. Во рту у ней тотчас же явился горький вкус. Она бросила газету на стол и начала ходить по кабинету.

Как ни бодрись, как ни ставь себя на пьедестал, но ведь нельзя же выносить таких мерзостей! А разве за нее он способен отплатить? Да он первый струсит. Дела не начнет с редакцией. А если бы начал, так еще хуже осрамится!.. Стреляться, что ли, станет? Ха, ха! Евлампий-то Григорьевич? Да она ничего такого и не хочет: ни истории, ни суда, ни дуэли. Вон отсюда, чтобы ничего не напоминало ей об этом "сидельце" с мелкой душонкой, нищенской, тщеславной, бессильной даже на зло!

Выдумать грязную сплетню на нее, как на жену и женщину! На нее! Стоило десять лет быть верною Евлампию Григорьевичу! Да, верной, когда она могла пользоваться всем... и здесь, и в Петербурге, и за границей. Ей вот тридцать второй год пошел. Сколько блестящих мужчин склоняли ее на любовь. Она всегда умела нравиться, да и теперь умеет. Кто умнее ее здесь, в Москве? Знает она этих всех дам старого дворянского общества. Где же им до нее? Чему они учились, что понимают?..

И тут ей представились фигура и лицо мужа — с приторной улыбочкой, глухо-хмурыми бровями и бородкой молодца из Ножовой линии, с его "изволите видеть" и "сделайте ваше одолжение", с его влюбленным лакейством. Он влюблен! Он питает затаенную страсть!.. Он смеет!.. Проявлять эту страсть она ему никогда не позволяла. Но ведь он все-таки муж... И было время в первые годы, когда они еще не жили в разных концах дома!..

Желчь еще не уходилась. В голове целый муравейник злобных мыслей так и кишел.

В дверях показался официант с небольшим серебряным подносом. Он намеренно кашлянул.

— Что? — почти с испугом крикнула Марья Орестовна и тотчас же оправилась.

— Депеша-с. Прикажете расписаться?

— Я говорила, чтобы швейцар расписывался... даже когда я и Евлампий Григорьевич дома.

Лакей нырнул в портьеру, вынув из пакета листок квитанции.

"От Палтусова",— подумала Марья Орестовна и подошла читать депешу к окну.

Но депеша была не городская, а из Петербурга...

Вот это новость! Она рассчитывала на брата, служащего за

границей, думала вызвать его в Париж,— а он в Петербурге, экспромтом по делам службы, и будет через три дня в Москву.

Всё неудачи!.. А может, и лучше. Свой человек. Теперь это придется кстати. Легче будет. Он мог бы сослужить ей хорошую службу, но не очень-то она надеется на его умственные способности... Брат Коля. Он ее же выученик. Зато он распустит хвост, как павлин... может оказаться полезным своим французским языком, тоном, подавляющим высокоприличием и сладкой деликатностью. Это так...

Уже третий час, а она еще не в туалете... В капоте нельзя принимать, хоть сегодня у ней вокруг талии опухоль; трудно будет затянуть корсет. Надо надеть простую ceinture {пояс (фр.).} и платье полегче.

Она вернулась в будуар и хотела позвонить. Но рука ее, протянутая к пуговке электрического звонка, опустилась. Лицо все перекосило, прямые морщины на переносице так и врезались между бровями, глаза гневно и презрительно пустили два луча.

Из-за портьеры выглядывала наклоненная голова Евлампия Григорьевича и озиралась.

— Можно войти?

Что за вольность! Никогда он не смел входить до обеда в ее будуар. Ну да все равно. Лучше теперь, чем тянуть.

— Войдите,— сказала она ему сквозь зубы и стала спиной перед трюмо.

Евлампий Григорьевич вошел на цыпочках, во фраке, как ездил, и с портфелем под мышкой.

XXIII

— Можно?— повторил он, не переступая порога. Марья Орестовна ничего не отвечала.

Муж ее вытянул еще длиннее шею и вошел совсем в будуар. Портфель и шляпу положил он на кресло, около двери, и приблизился к Марье Орестовне.

— Заехал на минутку...— начал он, переминаясь с ноги на ногу.

— Очень рада,— ответила Марья Орестовна и тут только повернулась к нему лицом.

Евлампий Григорьевич быстро вскинул на нее глазами и понял, что готовится нечто чрезвычайное.

— Вы читали сегодняшние газеты?

Вопрос свой Марья Орестовна выговорила более в нос, чем обыкновенно.

— Нет еще...

— Возьмите на столе... полюбуйтесь...

Она назвала газету.

— Это успеется,— откликнулся он, чуя беду.

— Прочтите, вам говорят. Подайте мне сюда.

Когда Марья Орестовна обрывала слова и отчеканивала каждый

слог, муж ее знал, что лучше с самого начала разговора со всем согласиться.

Газету он взял на столе в кабинете и подал ей. Она нашла статейку и показала ему.

— Извольте прочесть...

— Что же... опять братца Капитона Феофилактовича дело?

— Читайте!

Евлампий Григорьевич начал читать. Он разбирал мелкую печать не очень бойко. Ему про себя надобно всегда прочесть два раза, а писаное и три раза.

— Ну! — нервно окликнула его Марья Орестовна.

Она прилегла на длинный стул, где пила какао.

Волнение сразу охватило Нетова. На лбу показались капли пота. Лицо пошло пятнами, как утром у Краснопёрого.

— Канальи!

— Прошу вас не браниться! — удержала она его.

— Да как же-с, помилуйте,— начал он, задыхаясь и разводя той рукой, где у него скомкана была газета.— За это...

— Что за это? К мировому потянете, да?

— Нет-с, не к мировому... В смирительный дом!..

В первый раз видела она у него такую вспышку возмущения.

— Сядьте, слушайте, Евлампий Григорьевич,— охладила она его своим голосом, где сквозили обычные пренебрежительные ноты.— Вот до чего я с вами дожила.

Глаза его разбежались, рот он разинул.

— Вы?.. Я-с?.. Да нешто я виновен тут?.. Я готов за вас...

— Я вас не спрашиваю, на что вы готовы. Вчера еще я много думала... Эта газетная гадость только новый предлог...

— Капитошка!..

— Пожалуйста, без тривиальностей! Ваша родня, вы, весь этот люд... я не хочу входить в разбирательство. Садитесь, говорят вам. Я не могу говорить, когда вы мечетесь из угла в угол.

Евлампий Григорьевич сел у ног ее. Глаза его все еще сохраняли растерянное выражение. Он был ей жалок в эту минуту, но она на него не смотрела; она опустила глаза и прислушивалась к своему голосу.

— Страдать из-за вас я не намерена,— продолжала она, выговаривая отчетливо и не торопясь,— не перебивайте меня!.. Не намерена, говорю я. Вы не можете доставить жене вашей ни почета, ни уважения. Я ли не старалась сделать из вас что-нибудь похожее на... на то, чем вы должны быть?.. Ничего из вас не сделаешь... Вы не стоите ни забот моих, ни усилий... Но я еще молода, Евлампий Григорьевич, я не хочу нажить с вами чахотку... Вы скомпрометировали мое здоровье. У меня была железная натура, а теперь я чувствую падение сил... Разве вы стоите этого!

— Марья Орестовна... Машенька!..

Слезы готовы были брызнуть из глаз Евлампия Григорьевича.

— Не перебивайте меня!.. Вы понимаете, что я говорю?

— Понимаю-с!

— Я жить хочу... Довольно я с вами возилась. Я решила третьего дня ехать на осень за границу, на юг... А теперь я и совсем не хочу возвращаться в эту Москву.

— Как-с?

В горле у него перехватило.

— Очень просто. Не желаю. Вы должны же наконец понять, что не могу я теперь иметь приемы, когда мы с вами сделались притчей всего города.

— Да помилуйте-с... Марья Орестовна, матушка!

— Дайте мне кончить.

— Мы их в арестантскую упечем!

— Ха, ха!.. Предоставляю это вам самим... Но меня здесь не будет. И вы этого сами должны желать, если у вас есть хоть капля уважения к моей личности.

— Уважение?.. Любовь моя!..

— Не надо мне вашей любви!— гадливо остановила она его и провела ладонью по своему колену.— Ваша любовь — тяжелый крест для меня!

Он замолчал. Щеки его потемнели, глаза стали мутны.

— Я вас предупреждаю, Евлампий Григорьевич, что я еду из Москвы. Я не могу выносить этого города, я в нем задыхаюсь.

— Как вам угодно... ведь и я... что же в самом деле, и я могу освободить себя...

— То есть как это?— насмешливо спросила она.— Желаете за мной последовать? Нет-с,— протянула она.— Вы можете оставаться... Мне необходим отдых, простор... Я хочу жить одна...

— До весны, значит?

— И весну, и лето, и зиму... На это я имею полное право. Как вы будете здесь управляться — ваше дело... И без меня все пойдет, потомственное дворянство вам дадут, Станислава 1-й степени, а потом и Анну.

— Нешто мне самому?

— Пожалуйста... вы для этого только и живете.

— Не грех вам? — вырвалось у него.— До сих пор... на вас молился...

Марья Орестовна опять провела ладонью по своему колену, и нижняя губа ее выпятилась.

— Очень хорошо,— перебила она,— мы оставим это. Вы знаете теперь мое желание — мое требование, Евлампий Григорьевич. И до сих пор вы не подумали об одной вещи...

— О какой? — пугливо и скорбно спросил он.

— О том, что ваша жена не может распорядиться пятью копейками.

— Что вы-с? Христос с вами!

Он вскочил и всплеснул руками.

— У нее ничего нет. Вы ей даете, что вам угодно, на ее тряпки... Все ваше...

— Помилуйте, Марья Орестовна!

— Но это факт. Вы, Евлампий Григорьевич, не понимали моей деликатности. Но пора понять ее... Десять лет прожить!..

И она в нос засмеялась.

— Вот что я хотела вам сказать. Не удерживаю вас. Вам пора по делам. Мои слова — не каприз, не нервы... Я еду через неделю. Остальное — вы понимаете — ваша обязанность.

Марья Орестовна закрыла глаза. Все, что душило ее мужа, осталось у него в груди. Он встал и боком вышел из будуара. Он боялся, что если у него вырвется какое-нибудь возражение, раздадутся истерические крики.

В будуаре все смолкло. Марья Орестовна открыла сначала один глаз, потом другой, повернула голову, оглянулась, встала и позвонила.

Берта принесла ей черное шелковое платье, ее "мундир", как она называла.

XXIV

До кабинета Евлампий Григорьевич шел чуть не целых пять минут.

Едет она на зиму, на год, навсегда... Ну, может, смилуется... А то и соскучится?.. Но не в этом главное горе. Что же он-то для Марьи Орестовны? Вещь какая-то? Как она рукой-то повела два раза по платью... Точно гадину хотела стряхнуть... Господи!..

Голова у него закружилась. Он был уже на галерее и схватился рукою о карниз. Подбежал ливрейный лакей.

— Воды прикажете? — тревожно спросил он.

— Нет, не нужно,— выговорил с трудом Нетов.

Ему стало стыдно. Люди подумают, что у него с женой вышла история, что его выгнали.

— Вели подать карету,— приказал он и прошел в кабинет.

Там он опрыскал себе голову одеколоном с водой, взял чистый платок и торопливо спустился с лестницы.

Только что дверца кареты захлопнулась и вороные взяли с места, из-за угла, от бульвара, показалась пролетка. Евлампий Григорьевич узнал Палтусова и раскланялся с ним.

"К нам",— подумал он, и впервые что-то у него екнуло в груди. Он не знал ревности, не смел ее знать, да и жена его так со всеми "ровно" держала себя, что никакого подозрения он иметь не мог. Ездили к ним молодые, и средних лет, и пожилые мужчины, военные, чиновники, предводители дворянства, писатели, пианисты, художники, профессора, всякие умные люди... Марья Орестовна только умных и принимает... Этот Палтусов стал недавно ездить. Обедал и запросто. У них многие так обедают. К нему почтителен больше других, обо всем солидно толкует с ним, ловко, не стеснительно. Такого молодого человека следовало бы всячески поддержать. И в дела бы не мешало ввести. С Марьей Орестовной держится степенно. Разве когда один останется... Да что же это он спрашивает? Кто он для нее? Вещь, самая тошная... Обеспечь ее!.. Следует... Говорит, что любит, а не догадался в десять-то лет положить на ее имя в банк... Проценты бы наросли... Деликатности-то ее не понимал. Довел до того, что она сама должна была сказать: "пятью копейками распорядиться не могу".

Угрызения заслонили в душе мужа все другие чувства. Он забыл, куда он едет, зачем, что ему надо говорить, чем распоряжаться... Он был близок к нервному припадку.

Его не жалела жена. Берта подавала ей разные части туалета. Марья Орестовна надевала манжеты, а губы ее сжимались, и мысль бегала от одного соображения к другому. Наконец-то она вздохнет свободно... Да. Но все пойдет прахом... К чему же было строить эти хоромы, добиваться того, что ее гостиная стала самой умной в городе, зачем было толкать полуграмотного "купеческого брата" в персонажи? Об этом она уже достаточно думала. Надо по-другому начать жить. Только для себя...

Через все комнаты дошел звонок швейцара. Он дернул два раза — гости.

Это, наверно, Палтусов.

— Поскорее, Берта, застегивайте,— выговорила Марья Орестовна, озираясь на дверь в кабинет.— Хорошо, я теперь сама... Скажите, чтоб провели в кабинет.

Берта вышла. Марья Орестовна застегнула сама остальные пуговки. Их было множество — и на груди, и на боках, и на рукавах. Она стерла с лица пудру и поправила голубую косыночку, стягивавшую ей голову над косой. С лицом ей труднее было поладить. Оно не расправлялось. Попробовала она улыбнуться — выходило и кисло и фальшиво. А она не хотела этого... Лучше пусть лицо будет расстроено.

Палтусов — друг... Остальные не понимают ее, а этот скоро понял, без всяких особенных излияний с ее стороны.

Как-то он одобрит ее план?

В кабинете шаги, смягченные ковром, остановились у письменного стола.

— Сейчас будут-с,— послышался голос лакея.

XXV

Палтусов стоял лицом к двери в будуар, откуда вышла Марья Орестовна. Он оделся во все черное. От этого его белокурая голова с живописной бородой много выигрывала. Ни на чьем стане не останавливались так глаза Нетовой, как на его складной фигуре в прекрасно сшитом сюртуке.

Они улыбнулись друг другу по-приятельски. Но Палтусова эта женщина не привлекала. Ему не нравились ни ее черты, ни выражение, ни тон, ни как она одевается. Он признавал ее ум, выдержку, искусство, с каким эта купчиха вышколила своего Евлампия Григорьевича и завела у себя "салон". Но она его скорее раздражала. Никогда он не встречался с такой рассудочной, бессознательно себялюбивой женской натурой. Так по крайней мере казалось ему. По доброй воле он ни за что бы не взял ее в любовницы. В теле он считал ее гораздо рыхлее и болезненнее, скептически относился к ее бюсту, хотя и видел на вечерах, что плечи у нее красивы. Около нее он ни разу, даже оставаясь наедине, не испытал никакого приятного волнения, не полюбовался искренне ни туалетом ее, ни лбом, ни изящной линией головы. Полное равнодушие чувствовал он в те минуты, когда она не производила в нем надсады своим "подстроенным" разговором, худо скрытым тщеславием, умничаньем, сухой злоязычностью, которая в женщинах была ему противнее всего. В его глазах она говорила, думала, двигалась "на пружинах".

Но они скоро сошлись. Он заметил, что Нетова им интересуется. В разговорах с ним она брала менее уверенный тон, спрашивала его совета в разных вопросах такта, знания приличий, даже туалета, узнавала его литературные вкусы, любила обсуждать с ним роман или новую пьесу, игру актрисы или актера, громкую петербургскую новость, крупный процесс... С ней он держал себя почтительно, но без всякой поблажки разным ее "штучкам". Он ей на первых же порах сказал:

— Марья Орестовна, вы уж вашего супруга воспитывайте в византийских традициях, а меня оставьте. Перебирать это старье мы не будем. Для меня московские обыватели одинаковы. А что вы хорошо учились девочкой и с умными господами дворянами беседовали — это при вас останется.

Она немного подулась, но с тех пор и стала держать себя с ним на приятельской ноге.

От этого она не сделалась для него симпатичнее. Но он ездил к Нетовым часто, обедывал запросто, провожал ее в театр, в концерты. Его подзадоривало — кроме выполнения программы: расширять свои связи "в этих сферах" — какое-то "охотничье" чувство... Точно он ждал: до чего у него дойдет дело с этой "злючкой", на какую степень самообмана способна будет она в сношениях с ним, что наконец выйдет из их знакомства. Уважения, настоящего, честного, последовательного, у него вообще не было ни к кому из "обывателей", как он называл всех этих новых московских буржуа. Он не считал себя обязанным перед ними к совестливости человека, живущего в обществе равных себе людей. Он смотрел на себя как на "пионера", на одного из предприимчивых выходцев, отправляющихся в Калифорнию или на американский "Дальний Запад".

Марья Орестовна скоро и близко подошла к Палтусову с протянутой рукой.

Прикосновения этой руки он тоже не любил. Рука была высохшая, но влажная, более чем нужно, и на ее пожатие он отвечал всегда довольно сильно, но по привычке или чтобы заглушить брезгливое ощущение.

— Вас застала моя записка? Благодарю. Вы у нас останетесь обедать... да? Садитесь...

Палтусов видел, что тон ее был гораздо нервнее обыкновенного. Он тихо улыбался, идя за хозяйкой к низкому дивану около камина, скрытому наполовину развесистыми листьями пальмы.

— Был дома,— спокойно говорил он,— дела все покончил... останусь у вас обедать...

Он взглянул на ее платье и спросил:

— Сколько пуговок?

— Не знаю!

— Следовало бы сосчитать...

— Ах, Андрей Дмитриевич, полноте... вы мой юрисконсульт.

— Вот как?

— Да... сегодня я прошу вас настроить себя посерьезнее.

На диванчике могли усесться двое. Половина ее шлейфа покрывала его ноги.

XXVI

В немногих словах, дельно и едко высказала Марья Орестовна свою "претензию". Она не скрывала постоянного пренебрежительного отношения к Евлампию Григорьевичу. Не желает она дольше работать над его производством в генералы со звездой. Она хочет жить для себя. Ее план — уехать за границу, основаться сначала там, а позднее — где ей угодно в России, на средства, которых она, при всем своем уме, не позаботилась получить от мужа заблаговременно из гордости.

Палтусов уже знал достаточно историю ее девичества и выхода замуж. Ему рассказывали, что отец Марьи Орестовны разорился незадолго до смерти. Женат он был на гувернантке, барышне дворянского рода, институтке, с музыкой и литературными наклонностями. Мать и поселила в дочери и сыне Коле убеждение в их дворянском происхождении, в том, что они "случайные" купеческие дети. Она же и озаботилась дать им тонкое воспитание. Евлампий Григорьевич явился якорем спасения от неминуемой нищеты. Без него и сын не кончил бы курса в университете.

Передавали Палтусову анекдоты о том, как Нетов влюбился, как невеста на всю Москву срамила его, издевалась над его безграмотством и простотой. Однако согласие дала без всякой оттяжки.

И вот утекло десять лет. Марья Орестовна задумала "освободить" себя от Евлампия Григорьевича, а своих денег у ней нет. Она получит то, что ей "следует". Муж уже извещен и должен распорядиться, почувствовать всю глубину ее деликатности. Но этого ей мало. Она хочет дать ему острастку, чтобы он знал наперед, что его ожидает.

Говоря это, Марья Орестовна начала тяжелее дышать. В ней было что-то нездоровое.

"Она кончит какой-нибудь болезнью крови",— подумал Палтусов.

— Да,— выговорила она в виде заключения,— я жить хочу, Андрей Дмитриевич... Силы мои я хочу тратить... на другие вещи...

— На что? — тихо спросил Палтусов.

— Ах, Боже мой! Что же вы меня совсем и за женщину не считаете?

— О! Женщина вы несомненная. Но будто вам нужно то, без чего ваша сестра существовать не может?

— Что же это, например?

— Например... любовное чувство.

Он дурачился с ней не без желания поиграть. Для него это не было опасно.

— Отчего же?

Глаза ее поглядели на Палтусова обидчиво.

— Для вас будет слишком уж накладно.

И он прибавил серьезным тоном:

— Право, Марья Орестовна, невыгодно... Живите в ум. А то проиграете.

— Мы это увидим позднее,— ответила Нетова с усмешкой.— Во всяком случае, вот как стоит дело.

— Дело,— повторил Палтусов ее выражение,— пока в ваших руках... Но не переступите за градус.

— Что вы хотите сказать?

— Ваша материальная самостоятельность стоит на первом плане. Преклоняюсь перед вашей деликатностью и понимаю ее вполне. Вы не хотели заикаться об этом перед мужем. Вы ждали.

— Даже и не ждала. Просто не думала. Вы, конечно, не поверите.

— Почему же?

— Потому что вы считаете меня эгоисткой, интриганкой... Но я горда прежде всего. Я стояла выше этого.

— Евлампий Григорьевич,— перебил ее Палтусов,— конечно, обеспечил уже вас... на случай смерти.

— Я и этого не знаю. И никогда не справлялась.

Палтусов посмотрел на нее вбок. Она не лгала.

— Сложная вы душа,— выговорил он,— а все-таки мой совет вам: обеспечить себя, но с мужем не разрывать.

— Носить цепи, продавать себя, быть в необходимости отвечать на его письма или рисковать, что он явится к светлому празднику ко мне в гости? Не хочу!

— Та, та, та! Вот женщины-то! Даже и умницы, как вы, хромают логикой.

— Знаю, знаю... Сейчас будет Пигасов из "Рудина" и его стеариновая свечка.

— Обойдемся и без Пигасова. Рассудите... Вы разводиться не желаете?

— Нет.

— Просто уезжаете за границу на неопределенное время? Прекрасно... Зачем человека, страстно в вас влюбленного, бить обухом по голове, объявлять ему. что он... для вас не существует? Не хотите его видеть всегда есть на это средства. Денежной зависимости и без того не будет... Сколько я вас понимаю, вы требуете обеспечения сразу.

— Да.

— Тем паче.

Она задумалась и через минуту сказала:

— Вы, быть может, правы.

XXVII

Разговор наладился. Но ему захотелось продолжить "игру".

— Отчего же так это вдруг, Марья Орестовна? Это на вас не похоже.

Она начала говорить, как ей всегда была противна эта грязная, вонючая Москва, где нельзя дышать, где нет ни простора, ни воздуха, ни общества, ни тротуаров, ни искусства, ни умных людей, где не "стоит" что-нибудь заводить, к чему-нибудь стремиться, вести какую-нибудь борьбу.

И потом... эти пасквили.

Палтусов выслушал и поглядел на Марью Орестовну исподлобья.

— Ага! Неужели они дали толчок?

— И да, и нет,— ответила Нетова.

— Стоит!

— Очень стоит! — резко повторила Марья Орестовна.— С таким человеком, как Евлампий Григорьевич, я никогда не буду избавлена от подобных приятностей.

Ему были известны статейки московской газеты. Они пришлись кстати, доложили лишнюю щепоть.

С этой темы они перевели разговор на более приятные картины заграничной жизни.

— Что вы любите больше всего? Париж, Италию?

— Ничего особенно. Я глупо ездила... Всегда являлся Евлампий Григорьевич. Теперь я по-другому распоряжусь... и...

— Ах, знаете что, Марья Орестовна,— перебил Палтусов,— вам нигде не будет так хорошо, как здесь.

— Не может этого быть.

— Поверьте! Надо во что-нибудь вдаться, иначе вы умрете от пустоты.

— Найду дело!

— Такого, чтобы поглотило вас,— нет, не найдете! Вы здесь — центр.

— Чего это? — с гримасой спросила она.

— Своего мирка. И этот мирок создали вы... Куда вы ни бросите взгляд, все это дело ваших рук. Вы выбирали, вы приказывали, вы сортировали и обои, и мебель, и людей, и отношения к ним. Шутка!

— Для себя не жила! И все это мелко.

— Не стану спорить... А люди? Их надо найти!

— Меня не забудут и старые друзья...— вырвалось у нее...

"Поиграю немножко",— мелькнуло опять в голове Палтусова.

— Друзья-то не забудут. Впрочем, нетрудно и новых завести. Много по Европе бродит охочего народа.

— Что это вы, Андрей Дмитриевич,— недовольно заметила она.— Я с дрянью никогда не зналась. Вы бы лучше пообещали мне навестить меня.

— А вы когда сбираетесь?

— Скоро.

— В начале нашего сезона? Так-то вы заботитесь об интересах ваших друзей!

— Кого же?

— Да вот хоть бы меня.

— Вам от моего отъезда, я вижу, ни тепло ни холодно.

— Ошибаетесь! — горячо возразил он и только на этот раз искренне.

— Вряд ли.

— Ошибаетесь, говорю вам. Ваш дом был для меня самый, как бы это сказать... позвольте... без сентиментальности?

— Говорите, пожалуйста.

— Самый выгодный.

— Вот как?

— Вы не обижайтесь... Самый выгодный. Здесь я встречал разный люд, нужный для меня. Ваш супруг без вас совсем будет не то, что он был при вас. Вы умели сделать приятными и вечер, и обед,— тут он уж начал привирать,— ваш дом избавлял от необходимости делать визиты, рыскать по городу, разузнавать.

— Вы говорите, точно тайный агент.

— Ха, ха, ха! Да, я отчасти такой именно агент. А недавно сделался и настоящим деловым агентом.

— Где, у кого?

— Оставим это в тайне. Вы видите, ваш отъезд мне невыгоден.

— А я сама?

Вопрос выговорен был гораздо искреннее, чем Палтусов ожидал. Он застал его врасплох.

— Вы?

— Да, я?

Ее карие глаза, прищурясь, глядели на него.

— И вы также.

— Выгодна?

— Очень.

Она отодвинулась.

— Андрей Дмитриевич... Зачем у вас этот тон?.. Я заслуживаю другого.

— Я только откровенен. И что же тут обидного для молодой женщины?

— Выгодно!

— Полноте, Марья Орестовна... Вы не сентиментальный человек.

— Вы не знаете,— живо перебила она,— какой я человек. До сих пор я не жила... Я уже говорила вам.

Он сумел остановить разговор на этом спуске. Дальше он не хотел раздражать ее — не стоило. Без всякой задней мысли спросил он ее:

— Кто же будет представлять здесь ваши интересы?

— Денежные?

— Да.

— Надо сначала обеспечить их, Андрей Дмитриевич.

— Это сделается. Только не натягивайте супружеской струны. Вы играли на Евлампии Григорьевиче, как на послушном инструменте, но вы мало наблюдали за ним.

— Мало!

— Недостаточно. С такими натурами нужна особая сноровка... В нем вообще что-то происходит с некоторого времени.

Она презрительно повела губами.

— Уверяю вас, я говорю совершенно серьезно.

— Пускай его проживает здесь, как знает... Вы спрашиваете, кто будет здесь представитель моих интересов? Вот случай чаще видеть вас.

— Меня? Выбираете меня своим chargé d'affaires? {поверенным в делах? (фр.).} Для того, чтобы супруг имел подозрения?..

— Мне все равно и теперь, а тогда и подавно.

Она встала и прошлась по комнате.

Раздался звон швейцара. Один удар — приезд самого Евлампия Григорьевича.

— Супруг и повелитель? — спросил Палтусов.

— Как это хорошо, что вы сегодня у нас обедаете,— с ударением выговорила Нетова.

XXVIII

Внизу, в сенях, Евлампий Григорьевич закричал на швейцара, зачем он не выбежал вынимать его из кареты.

Этот окрик изумил гусарского вахмистра. Никогда барин не делал ему и простых замечаний, а тут разгневался попусту.

— Осмелюсь доложить,— оправдывался он,— кареты я не расслыхал-с. Стены толстые, притом же окна замазаны.

— Нечего! — сердито обрезал его Нетов.

Сени и лестницу он оглядел с нахмуренными бровями, чего опять с ним никогда не было.

— Кто? — спросил он швейцара.— Кто гость?

— Господин Палтусов сидят у Марьи Орестовны.

Нетов начал подниматься медленно, нетвердой походкой. Его испугало и раздосадовало то, что час перед тем с ним вдруг ни с того ни с сего сделался обморок. Теперь он знает с чего — разговор с Марьей Орестовной. Но для его "звания" совсем неуместно падать в обморок. И ничего он там не слыхал в заседании комитета, где он почетный председатель, все путал, забывал, как зовут членов. Два раза он так подписал свое имя под исходящими бумагами, что делопроизводитель должен был показать ему. На одной стояло вместо "коммерции советник" — "коммерции сотник", а на другой имя Евлампий написано было без средних букв. Ему стало обидно... Неужели же он так уж и не может стряхнуть с себя гнета своей супруги?.. Ну, скучно ей, проедется... Как же ей не любить его?.. Только не желает показать этого... Нельзя не любить...

Прежде Евлампий Григорьевич не замечал тяжести в ногах, когда поднимался по лестнице. А тут на верхней площадке должен был отдышаться, и его опять шатнуло в сторону.

Подбежал тот же лакей, что подал ему стакан воды. Нетов поглядел на него, и ему показалось, что глаза лакея смеются над ним! А кто он?

Хозяин! Барин! Почетное лицо!.. И не то что Краснопёрый или Лещов, а "хам" смеет над ним подсмеиваться!..

— Что ты ухмыляешься?— глухо спросил он ливрейного официанта.

Официант даже не понял сразу вопроса.

Нетов повторил.

— Никак нет-с,— ответил официант.

— То-то! Не сметь! — крикнул он и пошел в кабинет.

Раздражало его и то, что Викентий не встретил его на лестнице. Пришлось звонить. А Викентий ожидал его двадцатью минутами позднее. И когда он заметил камердинеру с горечью:

— Кажется, не много у вас дела,— то ему опять показалось, что Викентий ухмыльнулся.

Щеки Евлампия Григорьевича зарделись. Он сдержал себя и только крикнул:

— Сюртук подай!— голосом, который ему самому показался страшным.

И борода не повиновалась щетке. Он ее приглаживал перед зеркалом и так и эдак, но она все торчала — не выходило никакого вида. Сюртук сидит скверно... После обеда надо опять надевать фрак — ехать в другое заседание. Тяжко, зато почет. Он должен теперь сам об себе думать... Жена уедет за границу... на всю зиму... Успеет ли он урваться хоть на две недели? Да Марья Орестовна и не желает...

В зале, разноцветной мраморной палате с нишами, в два света, с арками и украшениями в венецианском стиле, Евлампий Григорьевич вдруг остановился. Он совсем ведь забыл, что ему сказала Марья Орестовна насчет ее денежных средств. Как же это могло случиться? Вылетело из головы! Надо же сделать смету... Какой капитал и в каких бумагах?

Нетов круто повернулся и пошел назад в кабинет. Без счетов и записной книжки он ничего сообразить не может. К обеду еще успеет... Да и об чем ему говорить с этим Палтусовым?.. Зачастил что-то. Не с ним ли желает Марья Орестовна за границу отправиться?

Вопрос остался без ответа. Мысль Евлампия Григорьевича перескочила опять к счетам и записной книжке. Торопливо присел он к письменному столу; с большим трудом окинул он размеры своих ценностей... что-то такое забыл и долго не мог вспомнить, что именно.

XXIX

Обед подали в половине шестого. Столовая расписана фресками, вделанными в деревянную светло-дубовую резьбу. Есть тут целые виды Москвы и Троицы, занимающие полстены, и поуже — бытовые картины из древней городской жизни. Вот московский боярин угощает заезжего иностранца. Гость посоловел от медов и мальвазии. Сдобная рослая жена выходит из терема, с опущенными ресницами, вся разукрашена в оксамит и жемчуга, и несет на блюде прощальный кубок-посошок. Хозяин с красной раздутой рожей хохочет над "немцем" и упрашивает

111

его "откушать". Резной дубовый потолок спускается низкими карнизами над этой характерной комнатой. Он изукрашен изразцами так же, как и стены. Затейливая изразцовая печь занимает одну из узких поперечных стен. Она вся расписана и смотрит издали громадным глиняным сосудом. Стол с четырьмя приборами пропадает в этой хоромине. Он освещен большой жирандолью в двенадцать свечей. На стене зажжены две лампы-люстры под стиль жирандоли и отделке стен. Открытый поставец с мраморной доской заставлен закуской. Графинчики, бутылки и кувшины водок и бальзамов пестреют позади фарфоровых цветных тарелок. Посредине приподнимается граненая ваза с свежей икрой. Точно будут закусывать человек двадцать. У противоположной стены, между двумя фресками, массивный буфет — делан на заказ в Нюренберге, весь покрыт скульптурной и резной работой. Он имеет вид церковного органа. Вместо металлических труб блестит серебряная и позолоченная посуда. Майолик по стенам не видно: ни блюд, ни кружек. Архитектор не допускал этого.

Палтусов ввел Марью Орестовну из коридора-галереи через вторую гостиную. Больше гостей не было. Они подошли к закуске. В отдалении стояли два лакея во фраках, а у столика с тарелками—дворецкий.

— Докладывали Евлампию Григорьевичу? — спросила Марья Орестовна у лакея.

— Докладывали-с.

— Кушайте,— обратилась она к гостю и указала на икру.

В этот день Палтусов проголодался. Икра так и таяла у него на языке. Доносился и аромат свежего балыка и какой-то заливной рыбы. Смакуя закуски, он оглянул залу, в голове его раздалось восклицание: "Как живут, подлецы!"

Это он говорил себе каждый раз, как обедал у Нетовых. Их столовая и весь их дом и дали ему готовый материал для мечтаний о его будущих "русских" хоромах. До славянщины ему мало дела, хоть он и побывал в Сербии и Болгарии волонтером, квасу и тулупа тоже не любил, но палаты его будут в "стиле", вроде дома и столовой Нетовых. В Москве так нужно.

Неслышно очутился около него хозяин.

— А! Евлампий Григорьевич!— вскричал он.— Как вы подкрались...

— Тихонько-с,— ответил Нетов с кислой улыбкой, давно надоевшей Палтусову.— Так лучше-с...

И он засмеялся отрывистым смехом.

Палтусов не считал его глупым человеком. Нетов по-своему интересовал его. Этот смех показался ему почему-то глупее Евлампия Григорьевича. Он пристально поглядел ему в лицо — и остановился на глазах... Ему сдавалось, что один зрачок Нетова как будто гораздо меньше другого. Что за странность?..

— Где изволили побывать?— спросил он.— Все заседаете?

— Заседаем-с, заседаем,— подхватил Нетов развязнее и молодцеватее обыкновенного.

"Бодрится,— подумал Палтусов,— после жениной трепки".

Марья Орестовна садилась за стол и тихо сказала:

— Милости прошу.

— Не угодно ли-с по другой,— пригласил Палтусова хозяин и налил ему алашу.

Они выпили, забили себе рот маринованным лобстером и сели по обе стороны хозяйки. Четвертый прибор так и остался незанятым. Прислуга разнесла тарелки супа и пирожки. Дворецкий приблизился с бутылкой мадеры. Первые три минуты все молчали.

XXX

Такой обед втроем выпал на долю Палтусова в первый раз. Марья Орестовна не могла или не хотела настроиться помягче. Она плохо слушалась советов своего приятеля. На мужа она совсем не смотрела. Нетов заметно волновался, заводил разговор, но не умел его поддержать. Его рассеянность вызывала в Марье Орестовне презрительное подергивание плеч.

"Покорно спасибо,— сказал про себя Палтусов после рыбы,— в другой раз вы меня на такой обед не заманите".

Но к концу обеда он начал внимательнее наблюдать эту чету и беседовать сам с собою. Она была в сущности занимательна... Что-то такое он чуял в них, на чем до сих пор. не останавливался. Мужа он "допускал"... Смеяться над ним ему было бы противно. Он замечал в себе наклонность к великодушным чувствам. Да и она ведь жалка. У него по крайней мере есть страсть: в рабстве у жены, любит ее, преклоняется, но страдает. Недаром у него такие странные зрачки. А эта купеческая Рекамье? Что в ней говорит? Жила, жила, тянулась, дрессировала мужа, точно пуделя какого-то, и вдруг — все к черту!.. И тут не ладно... в голове не ладно.

Палтусов так задумался, что Марья Орестовна два раза должна была его спросить:

— Будете на симфоническом?..

— На музыкалке? — переспросил он.— Буду, если достану билет.

— А у вас нет членского?

— Пропустил. Говорят, свалка была на Неглинной у Юргенсона?..

— Огромный успех!

— Да-с, шибко торгуют,— пошутил Евлампий Григорьевич.

— Шибко,— поддержал его Палтусов.

— Потому что идет по своей дороге,— тревожно заговорил Нетов,— идет-с. Изволите видеть, оно так в каждом деле. Чтобы человек только веру в себя имел; а когда веры нет — и никакого у него форсу. Как будто монета старая, стертая, не распознаешь, где значится орел, где решетка.

Марья Орестовна не без удивления прислушивалась.

— Совершенно верно! — откликнулся Палтусов.

— Человек на помочах идти не может... Все равно малолетний всегда... А стоит ему на свои ноги встать...

"Вон он куда",— подумал Палтусов и сочувственно улыбнулся хозяину.

— И тогда все по-другому... Хотя бы и не потрафил он сразу, да у него на душе лучше... И смелости прибудет!

— Хотите еще? — перебила хозяйка, обращаясь к гостю.

— Пирожного?.. Благодарю. Курить хочу, если позволите.

— Вам разрешаю.

Евлампий Григорьевич смолк. Жена не смотрела на него. Она нашла, что его болтовня — дерзость, за которую она сумеет отплатить. Но взгляд Палтусова подсказал ей:

"Смотрите, не перейдите градуса. Сначала добейтесь своего. Вы видите — и в нем заговорило мужское достоинство".

Евлампий Григорьевич предложил ему сигару и спросил, чего никогда не делал:

— Угодно в кабинет?.. Кофейку... и покурить в свое удовольствие?

Палтусов согласился,— довел хозяйку до салона и сказал ей шепотом:

— Не возмущайтесь, пожалуйста, я вашу же линию веду.

Она сделала гримасу.

В кабинете Евлампий Григорьевич засуетился, стал усаживать Палтусова, наливал ему ликера, вынул ящик сигар. Прежде он держал себя с ним натянуто или неловко-чопорно. Они сидели рядом на диване. Нетов раза два поглядел на письменный стол и на счеты, лежавшие посредине стола, перед креслом.

— Вот-с,— заговорил он прямо,— вы, Андрей Дмитриевич, человек просвещенный. Везде бывали. И сообразить можете... как, по-вашему, если даме такой, как если бы Марья Орестовна... примерно, за границей проживать? И вообще дом иметь свой... Какой годовой доход?

Такого вопроса не ожидал Палтусов. Муж положительно нравился ему больше жены. Он остается в Москве, надо его держаться. Это порядочный человек, прочный коммерсант, выдвинулся вперед так или иначе — "на линию" генерала.

— Годовой доход? — переспросил Палтусов.

— Да-с?

— Двадцать тысяч. Если те же привычки будут, как и здесь... тридцать...

— Мало-с. Я полагаю, пятьдесят?..

— Коли в Италии, например, жить, так на бумажные лиры сумма крупная.

Нетов рассмеялся и замолчал.

Правый зрачок у него опять показался Палтусову меньше левого.

— Что же-с?.. По душе сказать,— он начал изливаться,— такая сумма — четвертая часть того, что мы имеем. И каждый хороший муж обязан первым делом обеспечить... Так ли-с? И волю свою выразить, как следует... Особливо ежели благоприобретенное... оно и совершенно, да, знаете, в голову другое-то не пришло? При жизни-то? Изволите разуметь? При жизни мужа может понадобиться... Такой оборот выйти?.. Без развода... Или там чего... И без стесненья! Уедет жена пожить за границу!.. Она и спокойна. У ней свой доход. Простая штука... И любил человек... а, между прочим, не сообразил.

Он смолк и встал с дивана, подошел к столу, накинул несколько костей на счетах, отставил их в сторону и потер себе руки. Палтусов смотрел на него с любопытством и недоумением.

— Марья Орестовна ждут вас... Извините, что задержал... Я в заседание...

И Евлампий Григорьевич начал жать ему руку, как-то приседая и улыбаясь.

— Знаете что,— говорил Палтусов Марье Орестовне в гостиной, берясь за шляпу: он никогда у ней не засиживался,— вы не найдете нигде второго Евлампия Григорьевича.

И он рассказал, об чем изливался ему Нетов. Марья Орестовна только потянула в себя воздух.

— Уж не знаю... Он точно какой шальной сегодня!..

"Будешь!" — добавил от себя Палтусов и поцеловал ее руку.

XXXI

Ровно через неделю хоронили Константина Глебовича Лещова.

Октябрь уж перевалил за вторую половину. День выдался с утра сиверкий, мокрый, с иглистым, полумерзлым дождем. Часу в одиннадцатом шло отпевание в старой низенькой церкви упраздненного монастыря. По двору, в каменной ограде, расположилась публика. В церковь вошло немного. Там и не поместилось бы без крайней тесноты больше двухсот человек. Служили викарный архиерей и два архимандрита. По желанию покойного, занесенному в завещание, его отпевали в том приходе, где он родился. Потемнелые своды церкви давили и спирали воздух, весь насыщенный ладаном, копотью восковых свечей и струями хлорной извести и можжевельника. Кругом все жаловались, что не следовало отпевать в такой крохотной церкви. Беспрестанно мужчины во фраках и шитых мундирах выходили на паперть, набитую нищими. Дам насчитывали гораздо меньше мужчин. Слева от гроба, у придела, группа дам в черном окружала вдову покойного. Аделаида Петровна стояла на коленях и от времени до времени всхлипывала. Ее находили очень интересной.

Пели чудовские певчие. Протодьякон оттягивал длинной минорной нотой конец возглашений. Его "Господу помолимся" производило в груди томительную пустоту. Когда зажигали свечи для заупокойной обедни, то архиерею, двум архимандритам и двум старшим священникам протодьякон подал по толстой свече зеленого воску. Такую же получила и вдова.

Много раз разносились уже по церкви слова "болярина Константина". Пот шел со всех градом. Никто не молился. Кто-то шепчет, что будет "слово",— и все ужасаются: коптеть еще лишних полчаса.

Но и на дворе все раздражались от мокрой погоды. У паперти стояла группа бойко болтающих мужчин. Тут встретились знакомые самых разнохарактерных званий. Бритое лицо актера — с выдающимся носом и синими щеками, в мягкой шляпе с большими полями — наполовину уходило в мерлушковый воротник длинного черного пальто. Рядом с ним выставлялась треугольная шляпа с камер-юнкерским плюмажем и благообразное дворянское лицо, простоватое и томное. Сбоку морщился плотный полковник в каске и с рыжей бородой, по петлицам пальто — военный судья. Они говорили разом, рассказывали веселые анекдоты, ругали погоду. К ним присосеживались выходящие из церкви и вновь прибывающие.

По двору гуляли другие группы. Народ облепил одну стену и выглядывал из-за главных ворот, обступал катафалк, крытый белым глазетом, с белыми перьями по бокам и посредине. Экипажи останавливались у ворот и потом отъезжали вверх по переулку и вниз к Дмитровке. Было грязно. Большая лужа выдалась на самой середине паперти. Ее обходили влево, следуя широко разбросанному можжевельнику. Фонарщики в черных шляпах и шинелях с капюшонами завернули подолы и бродили по двору, составив свои фонари вдоль стены, в тяжелых порыжелых сапогах и полушубках. Жандармы покачивались в седлах.

На похороны Лещова приглашено было поименно до шестисот человек. Список составлял Качеев. В него попали купцы, помещики, директора банков, литераторы, профессора, актеры. Несколько имен говорило, что покойный посещал патриотические гостиные. Но оказалось в числе приглашенных и довольно вольнодумных людей, либерально мыслящих на европейский лад, посещающих, впрочем, и патриотические гостиные. Покойный знал всю деловую Москву и сохранял связи с интеллигенцией. Но по лицам, провожавшим его в последнюю обитель, трудно было узнать, кому его жаль. Только самые простые купцы, "как есть из русских", входившие в ограду без шапок и осеняя себя крестом, казалось, соболезновали его кончине.

Служба все тянулась. Уж остряки давно напомнили об адмиральском часе. Какой-то лысый господин средних лет выскочил с паперти без шапки вслед за смуглой долгоносой барыней в цветной шляпке и начал ей кричать:

— Не хочу знать этих мерзавцев!

И пошел по можжевельнику, размахивая рукою. А дама усовещивала его, повторяя:

— Глядят! Глядят! Постыдись!

На что он еще задорнее крикнул:

— А мне наплевать!..

В группе около паперти актер переглянулся с собеседниками.

— Господа литераторы!— выговорил он с актерским подчеркиванием.— Народ сердитый!

— Сердит, да не силен!..— крикнул военный судья; и все трое расхохотались, после чего вдруг сдержали себя и уныло поглядели на вход в церковь.

— Претит? — спросил актер камер-юнкера.

— И очень!..

— Вы, господа, до кладбища?

116

— Ну нет-с,— ответил за всех судья и запахнулся в пальто.

Ударили на колокольне, и похоронный гул поплыл по отсырелому воздуху.

XXXII

За полчаса до выноса тела из церкви Палтусов входил в ограду и осторожно пробирался, обходя те места, где грязь растоптали, как месиво. Он ожидал чего-то другого... С Лещовым он познакомился только в этом году и нашел его "очень занимательным". Ему не раз уже приходило на мысль, что он сам идет по той же дороге. Лещов представлял целую полосу московской жизни. Он внес с собою в дела какую-то "идею". Патриоты с славянскими симпатиями, которых приятели Палтусова звали "византийцами", считали его своим. Через него они воспитали в своем духе несколько миллионщиков-купцов, заставляли их поддерживать общества, посылать пожертвования, записываться в покровители "братьев", давать деньги на основание газет, журналов, на печатание книг и брошюр.

Но теперь что-то покачнулось. Он не видит ни большого горя, ни большого смущения. И единомышленников-то Лещова три-четыре человека, да и обчелся... Вот и на этих похоронах так же. Палтусов оглядел все кучки. Его зоркие глаза всюду проникли. На дворе он заметил только бледнолицего брюнета в очках, из "их толка", да старца с большой бородой, в старомодной шинели и шапке, из-под которой падали на воротник длинные с проседью волосы. Старец говорил в кучке университетских, улыбался и прищуривал добрые глаза. До Палтусова донесся его хриплый грудной бас провинциального трагика и отрывки его горячих фраз.

"Наверно, будет говорить на могиле",— подумал Палтусов и поспешил в церковь.

Он не продрался к середине. Издали увидал он лысую голову коренастого старика в очках, с густыми бровями. Его-то он и искал для счету, хотел убедиться — окажутся ли налицо единомышленники покойного. Вправо от архиерея стояли в мундирах, тщательно причесанные, Взломцев и Краснопёрый. У обоих низко на грудь были спущены кресты, у одного Станислава, у другого Анны.

Но в церкви Палтусов не выстоял больше пяти минут. Мимо его прошмыгнул распорядитель похорон, Качеев, тоже его знакомый, и заметил ему смешливо:

— Каков парничок-то, а?

Влево от паперти Палтусов приметил группу из троих мужчин, одетых без всякого парада. Он узнал в них зачинщиков разных "контр", направленных против Нетова и его руководителей: покойного Лещова и Краснопёрого. Один, с большой мохнатой головой и рябым лицом, осматривался и часто показывал гнилые зубы. Двое других тихо переговаривались. Они смотрели заурядными купцами; один брился, другой носил жидковатую бороду. Вслед за Палтусовым спустился с паперти и Краснопёрый и тотчас пристал к кучке, где торчала треугольная шляпа камер-юнкера.

— Каков?— доносился до него шепелявый голос; Краснопёрого.— Царство-то небесное как захотел заполучить!.. Перебежчиком на тот свет явится.

Кто-то из группы начал его расспрашивать.

— Не нашел он, к кому обратиться!— кричал Краснопёрый.— Меня не пожелал, видите ли... Стрекулистов каких-то в душеприказчики взял... Хоть бы в свидетели пригласил.

Через минуту актер спросил:

— Двести тысяч?.. На школы?.. Молодец!

— Да помилуйте, батюшка... Одна гордыня! — кричал опять Краснопёрый.

"Вот оно что",— отмечал про себя Палтусов. Все это его чрезвычайно занимало.

— Андрей Дмитриевич! — окликнули его.

С ним раскланивался Нетов, в мундире, в персидской звезде, очень бледный и возбужденный.

— Позвольте познакомить... Брат супруги моей... Николай Орестович Леденщиков...

Палтусову подал руку худой блондин в длиннейшем пальто с котиковым воротником. Его прыщавое чопорное лицо в золотом pince-nez, бритое, с рыжеватыми усами, смотрело на Палтусова, приторно улыбаясь... Сестру он напоминал разве с носа. Такого вида молодых людей Палтусов встречал только в русских посольствах за границей да за абсентом Café Riche на Итальянском бульваре. "Разновидность Виктора Станицына",— определил он.

— Enchanté! {Очень рад! (фр.).} — выговорил брат Марьи Орестовны с необычайно старательным и сладким французским произношением.

— Слышали, Евлампий Григорьевич,— спросил Палтусов,— завещание-то Лещова? Двести тысяч на школы!.. Благородно!

— Слышал-с.

— Да разве не вы душеприказчик?..

— Нет-с!.. Покойник просил... Дядюшка мой отказали... Ну, тому и обидно показалось!.. И всякий бы на его месте... Он обратился к тем...

Нетов указал глазами на ту кучку, где стояли трое "врагов" его.

— Неужели?— удивился Палтусов.

— И что же-с?.. Каждый волен поступать по совести... Да и какие тут-с партии?.. Только чтобы честные люди были... А иной и кричит: "я русак, я стою за русское дело", а на поверку выходит...

Он не досказал и раздраженно оглянулся в сторону паперти, где заметил вырезанные ноздри своего родственника Краснопёрого. Палтусов прислушивался к его голосу и смотрел ему в лицо. На его глазах с этим человеком что-то происходило... Он сбрасывал с себя ярмо...

— Пойдемте в церковь,— пригласил Нетов своего зятя.— На кладбище поедете? — спросил он Палтусова и, не дождавшись ответа, пошел торопливой, развинченной походкой.

XXXIII

Палтусов смотрел ему вслед. Умер Лещов. Марья Орестовна собралась жить враздел с мужем. На чьем же попечении останется этот задерганный обыватель? Надо его прибрать к рукам, пока не явятся новые руководители. Нетов раскланялся с Краснопёрым и с камер-юнкером мимоходом, не стал с ними заговаривать, потом взял в сторону, раскланялся и с кучкой, где выглядывало рябое лицо его врага и "обличителя", кажется, улыбнулся им. Подал руку всем троим, что-то сказал и, сделав жест правой рукой, перезнакомил их с зятем.

Это он заявляет свою самостоятельность... В день похорон дядьки показывает, что сумеет всячески соблюсти себя и подняться... Говорит с седым генералом, с членом суда. И очень что-то бойко... Не скоро доберется он до церкви. Вошел.

На паперти засуетились... Нищие сбежали со ступенек и выстроились двумя рядами. Снесли крышку, певчие, в потертых цветных кунтушах с откидными рукавами, с фуражками в руках, начали спускаться, лениво поводили головами и подбирали полы. Зазвучало "Со святыми упокой"... Толкотня усиливалась. Показалось духовенство. Протодьякон надел на себя теплую скуфью... Запестрели митры и камилавки... Гроб несли на полотенцах артельщики и мелкие конторщики банка. Распорядитель Качеев что-то кричал в церковь... Вдову поддерживали две дамы... Ее головы не было видно...

На все это глядел Палтусов и раза два подумал, что и его лет через тридцать будут хоронить с такой же некрасивой и нестройной церемонией, стоящей больших денег... Кисти гроба болтались из стороны в сторону. Иглистый дождь мочил парчу. Ветер развевал жирные волосы артельщиков в длинных сибирках.

За гробом поплелись сановные лица и приятели покойного. Камер-юнкер пошел слева; сзади нес свой византийский лик Взломцев; курносый, нахальный профиль Краснопёрого, в шитом воротнике и белом галстуке, говорил скорей о молебне с водосвятием по поводу полученной "святыя Анны", чем о погребении друга и приятеля... Нетов шел без шляпы, все такой же возбужденный, кидая кругом быстрые взгляды, говорил то с тем, то с другим знакомым.

Народ снял шапки, но из приглашенных многие остались с покрытыми головами. Гроб поставили на катафалк с трудом, чуть не повалили его. Фонарщики зашагали тягучим шагом, по двое в ряд. Впереди два жандарма, левая рука — в бок, поморщиваясь от погоды, попадавшей им прямо в лицо. За каретами двинулись обитые красным и желтым линейки, они покачивались на ходу и дребезжали. Больше половины провожатых бросились к своим экипажам.

— Вы не с нами-с?— пригласил Палтусова Нетов, догоняя его на обратном пути.— У нас ландо-с.

Палтусов поблагодарил. Ему надо было заехать в город; но он поспеет на кладбище к тому времени, когда будут опускать гроб в могилу.

— Ожидаем речей-с,— сказал Нетов.

— Вы не скажете ли? — посмеялся Палтусов.

— Может, и скажу-с,— ответил Нетов с особенным выражением.

Заграничный зять усмехнулся и протянул:

— Интересно...

"Но ты-то интересен ли?" — спросил про себя Палтусов, усаживаясь в пролетку.

Похоронное шествие спускалось к Большой Дмитровке. Пролетка Палтусова через Тверскую и Воскресенские ворота была уже на Никольской, когда певчие поравнялись только с углом Столешникова переулка. Минут через пятьдесят он подъезжал к кладбищу; шествие близилось к ограде. На снимание, заколачивание и спуск гроба пошло немало времени. Погода немного прояснилась. Стало холоднее, изморось уже больше не падала.

Среди чугунных и мраморных памятников, столбов, плит, урн и крестов зияла глиняная яма. Гроб ушел низко; чтобы бросать землю на крышку гроба, приходилось или нагибаться, или опуститься на аршин. После литии один из архимандритов сказал краткое слово, восхвалив "ученость" и благочестие покойного... Настала минута нерешительности... Полетели горстки песку... Его разносил артельщик; Качеев наблюдал, чтобы всем хватило. Из толпы, топтавшейся в молчании, вышел тот лысый старик с надвинутыми бровями, которого Палтусов отыскивал в церкви во время отпевания.

Он начал хрипло выкрикивать слова, словно подсказывал человеку, крепкому на ухо. Его речь состояла из цепи сочувственных фраз, но издали можно было принять их за ряд окриков. Точно он сердился на покойника и распекал его, как подчиненного. Сзади многие ухмылялись... Но старик скоро кончил и швырнул в гроб большую горсть песку. За ним забросали опоздавшие... Все начали переглядываться... На противный конец ямы, у ног покойника, спустился тот барин с длинными волосами, что горячо разговаривал в ограде церкви в одной из групп. Он долго установлял какое-то "исконное начало"; и звонкие слова, вроде "прекрасное", "торжество", "крепость духа", разносились по кладбищу. Иные слушатели стали сомневаться, сведет ли он речь свою к концу. Поднялся шепот, а потом говор, острили, давали прозвища. Он все говорил и вдруг, не докончив длинного периода, воззвал к "вечным началам правды, добра и красоты" — и раскланялся.

Раздались аплодисменты... Собирались расходиться... Но на краю могилы стоял новый оратор. Это был Нетов.

XXXIV

Палтусов глазам своим не верил. Ему сделалось даже неловко. Он попятился назад, но так, что лицо и вся фигура Евлампия Григорьевича были ему видны.

— Вот, господа-с,— слышалось ему,— умер человек редкий... в своем роде...

— Кто это говорит?— спросил кто-то сзади.

— Нетов!

— Батюшки!

— Как в деяниях апостольских... Дар получил по наитию!..

Но Палтусов прислушивался.

— И вот могила, господа... Иные сейчас скажут: наш он был, к нашему согласию принадлежал.

"Согласие? Очень недурно!" — одобрил Палтусов и выдвинулся вперед.

Евлампий Григорьевич скинул статс-секретарскую шинель с одного плеча. Его правая рука свободно двигалась в воздухе. Шитый воротник, белый галстук, крест на шее, на левой груди — звезда, вся в настоящих, самим вставленных, брильянтах, так и горит. Весь выпрямился, голова откинута назад, волосы как-то взбиты, линии рта волнистые, возбужденные глаза... Палтусову опять кажется, что зрачки у него не равны, голос с легкой дрожью, но уверенный и немного как бы вызывающий... Неузнаваем!

— Зачем,— продолжал оратор,— нам все эти прозвища перебирать, господа?.. Славянофилы, например, западники, что ли, там... Все это одни слова. А нам надо дело... Не кличка творит человека!.. И будто нельзя почтенному гражданину занимать свою позицию? Будто ему кличка доставляет ход и уважение?.. Надо это бросить... Жалуются все: рук нет, голов нет, способных людей и благонамеренных. Мудрено ли это?.. Потому, господа, что боятся самих себя... Все в кабалу к другим идут!..

— Жена написала, а он заучил,— раздался над ухом Палтусова чей-то голос.

— Здесь она, на похоронах?

— Нет, не видно что-то.

— Отзубрил знатно!

"Нет, это не Марья Орестовна,— думал Палтусов, продолжая слушать,— это экспромт. Евлампий Григорьевич не писал этого на бумажке и не заучивал".

— И вот, господа,— кончал Нетов,— помянем доброй памятью Константина Глебовича. Не забудем, на что он половину своего достояния пожертвовал!.. Не очень-то следует кичиться тем, что он держался такого или другого согласия... Тем он и был силен, что себе цену знал!.. Так и каждому из нас быть следует!.. Вечная память ему!..

К концу речи все смолкли. Потом захлопали горячо и дружно.

— Емеля-то дурачок как расходился!— крикнул громко Краснопёрый, взял за руку старичка генерала и пошел по мосткам к выходу.

Нетову жали руку. Он стоял все с непокрытой и откинутой головой. Глаза его перебегали от предмета к предмету.

— N'est ce pas? {Не правда ли? (фр.).} — остановил Палтусова, двинувшегося за другими, сладкий брат Марьи Орестовны...— Мой beau frère a très bien dit son fait? {Мой зять очень хорошо высказал всю правду? (фр.).} Только, кажется, были намеки... Как вы находите?

— Молодцом!..— искренно похвалил Палтусов, протолкался и крепко пожал руку Нетова.

Евлампия Григорьевича окружили. Большая голова и гнилые зубы господина от враждебной группы виднелись рядом с ним.

Когда Палтусов подходил и протягивал ему руку, "вожак оппозиции" смеялся и тряс одобрительно волосами.

— Истину, истину изволили изречь... Евлампий Григорьевич... Вам зачтется... Хороший балл поставим... Давно пора так-то!..

Нетова не обидел покровительственный голос. Его не оставляло возбуждение. Рука у него вздрагивала.

— Другая полоса теперь! Другая-с!..— громко провозгласил он и надел бобровую шапку, а шляпу взял под мышку.

— Расскажите вашей сестрице,— тихо сказал Палтусов его зятю,— как отличился ее супруг.

— С особенным удовольствием,— выговорил тот, и гостинодворский акцент проскользнул в дикцию, наломанную на дворянский манер.

— К нам откушать! — остановил Палтусова Нетов. Палтусов отклонил приглашение.

— Не все на помочах, Андрей Дмитриевич! Не так ли-с?..— почти азартно спросил его Нетов и полез в свое четырехместное ландо.

Палтусов простоял еше минут с пять. Жандармы ругались с кучерами линеек. Кареты поехали вереницей. Купцы рассаживались в крытые дрожки. Певчие, артельщики, похоронные старухи и всякий сброд чуть не дрались, влезая в линейки; народ шлепал по грязи... Начало опять моросить.

"Надо держаться Нетова",— решил еще раз Палтусов и уехал из последних.

XXXV

Вечером, за чаем в будуаре Марьи Орестовны, на атласном пуфе сидел брат ее, приехавший всего три дня назад, и рассказывал ей, какой успех имела речь Евлампия Григорьевича. К обеду сестра его не выходила. Она страдала мигренью. Накануне муж пришел ей сказать, что ее желание исполнено, и передал ей пакет с ценными бумагами, приносящими до пятидесяти тысяч дохода.

Легкая победа потешила ее, но не надолго. Евлампий Григорьевич сделал это слишком скоро и когда отдавал ей слишком тяжелый пакет, то в лице его она усмотрела необычайное выражение; оно говорило: "Извольте, будем и без вас жить с царем в голове..."

На брата она и без того не особенно надеялась; но в эти три дня он опять весь выдохся перед ней. От его тощей фигуры, прыщавого лица, волос, изысканных туалетов и батистовых платков шел, во-первых, ненавистный ей запах илангилана... Она уже попросила его переменить духи... Потом он начал мямлить ей, притворно и желая соблюсти свое "консульское" достоинство, что ему необходимо камер-юнкерство, что без этого звания он не может существовать. Пять раз, с разными новыми вариантами, рассказал он ей, как его представляли "королеве и королю", как их величества удивлялись, что такой "gentleman" {джентльмен (англ.).} до сих пор не отличен придворным званием. Ему и без того тяжело носить фамилию Леденщиков. Не может же он всем и каждому сообщать, что его мать была столбовая дворянка, племянница одного князя! Еще за границей имя не так плохо звучит, но в России без прибавленья на карточке "Gentilhomme de la chambre de S. M. l'Empereur" {Камер-юнкер двора его императорского величества (фр.).} показаться нельзя... И выходило, что хлопотать об этом следует ей, его "чудесной" Мари. А для этого надо несколько больших обедов и вечеров, отрекомендовать его "особенно" здешним властям, поехать в Петербург, там завести знакомства в высших сферах, жертвовать, сделаться дамой-патронессой, основать приют, его поместить куда-нибудь почетным попечителем. С миллионным состоянием это так легко.

Нытье брата открыло вдруг глаза Марье Орестовне на то, что ее ожидает за границей. Брат не оставит ее в покое. Он сделается ее прихвостнем. Денег она же ему будет давать. И теперь она дает ему три тысячи. Очень ей приятно будет видеть, что он, ничтожный "консул", пыжится быть дипломатом: он, с таким куриным мозгом, не может идти по службе. Кроме уколов самолюбия, ничего ее не ждет. Уж и ей рассказали, как ее братец на одном придворном бале так часто забегал вперед всюду, где шла королева, что на него наконец обратили внимание, только не благосклонное. Анекдот кто-то завез прошлой зимой сюда, и все его знают.

Своих планов она не сообщила ему вполне. Но брат застал ее еще в острый период ее душевной тревоги, и она ему намекнула на свое решение отделаться от Евлампия Григорьевича.

— Я тебя уверяю,— деликатно выговаривал Николай Орестович каждый слог,— твой муж очень хорошо... a très bien troussé son discours {очень удачно построил свою речь (фр.).}. Как тебе угодно. Мари, но здесь ты особа. И зачем тебе уезжать в начале вашего московского сезона? Я не на то рассчитывал, дорогая моя. Извини, что я тебе противоречу.

Она заставила его замолчать и послала в залу сыграть ей вальс Шопена. Целых три часа слушала она его разведенные сиропом речи. Ее выкормок положительно раздражал ее. Жить с ним за границей по целым месяцам вряд ли лучше, чем иметь около себя такого мужа, как Евлампий Григорьевич.

И потом, в ее муже есть что-то новое. Оставить его в покое; только бы знал свою роль в доме. Не оставаться с ним за столом, а при посторонних пропускать мимо ушей его купеческое "извольте видеть". Теперь она с собственным большим состоянием. Какой муж сделал бы это так джентльменски? Палтусов был прав.

И с этим человеком у ней далеко не все кончено. Он как будто играет с нею. А может быть, он честный человек, не хочет показывать ей такого чувства, какого не находит в себе. Но времени впереди много. Вот это — характер. Если бы он кидался на деньги, он бы сейчас же стал подбивать ее уход за границу с капиталами. Он не бросится за ней. Даже и намека на это нет. Без него там будет очень скучно, очень. Знает она этих французов и англичан в Трувилле, в Биарице, венгерских гусар в Мариенбаде. Тяжело ей с ними. Когда она говорит по-французски, у ней выходит все жидко, тускло, книжно, отзывается русской гувернанткой. И не приобрести ей блеска. Это дается или не дается. Вот Коля как старается, а все-таки комми {приказчик (от фр.: commis).} из магазина Дарзанса или Море.

Брат Марьи Орестовны сошел с Шопена на какую-то сладкую мелодию немца Гумберта, а потом заиграл опереточный мотив. Головная боль его сестры утихла. Неподвижное положение на кушетке усыпляло ее полегоньку. Перед ее глазами стал узкий треугольник портьер через всю анфиладу комнат. Веки слипались. Из залы долетали, но смягченные коврами и шелком стен и драпировок, фривольные звуки приторного Николая Орестовича. Но заснуть его сестре мешали два видения: то спустится ей на грудь пакет с цветными бумагами, то выплывет, точно из облака, красивая борода с светлым пробором на подбородке.

XXXVI

— Кто тут? — пугливо окликнула Марья Орестовна и открыла глаза.

Над ней наклонилась борода, но не та благообразная, с изящным пробором, а растущая в разные стороны борода мужа. Лицо ее было бледно и испуганно.

— Что с вами-с? — спросил он боязливым шепотом.— Я думал — обморок.

— Нисколько,— недовольно выговорила она и подняла голову,— который час?

— Двенадцатый.

— Коля играет?

— Ушел к себе.

— А-а!..

Она потянулась и привстала.

— Как свежо здесь.

— Жарок, может, у вас?— заботливо спросил Евлампий Григорьевич.

Марья Орестовна встала и зевнула. Потом ей вдруг сделалось зябко, тошно, весь будуар завертелся у ней в глазах. Ее накренило в сторону. Руки мужа удержали ее.

Какая-то новая, не испытанная ею боль отозвалась где-то в теле и заставила опуститься на кушетку. И так ей стало все противно — она сама, этот будуар, весь дом, целый ряд дней, сулящих ей какую-нибудь тайную, неизлечимую болезнь, медленную потерю сил, нескончаемые боли, кто знает: душевный недуг... Она рассердилась на свое малодушие, но не в силах была встать.

Евлампий Григорьевич бросился за горничной. Больную перенесли в спальню. Муж вышел и сейчас же послал верхового за доктором.

Прибежал брат, сделал глупую мину. Она его прогнала. В постели головокружение прошло. Она опять забылась.

Приехал годовой доктор, постукал грудь, прислушался к сердцу, ничего не нашел подозрительного, пошутил с нею и намекнул на то, что, быть может, она в интересном положении.

Марья Орестовна сначала приняла это с гримасой, потом, по уходе доктора, задумалась и вдруг радостно вздохнула.

Детей у ней не было! Обуза — дети, а без них какая тоска, как она копается в самой себе... Тогда — кровная живая цель, не нужно изводиться в едкой и себялюбивой заботе о том, как бы мужа вывести на дворянскую дорогу, тревожиться всякой ничтожной газетной статейкой.

В будуаре она заслышала мужские шаги. Там сидела ее камеристка. Она позвонила.

— Берта, кто там?

— Барин.

— Попросите его.

Глаза Евлампия Григорьевича загорелись в полутьме спальни. Он все еще был во фраке. Корпусом он наклонился вперед и на цыпочках подходил к кровати. В спальне жены он не был больше месяца. Лицо его смутило Марью Орестовну. Оно казалось ей слишком возбужденным.

— Присядьте,— сказала она ему и указала на край постели.

Нетов присел.

— Как доктор?— серьезно, почти строго спросил он.

— Он вам ничего не сказал?

— Пишет рецепт в кабинете...

— Говорит — ничего... только... быть может...

Щеки Марьи Орестовны зарделись.

— Что же такое-с?

— Может, я в таком положении.

— С чего бы это-с?— вырвалось у него.— Нельзя этому быть...

— Почему же?— веселее вымолвила она.

Слова ее заставили его вскочить. Он метнулся по комнате в угол, потом подошел к кровати, взялся за спинку; ему ударило в голову.

— Вот оно-с,— вскричал он,— Божье благословенье! Отчего же и не нам-с?.. Ха, ха!..

Марья Орестовна следила за его глазами. Глаза то вспыхивали, то тускнели, руки дрожали. Ее схватило за сердце... Опять внутри у ней что-то кольнуло и заныло.

Этот муж больно уж не мил ей! Не может он быть отцом ее ребенка... Она не мать. Да и весь он какой-то чудной сегодня. Неприятно на него смотреть!..

Горячие, сухие губы прикоснулись к ее лбу... Ей захотелось плакать. Не желанное рожденье здорового ребенка представилось ей, а собственная смерть...

КНИГА ТРЕТЬЯ

I

На дворе разыгралась вьюга. Рождество через несколько дней. Переулок, выходящий на Спиридоновку, заносит с каждым новым порывом ветра. Правый тротуар совсем замело. Глаз трепещет и мигает в обмерзлых фонарях. Низенькие домики точно кутаются в белые простыни. Заборы, покрытые и сверху и снизу рыхлым наметом снега, ныряют в колеблющемся полусвете переулка. Стужа не сильна, но ветер донимает. Переулок пуст, а час еще не поздний, около девяти.

Будка на перекрестке примостилась к одноэтажному деревянному дому в шесть окон, с крылечком. Только в крайнем окне виден свет, он выходит из узенькой комнатки. В глубине ее поставлена кровать; часть левой стены ушла под лежанку, темную от печки. Горит лампочка с фарфоровым пьедесталом, от нее идет копоть; зеленый, сверху обгорелый колпак усиливает темноту. На лежанке виднеется какая-то груда. К окну приставлены пяльцы, завернутые в кисею. Другая стена почти вся занята сундуком, обитым жестью. Тут же ютится столик с шитым коврикoм. На нем вазочка и колокольчик. Над сундуком вся стена увешана портретами: есть и литография, и дагерротипы, и черные силуэты. Комнатка оклеена серенькими обоями. В углах отсырело, и на потолке в двух местах пятна.

Комнатка служит спальней, рабочей комнатой и гостиной двум старым женщинам. Одной уже под восемьдесят лет, другой — под шестьдесят. У лампы нагнулась над вязаньем высохшая, большого роста блондинка с проседью. Это меньшая старуха. Ее морщинистое узкое лицо застыло в улыбке сжатого рта, наполовину беззубого. Лысая около темени голова прикрыта обрывком черного кружева. Узкие плечи, костлявый стан, впалая грудь кутаются в голубую косынку, завязанную за спиной узлом. Прозрачные руки так и трясутся от усиленного движения длинных спиц.

Она вяжет платок из дымчатой тонкой шерсти. Почти весь он уже связан. Клубок лежит на коленях в продолговатой плоской корзинке. Спицы производят частый чиликающий звук. Слышно неровное, учащающееся дыхание вязальщицы. Губы ее, плотно сжатые, вдруг раскроются, и она начинает считать про себя. Изредка она оглядывается назад. На кровати кто-то перевернулся на бок. Можно разглядеть женскую голову в старинном чепце с оборками, подвязанном под уши, и короткое плотное тело в кацавейке. На ногах лежит одеяло.

В комнатке тепло только около печки. Из окна, отпотелого и запыленного, дует. В полуотворенную одностворчатую дверку проникает холодный воздух. И все-таки душно — от лампы, от пыли, от разных тряпок, натыканных здесь и там, коробок и ящичков. Пахнет задним гнилым покоем дворянского домика. На лежанке, на войлоке, копошилось что-то в корзинке, укутанной сверху. Нет-нет да и зашуршит, послышится грызенье, точно мышь скребется, а потом и писк. Из двери доносится стук маятника дешевых стенных часов. С заворота улицы ветер ударяет в угол дома; старые бревна трещат; гул погоды проносится мимо окна и кидает в него горсти снега.

Но в тесной заброшенной комнатке, где коптит керосиновая лампочка, идет работа с раннего утра, часу до первого ночи. Восьмидесятилетняя старуха легла отдохнуть; вечером она не может уже вязать. Руки еще не трясутся, но слеза мочит глаз и мешает видеть. Ее сожительница видит хорошо и очков никогда не носила. Она просидит так еще четыре часа. Чай они только что отпили. Ужинать не будут. Та, что работает, постелет себе на сундуке.

II

— Фифина! — послышался с кровати голос старшей старухи, звучный и низкий. Зубы у нее сохранились, и она выговаривает твердо.

— Что, maman?— отозвалась блондинка и повернула голову.

Она говорит надтреснутым высоким фальцетом. От выпавших зубов выходит свист. Есть наивность в ее манере говорить. Нетрудно признать в ней старую девушку.

— Погляди на наших тютек... Что-то они пищат. Есть ли у них вода?

— Должна быть, maman...

— Посмотри, cher ange... {дорогой ангел... (фр.).} К ночи они что-то беспокойны стали.

Та, кого старуха на кровати назвала Фифиной, оставила работу, положила бережно свое вязанье на стол и тихо подошла к лежанке. Она приподняла темный платок с корзины и заглянула туда.

— Что же, cher ange?

— Спят, maman, все вместе, прижались.

— Все ли?

— Все.

— Ах, милые тютьки!— громко вздохнула старуха на кровати, потом зевнула и перекрестила рот.— Pardon de t'avoir dérangée {Извини, что я тебя потревожила... (фр.).},— прибавила она хорошим французским произношением.

Опять началось вязанье. В корзине, стоявшей на лежанке, жило целое семейство песцов. Когда Фифина заглянула туда, они все сбились в кучу; точно небольшая муфта виднелась к одной стороне их жилища. Тут же положена им была еда и поставлено блюдечко с питьем. Песцы ищут тепла. Вели они себя тихо и зимой все больше спали. Эта семья считалась любимцами старухи. Остальных держали на кухне, на русской печи. С них обирали пух, чистили его, отдавали прясть, а сами вязали платки, косынки и целые шали на продажу в Ножовую линию и в галереи на модные магазины. Цены стояли на это вязанье хорошие. Их продавали за привозной товар с Макарьевской ярмарки, нижегородского и оренбургского производства.

Через полчаса старуха спросила с кровати:

127

— Мужчины уехали?

— Кажется.

— Ника не пришел проститься... Pas de cœur... {Без сердца... (фр.).} Так ведь, Фифина?

— Не знаю, maman, как сказать.

— Ах, мать моя... Пора тебе свое мнение иметь.

— Pourquoi médire, maman? {Зачем злословить, мама? (фр.).}

— Ведь я бабка! От меня какие же могут быть тайны?

Опять помолчали. Фифина — настоящее ее имя Фелицата Матвеевна — поправила фитиль лампы, завязала поплотнее узел своего голубого платка и расправила пальцы. Они снова запрыгали, передвигая спицами. Узор выходил правильно, скоро, ни одна петелька не была спущена.

— Фифина!

— Что вам угодно, maman...

Фелицата Матвеевна звала "maman" свою приемную мать и воспитательницу, Катерину Петровну Засекину.

— Тася придет?

— Разумеется, maman...

— Да который час?

— Недавно было девять...

— Я бы пошла ее сменить... Да Hélène не любит.

— Почему же, maman?

— Ах, mon ange, будто я не замечаю? Что с нее взять... une momie {мумия (фр.).}.

— Да-а,— глубоко и громко вздохнула Фифина.

— Ты и нынче до часу?

— Надо завтра кончить, maman.

— Надо, надо.

В разговоре старух звучала одна и та же нота — подчинения своей судьбе. У Фифины она выходила мельче и простоватее; у ее приемной матери гораздо сильнее и сознательнее...

Старуха приподнялась и спустила ноги с кровати. Ей захотелось самой поглядеть, как спят ее милые зверьки, дававшие ей и Фифине заработок на лишнюю чашку чаю, на платье и теплые чулки, на маленький подарочек внуке.

Она ходила бодро и не горбилась. Небольшого роста, недавно еще полная, Катерина Петровна в этой затхлой и тесной комнате сама держала себя опрятно, хотя носила уже третью зиму все тот же шелковый капот, перешитый два раза.

— Тютеньки!.. спят милые...

Она прозвала песцов "тютьками".

III

У Катерины Петровны лицо белое, почти не морщинистое, с крупными чертами. Брови сохранились в виде тонких черточек. Из-под чепца не видно седых волос. Глаза уже потухли, а были когда-то нежно-голубые. Рот не провалился; все передние зубы налицо и не очень пожелтели.

Она постояла над своими любимыми "зверушками", покачала головой, прикрыла их и подошла к столу. Рядом темнело кожаное вольтеровское кресло. Она села в него. Фифина пододвинула ей скамейку.

— Вот совсем сна нет,— заговорила она, прищурившись на свет лампы.

— Еще рано, maman...

— Знаю... Да я уже чувствую... ходить бы надо. А где?.. По зале... Темно, да и не люблю... Hélène все пугается... боится Бог знает чего. Прежде Тася играла по вечерам. Теперь и этого нет.

Все это сказано было без ворчания, а так, про себя. Старуху сокрушало всего сильнее то, что она не может по вечерам работать. Фифина привыкла больше слушать, чем говорить, да и боится напутать в счете. Читать некому, с тех пор как внука должна часто быть около матери. Старуха опять вернулась на постель.

Лежит Катерина Петровна на постели в темноте, чтобы не раздражать зрение, лежит и перебирает старые, долгие годы... Ей кажется, что она прожила целое столетие; но память у ней светла не по летам. Ей прекрасно известно, что родилась она в начале этого века. Двенадцатый год она отчетливо помнит. Родилась она тут, в Москве, у Большого Вознесенья. Их дома уж давно нет. Он был деревянный, на дворе, бревенчатый, темный, с пристройками. Таких теперь что-то не видать в Москве. Помнит она, как отец поступил в ополченье. И мундир его помнит. Картуз с крестом... Вдруг всполошились. Их с матерью, двумя свояченицами матери и сестренкой,— та после умерла в чахотке,— отправили на своих во Владимир. Оттуда они попали в Нижний. Там поселились они против большого дома на Покровке, такая есть улица в Нижнем, где жили институтки с начальницей, привезенные из Москвы же. Дом был генеральский. Отставной генерал из "гатчинцев" командовал местным ополчением. Мать познакомилась с его семейством. Своя музыка была у них, полон дом дворни в нанковых сюртуках, лакеи вязали чулки в передней. Кончилась кампания, перебрались опять в Москву. Отец вскоре умер. Много ее учили, и по-английски; а по тогдашнему времени это было в редкость. Иогель танцам учил, "Гюлен-Сорша" также. На клавикордах — Фильд... Брала она и уроки арфы... Тогда арфа считалась для барышень красивым и поэтическим инструментом. Надо было при этом и петь. Писать литературным слогом выучилась она только по-французски. По-русски всегда делала ошибки. Да русских писем и писать не к кому было. Зато французские стихи могла свободно рифмовать. Позднее любила Пушкина и Батюшкова. Но это уже замужем в Петербурге. Просидела она в девицах до двадцати одного года. Мать разборчива была, да и она сама не торопилась. Нельзя сказать, чтобы она особенно влюбилась в Никифора Богдановича Засекина. Ее всегда считали бесчувственной. Стихи она писала, но увлечений с ней что-то не случалось. Он ей, однако ж, понравился... Приехал из Петербурга, все им интересовались. Высокий, важный, нестарый, живал подолгу в чужих краях. А главное — умен... Это она отлично поняла. И свое состояние. Стало, не зарился на деньги... Как уж это давно!.. Свадьба, посаженым — главнокомандующий,— так по-тогдашнему звали генерал-губернатора; в "Модном журнале" князя Шаликова стихи ей посвящены были в виде романса... И на музыку их положили... Она сама пела и аккомпанировала себе на арфе. Вот ее миниатюрный портрет висит — на кости, с птичкой на плече. Находили, что она похожа была на m-lle Georges, только она меньше ростом и цвет волос не тот. Где лежат теперь ее кавалеры? Сколько милых людей из иностранной коллегии, посольских, из колонновожатых,— нынче они по-другому называются,— профессора инженерного училища, выписанные из Парижа императором... Профессор Базен... Что за умница! Другой еще... тоже французский инженер... Фамилии не припомнишь... Такого тонкого французского разговора больше она уже не вела и не слыхала.

IV

И четырнадцатое декабря... Точно вчера это было!

Нить воспоминаний Катерины Петровны прервется всегда на чем-нибудь... Войдут или встать захочется. Они опять поползут вереницей... Без них слишком тяжко было бы коротать зимние вечера.

Дверь скрипнула. Из темноты на пороге выплыла голова молодой девушки. Блестели одни глаза, да белел лоб, с которого волосы были зачесаны назад и схвачены круглой гребенкой.

— Почивает бабушка? — тихо спросила она Фифину, заглянув в комнату.

— Нет, дружок, нет,— откликнулась обрадованным голосом Катерина Петровна.

— Чай кушали?

Внука подскочила к кровати и поцеловала старуху в лоб. Свет настолько падал на молодую девушку, что выставлял ее маленькую изящную фигуру в сером платье, с косынкой на шее. Талия перетянута у ней кожаным кушаком. Каблуки ботинок производят легкий стук. Она подняла голову, обернулась и спросила Фифину:

— Хотите, почитаю?..

Лицо ее теперь выделялось яснее. Оно круглое, тонкий подбородок удлиняет его. На щеках по ямочке. Глаза полузакрыты, смеются; но могут сильно раскрываться, и тогда выражение лица делается серьезным и даже энергичным. Глаза эти очень темные, почти черные, при русых волосах, распущенных в конце и перехваченных у затылка черепаховой застежкой.

Ее звали Тася — уменьшительное от Таисии. Это мало дворянское имя дали ей по прихоти отца, который "открыл" его в святцах.

Тася подошла скорыми шажками и к Фифине, потрепала ее по плечу, нагнулась к вязанью.

— Совсем мало осталось! — сказала она теплым контральтовым голосом.

— Завтра кончу,— сообщила Фифина.

— Почитать вам, бабушка?

— Ты что, мой дружок, теперь-то делала?

— Читала... Maman задремала только сейчас.

— Отдохни... Головка у тебя заболит здесь...

— Это отчего?

— От лампы.

— Вот еще!

— Посиди у меня на кровати...

Тася села на краю, положила левую руку на плечо бабушки и нагнула к ней свое забавное лицо. На душе у старухи сейчас же стало светлеть.

— Вам холодно, бабушка милая,— говорила Тася.— Такой у нас дом смешной!.. везде дует. В зале хоть тараканов мороз.

— Фи!..

Старуха покачала головой и мягко, укоризненно усмехнулась.

— Простите, бабушка, за слово... нецензурное!..

И она звонко расхохоталась. Ее серебристый смех прозвучал ясной струей вдоль старушечьей комнаты и замер.

Бабушка внутренне сокрушалась, что ее Тася возьмет да и скажет иногда словечко, какого в ее время девушке немыслимо было выговорить вслух... Или вот такую поговорку о тараканах... Но как тут быть? Кто ее воспитывал? И учили-то с грехом пополам... Слава Богу, головка-то у ней светлая... А что ее ждет? Куда идти, когда все рухнет?

Глаза старухи наполнились слезами. Она не могла приласкать этой "девочки", не огорчившись за нее глубоко. А Катерина Петровна не считала себя чувствительной... Вот ведь старшая ее внука, Ляля, не выдержала, погибла для нее... и для всех... Разве не погибнуть — в монахини пойти, да еще в какую-то Дивеевскую пустынь, в лес, конопляное маслище есть с мужичками, грубыми, пожалуй пьяными?.. Ходить по городам заставят за подаяньем... во все трактиры, кабаки, харчевни... Шлепай по грязи, выноси ругательства от каждого пьяного дворника!.. Внука Засекиной!.. Катерина Петровна не терпела ни монахинь, ни попов, ни богомолий, никакого ханжества. Не такие книжки она читала когда-то... Она давно привыкла молчать об этом... Но Ляля умом не вышла... Может, и лучше, что она теперь там, а Тася? Что ее ждет?..

V

— Нет, дружок,— ответила Катерина Петровна,— не труди глазки. Ты посиди с нами, а там и поди к себе. Мать-то совсем уложила?

— Задремала в платье, бабушка... Разденем позднее.

— Не дозовешься, я думаю, этой принцессы-то.

Катерина Петровна тихо засмеялась.

— Пелагеи?

— Да...

— Она больше в кухне пребывает... Дуняша там сидит за дверью... Все носом клюет...

И слово "клюет" не так чтобы очень по вкусу Катерины Петровны для барышни, но она пропустила его.

— Брат уехал?

— Да, после папы.

— Куда, не говорил?

— Он зашел на минутку к maman. Ника со мной мало говорит, бабушка...

— Разумеется...

— Что ж тут мудреного?.. Я для него глупа...

— Почему же это?

— Так... Скучно ему... Он собирается послезавтра...

— Слышишь, Фифина?

— Слышу, maman.

— Много пожил...

— Да что же ему здесь делать?— с живостью заметила Тася.

— Ах, милая ты моя дурочка, добра ты очень... Все выгородить желаешь братцев... А выгородить-то их трудно, друг мой... И не следует... Дурных сыновей нельзя оправдывать... И всегда скажу — ни один из них не сумел, да и не хотел отплатить хоть малостию за все, что для них делали... Носились с ними, носились... Каких денег они стоили... Перевели их в первейший полк. Затем только, чтоб фамилию свою...

— Бабушка, голубчик,— зажала рот старухе Тася, целуя ее,— что старое поминать!..

— Ну хорошо, ну хорошо!.. Ты не желаешь... Будь по-твоему.— Старушка прижала к себе Тасю и долго держала ее на груди.

— Как ваши тютьки? — спросила девушка и подошла к лежанке.

— Спят,— сказала Фифина.

— А-а,— протянула Тася,— я пойду посмотрю, не започивала ли maman совершенно... Доктор говорит, чтобы ее укладывать... Я бы надела халат...

— Надень,— откликнулась Катерина Петровна.

— Еще не поздно... не заехал бы кто-нибудь.

— Кто же это?— спросила Фифина.

— Андрюша Палтусов.

— Есть ему время, дружок,— заметила бабушка.— Il est dans les affaires {Он в делах (фр.).}.

— А мне бы очень хотелось поговорить с ним.

— О чем это?

— После скажу... Он мог бы быть полезен папе... Не так ли, бабусек милый?

Тася опустилась на колени у кровати и глядела в глаза старушке.

— Никто нынче для других не живет. На родственное чувство нельзя рассчитывать.

— Нельзя?— дурачливо переспросила Тася.

132

— Нельзя, дурочка, да и сердиться нечего... Все обедняли, а то и совсем разорились... Связей ни у кого нет прежних. Надо по-другому себе дорогу пролагать... Где же тут рассчитывать на родственные чувства?.. А вот ты мне что скажи,— старушка понизила голос,— дал ли что Ника?

— Кому, бабушка?

— Ну отцу, что ли? Ведь доктору сколько времени не плачено?

— Больше месяца.

— Ничего не дал?

— Я не спрашивала...

— Да куда отец уехал?..

— Кажется, в клуб...

— А то куда же?..

Катерина Петровна не договорила.

— Я, бабушка,— начала Тася, низко наклоняясь к ней,— я с Никой поговорю...

— Поговори...

— Только я не надеюсь... В его глазах я так... девчонка... Немного поважнее Дуняши...

— Поважнее!..— повторила Катерина Петровна. Слово ей очень не понравилось.

— Может, сегодня... захвачу его...

Тася встала и поправила волосы, выбившиеся у ней сзади.

— Иди, иди,— сказала Катерина Петровна, вставши с постели.— Одна про всех... Антигона...

— Почему Антигона, бабушка?

— А ты, видно, не знаешь, кто такое Антигона была?

— Как же не знать? Знаю, Эдип и Антигона.

— Семенову я видела... Помнишь, Фифина?

— Помню, maman.

— Грамоте плохо знала. А какой талант...

Старушка встала, выпрямилась, кацавейка ее распахнулась. Правую руку она подняла, точно хотела показать какой-то жест.

— Антигона! Ха, ха!..

Тася засмеялась опять так же звонко, как в первый раз.

— Что смеешься?.. Ты нас поведешь всех... калек. Если вовремя не приберет могилка...

— Полноте, полноте, бабушка! Так не надо! — остановила ее Тася, еще раз поцеловала и выбежала из комнаты.

Обе старухи переглянулись. Фифина снова опустила голову, и руки ее замелькали. Катерина Петровна медленно прошлась из угла в угол, раза два вздохнула и легла на кровать.

— Фифина!

— Что вам угодно, maman?

— Quel avenir? {Какая будущность? (фр.).} Что будет с нею? Страшно! Пока мы бродим — это наше дитя... Так ли?

— Конечно, maman.

Катерина Петровна смолкла и недвижно лежала на кровати.

VI

Судьба Таси сокрушает ее. А давно ли гремело у Долгушиных? Умирали дети Катерины Петровны... Только одна дочь доросла до семнадцати лет и бойко выскочила замуж. Так это скоро случилось, что мать не успела и привыкнуть к наружности жениха. Отца уже не было в живых. Пенсии ей не оставил, но состояние удвоил... Любил деньги, копил... В ломбардных билетах лежало больше ста тысяч на ассигнации. И жених Елены имел отличное состояние. В полку служил в самом видном. Скоро раскусила его Катерина Петровна. Но отказать не отказала. И без того начались с дочерью припадки... Любовь такая, что весь Петербург кричал. Un beau brun! {Красавец брюнет! (фр.).} Усы, глаза навыкате, плечи, танцевал мазурку лучше, чем в ее время Иван Иваныч Сосницкий в русском театре. Стали жить вместе. Дом на Шпалерной, дача на Петергофской дороге, вояжи, в двух деревнях каких-каких затей не было... А там, в пять лет, не больше,— залог, наличные деньги прожиты, и ее часть захватили. Дала. Позволила и свою долю заложить. Пошли дети, сначала мальчики. В доме что-то вроде трактира... Военные, товарищи зятя, обеды на двадцать человек, игра, туалеты и мотовство детей, четырнадцать лошадей на конюшне. Все это держалось до эманципации и разом рухнуло. Зять вышел в отставку... Пришлось подвести итоги. Крестьянский выкуп пошел на долги. Земля осталась кое-какая... и ту продали. Вот тогда не надо было ей жалеть ни дочери, ни зятя, подумать о Тасе. Разжалобили... И она осталась ни с чем. В деревнюшке, чуть не в избе, прожила с Фифиной пять зим. Схватился зять за службу... Дотянул в губернии до полковника. Сыновей просили выйти из полка. Меньшой по службе наскандалил, старший и того хуже. Товарищи узнали, что он живет на счет какой-то барыни... И в карты нечисто играет. Потом вдруг огромное наследство с ее стороны... Наследница дочь. Переселилась в Москву. Зять вышел в отставку с чином генерала, купили дом, зажили опять, пустились в аферы... Какой-то завод, компаньоном в подряде. Проживали до пятидесяти тысяч в год. И разом "в трубу"! Старушка узнала силу этого слова. Именье продали!.. Деньги все ушли!.. Все, все... Остались чуть не на улице... У нее же выклянчили последнюю ее землишку. Сыновья ничего не дают... Меньший, Петя, живет на содержании у жены, пьяный, глупый; старший, Ника, бросит раза два в год по три, по четыре радужных бумажки... Вот и этот домишко скоро пойдет под молоток. Платить проценты не из чего. А лошадей держат, двух кляч, кучера, дворника, мальчика, повара, двух девушек. И дочь ее — после всяких безумств, транжирства, увлечений итальянцами, скрипачами, фокусниками, спиритами, после... всяких юнкеров, состоявших при ней, пока у ней были деньги,— заживо умирает: ноги отнялись... Она только хнычет, капризничает, тяготится, требует расходов. Не жаль ее Катерине Петровне, хотя она и родная дочь. Она видит перед собою живое наказание. И сама чувствует в лице этой дочери, как плохо она ее воспитала.

Но жалобами не искупишь ничего!.. И виновата ли она?.. Гибнет целый род! Все покачнулось, чем держалось дворянство: хороший тон, строгие нравы... или хоть расчет, страх, искание почета и доброго имени... расползлось или сгнило... Отец, мать, сыновья... бестолочь, лень, детское тщеславие, грязь, потеря всякой чести... Так, видно, тому следовало быть... Написано свыше...

Вот они с Фифиной не меняются... Но долго ли им самим вязать свою песцовую шерсть?.. Не ждет ли их богадельня не нынче завтра?.. Да и в богадельню-то не попадешь без просьб, без протекций... У купчишки какого-нибудь надо клянчить!

Глубоко вздохнула Катерина Петровна. Личико ее Таси выглянуло перед ней; а она лежит с закрытыми глазами...

— Антигона,— прошептала старуха и задремала.

VII

Тася вернулась в спальню матери. Комната выходила на балкон, в палисадник. Из широкого итальянского окна веяло холодом. Свеча, в низком подсвечнике с белым абажуром, стояла одиноко на овальном столе у ширм красного дерева; за ними помещалась кровать. Она заглянула за ширмы.

В кресле, свесив голову на грудь, спала ее мать — Елена Никифоровна Долгушина, закутанная по пояс во фланелевое одеяло. Отекшее землистое лицо с перекошенным ртом и закрытыми глазами смотрело глупо и мертвенно. На голове надета была вязанная из серого пуха косынка. Обрюзглое и сырое тело чувствовалось сквозь шерстяной капот в цветах и ярких полосках по темному фону. Она сильно всхрапывала.

Девушка взяла мать за одно плечо и громко шепнула:

— Ляг почивать, maman.

Глаза Долгушиной оставались закрытыми. Она что-то пробормотала.

— Почивать пора, maman!.. Дуняша!— крикнула Тася за дверь, где в темном углу на сундуке спала девчонка.

Дуняша вскочила и со сна влетела в спальню, ничего не видя и не понимая. Ее ситцевая пелеринка вся сбилась, одна косица расплелась.

— Помоги уложить барыню,— сказала ей Тася деловым тоном.

— Пора почивать,— повторила Тася, вернувшись к матери, терпеливым голосом.

Елена Никифоровна подняла голову и взялась за ручку кресла.

— Зачем ты меня будишь?— недовольно спросила она дочь, не совсем твердо выговаривая слова.— Я так хорошо спала!

На глаза ее надвигались плохо поднимающиеся веки. Она была точно в полузабытьи.

— Доктор приказал, ты знаешь!

— Доктор,— протянула Елена Никифоровна.— Оставь меня... Ай!..

Ее всю передернуло. Левая рука сорвала с ноги одеяло и схватилась за колено.

— Опять невралгия?— спросила Тася. Лоб ее наморщился.

— Впрыснуть!— проныла Долгушина.

— Так часто?!

— Впрыснуть,— почти захныкала мать и начала метаться на кресле.

— Помилуй, maman, ты приучилась... Это очень вредно.

— Подай! Я сама!.. Подай! Дуняша, подай мне машинку.

Она не договорила и начала томительно мычать. Тася знала, что боли не так сильны, а просто ее матери хочется морфию. Почти каждый вечер повторялась та же сцена. Приходилось все-таки уступать.

Елена Никифоровна металась и ныла. Тасе стало страшно. Она взяла с ночного столика пузырек с иглой для впрыскивания морфия и очень ловко впустила ей в ногу несколько капель.

Оханье и нытье мгновенно смолкли.

— Quel délice!.. {Какое наслаждение!.. (фр.).} — восторженно выговорила Елена Никифоровна.— Я не могу быть без морфия, не могу... За что ты меня заставляешь мучиться?..

Тася ничего не отвечала. С матерью она держалась, как сиделка. Она опять повторила ей, что надо ложиться в постель. С помощью Дуняши она перевела мать под руки с кресла на кровать, раздела и уложила. После впрыскивания наступало всегда забытье, иногда с легким бредом. Мать не спросила ни об отце, ни о брате Таси. Она только днем, около полудня, делалась говорлива. И то больше жаловалась или болтала про молодые годы, про Петербург и своего "сынка" — кавалерийского юнкера, которого Тася помнила очень хорошо. При этих воспоминаниях Тасе делалось не по себе. Она знала и то, что еще год назад, перед тем как начали отниматься ноги у Елены Никифоровны, мать безобразно притиралась, завивала волосы на лбу, пела фистулой, восторгалась оперными итальянцами, накупала их портретов у Дациаро и писала им записки; а у заезжего испанского скрипача поцеловала руку, когда тот в Благородном собрании сходил с эстрады. Да и то ли еще знала Тася! И не могла уберечься от такого знания...

Дуняша получила несколько приказаний, но по ее глазам было видно, что она все еще не очнулась. Тасе даже смешно стало глядеть на усилия девочки держать глаза открытыми.

— Ну, ступай и позови Пелагею,— сказала она ей в дверях,— а на тебя надежда плоха.

— Сейчас, барышня,— прокартавила Дуняша и, так как была — в ситцевом платье, побежала в кухню через двор.

VIII

Надо было обойти остальные комнаты, посмотреть, заперта ли дверь в передней. Мальчика Мити, наверно, нет. Он играет на гитаре в кухне, в обществе повара и горничной. А следует приготовить закусить отцу. Он в клубе ужинает не всегда — когда деньги есть, а в долг ему больше не верят... Закуска ставится в десять часов в зале на ломберном столе. Мальчик должен постлать потом отцу и брату — одному в кабинете, другому в гостиной.

Тася завернула из коридорчика налево, в свою комнатку. Там стояла темнота. Она зажгла свечку, пошарив рукой на столике у кровати. У ней было почище, чем в других женских комнатах, но так же холодно и через день непременно угар. У окна письменный столик, остаток прежней жизни, с синим, теперь обтертым, бархатом и резьбой из цельного ореха. Есть у ней и этажерка с книгами и швейная машинка ручная, в пятнадцать рублей... Да теперь и шить-то некогда. Только в этой комнатке она совсем дома. Здесь она может уходить в себя, задавать себе разные вопросы и думать... Тут же и всплакнет. А больше ни при ком. Даже и с бабушкой — никогда!

Почитать старушкам? Она предлагала. Они долго просидят. А ей надо дожидаться брата Нику. Ника приедет поздно, часу во втором, а то и позднее. Днем она никак его не схватит. И смелости у нее нет настоящей, а ночью, когда все уснут, вот тут-то она и заговорит с ним как должно.

Книжку Тася взяла с этажерки. Это был том сочинений Островского. Она нагнулась над ним, просмотрела оглавление и заложила ленточкой на комедии "Шутники". И старухам будет приятно, и она прочтет лишний раз Верочку. Может быть, сегодня у ней выйдет гораздо лучше.

Со свечой она прошла в кабинет отца, где пахло жуковским табаком. На диване еще не было постлано. В зале не стояло закуски. В гостиной тоже не устроили спанья для Ники. Она дождалась прихода горничной Пелагеи — неряшливой и сонной брюнетки, послала Дуняшу за мальчиком Митей и всем распорядилась.

Старухи ждали ее. Она принесла книжку и присела к лампе. Катерина Петровна уже два раза вставала и прохаживалась по комнате до прихода Таси.

— Что такое, дружок?— спросила она.

— Пьесу, бабушка... Островского.

— Любишь ты этого Островского. А прежде об нем не слыхать было. Хмельницкий — вот был сочинитель...

— Я знаю, бабушка.

— Что знаешь-то?

— "Волшебные замки".

— Да, да... Альнаскаров. В благородных спектаклях все играли... И в Петербурге... и здесь... помню.

— Вы послушайте,— обратилась Тася больше к Фифине,— как у меня выйдет роль Верочки.

— Это дочь старичка? — спросила Фифина.— Ты нам читала.

— Да,— тихо ответила Тася.— Давно... Бабушка не узнает.

— Что, что? — весело спросила старуха.

— Ничего, бабушка,— подмигнула Тася и начала читать имена действующих лиц.

— Что это за фамилии нынче,— рассуждала вполголоса Катерина Петровна, лежа на кровати.

А того не думала бабушка, что она первая заронила в Тасю

137

театральную искру... Сколько раз та, маленькой девчуркой, слыхала от бабушки длинные рассказы про театр, про Семенову, Сосницкого, Каратыгина, Брянского, Яковлева, мужа и жену Дюр... Катерина Петровна любила ездить и в русский театр. Тогда и дамы "хорошего круга" посещали представления новых пьес. И про французов шли такие же рассказы. Всех их знала Тася поименно. Была madame Allan, Плесси, а из мужчин Лаферьер, давно, когда еще мать Таси ходила в панталончиках. И про московский театр охотно говорила Катерина Петровна. От нее Тася узнала, что "Петровский" театр — так старуха называет до сих пор Большой театр — держал какой-то Медокс, как у него давали оперу "Русалка". Бабушка иногда напевала арию:

> Приди в чертог златой,
> О князь мой дорогой,—

а потом уморительно делала губами и повторяла стишки про каких-то "Тарабариков" и "Кифариков". Театр Медокса сгорел. И опять горел тот же театр недавно, перед крымской войной, когда Таси не было на свете. Еще простой плотник отличился, спас танцовщицу с крыши, медаль ему повесили и пьесу давали, где он выставлен героем. Бабушка хвалила Щепкина, Репину, знакома была с Верстовским. Он ей писал ноты в альбом, еще в Петербурге. И кто-то тут же рядом черным карандашом нарисовал его за фортепьянами... Знала Тася от бабушки, что в афишах печатали, с какого подъезда надо подъезжать к театру и с каким "лажем" будут приниматься ассигнации. Она и афишу такую видела.

И незаметно театральная зала получила для Таси особое обаяние. Она любила все в театре, какой бы он ни был: большой и роскошный или маленький, вон как в доме Секретарева или Немчинова. Ее охватывала приятная дрожь от запаха коридоров, газа, от вида капельдинеров, от люстры, занавеса... Три раза она была на репетициях благотворительных спектаклей. Один раз играла в комедии "До поры — до времени", ужасно сробела перед выходом, но на подмостках — "точно ее носили по воздуху ангелы". Об ней явилась хвалебная статейка в газетах. Всякой книге, роману, статье она предпочитала пьесу, русскую или французскую. Особенно такую, где есть "хорошая" женская роль.

Играл в Москве в первый раз Росси. Мать еще тогда выезжала. Они абонировались. Мать восторгалась его голосом, лицом, покупала карточки, ездила представляться ему. Тася не пила и не ела после "Лира", "Макбета", "Ричарда III". Ей минутами казалось, что стоит только захотеть, и создашь "Деву Орлеанскую", "Марию Стюарт", "Василису Мелентьеву". Она запиралась по ночам и громким шепотом читала монологи. Но трагедия не шла. Раз она бросила взгляд на себя в зеркало и начала хохотать. Так смешна она самой себе показалась в роли Марины у фонтана, в диалоге с Димитрием. Тут она почувствовала, что ей надо изучать, о чем она может мечтать... Но учиться? У кого? В консерватории?.. Где же!.. Она одна во всем доме... Как мать бросить?.. Да и средства нужны. Теперь о плате за ученье нечего и думать. Есть две старушки, им можно каждый вечер читать и слушать самое себя. У бабушки свои взгляды. Она не понимает теперешнего театра. Фифина все молчит...

IX

Тася дошла до того места в комедии "Шутники", когда отец зовет дочь и Верочка выглядывает из окна. Выглянуть неоткуда было Тасе. Она вытянула шею и сделала милую мордочку. Фифина поглядела на нее в эту минуту и улыбнулась.

— Так?— радостно спросила Тася.

— Не знаю.

— Ах, тетя,— она иногда называла ее тетей,— что это вы какая? Никогда от вас ничего не добьешься.

— Что такое?— вмешалась бабушка.

— Да вот я выглянула в окно, спрашиваю Фелицату Матвеевну — похоже ли, какое выражение?

— Да откуда же ты выглянула-то?— весело спросила Катерина Петровна.

— Ах, бабушка, какая вы, право... Из окна. Направо от зрителей окно. Ну, Верочка и выглядывает из него.

— Хорошо,— ласково выговорила Фифина.

Она знала, что у Таси есть страсть к театру, но помочь ей советом она не могла. Для нее все было "хорошо".

Тася продолжала чтение. Она меняла голос, за мужчин говорила низким тоном, старалась припомнить, как произносил Шумский. И его она видела в "Шутниках" девочкой лет тринадцати. Только она и жила интересом и содержанием пьесы. Фифина считала про себя свои петли. Бабушка дремала. Нет-нет да и пробормочет:

— Continue, mon bijou... {Продолжай, мое сокровище... (фр.).}

Но Тасе ловко. Она привыкла к этой безмолвной аудитории. Точно она одна в комнате. Пред глазами ее театральная рампа, рожки газа, проволока, будка суфлера. Она бегает по сцене, дурачится, смеется, ласкает старого отца. Потом она видит, как наяву, сцену под воротами Китай-города. Это не она, а бедный чиновник, страстно мечтающий о том, как бы ему чем-нибудь скрасить жизнь своей доченьки. Вот он нашел пакет с пятью печатями. Как он схватил его... Тася чуть не уронила лампу.

— Что, что такое?— просыпается бабушка.

Фифина отвечает своим неизменным простоватым тоном:

— Ничего, maman.

Тасе ужасно весело. Но тотчас же затем охватывает ее горькая обида жалкого Оброшенова. Она не может продолжать. В горле у ней слезы. Губы ее сводит книзу от усилия не расплакаться.

Бабушка громко всхрапнула. Фифина как будто понимает. В последнем акте надо Верочке пройтись по сцене светлым лучом. Тася не спрашивает самое себя: удастся ей это или нет? Она играет в полную игру. Все вобрала она в себя, все чувства действующих лиц. Ее сердце и болит, и радуется, и наполняется надеждой, верой в свою молодость. Если б вот так ей сыграть на настоящей сцене в Малом театре!.. Господи!

Тася закрыла глаза. Книга выпала у ней из рук.

— Все? — невозмутимо спросила Фифина.

— Да,— чуть слышно выговорила Тася. Бабушка опять проснулась.

— Continue,— шепчет она,— continue, chérie {Продолжай, продолжай, милочка (фр.).}.

— Она кончила, maman,— докладывает Фифина.

— А?.. Уж конец!.. Сколько же тут актов?.. Пять?..

Тася молчит. Она сидит с закрытыми глазами. Ей не хочется выходить из своего мирка. Перед ней все еще движутся живые люди с такими точно лицами, платьем, прическами, какие она видела в театре лет больше восьми назад.

Верочку играла тогда ее любимая актриса...

Но было ли у ней столько чувства, и огня, и веселости, как у Таси, вот сейчас?.. Кто решит, у кого справиться?

— Merci, дружок, merci!..— бормотала Катерина Петровна.— Сна не было... а теперь... я чувствую, что засну...

— Бабушка милая!.. За откровенность спасибо! Почивайте...

— А который час?

— Скоро двенадцать,— сказала уверенно Фифина.

— Пора и спать,— выговорила, зевая, Катерина Петровна.— Ты кончила, Фифина?

— Я сейчас постелю, maman.

— Дайте я! — вызвалась Тася.

— Зачем это, дружок... Ты столько читала, трудилась!..

— Мы сейчас!

Они поднялись вместе с Фифиной, принесли из темной каморки тюфячок, простыню, две подушки и вязаное полосатое одеяло. Старухи никогда не звали горничных и делали все сами. Постель была готова в две-три минуты. Тася простилась с бабушкой, пожала руку Фифине и спросила, стоя в двери:

— Что скажете про Верочку?

— Мастерица ты читать... Что же она, под конец-то умирает?

Тася расхохоталась.

— Нет, бабушка! Это не драма...

— А мне казалось... к этому идет дело.

Старуха начала тихо смеяться и сделала рукой внуке.

"Сердиться на них нельзя... Надо читать вслух... это главное... А потом?"

Тася остановилась со свечой в руках в зале, где на ломберном столе виднелся поднос с графинчиком водки, бутылкой вина и закуской. Она поставила свечку на пианино... Давно она не играет... И музыку она любила, увлекалась одно время опереткой, разучивала целые партитуры. Но это недолго длилось. У ней голос, когда она запоет, жидкий, смешной. Да и далеко ушла та полоса ее девичьей жизни, когда она видела себя в опереточной примадонне. Теперь она знает, что такое она будет на подмостках, если когда-нибудь попадет туда.

140

В зале очень свежо. Тася вернулась к себе, накинула на плечи короткое темное пальтецо и начала ходить около пианино. Из передней раздалось сопенье мальчика. Мать спит после приема морфия. Не надо ей давать его, а как откажешь? Еще месяц, и это превратится в страсть вроде запоя... Такие случаи бывают... И доктор ей намекал... Все равно умирать...

Тася поймала себя на этой мысли — и вспыхнула. Кому она желала смерти? Родной матери! Ужели она дошла до такого бездушия? Бездушие ли это? Доктор не скрывает, что ноги совсем отнимутся, а там рука, язык... ведь это ужасно!.. Не лучше ли сразу!.. Жизнь уходит везде — и в спальне матери и в комнате старух. И отец доедает последние крохи... И братья... Оба "мертвецы"!..

Она давно зовет их так. Сегодня она попробует... Но ведь спасти никто не может все семейство? Дело идет о куске, о том, чтобы дотянуть... Дотянуть!..

В передней вздрогнул надтреснутый колокольчик.

X

Мальчик не сразу услыхал звон. Тася растолкала его и осмотрела закуску, состоявшую из селедки и кусочка икры. Хлеб был один черный.

В залу вошел ее отец. Валентину Валентиновичу Долгушину минуло пятьдесят девять лет. Он одевался отставным военным генералом. Росту он среднего, с четырехугольной головой, наполовину лысой. Лицо его пожелтело. Под глазами лежали мешки и зеленоватые полосы. Широкие бакенбарды торчали щетками. И без того густые брови он хмурил и надувал губы. В глазах перебегал беспокойный огонек... Его генеральский сюртук спереди у петель сильно лоснился. Шпор он уже не носил. Живот его выдавался вперед, и одну ногу он слегка волочил. Его пришиб года четыре назад первый удар.

— Еще не спишь? — спросил он дочь и бросил картуз на тот стол, где стояла закуска.— Et maman?.. Comment va-t-elle?.. {А мама?.. Как она себя чувствует?.. (фр.).}

Этот вопрос задавал он каждый раз, непременно по-французски, но в спальню жены входил редко... Целый день он все ездил по городу и домой возвращался только обедать и спать.

— Был маленький припадок,— ответила Тася.

— Que faire!.. {Что делать!.. (фр.).}

Валентин Валентинович издал особый звук своими выпяченными губами, налил себе водки, отломил корочку черного хлеба и сильно наморщил переносицу, прежде чем проглотить.

Потом он присел к столу и начал ковырять икру.

— Nica n'est pas rentré? {Ника не вернулся? (фр.).}

— Non, papa... {Нет, папа... (фр.).}

С отцом Тася говорила свободно; но больше смотрела на себя как на наперсницу в трагедии, когда он изливался за ночной закуской или за обедом.

— В клубе его не было...

— Ты из клуба?

— Да... кабак! Еда отвратительная... Хотел заказать судачка. Подали такую мерзость — я приказал отнести назад. И что это за народ теперь собирается... какие военные? Шулер на шулере... Я заехал... по делу... Думал найти там одного нужного человека.

О делах отец говорил Тасе постоянно. Его не оставлял дух предприятий. Он все ищет чего-то: не то места, не то залогов для подряда. Тася это знает... Вот уже несколько лет доедают они крохи в Москве, а отцу не предложили и в шутку никакого места... хотя бы в смотрители какие... Она слышала, что какой-то отставной генерал пошел в акциз простым надзирателем, кажется... Отчего же бы и отцу не пойти?

— Не нашел? — равнодушно спросила она.

— Разумеется, прождал,— с каким-то удовольствием ответил Долгушин.— Вонь везде, пахнет едой, в читальне депеш не мог добиться... Кабак!..

Он крякнул и выпил рюмку красного вина.

Вино покупали крымское. Но и оно — шесть гривен бутылка. Отец не может не пить красного вина... А долго ли он будет пить его? Доктору больше месяца не плачено... Но говорить с ним об этом бесполезно.

— Послушай, Таисия,— начал опять генерал другим тоном,— который тебе год?

— Двадцать второй, папа.

— Однако!..

Голос у него давно охрип; он думал, что хрипота к нему очень идет.

— Ни больше ни меньше, папа...

— Надо выезжать...

— Куда?

— Выезжать? Здесь нечего и тратиться... А в Петербурге другое дело. Брат может раскошелиться...

— Ника?

— Это его дело! Месяца два-три ты проведешь там... Пора об этом подумать.

— Полно, папа,— серьезно возразила Тася.— Maman недвижима... В доме — никого.

— Maman будет недвижима... очень долго... Ты это знаешь.

— Я не пойду к Нике!..

Она не боялась отца и знала, что все это он затеял так, сейчас вот, ни с того ни с сего.

— Партию нужно!..

— Ах, полно,— махнула она рукой и отошла к пианино.

Генерал жевал селедку.

— Однако, мой друг,— начал он более тронутым голосом,— вникни ты в свое положение.. Я мечусь, ищу, бьюсь и так и этак. Но разве моя вина...

— Да я и не виню тебя.

— Нет, моя это вина, что нынче такое подлое время? Qu'est ce la noblesse?.. Rien!.. {Что такое дворянство? Ничто!.. (фр.).} Всякая борода

тычет тебя пузом и кубышкой. Не угодно ли к нему в подрядчики идти?..
В винный склад надсмотрщиком... Этого еще недоставало!

— Поступи на службу,— сказала опять очень серьезно Тася.

— Куда? Портить все, когда нужно только переждать. Меня возьмут,
я знаю... И в воинские начальники, и в Западный край предводителем,
мировым судьей.

"Никуда не возьмут",— думала Тася.

— Но зачем я закабалю себя, когда у меня есть план?

Генерал остановился.

— Служба вернее...

— А вы?

— Мы останемся здесь... Тогда можно будет отдавать этот дом
внаймы. Лошадей не надо.

— Ты мне тычешь в нос лошадьми... Des rosses! {Клячи! (фр.).}
Перевод денег!

— Ты сам же это находишь.

— Brisons-là! {Оставим это! (фр.).}

Обыкновенно этим и оканчивались ночные разговоры. Отец смешно
рассердится, скажет "brisons-là" или "нечего меня учить" — и
выпрямится во весь рост.

Так вышло и теперь.

— Прощай!

Тася подошла к нему. Он ее перекрестил и, скрипя сапогами, ушел в
кабинет, куда за ним всегда отправлялся мальчик Митя, заспанный и без
галстука.

Тася проводила отца глазами, дождалась возвращения мальчика,
велела ему убрать закуску и тихонько пошла к себе.

Она сняла платье, но не ложилась в постель, а в кофте и туфлях
присела к столу и начала еще раз перечитывать "Шутники".

В два часа позвонили. Она слышала шаги. Потом все стихло. Брат ее
Ника услал Митю и собрался спать. Раздевается он сам. Она накинула
платок и вышла из комнаты.

XI

В гостиной в два окна, с облезлой штофной мебелью и
покосившимися половицами, на среднем диване приготовили постель.
Когда Тася приотворила дверь, ее брат Ника — Никанор Валентинович —
снимал с себя сюртук с красным воротником и полковничьими погонами
на белой, кавалерийской подкладке. Он обернулся на скрип двери.

— Tiens! {Вот те на! (фр.).} — сказал он усмехнувшись.

Ника вышел в отца — только на два вершка больше его ростом. Он
начинал уже толстеть. Щеки с черными бакенбардами по плечам,
двойной подбородок, скулы, калмыцкие глаза и широкий нос — все
вместе составляло наружность ремонтера, балетного любителя и
клубного игрока. Ноги в рейтузах он расставлял, как истый кавалерист.
На крупных пальцах его с неприятно белыми ногтями блестели кольца.

Из-под манжеты левой руки выползал браслет. От него сильно пахло духами. Лицо раскраснелось, и запах духов смешивался с парами шампанского. Под сюртуком он жилета не носил. Белая, тонкого полотна рубашка с крахмальной грудью, золотыми пуговицами и стоячим глухим воротником поверх офицерского галстука делала грудь еще шире.

Тася подошла к нему и взяла за обе руки.

— Ника,— начала она шепотом,— извини... Тебе не очень хочется спать?

— Как сказать!

— Ты сними галстук. Халат у тебя есть?.. Да не надо. Останься так, в рубашке. Эта комната теплая.

— В чем дело? — шутливо-самодовольно спросил он горловым голосом, какой нагуливают себе в гвардейских казармах и у Дюссо.

— Ты потише... Папа приехал. Он может проснуться. Мне не хочется, чтоб он знал, что я у тебя. Я тебя и подождала сегодня.

— Ладно.

Он отошел к столу и снял с себя часы на длинной и массивной цепочке с жетонами, двумя стальными ключами и золотым карандашом. На столе лежал уже его бумажник. Тася посмотрела в ту сторону и заметила, что бумажник отдулся. Она сейчас догадалась, что брат играл и приехал с большим выигрышем.

— Присядь... минутку. Я тебя не задержу.

Она было запрыгала около него, но удержалась. Не может она говорить ему: "Милый, голубчик, Никеша", как говорила маленькой. Она не уважает его. Тася знает, за что его попросили выйти из того полка, где носят золоченых птиц на касках. Знает она, чем он живет в Петербурге. Жалованья он не получает, а только носит мундир. Да она и не желает одолжаться по-родственному, без отдачи.

— Спать хочется,— сказал он, опускаясь на постель, и громко зевнул.

Тася села рядом с ним и левую руку положила на подушку.

— Ника,— заговорила она шепотом, но внятно и одушевленно, с полузакрытыми глазами,— ты знаешь, в каком мы положении? Ведь да? Отец все мечтает о каких-то прожектах. Места не берет... Да и кто даст? Maman не встанет. Ты вот уедешь... Через месяц, доктор сказал мне, ноги совсем отнимутся...

Сын поморщился и достал папиросу из массивного серебряного портсигара.

— К тому идет,— выговорил он равнодушно.

— На что же жить? Я не для себя.

— История старая... Сами виноваты... Я и так даю...

— Ника, Ника, выслушай меня. Я первый раз обратилась в тебе. Я не хочу тащить из тебя... На что рассчитывать? Ведь не на что? Ты согласись!

— Et après {А потом? (фр.).}? — пробасил он.

— Отец сейчас говорил, что мне надо в Петербурге... выезжать.

— С кем это?

— Должно быть, с тобой.

— Со мной?

144

Ника опять поморщился.

— Ты не смущайся! Я не желаю.

— Да... родитель дал маху!.. У меня для молодой девушки... совсем... неподходящее место...

И он нахально засмеялся.

— Тс!..— остановила его Тася.— Пожалуйста, тише... Я и сказала... Все это не то.

Тася встала и в волнении прошлась по гостиной. В первый раз будет она вслух высказывать свои планы... Не нужно ей одобрения Ники. Но необходима его поддержка.

С таким братом ей тяжелее, чем с посторонним, делиться самой горячей мечтой. Точно она собирается оторвать от сердца кусок и бросить его на съедение.

XII

— Когда же ты разрешишься?— цинически спросил брат.

— Вот что, Ника. В двух словах...

Тася встала перед ним. Ямочки пропали с ее щек, грудь высоко поднималась. Волосы падали ей на лоб.

— Говори скорей!

— Вот видишь... Партии я не сделаю. Выезжать не на что. Женихов у меня нет.

— А этот... в очках...

— Кто? Пирожков?

— Ну да.

— Никогда он на мне не женится. Он так и останется холостяком... Да я и не думаю о замужестве. У меня другое призвание...

— Призвание... туда же!..

— Да. Не смейся, Ника, прошу тебя.

Щеки Таси горели.

— Не томи и ты!

— Моя дорога — театр. Ты меня не знаешь. Для тебя это новость. Не возражай мне, сделай милость. Отец не станет упираться, если ты меня поддержишь.

— Я?

— Ты должен меня поддержать. Не для одной себя я это делаю. Еще год — и отец, мать, бабушка, Фелицата Матвеевна — нищие, на улице...

— А ты их спасать будешь?

— Не смейся, Ника, умоляю тебя. Я не воображаю о себе ничего... Ты меня не знаешь. Я не говорю тебе, что у меня огромный талант. Сначала надо увериться, а для того, чтобы знать наверно, надо учиться, готовиться.

— Connu {Знакомо (фр.).}.

— На это надо средства. И, главное, время... Вот я и подумала... Год должна я быть свободнее... Только год... И ходить в консерваторию... или брать уроки. А как я могу? Около maman никого. Необходимо будет взять

145

кого-нибудь... компаньонку или бонну, сиделку, что ли... Пойми, я не отказываюсь! Но ведь время идет. А через год я могу быть на дороге.

— Quelle idée!.. {Что за идея!.. (фр.).} В статистки?..

— Ты не можешь так говорить. Ника. Наконец, я прямо тебе скажу: тебе ведь все равно. Ты нас не жалеешь... Сделай раз в жизни хорошее дело...

Голос ее возвышался. Брат крякнул совершенно так, как отец, и затянулся.

— Говори толком!

— Ты играешь...

Она бросила быстрый взгляд на бумажник.

— Ну так что ж?

— И сегодня выиграл, я вижу... Не хочу я у тебя выпрашивать. Дай мне взаймы...

— Без отдачи?

— Нет, я серьезно. Не обижай меня. Взаймы дай, вот сейчас — больше у тебя в течение года никто не попросит. Ни мать, ни отец, я тебе ручаюсь.

— Да я и не дам. Не разорваться же мне!

Тася глядела все на бумажник. Оттуда выставлялись края радужных бумажек. Батюшки! Сколько денег! Тут не одна тысяча. И все это взято в карты, даром, все равно что вынуто из кармана. Да и как выиграно? Ведь брата ее и за карты тоже попросили выйти из полка.

— Да, да,— говорила она, схватив его за руки,— я знаю... Ты не давай отцу... Они уйдут зря... Не можешь на год, дай на полгода. Только на полгода, Ника. До лета. Взять сиделку на те часы, когда меня нет. Консерватория или уроки... на все это... я сосчитала... не больше как сто пятьдесят рублей. Расход на лекарство... доктора. Дай хоть по сту рублей на месяц, Ника! Через полгода я буду знать...

— Что тебе не следовало заниматься глупостями.

— Ну да, ну да,— почти со слезами повторила Тася и просительными глазами смотрела в широкое лоснящееся лицо брата.— Положись на меня, Ника. Я прошу взаймы. Меня не обманывает мое чувство.

— Тру-ля-ля! чувство!

— Ну, назови, как хочешь... Больше ничего не придумаешь... Ведь не пустишь же ты наших стариков по миру... На Петю надежда плохая. Лучше не будет? Согласен?..

Брат лениво усмехнулся. Он был действительно в солидном выигрыше, забастовал круто после того, как загреб куш.

— Bonnet blanc, blanc bonnet... {Что в лоб, что по лбу... (фр.).} Только я родителю ничего не дам,— сказал он и взял в руки бумажник.— И тебе загорелось сейчас же?

— Можешь проиграть, Ника!

— И то правда! Смекалка у тебя есть.

Он вынул из бумажника пачку пожиже.

— Счастлив твой Бог, девчурка, бери... Не считаю...

Но он отлично знал, что в пачке всего семьсот рублей.

Тася припала к его плечу и разрыдалась.

XIII

Брат почти выпроводил ее от себя и стал раздеваться, зевая и харкая. У него были уже одышка и катар. Вечер ему удался. Засыпал он с папиросой в зубах, и ему долго представлялся зеленый стол... в номере "Славянского базара"... плотная фигура купчика. Только ему говорили, что он миллионщик... А видно, что больше десяти тысяч у него не было в бумажнике. Тятеньки испугался. Как бишь его фамилия? Ну да все равно... Рукавишников, Сырейщиков... И туда же — в амбицию!.. Не такие виды он видал. Ведь он не Расплюев. Из него "не нащеплешь лучины". Он помнит, в квартире Колемина, когда полиция вошла в большую комнату в разгар игры, все перетрусили... до гадости... А он и бровью не повел. И выигрыш свой успел сгрести как ни в чем не бывало... тридцать золотых. Не испугался он и имя свое дать полицейскому... Этакая важность! Есть чего стыдиться! Весь Петербург играет, в двадцати притонах... И не в таких еще... В начале шестидесятых годов, вот когда его попросили из полка выйти,— никаких обысков не было... Модничанье одно! Прокурору захотелось себя показать. Тогда "пижонов", да и не одних пижонов, стригли без всякого милосердия... Он счетчиком состоял, да и то какие деньги перепадали...

Папироса выпала у него из рук... Он засопел, но в голове, до полного погружения в сон, все еще проходили соображения и обрывки мыслей. Он даже рассмеялся. Родитель "удрал идею", нечего сказать! Тасю к нему отправить на два месяца. Жить у него... Чудак!.. Юзя, что ли, с ней станет выезжать в гран-монд? Он и дома-то ночует раз в неделю. Надо завтра купить гостинец Юзе, московского что-нибудь... мех у ней есть, да и дорого. Не говорит до сих пор, подлая, сколько у ней лежит в государственном банке билетов восточного займа. И когда напоишь ее — не развязывается язык. Залогов у нее тысяч на двадцать пять есть. Годика с два можно будет с ней поваландаться, не больше... И скаредна делается, да и расплывается, грудь уже не прежняя, и на носу красные жилки. Да и полька ли она? Вряд ли. Скорей жидовка, даром что блондинка! Барыня... хорошего рода, с нервами... куда лучше... Было и их немало... Особенно если глупенька... То ли не житье?.. А все-таки денег нет... Осенью совсем проигрался... Надо почаще в Москву ездить... на святки... к светлому празднику и в сентябре, когда от Макария возвращаются... Но без Петербурга все-таки жить нельзя...

— Дура Тася! — вслух выговорил брат.— "Собой жертвую!.." Ну их к Богу!..

На этих словах Никанор Валентинович повернулся к стене и тотчас же захрапел. На дворе ветер все крепчал. Но гул вьюги и треск старого дома не мешали ему спать тяжелым сном игрока, у которого желудок и печень готовят в скором будущем завалы и водяную.

А через коридор, из комнаты его сестры, все еще выходил свет сквозь дверную щель. Тася сидела на кровати, в кофте, с распущенными волосами, и держала в руках пачку сторублевых. Она уже несколько раз их перечла. Их было семь штук — не больше, семьсот рублей. Этого хватит до июля, по сту рублей в месяц. Ее ученье не будет стоить больше пятидесяти, компаньонку можно нанять за двадцать рублей. Спать она будет в угловой. Остается еще немало. Доктору рублей полтораста. Взять его надо годовым. Аптеке — около ста рублей. А потом можно долго забирать на книжку.

Спать она не может. С деньгами в руках — чем-то вдруг смущена. Время не ждет, завтра или на этой же неделе надо начинать. Поговорить с Андрюшей Палтусовым. Он все как-то подсмеивается, дает ей разные прозвища... С Пирожковым... Тот знает все про театр, отлично судит... вхож к той... к Грушевой... И насчет консерватории все ей узнает... Еще примут ли ее теперь, после праздников?

Страшно! И сладко, и страшно! Отцу она не станет говорить. Просто скажет, что нашла работу... Какую? Он не захочет, чтоб она давала уроки. Ну, все равно... Что-нибудь да выдумает... А мать будет рада новому лицу... Ее мать не любит. Никогда и не любила. Лгать или не лгать: какая у ней связь с родными? Зачем же она сейчас говорила, что делает это для них. Значит, лгала? И да, и нет. Жаль их. Старух еще жальче. Те честные, тихие; сидит Фифина до глубокой ночи, бабушка встает с огнем и тоже вяжет... Все у ней вытянули... Она нищая, надо заработать и для нее, когда она в полную дряхлость впадет. А это скоро будет. И мать жаль. Хоть в больницу неизлечимых, так и то нужны деньги, комнату...

Тася опустила голову. Бумажки упали на кровать. Она этого не заметила, потом очнулась, увидала, что у ней нет ничего в руке, испугалась. Долго ли потерять? Она вскочила, подошла к письменному столу и заперла деньги в ящик, где у ней лежало несколько тетрадок, переписанных ее рукой,— роли.

Пирожков представился ей в эту минуту, его добрая усмешка, поощряющий тон, умные глаза сквозь очки. Она припомнила, что он весной, перед отъездом в деревню, рассказывал, какое жалованье получают теперь актрисы в провинции, да не на оперетки только,— на драму, комедию, ingénues {инженю (фр.).}. Ему говорил в клубе член комитета. Он приводил цифры. Есть актрисы — их несколько — меньше тысячи рублей в месяц "и слышать не хотят".

Тысячу рублей в месяц! Но деньги ли одни? Даже если и половину, треть этой суммы! А игра! Она сейчас бы пошла даром. Как же ей нейти, когда нужны эти деньги,— без них и ей на что же жить? Что делать? Искать жениха? Продавать себя?

Пора, пора! Дом — гробница; от всего ей больно, жутко, только старушки и согревают. Отец, мать, брат Ника... Лучше устроить тех; кого жалко, а самой — дальше, не знать ничего, кроме подмостков. Ничего!

XIV

Крутил легкий снежок, часу в девятом, накануне сочельника. К крыльцу, освещенному двумя фонарями, подъехали извозчичьи сани. От тротуара перекинуты мостки с набитыми на них планками, обмерзлые и обтоптанные тысячью ног.

Из саней вылез первым высокий мужчина в цилиндрической

шляпе, в плотно застегнутом пальто с нешироким черным барашковым воротником и начал высаживать даму, маленькую фигурку в шубке, крытой сукном. Голова ее повязана была белым вязаным платком. Лицо все ушло в края платка. Только глаза блестели, как две искристые точки.

— Приехали,— сказал Пирожков — он привез Тасю — таким тоном, каким пугают детей, когда приводят их к дантисту.

— Ах, Иван Алексеич,— раздался голосок Таси из-под платка.— Как вы пугаете!

И она рассмеялась.

— Пожалуйте, пожалуйте,— продолжал он тем же тоном.— Авось пронесет, Таисия Валентиновна. Полезно будет бросить coup d'œil.. {взгляд... (фр.).} Может, и накроют нас.

— Кто же? — не очень смело спросила Тася и остановилась на тротуаре.

Вправо, подальше, скучилось несколько извозчичьих саней парами, какие по вечерам дежурят около клубов. Тася была тут всего раз, на спектакле одного общества. Давали шекспировскую пьесу. Еще ей так захотелось тогда сыграть Беатриче из "Много шуму из ничего". Но тогда она была в ложе со знакомыми. А одну на простой вечер или спектакль ее бы не пустили. Ни отец, ни мать, ни бабушка... Сюда нельзя ездить девушке "из общества". Тут бывает "Бог знает кто". Это — актерская биржа. И она одна, вечером, с мужчиной... Должна будет скрывать до тех пор, пока не объявит, чем она занимается.

Случилось все так скоро потому, что она не дождалась Палтусова, а вызывать его не хотела. Да и не надеялась на него. Он, наверно, стал бы все подсмеиваться... Такой эгоист ничего для нее не сделает!.. Она давно его поняла. Может быть, он и согласится с ее идеей, но поддержки от него не жди. Заехал очень кстати Иван Алексеевич. С ним не нужно долгих объяснений. Он понял сразу. Мягкий, умный, шутливый... Но задумался.

— Добрая моя Таисия Валентиновна,— говорил он ей третьего дня — они сидели в зале — и за обе руки ее взял,— выдержите ли? Вот вопрос!

— Выдержу! — почти крикнула она.

— Ох, хорошо, кабы так! А видели пьесу "Кин"?

Она видела самого Росси и не забыла сцены, где Кин отговаривает молодую девушку отдаваться театру. Она плакала тогда и в театре и у себя, вернувшись домой. Но что же это доказывает?

— Как я играла тогда в любительском спектакле?— спросила она Ивана Алексеевича.

— Огонек есть. Но довольно ли этого?

Она убежала в свою комнату, схватила том, где "Шутники", увела Пирожкова в гостиную и прочла несколько явлений с Верочкой.

Он зааплодировал.

— Ну, поговоримте, хороший человек,— он всегда ее так зовет,— вам в консерваторию не стоит поступать. А лучше заняться у опытного актера или актрисы. Теперь я немного поотстал от этого мира, но я вас к Грушевой свезу, если желаете.

Такой он был милый, что она чуть не расцеловала его.

149

Вот тогда он и сказал ей:

— В виде опыта поедем... инкогнито в такое место, где собираются артисты. Это вам даст предвкусие. Может, и отшатнетесь. Перед Рождеством у них дня три вакации. Мы там много народу увидим.

Она смело согласилась. Ну что за беда, если ее кто-нибудь и встретит? Кто же? Из знакомых отца? Быть не может. Да и надо же начать. Она увидит по крайней мере, с кем ей придется "служить" через год. Слово "служить" она уже слыхала. Актеры говорят всегда "служить", а не "играть".

Но когда Иван Алексеевич взялся за ручку двери, у ней екнуло на сердце.

— Раз,— дурачился он,— два, три... Пожалуйте...

— А посторонние бывают?— робко спросила она.

— Бывают-с и посторонние... Пожалуйте... Сожигать корабли, так сожигать!

Он отворил дверь. Они вошли в наружные сенцы, где горел один фонарь. Нанесено было снегу на ногах. Пахнет керосином. Похоже на вход в номера. Еще дверь... И ее отворил Пирожков. Назад уже нельзя!..

XV

Иван Алексеевич ввел ее во внутренние сени, на три ступеньки. Их встретил швейцар в потертой ливрее с перевязью, видом мужичок, с русой шершавой бородой. Другой привратник тут же возился около него в засаленном полушубке и валенках.

Пол был затоптан. Перила и стеклянная дверь выкрашены в темно-коричневую краску. Стены закоптели. Охватывал запах лакейского житья, смазных сапог, тулупа и табаку. Тасе сделалось вдруг брезгливо. Она почуяла в себе барышню, дочь генерала Долгушина, внучку Катерины Петровны Засекиной.

"Ведь это Бог знает что",— мимоходно подумала она и в нерешительности остановилась на площадке.

Швейцар отворил дверь. Пирожков обернулся и смотрел на нее поверх запотевших очков.

Он понял ее колебание и ее брезгливость. Подбивать ли дальше милую девушку, вводить ли ее в этот "постоялый двор" господ артистов? Хорошо ли он поступает?

Ивана Алексеевича схватила за сердце мысль, что ведь он, Пирожков, мог бы избавить ее от такой рискованной попытки... Зачем ему искать лучшей девушки? Кончит ведь женитьбой? В том-то и беда, что он не искал... А там, дома, разве ее ждет что-нибудь светлое или просто толковое, осмысленное?.. Генерал с его потешной фанаберией и "прожектами", брат шулер и содержанец, колченогая и глупая мать. Еще два-три года, и пойдет в бонны или... попадет на сцену; но уже не на этакую, а на ту, где собой торгуют...

— Пожалуйте-с!— крикнул он и предложил ей руку подняться в гардеробную.

Тася поглядела вправо. Окошко кассы было закрыто. Лестница освещалась газовым рожком; на противоположной стене, около зеркала, прибиты две цветных афиши — одна красная, другая синяя — и белый лист с печатными заглавными строками. Левее выглядывала витрина с красным фоном, и в ней поллиста, исписанного крупным почерком, с какой-то подписью. По лестнице шел половик, без ковра. Запах сеней сменился другим, сладковатым и чадным, от курения порошком и кухонного духа, проползавшего через столовые.

Они взяли вправо, в низкую комнату, уходившую в какой-то провал, отгороженный перилами. Вдоль стены, на необитом диване, лежало кучками платье. В углу, у конторки, дежурил полный бритый лакей в синем ливрейном фраке и красном жилете. У перил стоял другой, худощавый, пониже ростом, с бакенбардами.

Пирожков записал что-то в книгу и заплатил полному лакею. Долго снимала Тася шубку, калоши и платок. Она все сильнее волновалась. Барышня все еще не успокоилась в ней. Платье она нарочно надела домашнее, серенькое, с кожаным кушаком. Но волосы заплела в косу. Не богато она одета, но видно сразу, что ее туалет, перчатки, воротничок, лицо, манеры мало подходят к этому месту.

И вдруг на лестнице, когда они будут подниматься туда наверх, встретится какой-нибудь знакомый отца...

— Знаете что,— угадал ее волнение Пирожков,— если вас кто спросит, как вы сюда попали, говорите — на репетицию.

— Какую?

— Ах, Боже мой,— благотворительную!

Тася прошла мимо афиш, и ей стало полегче. Это уже пахло театром. Ей захотелось даже посмотреть на то, что стояло в листе за стеклом. Половик посредине широкой деревянной лестницы пестрел у ней в глазах. Никогда еще она с таким внутренним беспокойством не поднималась ни по одной лестнице. Балов она не любила, но и не боялась — нигде. Ей все равно было: идти ли вверх по мраморным ступеням Благородного собрания или по красному сукну генерал-губернаторской лестницы. А тут она не решилась вскинуть голову.

Наверху она остановилась у белых перил, где стоял новый лакей.

— Есть репетиция?— спросил его Пирожков.

— Сейчас кончится.

— А в конторе кто?

Тот назвал кого-то по имени и отчеству.

Тут Тася оглянулась. Она припомнила эту комнату — род площадки — с ее голубой мебелью, множеством афиш направо, темной дверью с надписью "Контора" и аркой. Левее ряд комнат. Она помнила, что совсем налево — опять белые перила и ход в театральную залу с двумя круглыми лесенками на галерею.

— Оправились?— шепнул ей Пирожков.

— Не бойтесь,— шутливо сказала она.

— Надо начать с чаев.

— Теперь?

— Подождите минутку там, в проходной гостиной, а я забегу в контору.

Он провел ее в унылую, холодную комнату и посадил на диван.

XVI

Против Таси, через комнату, широкая арка, за нею темнота проходного закоулка, и дальше чуть мерцающий свет, должно быть из танцевальной залы. Она огляделась. Кто-то тихо говорит справа. На диване, в полусвете единственной лампы, висевшей над креслом, где она сидела, она различила мужчину с женщиной — суховатого молодого человека в серой визитке и высокую полногрудую блондинку в черном. Лиц их Тасе не было видно. Они говорили шепотом и часто смеялись.

"Кто это?— думала Тася.— Любители или актеры?.. Или любовное свидание?.. Здесь удобно".

Ей стало неловко. Она им помешала.

Но пара не смущалась. Послышался смех блондинки.

"Скорее любители, чем актеры",— определила про себя Тася.

Им весело. Никого они знать не хотят. Кто она? Девица благородных родителей или так "чья-нибудь" дочь? Это все равно... Может, в ней большой талант скрывается. Так же вот как и она, Тася, приехала тайком в клуб вкусить запретного плода. Какого? Искусства или другого?

Щеки Таси покрылись румянцем... Она все знает... не маленькая... ingénue сбирается только на сцене играть. Сколько романов прочла, пьес, всего. Но "это" на нее не действует. Насмотрелась она на то, что у них было в доме. Когда в книжке она читала сцены свиданий, самые страстные или поэтические... у ней не билось сердце. Сейчас ей представится другая сцена... житейская... Она — девочка тринадцати лет, но много уже понимает, читала и Тургенева и Жорж Занда... разбежалась она в будуар своей матери... Мать лежит на кушетке, рядом — гусарский юнкер. Он дневал и ночевал у них. Тася знала, что maman дает ему денег. Об этом говорили люди, горничные. Она застала любовную сцену... И с тех пор, когда ей минуло семнадцать лет и позднее, она не могла думать о любви, чтобы перед ней не встала сцена юнкера с ее матерью и все восторги Елены Никифоровны от итальянских певцов, скрипачей и наездников.

Так и прошли ее первые девичьи годы. Некогда ей было думать о любви. Вывозили ее всего одну зиму, когда ей уж пошел двадцатый год. Но все ее стесняло и в тех гостиных, куда ездила ее мать. В собрании она танцевала несколько раз... Но и тут мать портила ей настроение. Да и как можно было выезжать, тратиться на туалет, когда она отлично знала, что в доме во всем недочет, доедают последние гроши, взятые под залог дома, за проданную землю, выклянченную у бабушки... Она отказалась от выездов... Потом ноги стали отниматься у матери. Прекратилась всякая посторонняя тревога. Тут и разрослось влечение к сцене, дума о театре, ученье ролей по ночам...

Пара встала с дивана и стала ходить по комнате.

— Вы ошибаетесь,— говорила блондинка.

— Да уж нет,— возражал молодой человек,— вам это очень удалось. А вот Василиса Мелентьева — не скажу...

Тася взглянула с любопытством на блондинку и спрашивала себя: подходит ли ее наружность к Василисе Мелентьевой?

Не о Василисе Мелентьевой шел спор между молодыми людьми. Они нравились друг другу. Это было сразу видно. Тася прислушивалась к звукам их голосов. Вот если бы она так же на сцене говорила, вышло бы и правдиво, и весело... Больше ничего ведь и не нужно... А как трудно все это выполнить!..

— Пожалуйте,— раздался над ней голос Пирожкова.

Его голова показалась из-за косяка двери. Тася встала и поправила на шее галстук.

— Куда?— спросила она.

— В столовую...

— Там кто же?

— Идемте, идемте...

Он взял ее под руку и повел мимо конторы в белую залу, освещенную целым рядом тускловатых ламп.

— Мы будем пить чай,— говорил Пирожков, и сам как будто немного стесненный за Тасю.— Вы осмотритесь... Есть уже разные народы. Я нашел одного знакомого старшину... Вы с ним поговорите... Полезно заручиться для дебютов...

— Для дебютов! — вздохнула Тася.

— А что же? Для маленьких дебютов здесь.

— На клубной сцене я бы не хотела.

— В виде опыта.

XVII

Столовая обдала Тасю спертым воздухом, где можно было распознать пар чайников, волны папиросного дыма, запах котлет и пива, шедший из буфета. Налево от входа за прилавком продавала печенье и фрукты женщина с усталым лицом, в темном платье. Поперек комнаты шли накрытые столы. Вдоль правой и левой стены столы поменьше, без приборов, за ними уже сидело по двое, по трое. Лакеи мелькали по зале.

Пирожков посадил Тасю за первый стол по левой стене, около окна, и заказал порцию чаю.

В первый раз она слышала эти слова: "порцию чаю". Им подали поднос с двумя чайниками, чашками и пиленым сахаром в бумажном пакетце. Через стол от них сидело двое мужчин, оба бритые.

— Актеры,— шепнул ей Пирожков.— Один здешний, другого не знаю.

До Таси донеслась сильная картавость одного из них, брюнета с мелкими чертами красивого лица.

— Актер? — переспросила она.

— Да.

— Как же он так сильно картавит?

153

— Что делать!..

Она заварила чай. У правой стены, за двумя столиками, сидели и женщины. Одна, глазастая, широкоплечая, очень молодая и свежая, громко говорила, почти кричала. Волосы у ней были распущены по плечам.

— Это кто?— спросила Тася.

— Не знаю... давно здесь не был.

На репетициях, за кулисами, где удалось быть раза два, она испытывала возбужденье, какого теперь у ней не было и следа... Ей даже не верилось, что это одно и то же, что вот эти бритые мужчины и женщины с размашистыми движениями принадлежали тому миру, куда так рвалось ее сердце.

— Ну, что же,— заговорил Пирожков и поглядел на нее добрыми глазами,— не очень вам здесь нравится?.. Присмотритесь... Эта столовая постом была бы для вас занимательнее. Тогда здесь настоящий рынок... Чего хотите — и благородные отцы, и любовники, и злодеи. И все это приезжие из провинции, а уж к концу почти полное истощение финансов.

Тася плохо слушала его.

— Вот что,— продолжал Пирожков,— на святках будет тут сборный спектакль. Мне старшина сейчас говорил. Не начать ли прямо с попытки. Можно и "До поры — до времени" поставить. Как вы думаете?

— Право, не знаю,— ответила Тася.— Я учиться хочу, Иван Алексеевич.

— С нового года и начнем... А пока для бодрости... Да вот старшина.

К ним подошел сухощавый господин, в бороде, в золотом pinse-nez, в коротком пальтецо, с крупными чертами лица, тревожный в приемах.

Пирожков представил его. Тася не запомнила ни фамилии, ни как его звали по имени и отчеству.

— Чайку выпьете? — пригласил его Пирожков.

— С нашим удовольствием,— сказал старшина и сел.

Он казался очень утомленным.

— Много дела? — спросил Пирожков.

— Просто беда! И все один!..

— А другие?

— Эх!..

И он махнул рукой.

— Что же предполагается на праздниках?

— Утренние спектакли будут, детский праздник, костюмированный бал с процессией, да мало ли чего!

— А как дела?

— Сборы — ничего! Только возня! Я вам скажу, скоро пардону запрошу!..

— Вот Таисия Валентиновна,— указал Пирожков на Тасю,— желала бы...

— Вам угодно дебютировать-с?— высоким голосом выговорил старшина.

Тася сильно смутилась.

— Нет... я не для дебюта...

— Спектаклик хотите?— не дал он ей докончить.— Дни-то у нас все разобраны.

К старшине подошел лакей в ливрее и сказал ему что-то на ухо.

— Прошу извинения,— сказал старшина и вскочил.— Анафемское дело!— крикнул он на ходу Пирожкову и побежал в контору.

"Зачем он меня сюда привез?" — думала Тася, и ей делалось досадно на "добрейшего" Ивана Алексеевича. Все это выходило как-то глупо, нескладно. Этот торопливый старшина совсем ей не нужен. Он даже не заикнулся ни о каком актере или актрисе, с которой она могла бы начать работать. А нравы изучать, только расхолаживать себя... Тут еще может явиться какой-нибудь знакомый отца... Она с молодым мужчиной, за чаем... Точно трактир!

Тася затуманилась.

XVIII

Из дверей в глубине столовой, откуда виднелась часть буфетной комнаты, показался мужчина в черном нараспашку сюртуке. Его косматая белокурая голова и такая же борода резко выделялись над туловищем, несколько согнутым. Он что-то проговорил, выходя к буфету, махнул рукой и приближался к столу, где сидели Тася с Пирожковым.

— Ах, Иван Алексеевич,— взволновалась и почти обрадовалась Тася,— ведь сюда идет Преженцов.

— Кто?

— Мой учитель!.. Вы не помните?..

— Не встречал его...

— Да, это давно было... Как он изменился... Он, он!

Косматая голова все приближалась. Тася окончательно разглядела и узнала своего учителя Преженцова.

Он ходил к ним больше года, студентом четвертого курса, лет шесть тому назад, учил ее русским предметам, давал ей всякие книжки. Матери ее он не понравился: раза два от него пахло вином... Только у него Тася и занималась как следует. Он ей принес Островского... И сам читал купеческие сцены пресмешно, и рассказы Слепцова хорошо читал... Что ж! Она не боится встречи с ним здесь, в этой столовой... Он все поймет...

Учитель ее заметил и узнал.

— А-а! — крикнул он и скорыми шагами подошел к столу.

— Николай Александрович! — обрадованно назвала его Тася.

Пирожков оглянулся на косматого блондина. От него пахнуло спиртными парами. Лицо его сильно раскраснелось.

— Какими судьбами?— спросил он Тасю. Учитель крепко пожал ей руку.

— Вот, можно сказать, сюрприз. Вы здесь... И в будничный день... Какими судьбами? А кавалер ваш... Познакомьте нас.

Она их познакомила.

— А! — еще громче крикнул учитель.— Пирожков!.. Как приятно... У нас есть общие приятели... Калашникова... Василия Дмитриевича... знаете, а?

— Как же,— сказал со сдержанной улыбкой Пирожков.

— Я присяду... Можно?..

— Пожалуйста,— пригласил его Пирожков.

Тася поглядела на своего учителя. Его щеки, глаза, волосы — все показалось ей немного подозрительным.

— Так вот где я с ученичкой-то столкнулся,— говорил Преженцов и держал руку Таси.— Ростом не поднялись... все такая же маленькая... И глазки такие же.. Вот голос не тот стал, возмужал... Их превосходительство как изволит поживать? Папенька, маменька? Мамаша меня не одобряла... Нет!.. Не такого я был строения... Ну, и парлефрансе не имелось у меня. Бабушка как? Все еще здравствует? И эта, как ее: Полина, Фифина!.. Да, Фифина!.. Бабушка — хорошая старушка!..

Он делался болтлив. Тася видела, что учитель ее выпил. Она не знала, как с ним говорить. Это был как будто не тот Николай Александрович, не прежний.

Пирожков тоже почувствовал себя стесненным.

— Вы здесь член?— спросил он Преженцова.

— Я-то? Это целая история... Вот видите ли, какой казус случился... Меня здесь не выбрали. Не подхожу к такому избранному заведению. А сегодня с приятелем зашли выпить пива... Все равно... Вы не хотите ли?

Он перегнулся к Тасе и спросил:

— А это знаменье времени... коли и вы с нами сидите... Какой ужас!

Прошел по столовой старшина. А через минуту в буфете раздался крупный разговор.

Учитель Таси сейчас же встал, побежал туда и только крикнул:

— Так и есть!

Пирожков приподнялся и начал глядеть в том же направлении.

— Поедемте отсюда,— тихо сказала ему Тася.

Голоса все возвышались, перешли в звонкие, крикливые возгласы... От буфета шел старшина и другой еще господин, с седоватой бородой, а за ним учитель Таси.

— Вы не имели права! — говорил старшина.

— Я буду протестовать! — повторил господин с бородой.

— Протестуйте... Сделайте ваше одолжение!

Учитель забежал вперед и на всю залу крикнул:

— Оставь втуне, пренебреги... потребуем торжественного вывода... Идем, Вася...

И, обратившись к столу Таси и Пирожкова, кинул им:

— Прощения просим!.. Видите, чаю с вами пить не могу... Паршивая овца!..

Все в недоумении глядели на эту сцену. Перед конторой еще долго раздавались голоса и потом внизу по лестнице.

Пирожков и Тася молчали. Ивану Алексеевичу было не по себе.

"Зачем завез я ее сюда? — спрашивал и он себя.— Этакая досада! Так неудачно... И старшина ни на что ей не годен, а теперь и подавно".

Она опустила голову и пила потихоньку чай.

— Таисия Валентиновна,— начал Пирожков, состроив комическую мину,— простите великодушно... Незадача нам.

— Поедемте,— шептала она.

— Да вы не бойтесь.

— Нет, поедемте, пожалуйста.

Он наскоро расплатился. Тася шла вслед за ним, все еще с поникшей головой... И боялась она чего-то, и жутко ей было тут от всего — от этих лакеев, гостей, чаду, тусклого освещения; не находила она в себе мужества сейчас же превратиться в простую "актерку", распивать чай в перемену между двумя актами репетиций.

"Барышня я, барышня",— повторяла она, сходя в швейцарскую, и была довольна тем, что никто из знакомых отца не встретил ее. Ведь она уехала тихонько. Мать хоть и разбита, но то и дело спрашивает ее. Ей не скажешь, что ездила смотреть на актеров... Да и бабушка напугается...

— Как же, Таисия Валентиновна?— остановил ее Пирожков у кассы.— Первый блин комом. Угодно, чтобы я познакомил вас с Грушевой?

— Ах, погодите... Я что-то совсем маленькая.

— Подожду...

Тася свободно вздохнула на воздухе.

XIX

На другой день, перед обедом, девчонка вбежала к Тасе и заторопила ее.

— Маменька гневаются, пожалуйте поскорее.

Тася нашла мать в кресле в сильной ажитации.

— Отравить меня хотите!— закричала Елена Никифоровна, таращя на нее глаза.

— Что такое, maman?

— Какая гадость! Ешь сама!

Она тыкала ложкой в тарелку супа.

Тася попробовала и чуть заметно улыбнулась.

— Суп хорош... из курицы.

Мать проследила глазами ее усмешку и вся побагровела.

Не успела Тася выпрямиться, как на щеке ее прозвенела пощечина.

Она схватилась за щеку. В глазах у ней потемнело. Она сделала над собой усилие, чтобы не толкнуть мать.

Пощечина! Перед девчонкой Дуняшей! Ей, девушке по двадцать второму году!

Это ее ошеломило.

— Смеяться...— кричала и заикалась мать,— смеяться! Надо мной? Ах ты мерзкая! Мерзкая... Тварь! Я тебе дам!

157

И она опять потянулась к ней, но Тася схватила Елену Никифоровну за обе руки и посадила ее в кресло.

— Не смейте, не смейте!— шептала она с нервной дрожью.— Я не позволю... хуже будет!..

Голос ее так задрожал, что мать испугалась.

— Ступай вон!.. Вон, вон!— кричала она и начала метаться и плакать.— Морфию мне, морфию!..

— Какого лекарства?— спросила Тасю Дуняша, задерживая ее.

— Не знаю!

И она кинулась в свою комнату вне себя. Щеки ее пылали, слезы душили ее, но не лились.

Девочкой семи лет ее высекли раз... когда ей было четырнадцать лет, мать схатила ее за ухо, но она не далась... И теперь, двадцать одного года! Мать больна, разбита, близка к параличу... Но разве это оправдание?

Бросилась Тася на кровать. Ее всю трясло. Через минуту она начала хохотать. С ней случилась первая в ее жизни истерика. Прежде она не верила в припадки, видя, как мать напускала на себя истерики. А теперь она будет знать, что это такое.

Из комнаты Таси ничего не долетало ни до старушек, ни до кабинета. Отца ее не было дома и брата также. Как ни старалась она переломить себя, хохот все прорывался, и слезы, и судороги... Так билась она с полчаса. Только и помогла себе тем, что уткнула голову в подушки и обхватила их обеими руками.

Потом, сладив с собою, села на кровать и мутными глазами оглядывала свою комнату. Смеркалось... через полчаса будет совсем темно. Ее зазнобило. Она встала, надела платок и тихо двинулась от кровати к письменном столу.

Прибила мать! Дала пощечину, как горничной!.. Да и тех теперь нельзя бить. Жаловаться пойдут, а то и сами тем же ответят. Примеры были, на днях ей рассказывали про знакомую барыню. Но чего же она так изумляется? Чем она лучше Кунцевой?.. А той мать в прошлую зиму надавала пощечин при посторонних. И до сих пор кричит на нее, как на последнюю судомойку, ругает ужасными словами, хоть и по-французски: pécore, salope, crapule! {дура, неряха, негодница! (фр.).} Она и не припомнит всего! И ведь это в хорошем барском обществе... Самые старые фамилии... И Леля Тарусина ей жаловалась, что мать ее бьет. А она графиня! Ей двадцать третий год. И все терпят, злятся, презирают матерей, называют их за глаза дурами, рассказывают про них всякие гадости... А не уйдут! Почему?

Куда идти? В гувернантки? Не пойдут! И не знают ничего серьезно, да и боятся бедности. Как же им можно! Тут есть расчет на мужа, а не выйдет — все равно на родительских хлебах проживет, хоть и битая.

"Рабство! Рабство!— шепчет Тася, ходя по своей комнате.— Как низко, гнусно!"

Она ничего дурного не рассказывает знакомым про мать. Не могла она ее ни любить, ни уважать! И это уже немалое горе. Ей жаль было этой женщины. Она смотрела на нее, как на "Богом убитую", ходила за ней, хотела с ней делиться, когда встанет на свои ноги, будет зарабатывать. Ее смущало еще сегодня утром то, что она хочет оставлять ее по целым часам на попечение компаньонки.

Но теперь!.. Исчезли все колебания!.. Как бы мать ни была "убита", она понимает, что делает. Вытерпеть — это значит рисковать, что она будет драться каждый день.

Вот приедет отец, Тася скажет ему, что к матери нужно приставить постороннюю женщину. Если вчера, после посещения клубной столовой, у нее явилось малодушное чувство, то теперь... вон, поскорее, без всяких дум и сомнений!

Она не могла оставаться в своей комнате. Ей было душно. Перешла она в залу, присела к пианино и заиграла громко, громко.

— Барышня,— прибежала Дуняша,— маменька не приказывают играть... У них головка болит.

— Хорошо,— ответила Тася и захлопнула крышку.

Да, играть не следует. У матери боли. Но разве боли оправдывают битье по щекам взрослой дочери?

"Напишу к Пирожкову,— думала она,— попрошу его поскорее повезти меня к Грушевой, скорей, скорей".

Она не слыхала, как в передней позвонили. Ее застал в зале, всю в слезах, с помятой прической, гость — их дальний родственник — Палтусов.

XX

Тася не видала Палтусова давно, больше двух месяцев. Он ездил к ним очень редко. Прежде он больше интересовался ею, когда слушал лекции в университете. Он же привез к ним и Пирожкова. На родственных правах они звали друг друга Тася и Андрюша.

— Что с вами, кузиночка? — спрашивал ее Палтусов, уводя в гостиную.— Вы какая-то растрепе,— пошутил он и оглядел ее еще раз.

Тася жала ему руку. Его приезд пришелся очень кстати.

— Андрюша, милый,— заговорила она ласковее обыкновенного,— поддержите меня.

— Что такое?

Она не могла сказать ему, что мать дала ей пощечину. Этого она не скажет... кроме отца, никому. Он услыхал от нее только то, что ей теперь надо, сейчас, сию минуту.

— Пожалуйста, не труните надо мной, Андрюша, я долго готовлюсь к этому.

Слово "сцена" было произнесено. Палтусов задумался. Ему жалко стало этой "девочки",— так он называл ее про себя. Она умненькая, с прекрасным сердцем, веселая, часто забавная. Женишка бы ей...

— Замуж не хотите, Тася?

— За кого?— серьезно спросила она.— Что об этом толковать! Выезжать не на что. Так я никому не нравлюсь... Да нет, Андрюша! Это совсем не то...

И она начала горячо развивать ему свою "идею". Он слушал с тихой усмешкой. Очень все искренне, молодо, смело, что она говорит. Может, у ней и есть талант. Жаль все-таки такую девочку... Попадет на сцену... Это ведь помойная яма. Многие ли выкарабкиваются и могут жить на свой заработок?.. А она хочет кормить семью... Шутка! Жаль!.. Хорошая, воспитанная барышня, его родственница, все-таки генеральская дочь... Но и то сказать... семейка вымирает... гниль, дряхлость, глупое нищенство и фанаберия. А то так и просто грязь. Стоит на этакого папашу с мамашей работать!.. Уйти из дома — резон...

— С родителем поговорить, что ли? — спросил Палтусов.

— Пока не надо, Андрюша... После, может быть... а вы мне все узнайте хорошенько... Вот Пирожков хотел; он добрый, но немного мямля... совсем не туда меня повез. Он знаком с актрисой Грушевой.

— Да и я ее знаю!

— Знаете; я помню, вы мне рассказывали.

— Так чего же вы хотите, кузиночка?

— Съездить к ней, милый... предупредить... поговорить обо мне хорошенько... чтобы она меня выслушала. Я приготовлюсь. Может ли она со мной заняться? Хоть эту зиму. А то я в консерваторию поступлю, авось примут и с нового года.

Палтусов слушал. Все это было легко исполнить. Один какой-нибудь визит. Довольно он своими делами занимается. Не грех для такой милой девочки потерять утро.

— Извольте-с,— сказал он шутливо.

— Да?— радостно вырвалось у Таси.

— Брата нет? — спросил Палтусов.

— Нет.

— А родитель?

— И отец еще не приезжал.

— Как же это он меня просил, а сам по городу рыщет?

Палтусов встал и прошелся по гостиной. Он приехал на просительную записку генерала. Тот писал ему, что возлагает на него особую надежду. Сначала Палтусов не хотел ехать... Долгушин, наверно, будет денег просить. Денег он не даст и никогда не давал. Заехал так, из жалости, по дороге пришлось. Не любит он его рожи, его тона, всей его болтовни.

— Папа сейчас должен быть,— сказала Тася и подошла к Палтусову.— Только вы, Андрюша, про меня ему ничего еще не говорите. Теперь не стоит... Я ему на днях сама скажу, что с матерью я ладить не могу и надо взять компаньонку. Деньги у меня есть... на это...

— Где же добыли?

— Заняла,— шепотом ответила Тася.

Она не скажет ему, что деньги взяла у брата Ники.

— Подождите минутку.

Ей хотелось, чтобы Палтусов подождал отца. Он ей скажет, что отец затеял. Ей надо все знать. Кто же, кроме нее, есть взрослый в доме?

Она смотрела на Палтусова. В гостиной было уже темновато. Его лицо никогда ей особенно не нравилось. И в сердце его она не верила.

Сейчас она говорила ему "милый Андрюша". Ведь это нехорошо! Нужен он ей, так она и ласкает его словами.

Тася примолкла. Недовольна она была собой. Но что же делать? Андрюша единственный человек вокруг нее, у которого есть характер, знает жизнь, ловок... С Иваном Алексеевичем далеко не уйдешь. И что же она такое сделала? Попросила переговорить с актрисой. Если он эгоист, тем лучше... Хоть за кого-нибудь похлопочет бескорыстно.

— Вот и папа,— громко сказала Тася, услыхав звонок в передней.

Палтусов закуривал папиросу.

— Задержит он меня!

— Подите, подите... Ведь вы все равно не расчувствуетесь,— пошутила она.

И тому уже была она рада, что разговор с Палтусовым отвлек ее от ощущения обиды, заставил забыть о дикой выходке матери.

К ней она не пойдет до завтра, даже если мать и будет присылать за ней. Надо дать почувствовать. А отцу она сегодня же скажет очень просто:

"Не хочу получать пощечин. Наймите компаньонку. Я ей буду платить".

— Андрюша,— шепнула она,— одно словечко...

Палтусов подставил ухо.

— Позвольте мне сказать отцу, что вы мне дали взаймы...

— Он вытянет.

— Нет, я не дам.

— Говорите, Тася!

— Спасибо.

Это ей послужит. Отдать долг надо; вот она и скажет, что ей следует искать самой выгодной работы.

Палтусов пожал ей руку, приостановился на пороге, обернулся и тихо сказал:

— Если вам понадобится... вы не скрывайтесь от меня.

У него на текущем уже лежало десять тысяч.

— Теперь не нужно.

"У него все лучше было взять, чем у Ники,— мелькнуло в голове Таси.— А кто его знает, впрочем, чем он живет?"

XXI

— А! волонтер!..— встретил генерал Палтусова в кабинете, где уже совсем стемнело.

"Волонтером" прозвал он его после сербской кампании. Палтусов не любил этого прозвища и вообще не жаловал бесцеремонного тона Валентина Валентиновича, которого считал "жалким мыльным пузырем". Но он до сих пор не мог заставить его переменить с собою фамильярного тона. Не очень нравилось Палтусову и то, что Долгушин говорил ему "ты", пользуясь правом старшего родственника.

Сегодня все это было ему еще неприятнее. Нуждается в нем, пишет ему просительные записки, а туда же — хорохорится.

— Здравствуйте, генерал,— ответил Палтусов насмешливо и небрежно пожал его руку.

Валентин Валентинович снимал сюртук, стоя у облезлого письменного стола, на котором, кроме чернильницы, лежали только счеты и календарь.

Кабинет его вмещал в себе большой с провалом клеенчатый диван и два-три стула. Обои в одном месте отклеились. В комнате стоял спертый табачный воздух.

— Темно очень, генерал,— заметил Палтусов.

— Сейчас, mon cher, лампу принесут. Митька! — крикнул он в дверь.

Принесли лампу. От нее пошел чад керосина. Долгушину мальчик подал короткое генеральское пальто из легкого серого сукна.

— Ступай,— выслал его генерал. Палтусов сел на диване и ждал.

— Ты извини, что подождал меня.

"То-то",— подумал Палтусов и нарочно промолчал.

— Мои стервецы виноваты.

— Какие такие?

— Да лошади. Еле возят. Морковью скоро будем кормить, братец! Ха, ха, ха!

"Ну, братца-то ты мог бы и не употреблять",— подумал Палтусов.

— Зачем держите?

— Зачем? По глупости... Из гонору.— Генерал опять засмеялся, подошел к углу, где у него стояло несколько чубуков, выбрал один из них, уже приготовленный, и закурил сам бумажкой.

Палтусов поглядел на его затылок, красный, припухлый, голый, под всклоченной щеткой поседелых волос, точно кусок сырого мяса. Весь он казался ему таким ничтожным индейским петухом. А говорит ему "братец" и прозвал "волонтером".

— Плохандрос! — прохрипел генерал и зачадил своим Жуковым.— Последние дни пришли... Ты ведь знаешь, что Елена без ног.

— Совсем?— холодно спросил Палтусов.

— Доктор сказал: через две недели отнимутся окончательно... И рот уже свело. Une mer à boire, mon cher {Море забот, мой дорогой (фр.).}.

Он присел к Палтусову, засопел и запыхтел.

— Я тебя побеспокоил. Ну, да ты молодой человек... Службы нет.

— Но дела много.

— А-а... В делах!.. Слышал я, братец, что ты в подряды пустился.

— В подряды?.. Не думал. Вы небось ссудили капиталом?

— У Калакуцкого, говорили мне в клубе, состоишь чем-то.

Палтусову не очень понравилось, что в городе уже знают про его "службу" у Калакуцкого.

— Враки!

— Однако и на бирже тебя видают.

— Бываю...

— Ну да, я очень рад. Такое время. Не хозяйством же заниматься! Здесь только бороде и почет. Ты пойдешь... у тебя есть нюх. Но нельзя же

162

все для себя. Молодежь должна и нашего брата старика поддержать... Сыновья мои для себя живут... От Ники всегда какое-нибудь внимание, хоть в малости. А уж Петька... Mon cher, je suis un père... {Дорогой мой, ведь я отец... (фр.).}

Генерал не кончил и затянулся. Чувствительность ему не удавалась.

— Вы, ваше превосходительство, меня извините,— насмешливо заговорил Палтусов и посмотрел на часы.

— Занят небось? Биржевой человек.

— Спешу.

— Сейчас, сейчас. Дай передохнуть.

Он еще ближе подсел к Палтусову и обнял его левой рукой.

— Вы все жуковский?— спросил Палтусов, отворачивая лицо.

— Привычка, братец!

— Дурная...

— Какая есть!

Генерал начал пикироваться.

XXII

— Вот в чем моя просьба, Андрюша.— Палтусов еще сильнее поморщился.— Есть у нас тут родственник жены, троюродный брат тещи, Куломзов Евграф Павлович, не слыхал про него?

— Слышал.

— Известный богач, скряга, чудодей, старый холостяк. Одних уставных грамот до пятидесяти писал. И ни одной деревни не заложено. Есть же такие аспиды! К нам он давно не ездит. Ты знаешь... в каком мы теперь аллюре... Да он и никуда не ездит... В аглицкий клуб раз в месяц... Видишь ли... Моя старшая дочь... ведь ты ее помнишь, Ляля?

— Помню.

— Она ему приходится крестницей; но вышло тут одно обстоятельство. Une affaire de rien du tout... {Пустячное дело... (фр.).} Поручиться его просил... По пустому документу... И как бы ты думал, этот старый шут m'a mis à la porte {выставил меня за дверь (фр.).}. Закричал, ногами затопал. Никогда я ничего подобного не видал ни от кого!

— Так вы теперь повторить хотите?

— Дай досказать, братец,— уже раздраженно перебил генерал и прислонился к спинке дивана.— Ведь у него деньжищев одних полмиллиона, страсть вещей, картин, камней, хрусталю... Ограбить давно бы следовало. Жене моей он приводится ведь дядей. Наследников у него нет. А если есть, то в таком же колене!..

— Вы уже справочки навели?

— Навел, братец. Не продаст он своих деревень. Из амбиции этого не сделает, а деревни все родовые. Меня он может прогнать, но тебя он не знает. Ты умеешь с каждым найтись. Родственник жены...

— Тоже наследник!

— Отчасти.

— А потом-с?

— А потом, mon cher,— ты мне договорить все не даешь,— пускай он единовременно даст племяннице... или хоть кредитом своим поддержит.

— Ничего из этого не выйдет.

— Разжалоби его, братец. Ты краснобай. Ты знаешь, в каком положении Елена. Не на что лечить, в аптеку платить. И я... сам видишь, на что я стал похож.

— Знаете что, генерал?

— Не возражай ты мне...

— Это вернейшее средство заставить его все обратить в деньги.

— Да, если ты бухнешь сразу... Я тебя не об этом прошу. У меня обжект {объект (от фр.: object).} на мази... богатый.

— Мешки делать из травы? Слышал! Ха, ха!..

— Нечего, брат, горло драть... Кредиту нет... Что мне надо? Понял ты? Чтобы этот хрен не открещивался от моей жены, чтобы он не скрывал, что она его наследница. А для этого разжалобить его. И начать следует с того, что я душевно сожалею о старом недоразумении... понимаешь?

— И все это вы взваливаете на меня?

— Прошу тебя, mon cher, как родного... Не на коленях же мне перед тобой стоять!

— Знаете что, генерал?

— Ну, что еще?

— Есть у меня знакомый табачный фабрикант. Ему нужно на фабрику акцизного надзирателя.

— Такого у меня нет на примете.

— Как нет, а я думал, вам следует взять это место.

Долгушин вскочил с дивана. Чубук вертелся у него в правой руке. Глаза забегали, лысина покраснела. Палтусов в первую минуту боялся, что он его прибьет.

— Мне? — задыхаясь крикнул он.— Мне надзирателем на табачную фабрику?

— А почему же нет?

— Почему, почему?..

Генерал был близок к удару.

— У него уже был отставной генерал. Место покойное... квартира, пятьдесят рублей, и лошадок можно держать.

— Brisons-là... Я шутку допускаю, но есть всему мера.

— Я не шучу,— сухо сказал Палтусов и поднялся с дивана.— Пропустите случай, хуже будет.

— Хуже... чего хуже?

— Хуже того, что теперь есть. Тогда и надзирателя не дадут.

— Как вы смеете? — крикнул Долгушин.

Но потехи довольно было Палтусову, он переменил тон.

— Ну, ваше превосходительство, извините... Я не хотел вас обижать. Извольте, так и быть, съезжу к вашему Крезу.

— Я не желаю.

— Не желаете? — с ударением переспросил Палтусов.

— Если по-родственному...

— Да, да. Для вашей дочери делаю... не для вас.

Долгушин что-то пробурчал и задымил. Палтусов тихо рассмеялся. Очень уж ему жалок казался этот "индейский петух".

— Когда же ты, братец?— как ни в чем не бывало спросил генерал.

— На днях. Дайте адрес.

Они расстались друзьями. К Тасе Палтусов не зашел. Было четыре часа.

XXIII

На биржу он не торопился. У него было свободное время до позднего обеда. Сани пробирались по сугробам переулка. Бобровый воротник приятно щекотал ему уши. Голова нежилась в собольей шапке. Лицо его улыбалось. В голове все еще прыгала фигура генерала с чубуком и с красным затылком.

Палтусов смотрел на таких родственников, да и вообще на такое дворянство, как на нечто разлагающееся, имеющее один "интерес курьеза". Слишком уж все это ничтожно. Что такое нес генерал? О чем он просил его? Что за нелепость давать ему поручение к богатому родственнику?

Но поехать, опять-таки "для курьеза", можно, посмотреть: полно, есть ли в Москве такие "старые хрычи", с пятьюдесятью деревнями, окруженные драгоценностями? Палтусов не верил в это. Он видел кругом одно падение. Кто и держится, так и то проживают одну треть, одну пятую прежних доходов. Где же им тягаться с его приятелями и приятельницами вроде Нетовых или Станицыных и целого десятка таких же коммерсантов?

Каждый раз, как он попадает в эти края, ему кажется, что он приехал осматривать "катакомбы". Он так и прозвал дворянские кварталы. Едет он вечером по Поварской, по Пречистенке, по Сивцеву Вражку, по переулкам Арбата... Нет жизни. У подъездов хоть бы одна карета стояла. В комнатах темнота. Только где-нибудь в передней или угловой горит "экономическая" лампочка.

Фонари еще не зажигали. Последний отблеск зари догорал. Но можно было еще свободно разбирать дома. Сани давно уже колесили по переулкам.

— Стой!— крикнул вдруг Палтусов.

Небольшой домик с палисадником всплыл перед ним внезапно. Сбоку примостилось зеленое крылечко с навесом, чистенькое, посыпанное песком.

Сани круто повернули к подъезду. Палтусов выскочил и дернул за звонок. На одной половине дверей медная доска была занята двумя длинными строчками с большой короной.

Зайти сюда очень кстати. Это избавляло его от лишнего визита, да и когда еще он попадет в эти края?

Приотворил дверь человек в сюртуке.

165

— Княжна у себя?

— Пожалуйте.

Он впустил Палтусова в маленькую опрятную переднюю, уже освещенную висячей лампой.

Лакей, узнав его, еще раз ему поклонился. Палтусов попадал в давно знакомый воздух, какого он не находил в новых купеческих палатах. И в передней и в зальце со складным столом и роялью стоял особый воздух, отзывавшийся какими-то травами, одеколоном, немного пылью и старой мебелью...

Он вошел в гостиную, куда человек только что внес лампу и поставил ее в угол, на мраморную консоль. Гостиная тоже приняла его, точно живое существо. Он не так давно просиживал здесь вечера за чаем и днем, часа в два, в часы дружеских визитов. Ничто в ней не изменилось. Те же цветы на окнах, два горшка у двери в залу, зеркало с бронзой в стиле империи, стол, покрытый шитой шелками скатерью, другой — зеленым сукном, весь обложенный книгами, газетами, журналами, крохотное письменное бюро, качающееся кресло, мебель ситцевая, мягкая, без дерева, какая была в моде до крымской кампании, две картины и на средней стене, в овальной раме, портрет светской красавицы — в платье сороковых годов, с блондами и венком в волосах. Чуть-чуть пахнет папиросами maryland doux, и запах этот под стать мебели и портрету. На окнах кисейные гардины, шторы спущены. Ковер положен около бюро, где два кресла стоят один перед другим и ждут двух мирных собеседников.

Палтусов потянул в себя воздух этой комнаты, и ему стало не то грустно, не то сладко на особый манер.

Редко он заезжал теперь к своей очень дальней кузине, княжне Куратовой; но он не забывает ее, и ему приятно ее видеть. Он очень обрадовался, что неожиданно очутился в ее переулке.

Из двери позади бюро без шума выглянула княжна и остановилась на пороге.

Ей пошел сороковой год. Она наследовала от красавицы матери — что глядела на нее с портрета — такую же мягкую и величественную красоту и высокий рост. Черты остались в виде линий, но и только... Она вся потускнела с годами, лицо потеряло румянец, нежность кожи, покрылось мелкими морщинами, рот поблек, лоб обтянулся, белокурые волосы поредели. Она погнулась, хотя и держалась прямо; но стан пошел в ширину: стал костляв. Сохранились только большие голубые глаза и руки барского изящества.

Княжна ходила неизменно в черном после смерти матери и троих братьев. Все в ней было, чтобы нравиться и сделать блестящую партию. Но она осталась в девушках. Она говорила, что ей было "некогда" подумать о муже. При матери, чахоточной, угасавшей медленно и томительно, она пробыла десяток лет на Юге Европы. За двумя братьями тоже немало ходила. Теперь коротает век с отцом. Состояние съели, почти все, два старших брата. Один гвардеец и один дипломат. Третий, нумизмат и путешественник, умер в Южной Америке.

Палтусов улыбнулся ей с того места, где стоял. Он находил, что княжна, в своем суконном платье с пелериной, в черной косынке на редких волосах и строгом отложном воротнике, должна нравиться до сих пор. Ее он считал "своим человеком" не по идеям, не по традициям, а по расе. Расу он в себе очень ценил и не забывал при случае упомянуть, кому нужно, о своей "умнице" кузине, княжне Лидии Артамоновне Куратовой, прибавляя: "прекрасный остаток доброго старого времени".

XXIV

— Здравствуйте,— сказала она ему своим ровным и низким голосом.

Таких голосов нет у его приятельниц из купечества. Глаза ее тоже улыбнулись.

— Давненько вас не видно, садитесь.

Они сели на два ситцевых кресла; княжна немного наклонила голову и потерла руки — ее обычный жест, после того как ей пожмешь руку.

— Каюсь,— выговорил Палтусов полусерьезно.

Он любил немного пикироваться с ней в дружеском тоне. Темой в последний год служили им обширные знакомства его "dans la finance" {в финансовом мире (фр.).}, как выражалась княжна.

— Шде же вы пропадаете?

— Да все делишки. Я ведь теперь приказчик...

— Приказчик? Поздравляю...

— Это вас огорчает?

— Не очень радует.

— Да почему же, chère cousine {дорогая кузина (фр.).},— начал он горячее.— Здесь, в Москве, надо делаться купцом, строителем, банкиром, если папенька с маменькой не припасли ренты.

Княжна вздохнула, повернула голову и взяла со своего бюро шитье, tapisserie {вышиванье (фр.).}, не оставлявшее ее, когда она беседовала.

— Вы вздохнули? — спросил Палтусов.

— Не буду с вами спорить,— степенно выговорила она,— у вас своя теория.

— Но вы не хотите оглянуться.

Она усмехнулась.

— Я ничего не вижу — это правда. Выхожу гулять на бульвар, и то в хорошую погоду, в церковь...

— Вот от этого!

— Послушайте, André,— она одушевилась,— разве в самом деле... cette finance... prend le haut du pavé? {Эти финансовые круги захватывают первое место? (фр.).}

— Абсолютно!

— Вы не увлекаетесь?

— Нисколько.

И он начал ей приводить факты... Кто хозяйничает в городе? Кто распоряжается бюджетом целого немецкого герцогства? Купцы... Они занимают первые места в городском представительстве. Время прежних

Титов Титычей кануло. Миллионные фирмы передаются из рода в род. Какое громадное влияние в скором будущем! Судьба населения в пять, десять, тридцать тысяч рабочих зависит от одного человека. И человек этот — не помещик, не титулованный барин, а коммерции советник или просто купец первой гильдии, крестит лоб двумя перстами. А дети его проживают в Ницце, в Париже, в Трувилле, кутят с наследными принцами, прикармливают разных упраздненных князьков. Жены их все выписывают не иначе как от Ворта. А дома, обстановка, картины, целые музеи, виллы... Шопен и Шуман, Чайковский и Рубинштейн — все это их обыкновенное menu. Тягаться с ними нет возможности. Стоит побывать хоть на одном большом купеческом бале. Дошло до того, что они не только выписывают из Петербурга хоры музыкантов на один вечер, но они выписывают блестящих офицеров, гвардейцев, кавалеристов, чуть не целыми эскадронами, на мазурку и котильон. И те едут и пляшут, пьют шампанское, льющееся в буфетах с десяти до шести часов утра.

Палтусов весь раскраснелся. Картина увлекла его самого.

— Вот как! — точно про себя вымолвила княжна.— Говорят... Я не от вас первого слышу... Какая-то здесь есть купчиха... Рогожина? Так, кажется?..

— Есть. Я бываю у нее.

— Это львица?

— Ее тятенька был калачник... да, калачник... А теперь к ней все ездят...

— Кто же все?

— Да все... Дамы из вашего же общества. Я в прошлом году танцевал там с madame Кузьминой, с княжной Пронской, с madame Ореус, с Кидищевыми... То же общество, что у генерал-губернатора.

— Est-elle jolie? {Она красива? (фр.).}

— На мой вкус — нет. Умела поставить себя... Une dame patronesse {Дама-патронесса (фр.).}.

— Она?

— А как бы вы думали?!

Княжна положила работу на колени.

— Однако, André,— заговорила она с усмешкой,— все эти ваши коммерсанты только и думают о том, как бы чин получить... или крестик... Их мечта... добиться дворянства... C'est connu... {Это известно... (фр.).}

— Да, кто потщеславнее...

— Ils sont tous comme cela! {Они все таковы! (фр.).}

— Есть уж и такие, которые стали сознавать свою силу. Я знаю молодых фабрикантов, заправляющих огромными делами... Они не лезут в чиновники... Кончит курс кандидатом... и остается купцом, заводчиком. Он честолюбив по-своему.

— А в конце — все-таки... il rêve une décoration! {Он мечтает об ордене! (фр.).}

— Не все! Словом — это сила, и с ней надо уже считаться...

— И вы хотите поступать к ним... в...

Слово не сходило с губ княжны.

168

— В обучение,— подсказал Палтусов и немного покраснел.— Ничего больше — как в обучение!.. Надо у них учиться.

— Чему же, André?

— Работе, сметке, кузина, уменью производить ценности.

— Какой у вас стал язык...

— Настоящий!.. Без экономического влияния нет будущности для нас.

— Для кого?

— Для нас... Для людей нашего с вами происхождения... Если у нас есть воспитание, ум, раса наконец, надо все это дисконтировать... а не дожидаться сложа руки, чтобы господа коммерсанты съели нас — и с хвостиком.

Лицо княжны стало еще серьезнее.

— Il y a du vrai...{В этом есть правда... (фр.).} в том, что вы говорите... Но чья же вина?

— Об этом что же распространяться! Все, что есть лучшего из мужчин, женщин... Я говорю о дворянстве, о самом видном, все это принесено в жертву... Вот хоть бы вас самих взять.

— Я очень счастлива, André!..

— Положим. Спорить с вами не стану. Но теперь это к слову пришлось. Переберите свою семейную хронику... Какая пустая трата сил, денег, земли... всего, всего!

— Не везде так.

— Везде, везде!.. Я стою за породу, если в ней есть что-нибудь, но негодую за прошлое нашего сословия... Одно спасение — учиться у купцов и сесть на их место.

XXV

— Papa! — обернулась княжна к двери и привстала. Встал с своего кресла и Палтусов.

В гостиную вошел старичок очень небольшого роста. Его короткие ручки, лысая голова и бритое лицо, при черном суконном сюртуке и белом галстуке, приятно настроивали. Щеки его с мороза смотрели свежо, а глаза мигали и хмурились от света лампы.

— Князь, здравствуйте,— сказал ему громко Палтусов.

Князь был туговат на одно ухо, почему часто улыбался, когда чего-нибудь не расслышит. Он пожал руку Палтусову и ласково его обглядел.

Старичку пошел семьдесят четвертый год. Двигался он довольно бодро и каждый день, какая бы ни была погода, ходил гулять перед обедом по Пречистенскому бульвару.

— Bonjour, bonjour,— немного прошамкал он. Передних зубов он давно недосчитывался.

— Как погода? — спросила его дочь.

— Прекрасная, прекрасная погода,— повторил князь и сел на качающееся кресло.

— С бульвара?— обратился к нему Палтусов.

— Мало гуляет в этот час, мало,— проговорил князь и детски улыбнулся.— Ветерок есть. Который час?

— Пять часов, рара,— ответила княжна.

— Да, так и должно быть. Вы все ли в добром здоровье?— спросил он Палтусова.— Давно вас не было. Лида, я на полчасика... Газету принесли?

— Да, рара.

— Что есть... в депешах?

— Ничего особенного в политике. Большие холода в Париже... бедствие...

— А-а!.. Зима их одолела. Хе, хе!.. Скажите...

— Боятся, что их занесет снегом.

— Скажите пожалуйста!

Старичок зевнул, и его кругленькое чистое личико совершенно по-детски улыбнулось.

— Поди, рара...

— Я пойду...

Он встал, сделал ножкой Палтусову, подмигнул еще и вышел скорыми шажками.

Этот старичок наводит на Палтусова род усыпления. Когда он говорил, у Палтусова пробегали мурашки по затылку и по спине, точно ему кто чешет пятки мягкой щеткой.

— Как князь свеж,— сказал тихо Палтусов, когда шаги старика стихли в зале.

— Да, я очень довольна его здоровьем... особенно в эту зиму.

— Ему который?

— Семьдесят три.

Палтусов помолчал.

— Кузина, ваша жизнь вся ушла на мать, на братьев, на отца... Ну, а после его кончины?

Она сделала движение.

— Но ведь это будет. Останетесь вы одни... Вы еще вон какая...

— André, я не люблю этой темы.

— Напрасно-с... На что же вторая половина жизни пойдет? Все abnégation {самоотречение (фр.).} да recueillement {сосредоточенность (фр.).}. Ведь это все отрицательные величины, как математики называют.

— Я не согласна. У меня есть жизнь, вы это знаете. Маленькая, по-вашему. По моим силам и правилам, André. Я вас слушала сейчас, до прихода рара, не спорила с вами. Вы правы... в фактах. Но сами-то вы следите ли за собой? Простите мне cette réprimande {это замечание (фр.).}, уж я старуха... Надо следить за собой, а то легко s'embourber... {завязнуть (фр.).}

— Какие страшные слова, кузина!

— Мне кажется, это настоящее слово. По-русски вышло бы резче,— прибавила она с умной усмешкой.— Хотите, чтоб я сказала вам мое впечатление... насчет вас?..

— Говорите.

— Вы уж не тот, что год тому назад. У вас были другие... d'autres aspirations... {другие стремления... (фр.).} Вы начали смеяться над вашим увлечением, над тем, что вы были в Сербии... волонтером, и потом в Болгарии. Я знаю, что можно смотреть на все это не так, как кричали в газетах... которые стояли за славян. Но я вас лично беру. Тогда я как-то вас больше понимала. Вы слушали лекции, хотели держать экзамен... Я ждала вас на другой дороге.

— Какой? — почти крикнул Палтусов и перевернулся в кресле.— В ученые я не метил, чиновником не хочу быть — и это мне надо поставить в заслугу. Я изучаю русское общество, кузина, новые его слои... смотрю на себя как на пионера.

— Пионер,— повторила княжна и на секунду закрыла глаза.

— Ищу живого и выгодного дела.

— Выгодного, André?

— А то как же? В этом сила — поверьте мне. Без опоры в накопленном труде ничего нельзя достать.

— Для себя?

— Нет-с, не для себя, а для того же общества, для массы, для трудового люда. Я тоже народник, я, кузина, чувствую в себе связь и с мужиком, и с фабричным, и со всяким, кто потеет... pardon за это неизящное слово.

— Может быть... Только вы другой стали, André!.. И в очень короткое время.

— Не мудрено... Но не говорит ли в вас задетое сословное чувство?

— Вы, сколько я вижу, не стыдитесь вашего происхождения.

— Расу допускаю. Но особенно не горжусь тем, что я видел в своей фамилии.

— Зачем это трогать?

— Это законная жалоба, кузина... Родители передают нам наследственно не запасы душевного здоровья, а часто одно вырождение.

— На то есть свобода воли, André!

— Свобода воли! А я вам скажу, что если кто из нас в течение десяти лет не свихнется, он должен смотреть на себя как на героя!

— Всё родители виноваты?

— Наполовину — да.

Он встал, подошел к ней и нагнул голову.

— Пора мне. Продолжение следует.

— Sans rancune, André {Не обижайтесь, Андрей (фр.).}.

— Еще бы!.. Вы вобрали в себя всю добродетель нашего фобура.

— Не останетесь обедать?

— Нет, не могу. Зван.

— Dans la finance? {В купеческий дом? (фр.).}

— К купчихе на сверхъестественную привозную рыбу... barbue {камбала (фр.).}. В Москве-то!

— Bon appétit! {Приятного аппетита! (фр.).}

Он поцеловал у нее руку.

XXVI

Поздно раскрыл глаза Палтусов. Купеческий обед с выписной рыбой "barbue" затянулся. Было выпито много разных крюшонов и ликеров. Он это не очень любил. Но отказываться от обедов, ужинов и даже попоек ему уже нельзя. Он скоро распознал, что за исключением двух-трех домов построже, вроде дома Нетовых, все держится "за компанию" в широком, московском значении этого слова. Без приятелей, питья брудершафтов, без "голубчика" и "мамочки" никогда не войдешь в нутро колоссальной машины, выкидывающей рубли, акции, тюки хлопка, штуки "пунцового" товара. Художественные стороны натуры Палтусова помогали ему,.. Он часто забавлялся про себя. Каждый день заводились у него новые связи. Ему ничего не стоило, без всякого ущерба своему достоинству, подойти к тону любого "обывателя". И никто, как думалось ему, не понимал его. Иной, быть может, считал за пройдоху, за "стрекулиста"; но ни у кого не хватало ума и чутья, чтобы определить то, что он считал своим "мировоззрением".

Шторы были спущены в его спальне. Он еще жил в меблированных комнатах, но за квартиру дал задаток; переберется в конце января. Ему жаль будет этих номеров. Здесь он чувствовал себя свободно, молодо, точно какой приезжий, успешно хлопочущий по отысканию наследства. Номерная жизнь напоминает ему и военную службу, и время слушания лекций, и заграничные поездки.

Номера, где он жил, считались дорогими и порядочными. Но нравы в них держались такие же, как и во всех прочих. Стояли тут около него две иностранки, принимавшие гостей... во всякое время. Обе нанимали помесячно нарядные квартирки. Жило три помещичьих семейства, водилась картежная игра, останавливались заграничные немцы из коммивояжеров. Но подъезд и лестница, ливрея швейцара и половики держались в чистоте, не пахло кухней, лакеи ходили во фраках, сливки к кофе давали непрокислые.

Умывшись, Палтусов, в светло-сером сюртуке с голубым кантом, перешел в другую комнату, отделанную гостиной, и позвонил.

Коридорный служил ему отлично. Он получал от него по пяти рублей. То и дело Спиридон — так звали его — сообщал ему разные новости о квартирантках.

И на этот раз, подавая кофе, он со степеннейшей миной своего усатого сухого лица доложил:

— Из Петербурга есть приезжий товар.

— Какой?

— Француженка.

— Дорого?

— Не объявляла еще.

Палтусов подумал по уходе Спиридона о своем вчерашнем разговоре с княжной Куратовой. Его слегка защемило. Ее гостиная дышала честностью и достоинством, не напускным, а настоящим. Неужели она верно угадала — и он уже подернулся пленкой? А как же иначе? Без этого нельзя. Но жизнь на его стороне. Там — усыпальница, катакомбы. Но отчего же княжна так симпатична? Он чувствует в ней женщину больше, чем в своих приятельницах "dans la finance".

Палтусов засиделся за кофеем. Перебрал он в голове всех женщин прошлой зимы и этого сезона. Ни одна не заставила его ни разу забыться, не дрогнул в нем ни один нерв. Зато и притворяться он не хотел. Это ниже его. Он не Ника Долгушин. Но ведь он молод, никогда не тратил сил зря, чувствует он в себе и артистическую жилку. Не очень ли уж он следит за собой? Надо же "поиграть" немного. Долго не выдержишь.

Две женщины смотрели на него из рамок толстого альбома: Анна Серафимовна... Марья Орестовна. В сущности ни та, ни другая — не его тип. С Нетовой у него в последние шесть недель гораздо больше приятельства. Но она собирается за границу. Кажется, ей хотелось, чтоб и он поехал. С какой стати? В этой женщине есть что-то для него почти противное. Никогда она не вызовет в нем ни малейших желаний, хоть и надевает чулки по двадцати рублей пара. Все равно — она поручает ему свои дела. Анну Серафимовну он не видел больше месяца. Это — своеобразная фигура! Прекрасно сложена. У ней должна найтись "страсть" и смелость. Но такие женщины опасны.

Палтусов, одеваясь, распределял обыкновенно свой день. Он вспомнил про Долгушина, про разговор с генералом, рассмеялся и решил, что заедет к этому старику, Куломзову.

"Не одних купцов-миллионщиков, и бар надо знать "поименно",— рассудил он.

Сани ждали его у подъезда.

XXVII

День держался яркий, с небольшим морозом. Езда на улицах, по случаю праздника, началась с раннего утра. В четверть часа докатил Палтусов до церкви "Успенья на Могильцах". В этом приходе значился дом гвардии корнета Евграфа Павловича Куломзова.

Городового ни в будке, ни на перекрестке не оказалось. В мелочной лавочке кучеру Палтусова указали на светло-палевый штукатуренный дом с мезонином и стеклянной галереей, выходившей на двор.

— К которому подъезду прикажете?— спросил кучер у Палтусова.

Их было два.

— Один заколочен,— разглядел Палтусов. Сани подъехали к первому, рядом с воротами. Долго звонил Палтусов. Он уже заносил ногу обратно в сани, когда дверь с шумом отворилась.

— Евграф Павлович?— уверенно спросил Палтусов у старого лакея в картузе с позументом.

Тот помолчал и не сразу впустил гостя в длинный светлый ход, весь расписанный фресками. Направо и налево стояли вешалки.

— Как об вас доложить?

Палтусов дал карточку. Старик пошел медленной походкой. Галерея стояла нетопленой. В глубине ее, на площадке, куда вели пять ступеней, виднелся камин с зеркалом и боковая стена, расписанная деревьями и цветами.

Пришлось подождать.

— Пожалуйте,— раздался дряблый голос старика.— Пожалуйте сюда. Там холодно будет раздеваться.

Он взбежал по ступенькам и взял вправо. Темная комната, род приемной, где он со свету ничего не разобрал, показалась ему, когда он скинул пальто, не много теплее галереи.

— Наверх-с,— повел его слуга,— в мезонин пожалуйте.

Лестница с деревянными перилами, выкрашенными под бук, скрипела. По ступенькам лежал половик на медных прутьях. Как только начал Палтусов подниматься, сверху раздался сначала жидкий лай двух собачек, а потом глухое рычанье водолаза или датского дога.

"Да я в зверинец попал",— весело думал Палтусов, идя за слугой.

На площадку свет выходил из полуотворенной двери налево. Выскочил желтый громадный пес сенбернарской породы, остановился в дверях и отрывисто залаял.

— Не бойтесь,— сказал старик.— Нерошка, тубо!.. Он не кинется.

Жидкий лай продолжался, но в комнате.

— Пожалуйте-с.

Палтусов попал в высокую комнату, светло-зеленую, окнами на улицу. Одну стену занимала большая клетка, разделенная на отделения. В одном прыгали две крохотные обезьянки, в другом щелкала белка, в просторной половине скакали разноцветные птички. Он сейчас же заметил зеленых попугайчиков с красными головками.

К нему подбежали две собачки кинг-чарльс, глазастые, обросшие, черные с желтыми подпалинами, редкой красоты. Пальцы лап у них тоже обросли, точно у голубей. Бегали они, виляя задом и топчась на месте. Лаять и та и другая перестали и замахали хвостом.

В левом углу, в ярко отчищенной круглой клетке сидел белый какаду и покачивался.

"Зверинец и есть",— подтвердил Палтусов и бросил взгляд на остальное убранство комнаты. Мебель вся была соломенная, узорчатая. Стоял еще акварий. Цветы и горшки с растениями придавали ей оживление. Свет играл на всевозможных оттенках зеленой краски.

Когда Палтусов вошел — все немного притихло. Потом опять защелкало, запрыгало и защебетало. С левой стены от входа торчали оленьи рога и над шкапом с чучелами выглядывала голова скелета какой-то большой птицы.

Эта гостиная заинтересовала его. Он с любопытством ждал выхода хозяина из узенькой двери, оклеенной также обоями, еле заметной между двумя горшками растений. Собаки обнюхивали гостя. Сенбернар поглядел на него грустными и простоватыми глазами и лег под тростниковый стол на шкуру белого медведя.

"Где же драгоценности?— спросил себя Палтусов, вспомнив хриплую болтовню Долгушина.— Все-то врал курьезный дяденька, все-то врал".

Дверка скрипнула. Палтусов выпрямился. Какаду крикнул. Собачки побежали к хозяину.

XXVIII

К Палтусову вышел скорыми шажками сухой старик в туфлях и коротком светлом шлафроке, выше среднего роста, бритый. Острый нос и узкий овал лица моложавили его. Круглая голова блестела от припомаженного рыжеватого паричка с хохлом, какие носили в тридцатых годах. Под носом торчали усы, точно два кусочка подстриженной и подкрашенной шерсти. Щеки сохранили неестественный румянец. Во всей наружности и в домашнем туалете хозяина проглядывала старомодная франтоватость холостяка. Палтусов успел разглядеть, что он притирает щеки. Когда хозяин раскрыл свой морщинистый рот с бледными и тонкими губами, две новых челюсти так и заблистали. Держался он слегка нагнувшись вперед.

— Чем могу быть к услугам вашим?— встретил он гостя и, протягивая руки, любезно указал на одно из соломенных кресел.

Палтусов сел.

Хозяин вертел в руке его карточку.

— Палтусов, Андрей Дмитриевич,— твердо выговорил он.— Фамилия мне очень знакома. Я служил в колонновожатых... с одним Палтусовым... имя, отчество позабыл.

— Это был, вероятно, Федор Ильич, брат отца, мой родной дядя.

— Весьма приятно... Фамилия известна... Чем могу?..— спросил опять хозяин и пристально поглядел на гостя.

— Евграф Павлович,— начал Палтусов,— вы извините, если я скажу вам сразу, что мой визит кажется мне самому... курьезным...

— Как это? Не совсем понимаю, молодой человек.

Собачки влезли старику на колени, большой пес лег у ног.

— Видите ли, я взялся исполнить поручение... одного вашего родственника. А мне не хотелось бы беспокоить вас. Я очень рад с вами познакомиться... Мне так много говорили про вас и ваш дом. Старая Москва уходит, надо пользоваться...

Куломзов усмехнулся.

— Вы опоздали,— сказал он,— у меня действительно были разные вещи... картины, бронза... фарфор... Сорок лет собирал... для себя: но теперь ничего нет.

— Продали?

— Нет, Боже избави... Но здесь не держу. В деревню перевез все до последней вазочки и заколотил низ... Не топлю. И мебели там нет никакой.

— Живете в мезонине?

— В трех комнатах. Вот это моя менажерия {зверинец (от фр.: ménagerie).}, люблю птиц и всяких зверей... Там мой кабинет. Половину книг оставил. Спальня... ванная... и все. Кухни не держу. Иногда обедаю в клубе... редко... а то где придется... в кабачке... в "Эрмитаже"... в "Англии", у Дюссо.

"Книжки читает",— отмечал про себя Палтусов.

— Круглый год в Москве?

— В деревню не езжу... Что там делать?.. С мужичками не спорю...

везде сдал землю... Им хорошо. За границу езжал... еще не так давно. Я вам, молодой человек, не предлагаю курить... сам не курю...

— Я не такой страстный курильщик.

— Так вы изволили упомянуть о родственниках моих. Кто это, любопытно? У меня нет никого.

"Каков генерал!" — подумал Палтусов.

— Вот видите, Евграф Павлович, как я попался. А меня уверял Валентин Валентинович Долгушин...

— А! вот что! Валентин! Понимаю...

И он улыбнулся.

— Вы его знаете?

— Как не знать? Он выдает свою жену за мою прямую наследницу. Весьма сожалею, молодой человек, что вы вдались в этот... обман... Не занимал ли он у вас?

— Бог миловал!

Они оба рассмеялись.

— Именно... У меня была тут целая история. Это — отпетый человек. И такими-то теперь полна Москва. Прожились, изолгались, того гляди очутятся в этих... как их теперь называют?

— В червонных валетах,— подсказал Палтусов.

— Так, так... в червонных валетах... Вы понимаете... с вами можно говорить... Ну куда, ну куда,— прикрикнул старик на одну из собачек, которая лезла к нему на грудь и хотела лизнуть его прямо в лицо.— Тут, Жолька, лежи... Вот,— обратился он к гостю,— какая ласковая у меня собачурка. Из Испании сам вывез, здесь нет такой чистой породы. С собаками и умирать буду. Был такой немецкий философ... как бишь его?.. Вы должны знать... на фамилии плох стал... Я французские извлечения читал из его мыслей. Он смотрел на жизнь здраво. С нами ведь природа шутки шутит. Мы своей воли не имеем... бьемся, любим... любовь к женщине... это природа приказывает... воля... la volonté... Он это по-своему объясняет...

— Не Шопенгауэр ли?— спросил Палтусов.

— Именно! Он, он! И биография его. Вот как я же... холостяком жил... У меня и книжки есть... хотите взглянуть?.. Вот он и сказал, что умирать надо с собаками. Я вам покажу... Не хотите ли перейти в кабинет?.. Здесь свежо...

Он встал, спустил на пол собачек и растворил дверку, приглашая рукой гостя.

XXIX

Вторая комната таких же размеров, с белыми обоями, заставленная двумя шкапами красного дерева и старинным бюро с металлическими инкрустациями, смотрела гораздо скучнее. Направо, на камине, часы и канделябры желтой меди сейчас же бросились в глаза Палтусову своей изящной работой. Кроме нескольких стульев и кресел и двух гравюр в деревянных рамах, в кабинете ничего не было.

— Вот в этой книжке...

Хозяин отыскал на бюро том в желтой обертке и подал Палтусову.

— Статья о Шопенгауэре...

— Да, умный немец... И своих колбасников честил... Писать не умеют... говорил. Это совершенно верно, глагол под конец страницы. Есть ли смысл человеческий?.. Что ж вы не сядете, чем могу?

"Память-то отшибло у него",— подумал Палтусов и поглядел еще раз на часть стены, ничем не занятую.

Его зоркий глаз отличил от обоев закрашенную полосу, дырочку для ключа и темные полоски с трех сторон. Это был вделанный в стену несгораемый шкап. Он отвел глаза, чтобы старик не заметил.

— Я не стану вас беспокоить,— заговорил он весело и почтительно.— На генерала Долгушина я смотрю, как он этого заслуживает. Но он мой родственник. Очень уж пристал ко мне... и все обижается, когда ему скажешь, что лучше бы он выпросил себе место акцизного надзирателя на табачной фабрике.

— Что, что такое? Надзирателя? Он и на это не способен.

— Ваша правда!

Они опять посмеялись. Старику нравился гость.

"А ведь ты ростовщик?" — вдруг спросил про себя Палтусов и поглядел попристальнее на рот и зеленоватые тусклые глаза гвардии корнета.

"Ростовщик на десятки тысяч",— прибавил он.

Знакомству с ним он порадовался на всякий случай.

— Никаких у меня наследников здесь нет,— начал Куломзов.— очень приятно было познакомиться. Молодых людей... как вы... люблю. Но генерал напрасно беспокоится. Впрочем — бедность не свой брат.

Он вздохнул.

— Жаль не его,— сказал Палтусов,— жена без ног, в параличе... старуху тещу он обобрал... дочь — милая... девица.

— Чего жалеть? Сами виноваты... У меня здесь есть немало старух... моих невест... хе, хе! охают, жалуются... клянут теперешнее время... "Дуры вы,— я им говорю, когда к ним заеду,— вы — дуры, а время хорошее..." Земля та же, ее не отняли. До эмансипации,— он произносил это слово в нос,— десятина в моих местах пятьдесят рублей была, а теперь она сто и сто десять. Аренда... вдвое выше... Я ничего не потерял! Ни одного вершка. А доходы больше. Хозяйство я бросил... Зато рента стала вдвое, втрое. И кто же виноват? Скажите на милость. Транжирят, транжирят... и все на вздор. Жалости подобно. Только я не жалею никого... Не стоит, молодой человек, не стоит. Чего же удивляться, что дворянство теперь — нуль... так что-то... неодушевленное... ха, ха! Вот мрет много народу. Это производит эффект... Едешь так по Поварской, по бульвару... Тут в этом доме все вымерли, в другом, в третьем... Целые переулки есть выморочные. Никого из моих-то сверстников. Тоскливо бывает... хоть и знаешь... что пора ложиться... туда. А все неприятно... Только этого и жаль. А что все прожились... и пускай! Не то что в надзиратели, будут и в городовых, в извозчиках, в трубочистах, а то в жуликах... в этих... валетах... Хе, хе!..

Он долго смеялся. Пора было Палтусову и откланяться.

— Жалею,— сказал он, поднимаясь,— что не мог полюбоваться вашими коллекциями.

— Забито... в ящиках... И деревеньку выбрал глухую. Воровство большое. И от жидков отбою не было... все это они знают и точно в лавочку какую бегали. Очень рад... С племянником сослуживца... Я всегда по утрам... милости прошу...

Собачки и желтый пес проводили Палтусова до лестницы.

"Что же это,— кольнуло его,— а за Тасю-то бедную хоть бы слово сказал потеплее. Ну, да все равно ничего бы не дал. А если он врет и генеральша — наследница, нечего беспокоиться".

В течение зимы он завернет еще к этому подрумяненному читателю Шопенгауэра.

"Шопенгауэр куда залетел! Москва! Другой нет!"

Палтусов был доволен этим визитом, хотя и назвал его "отменно глупым".

Слуге в галунном картузе он дал почему-то рубль.

XXX

Завтракать заехал Палтусов к Тестову; есть ему все еще не хотелось со вчерашней еды и питья. Он наскоро закусил. Сходя с крыльца, он прищурился на свет и хотел уже садиться в сани.

— Куда вы? — крикнули ему сзади.

— Пирожков!

Иван Алексеевич, в неизменной высокой шляпе и аккуратно застегнутом мерлушковом пальто, улыбался во весь рот. Очки его блестели на солнце. Мягкие белые щеки розовели от приятного морозца.

— Со мной! Не пущу,— заговорил он и взял Палтусова по привычке за пуговицу.

— Куда?

— Несчастный! Как куда! Да какой сегодня день?

— Не знаю, право,— заторопился Палтусов, обрадованный, впрочем, этой встречей.

— Хорош любитель просвещения. Татьянин день, батюшка! Двенадцатое!

— Совсем забыл.

Палтусов даже смутился.

— Вот оно что значит с коммерсантами-то пребывать. Университетскую угодницу забыл.

— Забыл!..

— Ну, ничего, вовремя захватим. Едем на Моховую. Мы как раз попадем к началу акта и место получше займем. А то эта зала предательская — ничего не слышно.

— Как же это?

Палтусов наморщил лоб. Ему надо было побывать в двух местах. Ну, да для университетского праздника можно их и побоку.

— Везите меня, нечего тут. Дело мытаря надо сегодня бросить.

С этими словами Пирожков садился первый в сани.

Они поехали в университет. Дорогой перемолвились о Долгушиных, о Тасе, пожалели ее, решили, что надо ее познакомить с Грушевой и следить за тем, как пойдет ученье.

— Баба-ёра,— сказал весело Пирожков.— В ней все семь смертных грехов сидят.

Рассказал ему Палтусов о поручении генерала. Они много смеялись и с хохотом въехали во двор старого университета. Палтусов оглянул ряд экипажей, карету архиерея с форейтором в меховой шапке и синем кафтане, и ему стало жаль своего ученья, целых трех лет хождения на лекции. И он мог бы быть теперь кандидатом. Пошел бы по другой дороге, стремился бы не к тому, к чему его влекут теперь Китай-город и его обыватели.

— Aima mater {Мать-кормилица (лат.) — так называли университет.},— шутливо сказал Пирожков, слезая с саней, но в голосе его какая-то нота дрогнула.

— Здравствуй, Леонтий,— поздоровался Палтусов со сторожем в темном проходе, где их шаги зазвенели по чугунным плитам.

Пальто свое они оставили не тут, а наверху, где в передней толпился уже народ. Палтусов поздоровался и со швейцаром, сухим стариком, неизменным и под парадной перевязью на синей ливрее. И швейцар тронул его. Он никогда не чувствовал себя, как в этот раз, в стенах университета. В первой зале — они прошли через библиотеку — лежали шинели званых гостей. Мимо проходили синие мундиры, генеральские лампасы мелькали вперемежку с белыми рейтузами штатских генералов. В амбразуре окна приземистый господин с длинными волосами, весь ушедший в шитый воротник, с Владимиром на шее, громко спорил с худым, испитым юношей во фраке. Старое бритое лицо "суба" показалось из дверей, и оно напомнило Палтусову разные сцены в аудиториях, сходки, волнения.

Пирожков шел с ним под руку и то и дело раскланивался. Они провели каких-то приезжих дам и с трудом протискали их к креслам. Полукруглая колоннада вся усыпана была головами студентов. Сквозь зелень блестели золотые цифры и слова на темном бархате. Было много дам. На всех лицах Палтусов читал то особенное выражение домашнего праздника, не шумно-веселого, но чистого, такого, без которого тяжело было бы дышать в этой Москве. Шептали там и сям, что отчет будет читать сам ректор, что он скажет в начале и в конце то, чего все ждали. Будут рукоплескания... Пора, мол, давно пора университету заявить свои права...

Пропели гимн. Началось чтение какой-то профессорской речи. Ее плохо было слышно, да и мало интересовались ею... Но вот и отчет... Все смолкло... Слабый голос разлетается в зале; но ни одно "хорошее" слово не пропало даром... Их подхватывали рукоплескания. Палтусов переглянулся с Пирожковым, и оба они бьют в ладоши, подняли руки, кричат... Обоим было ужасно весело. Кругом Палтусов не видит знакомых лиц между студентами; но он сливается с ними... Ему очень хорошо!.. Забыл он про банки, конторы, Никольскую, амбары, своего патрона, своих купчих.

Вон сидит Нетова. И рядом хмурое лицо ее мужа. Он не подойдет к ним. Он от них за тысячи верст. Здесь чувствует он, как ему с ними тошно... Иван Алексеевич подзадоривает его своей усмешкой, умными глазами, своим брюшком; в нем есть что-то тонкое, культурное, доброе, чуждое всяких гешефтов.

"Гешефт" — слово пронизало мозг Палтусова.

Опять рукоплещут. Еще сильнее. Он не слыхал, за что, да разве это не все равно!

Все смешались. Глаза у всех блестят. Он пожимает руку посторонним.

— Ловко! Молодец! — кричат кругом его студенты.

Лица девушек — есть совсем юные — рдеют... И они стоят за дорогие вольности университета. И они знают, кто враг и кто друг этих старых, честных и выносливых стен, где учат одной только правде, где знают заботу, но не о хлебе едином.

— Куда вы?— спросил Пирожкова какой-то рыжий парень в больших сапогах.— Неужто в Благородку? Валите с нами.

— В "Эрмитаж"?

— Да.

— Едем!— подмигнул Палтусову Пирожков.— Ведь уж сегодня путь один — из "Эрмитажа" в "Стрельну".

Палтусов кивнул головой и молодо так оглянул еще раз туго пустеющую залу, кафедру, портреты и золотые цифры на темном бархате.

XXXI

Извозчичья пара, взятая у купеческого клуба, лихо летела к Триумфальным воротам. Сани с красной обивкой так и ныряли в ухабы Тверской-Ямской. Мелкий снежок заволакивал свет поднимающейся луны. Палтусов и Пирожков, прихватив с собой знакомого учителя словесности из малороссов, ехали в "Стрельну". У них стоял еще в ушах звон, гам и рев от обеда в "Эрмитаже". Они попали в самую молодую компанию. На две трети были студенты. Чуть не с супа начались речи, тосты, пожелания. И без шампанского чокались и пили "здравицы" чем попало: красным вином, хересом, а потом и пивом. "Gaudeamus" только вначале пелась в унисон. Перешли к русским песням. Тут уже все смешалось, повскакало с мест. Нельзя уже было ничего разобрать. Пошла депутация в соседнюю комнату, где обедало несколько профессоров. Привели двоих — одного белокурого, в очках, худощавого, другого — брюнета, очень еще молодого, но непомерно толстого. Обоих стали качать с азартом, подбрасывая их на воздухе. Толстяк хохотал, взвизгивал, поднимался над головами, точно перина, и просил пощады. Товарищ его выносил качание стоически. И Палтусов с Пирожковым принимали участие в этом варварском, но веселом чествовании. До трех раз принимались качать. Притащили еще двух профессоров, просили их сказать несколько слов, ставили им вопросы, целовались, говорили им "ты", изливались, жаловались. Становилось тяжко. В коридоре вышел крупный спор с прислугой... Пора было и на воздух.

— Как вы, господа? — спрашивает их учитель, когда они выехали на шоссе.— Очень шумит в голове?

— У меня нет... даже досадно,— откликнулся Палтусов.

— Наверстаем в "Стрельне",— сказал Пирожков.— Там полутрезвым оставаться нельзя, противно традиции.

— Restauratio est mater studiosoram {Ресторация — мать студентов (лат.).},— рассмеялся учитель. Его маленькие хохлацкие глаза искрились и слезились против ветра.— Автомедон, пошел! — крикнул он извозчику.— Pereat {Да погибнет (лат.).} классический обскурантизм!

— Браво, филолог! — откликнулся Палтусов.

В голове его действительно не очень еще сильно шумело, хотя за обедом он пил брудершафт с целым десятком не известных ему юношей. Один отвел его в угол, за колонну, — обедали в новой белой зале,— и спросил его:

— Совесть не потерял еще? В принцип веришь?

Это была фраза опьяневшего студента, но Палтусова она задела; он начал уверять студента, что для него выше всего связь с университетом, что он никогда не забудет этой связи, что судить можно человека по результатам, а время подлое — надо заручиться силой.

— Подлое время! Это ты правильно! — прокричал студент, и глаза его сразу посоловели. Он навалился обеими руками на плечи Палтусова и вдруг крикнул: — А ты кто такой, могу ли я с тобой разговаривать? Или ты соглядатай?

Его пришлось отвести освежиться. Но это пьяное a parte {Здесь: разглагольствование (ит.).} всю дорогу щекотало Палтусова. Есть, видно, в молодой честности что-то такое, отчего мурашки пробегают и вспыхивают щеки даже и тогда, когда много выпито, точно от внезапного "memento mori" {"помни о смерти" (лат.).}.

Пара неслась. Становилось все ярче. Мелькали, все в инее, деревья шоссе. Вот и "Яр", весь освещенный, с своей беседкой и террасой, укутанными в снег.

— Хочется напиться... до зеленого змия!— крикнул учитель.

— Там от одного воздуха опьянеешь! — подхватил Пирожков.

Захотелось напиться и Палтусову; за обедом это ему не удалось. Но не затем ли, чтоб не шевелить в душе никаких лишних вопросов? Когда хмель вступит в свои права, легко и сладко со всеми целоваться: и с чистым юношей, и с пройдохой адвокатом, и с ожирелым клубным игроком, с кем хочешь! Не разберешь — кто был студентом, кто нет.

Извозчик ухнул. Сани влетели на двор "Стрельны", а за ними еще две тройки. Вылезали все шумно, переговаривались с извозчиками, давали им на чай. Кого-то вели... Двое лепетали какую-то шансонетку. Сени приняли их, точно предбанник... Не хватало номеров вешать платье. Из залы и коридора лился целый каскад хаотических звуков: говор, пение, бряцанье гитары, смех, чмоканье, гул, визг женских голосов...

— Татьянушка! Выноси, святая угодница!— гаркнул кто-то в дверях.

XXXII

Учителя словесности сейчас же подхватили двое пирующих и увлекли в коридор, в отдельный кабинет. Палтусов и Пирожков вошли в общую залу. По ней плавали волны табаку и пряных спиртных испарений жженки. Этот аромат покрывал собою все остальные запахи. Лица, фигуры, туалеты, мужские бороды, платья арфисток — все сливалось в дымчатую, угарную, колышущуюся массу. За всеми столиками пили; посредине коренастый господин с калмыцким лицом, в расстегнутом жилете и во фраке, плясал; несколько человек, взявшись за руки, ходили, пошатываясь, обнимались и чмокали друг друга. Красивый и точно восковой брюнет сидел с арфисткой в пестрой юбке и шитой рубашке, жал ей руки и тоже лез целоваться.

— А!.. Quelle chance! {Какая удача! (фр.).} — встретил Палтусова около двери в боковую комнату брат Марьи Орестовны, Nicolas Леденщиков, во фраке и белом жилете, по новой моде, и с какой-то нерусской орденской ленточкой в петлице.

Палтусову очень не по вкусу пришлась эта встреча. Леденщиков был навеселе, закатывал глаза, подгибал колени и с пренебрежительной усмешкой оглядывал залу.

— Один? — спросил его Палтусов и шепнул Пирожкову: — Уведите меня.

— Non, мы здесь... у цыган... Allons {Идем (фр.).}. Я вас представлю... Здесь кабак...

— А вы бывший студент? — со своей характеристической улыбочкой осведомился Пирожков.

— Какой вопрос! — обиделся Леденщиков и оглядел Пирожкова.

— Знаете что,— сказал ему Палтусов,— вы уж ваши онёры на нынче оставьте.

— Comment Fentendez-vous... {Что вы разумеете... (фр.).}

— Да так. Сегодня надо быть студентом... или не быть здесь... Вас ждут... Идите к вашей компании... Меня тоже ждут.

Леденщиков хотел что-то сказать и круто повернулся. Палтусов убежал от него, увлекая за собой Пирожкова.

— Тоже студент!— горячился Палтусов. Он знал, что Nicolas кончил курс.— И этаких здесь десятки, если не сотни...

— И я этому радуюсь,— заметил Пирожков.— Вот видите: большая борода... в сюртуке по зале похаживает... бакалейщик, а на магистра истории держал. Вот у нас как!.. Пускай чернослив продает, а он все-таки наш.

Где-то запели "Стрелочка".

— Уйдем отсюда,— потащил Пирожков Палтусова,— этой пошлости я не выношу.

Они искали знакомых. Но никого не попадалось. А пить надо! Без питья слишком трудно было бы оставаться.

— Господа! Vivat academia! {Да здравствует академия! (лат.).} Позвольте предложить...

Их остановил у выхода в коридор совсем не "академического" вида мужчина лет под пятьдесят, седой, стриженый, с плохо бритыми щеками, в вицмундире, смахивающий на приказного старых времен. Он держал в руке стакан вина и совал его в руки Палтусова.

Тот переглянулся с Пирожковым.

— От студента студенту,— пьянеющим, но еще довольно твердым голосом говорил он, немного покачиваясь.

"Вы бывший студент?" — хотели его спросить оба приятеля.

— Сядем выпьем с ним, не все ли равно...— шепнул Палтусов Пирожкову.

— Вы один?— спросил Пирожков.

— Не вижу однокурсников... Стар... и к обеду опоздал... Приезжий я... вот сюда, к столику... еще стаканчик...

— Нет, не то!— скомандовал Палтусов.— Вы с нами жженки... вон там... займем угол...

С любопытством осматривали они своего нового товарища. Не все ли равно, с кем побрататься в этот день... Он говорит, что учился там же, и довольно этого.

— Юрист?— спросил его Палтусов, когда жженка была разлита.

— Всеконечно! В управе благочиния служил. Засим в губернии погряз... в полиции... в казенной палате... бывает и хуже...

— А теперь?

Пирожков прислушивался и попивал.

— А теперь? При мировом съезде пристав... И то слава тебе Господи... Не о том мечтал... когда брал билет у Никиты Иваныча.

— Помнишь! — вскричал Палтусов и перешел с ним на "ты".

"Приказный", так они определили его, сладко закрыл глаза, выпил целый стакан и откинул голову.

XXXIII

— Как же не помнить! — воскликнул пристав, поднял стакан и расплескал жженку.— Пять с крестом получил. Кануло,— в голосе его заслышались слезы,— кануло времечко... Поминают ли его добром?.. Поди, небось... ругают... теперешние... вон что там с арфянками... маменькины сынки?.. А я сёмар!

— Ты сёмар? — переспросил его Палтусов.

Пирожков слушал и улыбался. "Приказного" он считал находкой для дня святой Татьяны.

— Сёмар... Из вологодской семинарии. По двадцать третьему году поступил. И только у Никиты Иваныча и почувствовал, что такое есть право.

Он говорил с северным акцентом.

— Justitia {Право (лат.).},— подсказал Палтусов.

— А ты послушай... Я тебе представлю. Точно живой он передо мною сидит. Влезет на кафедру... знаете... тово немножко... Табачку нюхнул, хе, хе! Помните хехеканье-то? "Господа,— он сильнее стал упирать на "о",— сегодняшнюю лексию мы посвятим сервитутам. А? хе, хе! Великолепнейший институт!"

— Очень похоже! — крикнул Палтусов и ударил пристава по плечу.

— Похоже? Знаю, что похоже. Я там в губернии сколько раз воспроизводил... "Великолепнейший институт. Разные сервитуты были... Servitus tigni immittendi {Сервитут права укрепить конец своей балки на соседнем строении (лат.).}. А? Соседа бревном в бок, дымку ему пустить. А?.. Дымку! Стена смежная, хе, хе, хе! Servitus balnearii habendi {Сервитут права построить баню на чужом участке (лат.).}, с веничком к соседу сходить, с веничком... Servitus luminis, servitus prospectus {Сервитут права выводить окна и сервитут права на вид, на перспективу (лат.).}, свет, солнце... для всех... А? Я — римлянин, я — свободнейший гражданин! Не смеешь отнимать у меня вид... морем хочу любоваться, закатом! А? А русский человек маленький, убитый человек... Не знает сервитутов... Иду на Москву-реку. А? Хочу любоваться видом Кремля, хе, хе... Нельзя... мешает дом... дом мешает... Вывел откупщик... хе, хе... Eques!.. всадник!.. И не могу... потому что я — русский человек... Скудный... захудалый человек!.."

— Ха, ха!— дружно расхохотались оба приятеля.

Они придвинулись к приставу. Палтусову сделалось необычайно весело... Он и сам сознавал, что в лекциях того чудака, которого представлял теперь перед ним пристав, била творческая, живая струя...

Точно в ответ на эти мысли, пристав вскричал:

— Понимал ли ты, какой он есть артист? Высокого таланта! А я понимал. Маменькины сынки в узких брючках только пошлые анекдотики рассказывали, да по-ослиному гоготали, да хныкали по гостиным... Двойку мне закатил!.. Семинарист проклятый!.. Кто знал, у кого в мозгу не простокваша была, тому не ставил... Ну, "ты" говорил на экзаменах. Экая важность! Армяшка один, восточный скудоумный человек, раз начал на него орать: "Не смеешь мне говорить "ты"! Не смеешь!" Он потом над собой подтрунивает: "Обругал, говорит, меня восточный человек. Не те времена... Ругательски обругал... И армяне тоже в истории записаны... Римлян в кои-то веки побили, при Тиграноцерте каком-то... Дай Бог памяти!"

Глаза рассказчика подернулись маслом. Память о любимом профессоре, успех передачи его голоса, манеры, мимики действовали на него подмывательно. И слушатели нашлись чуткие.

— А эта лекция еще,— увлекался он, покачиваясь на стуле,— о фидеикомиссах?

— Что такое? — не расслышал Пирожков.

— О фидеикомиссах,— повторил пристав,— термин мудреный... Сушь, казуистика, а как у него выходило: роман, картина, людей живописал, как художник... "Господа... был проконсул Лентул, хе, хе, хе... Египтом правил... Губернатор... И награбил...— Он засунул руку в карман панталон характерным жестом.— Много награбил... Танцовщиц держал... хе, хе. Прелестные танцовщицы были в Египте! Дети пошли...

А что грабил... с Августом делился... Хе, хе! Стар стал... Детей обеспечить надо. Пишет он цезарю: Rogo, precor, deprecor, fidei tuae committo {Прошу, молю, умоляю, доверяю твоей честности (лат.).}. Я тебе все отдал, что наворовал... Мошенник! Детей моих не обидь... Честию прошу... тебе верю... на слово... fidei committo... {доверяю честности... (лат.).} А? Вот откуда пошел институт!.."

Подражатель входил в роль. Никогда еще Палтусов не слыхал такого верного схватывания знакомых звуков и в особенности этого "хе, хе", известного десяткам университетских поколений.

— Спасибо, спасибо,— говорил он приставу и подливал ему из серебряной миски.

Тот пил, но мало хмелел; возбуждение поддерживало его. Ему страстно хотелось истощить все свои воспоминания. Слушатели поощряли его.

— Вот тоже,— заново одушевился рассказчик,— ругали его за отсталость... Заскорузлые педанты... Болтают вечно, что в числе цензоров проврался... Байборода обличил в журнале. На смех подняли! Бесновался он тогда! Ну, наврал. Экая важность... А вот мне из новеньких сказывал... у нас там следователем служит... С мозгом голова. Недавно... ну... лет пятнадцать... после нас, а то и меньше... Лексия,— пристав и сам произносил "лексия",— о лежащем наследстве...

— Каком? Лежащем?— Пирожков расхохотался.

Рассказчик кивнул на него головой и комически спросил Палтусова:

— Не юрист?

— Естественник.

— То-то. Лежащее наследство... Haereditas jacens по-латыни. Штука мудреннейшая... И так и этак можно истолковать. Вот приходит он и говорит: "Господа, на haereditas jacens... ученые смотрели до сегодня... хе, хе... как на юридическое лицо... И я тридцать без малого лет повторял то же... хе!.. И с кафедры утверждал... Позвольте вам сказать, что я врал... И другие врали. Вышла книжка... хе, хе! Немецкая книжка... Жил недавно... в Берлине... один жид, Ляссаль... Умнейший человек, гениальнейший. За актерку на дуэли убили... хе, хе! За актерку! Он доказал... как дважды два... что все мы врали, хе, хе! Доказал, что haereditas jacens... лежащее наследство... есть фиксия... хе... Фиксия?.. Каюсь... что же, хе, хе... и то сказать... Пухта врал, Савиньи врал... а они почище меня! Мне и Бог простит!" — Лицо "приказного" сияло.— Что! Каков?.. Это небось почестнее, чем по целым годам квасы-то разводить по новым книжкам и считать себя непогрешимым? Тридцать лет ошибался. Прочел. Видит, верно... Ну и повинился!.. Вечная ему память! Старичок! Не вернется! А то он бы и здесь был. В последний раз... в Сокольниках встретился с ним... Тоже что-то о евреях зашла речь. Способный, говорю, народ, Никита Иваныч, как там ни чурайся их. А он это в синих брюках своих, руку в карман засунул левую, с палочкой, в картузе, идет... и говорит: "Мудреного нет... хе, хе, при сотворении мира с Иеговой кашу из одной чашки ели! хе!" Кто так, кроме его, скажет?.. Артист!.. Искра была! Художник! Когда умирать собрался, мог бы воскликнуть: Qualis artifex pereo!.. {Какой артист погибает!.. (лат.).}

Ученость, братцы, наживное дело, а вот талант: воспитать в нас, неотесанных, понимание... римского духа. И умирать буду, душу отведу на Никите Ивановиче!

Все примолкли. Зато из залы и из соседней комнаты несся все тот же пьяный гул... Хор подхватывал куплеты. Цыганский женский голос в нос, с шутовским вывертом, прозудел:

> А поручик рассудил,
> Пятьсот палок закатил!
> Горрячих!..

И десятки голосов гаркнули вслед за солисткой:

— Горрячих!

— А мне вот это противно,— заговорил пристав,— хоть я и ушел от aima mater. "Закатил". Хороша цивилизация! Не римская... Вот были бы сервитуты. Я бы пошел да и сказал: "Оскорбляете мой слух, такие-сякие! Срамники! Хоть песню-то почеловекоподобнее бы выбрали. Что ж, что вы пьяны? И я пил... не меньше вашего, а не буду подтягивать: горрячих... Чего?.. Палок!.. Эх! Татарва, рабы, холопы от головы до пят! Больше-то мы, должно быть, не стоим, как пятьсот палок!"

— Брось их,— успокоивал Палтусов.

— Выпьем, товарищ: от тебя духами пахнет, от меня приказной избой! А выпьем. Pereat stultitia, pereant osores! {Да погибнет глупость, да погибнут ненавистники! (лат.).}

Жженка не была еще допита. Потекли менее связные речи. Все вокруг колебалось. Чад обволакивал пьющих и пляшущих. Пили больше по инерции... Поцелуи, объятия грозили перейти в схватки.

XXXIV

Началось обратное движение в город. Тройки, пары, одиночки неслись к Триумфальным воротам. Часа в два вышли на крыльцо и наши приятели. Они поддерживали нового знакомца. Он долго крепился, но на морозе сразу размяк, говорил еще довольно твердо, только ноги отказывались служить.

— Жженка подкузьмила,— лепетал он,— давно не пил академического напитка.

Его посадили на широкую скамейку рядом с Пирожковым. Палтусов поместился к ним лицом на сиденье около облучка.

— Братцы,— жалобно просил он,— вы меня сдайте с рук на руки. Я в Челышах... в третьем отделении.

— Опасно,— пошутил Пирожков.

— А!.. Третье отделение... точно. И сегодня небось из пляшущих-то были соглядатаи.

Палтусов вспомнил, как студент спросил его: не из соглядатаев ли он.

— И пускай их,— говорил пристав.— С меня взятки гладки... Нынче

Татьянин день... можно и лишнее сказать... Римского духу нет в нас... И русский человек — скудный, захудалый человек. Никита Иваныч, батюшка! Ты воистину рек... А и соборы были земские... При тишайшем царе... Недовольных сто человек и больше... в Соловки, на цепь... Вот-те и представители!

Сани подъезжали к Тверским воротам.

— Куда прикажете, господа? — обернулся извозчик.— По Грачевке?

— Куда-а? — протянул пристав.

— Приглашает в злачное место, слышишь? — сказал ему Палтусов.— Иван Алексеевич... должно быть, Татьянин день не может иначе кончиться...

— Танцовщицы!.. Проконсул Лентул... Прелестнейшие! Возьмите и меня старичка... только не бросайте... Rogo, deprecor!

Глазки Ивана Алексеевича сластолюбиво щурились.

— Пьяно там, в знаменитых залах, наскочишь на скандал... Полезет какое-нибудь животное целоваться... Слюняво... Разве так, келейно?.. И "приказный" будет забавен.

Он мигнул утвердительно.

— Трогай! — крикнул Палтусов.

— Эх вы, обывательские!..— гикнул извозчик.

Поскакал он вниз по Страстному бульвару мимо "Эрмитажа", еще освещенного во втором этаже, вскачь пролетел площадь и подъем на Рождественский бульвар и ухнул на Грачевку.

— "Крым",— узнал пристав и качнул головой.— Трущоба!..

Грачевка не спала. У трактиров и номеров подслеповато горели фонари и дремали извозчики, слышалась пьяная перебранка... Городовой стоял на перекрестке... Сани стукались в ухабы... Из каждых дверей несло вином или постным маслом. Кое-где в угольных комнатах теплились лампады. Давно не заглядывали сюда приятели... Палтусов больше двух лет.

— Иван Алексеевич,— толкнул он Пирожкова.— Помните... Мы всей компанией от Стародумова сюда?.. Как жилось тогда?

— Да что это вы, Андрей Дмитриевич, точно все извиняетесь. Очень уж, батюшка, омещанились с коммерсантами!

Палтусову и эти переулки сделались дороги, нужды нет, что это презренная Грачевка! На душе было не то, не то и в мыслях. Тогда не думалось о ловле людей и капиталов. Одно есть только сходство с тем временем. Нет любви... Нет и простой интриги. Ему стало даже смешно... Молод, ловок, везде принят, нравится... если б хотел... Но не захочет, и долго так будет.

Вскачь начали подниматься сани по переулку в гору, к Сретенке. По обе стороны замелькали огни, сначала в деревянных домиках, потом в двухэтажных домах с настежь открытыми ходами, откуда смотрели ярко освещенные узкие крутые лестницы,

— Юс! — растолкал Пирожков соседа.— Нашли новый сервитут.

— Какой? — пробормотал тот спросонок.

— Увидишь, старче. Вылезай! — скомандовал Палтусов.

187

Извозчик осадил лошадей. Круглый зеркальный фонарь бросал сноп света на тротуар. Они стояли у подъезда нового трехэтажного дома с скульптурными украшениями...

КНИГА ЧЕТВЕРТАЯ

I

— Дома Иван Алексеевич Пирожков?— спрашивала Тася Долгушина у толстенькой хорошенькой горничной в сенях меблированных комнат мадам Гужо.

— А вот я сейчас узнаю-с...

Горничная убежала. Тася поднялась по нескольким ступенькам на площадку с двумя окнами. Направо стеклянная дверь вела в переднюю, налево — лестница во второй этаж. По лестницам шел ковер. Пахло куреньем. Все смотрело чисто; не похоже было на номера. На стене, около окна, висела пачка листков с карандашом. Тася прочла: "Leider, zu Hause nicht getroffen" {"К сожалению, не застал дома" (нем.).} — и две больших буквы. В стеклянную дверь видна была передняя с лампой, зеркалом и новой вешалкой.

Вот тут бы ей жить, если б нашлась недорогая комната... Мать с каждым днем ожесточается... Отцу Тася прямо сказала, что так долго продолжаться не может... Надо думать о куске хлеба... Она же будет кормить их. На Нику им надежда плохая... Бабушка сильно огорчилась, отец тоже начал кричать: "Срамишь фамилию!" Она потерпит еще, пока возможно, а там уйдет... Скандалу она не хочет; да и нельзя иначе. Но на что жить одной?.. Наняла она сиделку. И та обойдется в сорок рублей. Даром и учить не станут... Извозчики, то, другое...

— Пожалуйте в гостиную,— доложила горничная и мигнула своими калмыцкими глазками.— Иван Алексеевич сейчас сойдут.

Из передней, где Тася сняла свое меховое пальтецо, она прошла в гостиную с двумя арками, сквозь которые виднелась большая столовая. Стол накрыт был к завтраку, приборов на шестнадцать. Гостиная с триповой мебелью, ковром, лампой, картинами и столовая с ее простором и иностранной чистотой нравились Тасе. Пирожков говорил ей, что живет совершенно, как в Швейцарии, в каком-нибудь "пансионе", завтракает и обедает за табльдотом, в обществе иностранцев, очень доволен кухней.

Тася присела на диван. Пробежала собачка. Две горничные доканчивали уставлять приборы. Было около одиннадцати часов. На столе перед диваном, около лампы, лежал альбом. Она занялась альбомом.

— Извините, Таисия Валентиновна,— заговорил Пирожков и подошел к ней маленькими шажками.

— Видите, Иван Алексеевич, я вас отыскала; вы, кажется, испугались за меня?

— Почему так?

— Да с того вечера, когда мы были в клубе... Я сама тоже смутилась... Но с тех пор еще сильнее стремлюсь. На Андрюшу плохая надежда... его не залучишь... Повезите меня к Грушевой...

189

— Извольте, извольте.

Пирожков присел около нее на диване, хотел еще что-то сказать и остановился.

— Да вы как будто не сочувствуете... Иван Алексеевич?

— Не подождать ли вам приема в консерваторию?

— Нет,— горячо возразила Тася,— ждать мне нельзя. Вот Новый год прошел... скоро и масленица... Что ж мне ждать, Иван Алексеевич?

— А Петербург?

— Как Петербург?

— Там можно в двух местах учиться и...

— Нет,— перебила Тася, вся нервная и с пылающими щеками,— не расстраивайте моего плана... Вы единственный человек во всей Москве. В Петербург я не поеду... Где я там буду жить? У брата я не стану...

Он сам сейчас же сообразил, что у такого брата ей жить не пристало.

— Да вы скажите прямо,— продолжала она,— что вас удерживает?.. Я тогда сама поеду к ней.

Пирожков протянул Тасе руку.

— Таисия Валентиновна,— начал он,— боюсь взять грех на душу.

— Вы все сцену из "Кина" помните!..

— Нет, не одно это... Грушева талантлива и опытна. Если она заинтересуется вами, вы найдете отличную учительницу... Но как это сделать, не бывая у нее, не входя в ее общество?

— И войду... Я на все решилась...

— Вы не посетуете на меня... Я на себя не возьму греха.

— Надо было раньше...

Тася отвернулась... Какой байбак этот Иван Алексеевич! Совсем и на мужчину не похож... Все сочувствовал, почти подбивал, и вдруг какой-то cas de conscience {вопрос совести (фр.).}.

— Мы поищем,— успокоивал ее Пирожков,— я поеду к Ивану Васильевичу... может, он согласится...

— Не надо! — отрезала Тася.

— Вы не сердитесь на меня.

— Не надо, не надо! Извините, что побеспокоила!

Она встала. Пирожков мягко улыбался.

— Если угодно,— начал он.

— Нет, я сама... Ах, мужчины, мужчины! — вырвалось у ней.— И Андрюшу не буду просить.

— Устроим иначе...

— Не надо, Иван Алексеевич!

— Я за вас боюсь...

— Мне двадцать один год... Слава Богу, совершеннолетняя.

Тася начинала не на шутку сердиться. Она пошла в переднюю. Пирожков за ней. Он хотел было объяснить ей многое, но Тася поспешно надела свою шубку, кивнула ему головой и сбежала с лестницы.

— Позвоните,— кротко сказал ей вслед Пирожков с площадки.

Она дернула за ручку звонка, откуда проволока шла в кухню. Ей отперла другая, тоже хорошенькая, горничная. Тася почти выбежала на улицу.

Иван Алексеевич вернулся в залу и, заложив свои белые ручки на полную спину, начал ходить вдоль накрытого стола... Он немного задумался, но губы вскоре распустились опять в улыбку.

Сердится барышня... Ничего! Да, он за нее испугался. Сначала он гораздо легче посмотрел на знакомство Таси с Грушевой, так, по-московски... Потом, как-то на днях, вспомнил все и сообразил.

Отворилась половинка двери из комнаты, выходившей в столовую.

— Bonjour, madame,— поздоровался Пирожков.

Хозяйка ответила ему громким: "Bonjour, cher monsieur", и начала сама поливать цветы из небольшой зеленой лейки. Madame Гужо была дородная француженка, уроженка Москвы. В иные минуты на нее жутко становилось смотреть — того и гляди хватит ее удар. Но она здравствовала, двигалась легко и скоро, точно пузырь по воде, на своих коротких ногах, всегда прекрасно обутых. Голова ее, прикрытая маленькой косой и редкими русыми волосами, совсем точно приросла к шее. Красное лицо с серыми веселыми глазками и крошечным носом слегка вздрагивало, когда она шла по комнате. Темное шелковое платье — неизменный ее туалет — сидело на ней в обтяжку, всегда отлично сшитое. Так же неизменно надевался узкий полотняный воротничок и банты из широких лент.

По-русски ее звали Дениза Яковлевна. Она не потеряла манеры немного петь, когда говорила по-французски: русский разговор вела также свободно, с тем изяществом произношения, какое дается многим француженкам, родившимся в русских городах. Дениза Яковлевна любила Россию и находила, что в Париже и вообще за границей жизнь маленькая, мещанская, и желала умереть в Москве. Свой "пансион" она держала не то чтобы особенно строго, но кое-кого к себе не пускала, не прибивала вывески и даже не печатала объявлений в газетах. Она принимала жильцов по рекомендации, больше иностранцев, охотнее мужчин, чем женщин. Ей хотелось, чтобы ее "maison" {дом (фр.).} был единственным во всем городе. Порядочность, мягкость, хороший тон поддерживались ею и за табльдотом, где она сидела на хозяйском месте, против арок гостиной. Она любила завести игривый, но пристойный разговор и даже немцев-конгористов приучала к "causerie" {легкому разговору (фр.).}. Кормила она своих жильцов сытным французским обедом, но не избегала русской еды. Завтраки были в два блюда. Она недолюбливала тех, кто опаздывал, особенно к завтраку, и затягивал еду до двух часов. Ровно в двенадцать ставилось на стол первое холодное блюдо.

С Пирожковым они скоро поладили. Она находила Ивана Алексеевича едва ли не самым порядочным из своих постояльцев. Таких молодых людей, дворянских фамилий, живущих по зимам, "des jeunes savants" {молодых ученых (фр.).}, она предпочитала иностранцам, даже англичанам. Те иногда оказывались за обедом или безобразно молчаливыми, или бесцеремонными на свой лад.

В прошлом году она должна была сделать выговор двум англичанам-приятелям. Они вздумали бросать хлебные шарики с одного конца стола на другой. А иногда ни с того ни с сего обидятся и что-нибудь скажут грубое, немцы вспылят. Без ее вмешательства выходили бы истории. То ли дело Пирожков!.. Говорит умно, тихо... il a toujours un petit mot pour rire {он всегда найдет чем рассмешить (фр.).}.

— Хорошо почивали? — спросила мадам Гужо по-русски.

— Прекрасно!

II

Часы в столовой пробили густым медленным боем двенадцать.

— Варя!— негромко крикнула Дениза Яковлевна горничной, садясь на свое место.

Стали собираться пансионеры. Первым вошел немец с нежно-голубыми глазами и рыжеватой бородкой, приезжающий на зиму за свежей икрой комиссионер из Кенигсберга, потянул в себя воздух и заткнул себе салфетку за галстук. Он молча поклонился в сторону хозяйки. За ним пришла старая девица-дворянка, лет под семьдесят, но еще подвижная, не очень сгорбленная, в наколке и шали. Она каждое утро, после прогулки, с десяти часов играла этюды и сонаты, справлялась часто о ценах на разные бумаги, по-немецки говорила как немка, обожала пирожное, заводила разговоры на патриотические темы, печенки боялась точно яда, а ветчину ела только вареную.

В боковых комнатах около столовой жили пензенские помещицы, мать с дочерью. Они приехали на зиму. Дочь — большая, широколицая, румяная, тяжелая на ходу, в провинциальных туалетах; мать — сухая, с проседью, вечно в кружевной косынке, с ужасным французским и немецким языком, вмешивалась во все разговоры. Дениза Яковлевна с трудом выносила их, особенно мать. Но они были "d'une famille honorable" {из почтенной семьи (фр.).} и аккуратно платили. С собой они привезли сорок пудов клажи — посуду, горшки, перины, соленье и варенье, даже кадушку моченых яблоков. Они было устроили у себя jours fixes {журфиксы (фр.).}, занимали столовую до трех часов ночи, собирали родню, офицеров, танцевали. Но Дениза Яковлевна прекратила эти вечеринки по жалобе всех квартирантов. С тех пор эти дамы дулись на весь табльдот и поговаривали, что поедут доживать зиму в Петербурге. Весь двор был заставлен их коробами и ящиками.

Они вышли от себя одна за другой, поклонились на ходу и сели рядом. Дочь сейчас же обратилась к Пирожкову и громко, точно она говорит на улице, спросила его:

— Были на бенефисе?

— Нет, собираюсь на повторение...

— А я думала, вы нам расскажете пьесу...

Пирожков промолчал. Пара пензенских помещиц сначала забавляла его; но в нем не было злости; смеяться над ними не хотелось.

Собрался весь почти табльдот, за исключением двух-трех контористов, занятых по утрам. Против Пирожкова сел немец с женой и с дочерью, девочкой лет восьми, продающий какие-то мешки в хлебных губерниях, толстый шваб с тупым взглядом и бритыми усами, при бороде. Рядом с швабом часовой фабрикант из Женевы, лысый брюнет, за сорок лет, с тягучим французским выговором, чопорный, в тугих высоких воротничках... Русских молодых людей, кроме Пирожкова, не жило в пансионе. Всего больше нравился ему англичанин, учитель и корреспондент, в усах, в характерной лондонской жакетке и цветном галстуке, говоривший на трех языках, вежливый, образованный, самый порядочный из всех иностранцев. Он был вместе с Пирожковым слабостью Денизы Яковлевны. Зато она не знала, как отделаться от американца, верзилы вершков двенадцати, широкоплечего, пучеглазого, с пробором посредине и с круглой живописной бородой. Он приходил завтракать и обедать, никому не кланяясь, точно в трактир, не мог выговорить ни одного звука по-французски или по-немецки, изредка бросал два-три слова англичанину, откидывался на спинку стула, мыл руки водой из графина и шумно полоскал рот.

Пензенские помещицы и с ним порывались беседовать, но их английский язык не пошел дальше пяти-шести вокабул.

Девушки обносили первое холодное блюдо — винегрет. Из двух оставшихся мест занял одно блондин, прилизанный, немецкого профиля, в черном сюртуке и очках, с чуть заметной бородкой и усами — балтийский уроженец, дерптский кандидат прав, проживавший в Москве для практики русского языка. Все лето провел он около Химок, у старого деревенского попа, получившего известность между немцами искусством практически обучать иностранцев, ел с ним щи и кашу, болтал с двумя поповнами и вернулся хоть и с прежним акцентом, но с гораздо большим навыком. За табльдотом его обо всем спрашивали, посмеивались над его памятью и обстоятельностью. Он уже знал множество вещей о Москве, всевозможные адресы, часы и дни у докторов, адвокатов, в заседаниях ученых обществ, в банках и конторах, праздники и названия книг и улиц.

III

Тасю попросила подождать минутку горничная, введя ее в гостиную Настасьи Викторовны Грушевой.

На Пирожкова Тася махнула рукой, назвала его "тряпочкой". К Палтусову она тоже не хотела обращаться... Все они на один лад... сначала сочувствуют, обещают, дразнят, а потом и на попятный двор... Постыдно!.. Она мигом все сделала, узнала адрес Грушевой, когда ее вернее застать, и без всяких рекомендаций взяла да и явилась.

Грушева жила в небольшом штукатуренном флигеле с подъездом на улицу. Тася легко нашла дом и попала в тот час, когда Грушева кончила завтракать. Гостиная, темноватая широкая комната с низким потолком, заинтересовала Тасю. Стояло много цветов. Темная репсовая мебель наполняла комнату с излишком. На стенах висело множество фотографические портреты. На двух столах лежали богатые альбомы. В шкапчике из зеркальных стекол поставлены были подарки: сервиз, позолоченный венок, серебряный выкованный ковчежец в старинном вкусе. Эти подарки наполнили Тасю особым чувством... Нигде ничего подобного не делается. Только в театре!.. Женщина может с гордостью выставлять ценные вещи, поднесенные ей в бенефис от восторженных почитателей. И воздух в гостиной Грушевой казался Тасе особенным... Пахло, правда, папиросами, но и еще чем-то хорошим, независимым трудом артистки... Будь это всякая другая квартира — она попала бы к барыне, чиновнице, жене кого-нибудь или вдове без всякой своей физиономии... А тут женщина сама по себе значит все... И муж при ней только состоял бы... Он муж известной артистки, ничего больше...

Из другой комнаты раздавались голоса, мужские и женский... Тася раза два схватывала голос Грушевой, знакомый ей по сцене. Ведь она уж не молода, а все еще на первом плане, переходит на другое, более пожилое амплуа... и так же талантлива. Про нее все говорят, интересуются ею, встречают и провожают рукоплесканиями, когда она читает на каком-нибудь вечере с благотворительной целью... Это особа. Сколько барынь желали бы играть такую роль... завидно!..

Из-за портьеры выглянуло сначала лицо. Тася узнала Грушеву, встала с кресла и покраснела.

К ней подошла большого роста женщина в пестрой блузе. Широкое поблеклое и морщинистое лицо ее улыбалось большим ртом и прищуренными умными и вызывающими глазами. Ей казалось на вид лет под сорок... Скулы у ней выдавались, довольно длинный нос сохранил приятную волнистую линию и загибался немного кверху, зубы пожелтели, шея, видная из-под кружевного воротничка от кофты, потемнела. На голове ее был надет домашний батистовый чепчик с оборкой и лентами. На лоб спускались городки из темно-русых волос. Стан ее раздался, но был сухощав, почти с плоской грудью. Большие кисти рук падали вниз, как у актрисы, хорошо владеющей ими. На длинных пальцах Тася заметила несколько колец.

— Садитесь, садитесь,— громко пригласила она Тасю и сама присела к ней на табурет в позе старой знакомой, готовой выслушать что-нибудь занимательное.

Тася опустилась на кресло. Она назвала себя. Грушева сделала жест головой. Тася в двух словах объяснила ей повод своего визита. Она не хотела упоминать ни о Палтусове, ни о Пирожкове, как о знакомых Грушевой.

— Вот что-о! — оттянула актриса.— А в консерваторию не хотите?

Тася объяснила ей, что уже поздно, а терять время до будущей осени она не хочет.

— Вам к спеху!— рассмеялась Грушева и взяла со стола папиросу.— Курите? — спросила она.— Нет? И прекрасно делаете... у меня вот от куренья все зубы пожелтели.

Она затянулась, еще больше прищурила глаза и нагнула голову к самому лицу гостьи.

— Настасья Викторовна,— сказала Тася,— вы видите, я серьезно...

Ее опять охватило волнение. Она не могла докончить.

— Вижу, голубчик, вижу!.. Вот что я вам скажу... Много у меня времени нет... Знаете наше дело... Репетиции, спектакли... Я каждый день занята... А вот после репетиции... раз, другой... в неделю.

Она остановилась.

— Вы... при родных?

— Да,— тихо ответила Тася.

— Они как же на это смотрят? Кто ваш отец?

— Генерал,— с усмешкой выговорила Тася и прибавила: — Отставной.

— Вот видите... Вы меня, пожалуйста, не впутывайте... Я вам прямо скажу... Если сразу искры Божьей не окажется... нет вам моего благословения...— И она потрепала ее по плечу.

Тася опять приободрилась.

— Настасья Викторовна,— начала она решительным тоном,— прослушайте меня.

— Роль какую?

— Да из "Шутников"... Я знаю наизусть... Со мной книга.

— Вон вы какая! Это хорошо! Книга с вами есть?

— Есть.

Грушева оглянулась на дверь в столовую.

— У меня там гости... свои люди... для вас самый полезный народ... один... Рогачев... артист... вы знаете... а другой автор... Сметанкин... Они завтракали у меня.

Она встала, подошла к двери и крикнула:

— Идите сюда, господа!

IV

Играть при актере, при авторе! Сначала у Таси дух захватило. Грушева, крикнув в дверь, ушла в столовую... Тася имела время приободриться. Пьесу она взяла с собой "на всякий случай". Книга лежала в кармане ее шубки. Тася сбегала в переднюю, и когда она была на пороге гостиной, из столовой вышли гости Грушевой за хозяйкой. За ними следом показалась высокая девочка, лет четырнадцати, в длинных косах и в сереньком, еще полукоротком платье.

— Дочь моя,— указала на нее Тасе Грушева.

Дочь похожа была на мать глазами и широкими скулами. Она присела и прошла через гостиную.

Грушева познакомила Тасю с обоими мужчинами. Актера Тася видела на сцене. Он был сухой высокий блондин, с большим носом и серыми глазами навыкате, в коротком пиджаке и пестром галстуке. Автор — как-то набок перекосившаяся фигурка, также белокурая, взъерошенная, плохо одетая, с ухмыляющимся фальшивым лицом. Тася в другом месте приняла бы его за "человека".

— Mademoiselle Долгушина... как по имени? — спросила Грушева.

— Таисия Валентиновна.

— Нам кофей подадут... А вы, господа, прослушайте... Владимир Антоныч,— обратилась она к автору,— вы вашу ведь успеете прочесть?

— Конечно-с,— пожимаясь, сказал драматург.

— Я дома целый день... Оставайтесь у меня обедать... а вы,

Костенька... давайте реплики этой барышне... Сценку, другую... из "Шутников". Наружность самая настоящая для ingénue. Не так ли, господа?

Актер одобрительно промычал, автор кисло усмехнулся. Грушева села к столу. Тася осталась посредине гостиной, актер около нее, на стуле, держал книгу, автор поместился на диване.

Принесли кофей. Грушева кивнула Тасе головой: не желает ли? Тася отказалась. Ей было не до кофею.

— Костенька! Начинайте! — скомандовала Грушева.

Актер дал реплику. Тася заговорила. Сначала у ней немного перехватило в горле. Но она старалась ни на кого не глядеть. Ей хотелось чувствовать себя, как в комнатке старух, вечером, при свете лампочки, пахнущей керосином, или у себя на кровати, когда она в кофте или рубашке вполголоса говорит целые тирады.

Сцена пошла все живее и живее. Актер читал горловым, неприятным голосом, с подчеркиваньем, но он держал тон; Тасе нужно было энергичнее выговаривать. Самый звук голоса настоящего актера возбуждал ее. Он умел брать паузы и давал ей время на мимическую игру. Через пять минут она вошла совсем в лицо Верочки.

— Верно-с! — откликнулся с дивана автор жидким голосом.

— Так, так,— как бы про себя выговорила Грушева.

Но эти два слова подхвачены были ухом Таси. Она пошла смелее, смелее. В голосе у ней заиграли и смех, и слезы... Движения стали развязнее. Глаза блестели... щеки разгорелись... Точно она уже на подмостках.

— Браво! — крикнула Грушева и поцеловала ее.— Славно! Костенька! А?

— С огоньком,— сказал актер и тоже встал. Тася поблагодарила его за труд.

— Владимир Антоныч, как находите? — спросила Грушева автора.

— Пониманье-с, пониманье-с и огонек...— сказал он, и его желтые глаза заискрились.

— Вам стоит поработать,— решила Грушева.— Вот попросите, чтобы Владимир Антоныч вам рольку дал на дебют.

— Дебют... Еще далеко! — вырвалось у Таси.

— Не так далеко!.. Костенька... не правда ли, как это она хорошо сказала... в том месте?

— Весьма, весьма,— все с той же важностью подтвердил актер и закурил сигару.

— Послушайте... ах, забыла... имя у вас мудреное. Так вот что, барышня... вы у меня побудьте... Владимир Антоныч нам пьеску новую прочтет... Вы прослушайте... Ведь ей можно? — обратилась Грушева в сторону автора.

— Почему же-с... Сделайте одолжение...

— Может, и тут ролька найдется... У нас теперь никого нет.

— Где? — громко вздохнула Тася.

— Садитесь, садитесь, вот сюда,— усадила ее Грушева рядом с собой и взяла за руку.— Это наш Сарду,— шепнула она ей на ухо.— Ловко переделывает, отлично труппу изучил... Вы с ним полюбезнее... в самом деле рольку напишет. Он наш поставщик.

Автор пошел за тетрадью в столовую. Актер расположился на кушетке с ногами и продолжал курить. Тася, вся раскрасневшаяся от неожиданного успеха, еле сидела на месте.

— Костенька! — окликнула Грушева.— Ведь, право, хорошо... Барышня-то?..

Он только одобрительно кивнул головой.

— Вы играли?— спросила Тасю Грушева.

— Раз всего, в любительском.

— И не играйте теперь больше,— сказал актер.— Любители — губители.

— Это он верно,— подтвердила Грушева интонацией из какой-то комедии.— Ну да мы поговорим с вами, голубчик, послезавтра я свободна.

"Поставщик" вернулся и присел к столу с тетрадью. "Вот я как,— радостно подумала Тася,— сочинителя буду слушать".

V

Чтение продолжалось два часа. Автор читал по-актерски, меняя голоса; многое ему удавалось, особенно женские интонации. Пьеса была в двух актах, комедия, с главной ролью для Грушевой. Лица носили русские фамилии, но везде сквозила французская подкладка. Тася это понимала. Но ей нравились развитие сюжета, отдельные сцены, бойкость диалога. Она слушала внимательнее всех. Драматург это заметил и несколько раз улыбнулся ей. Грушева останавливала его часто: то заставит выкинуть слово, то найдет, что такая-то сцена "ни к селу ни к городу". Тот отмечал на полях карандашом. Актер был не совсем доволен своей ролью и больше мычал.

— А знаете что,— сказала Грушева после первого акта,— у вас эта Наденька-то... чуть намечена... А вы бы развили... Отличная ingénue выйдет...

— Как же теперь можно, Настасья Викторовна? Пьеса процензурована... И бенефис ваш через месяц.

— Вот бы ей,— Грушева указала на Тасю.

— К будущему сезончику соорудим.

И при чтении второго акта Грушева останавливала автора, требовала сокращений. Актер, напротив, находил, что ему "нечего почти говорить". Драматург убеждал его в том, что он может "создать целое лицо". Начали они спорить, разбирать разные сценические положения, примеривать роли к актерам, кому что пойдет и кто в чем может быть хорош. Тася все это слушала, затаив дыхание, чувствовала, что она еще не может так рассуждать, что она маленькая, не в состоянии сразу определить, какая выйдет роль из такого-то лица: "выигрышная" или нет. Она слушала, и щеки ее горели. Да, она рождена быть актрисой... Все ей нравилось, приятно щекотало ее, будило неизведанное чувство

197

борьбы, риска, новизны: и эта Грушева с ее умелым приятельским разговором, и близость "сочинителя", и актер с его мычанием, бритым подбородком, одобрительными восклицаниями и требованиями. В этом именно мире и будет ей хорошо, ни в каком другом. И что сравнится с ощущениями дебюта, когда и первая "читка" доставила ей сейчас такое наслаждение? Только тут и можно жить! Она и теперь чувствует, что значит "сливаться с лицом", совсем забывать самое себя.

Кончил читать драматург. Грушева встала, подошла к столу, нагнулась над ним и деловым тоном сказала:

— Идет!

Актер опустил ноги с кушетки и крякнул.

— Константин Григорьевич недоволен,— заметил сочинитель.

— К концу лучше роль.

— Полноте, Костенька,— успокоивала Грушева,— с гримировкой и если воспользоваться хорошенько последней сценой, и очень живет. А купюры нужно! На одну треть извольте-ка покромсать, голубчик...

Стали торговаться: что именно и сколько урезать. Автор сначала убеждал, а потом стал входить в амбицию.

Но Грушева повернула по-своему, не дала ему горячиться, сама отчеркнула в разных местах карандашом, и он послушался.

Тася начала прощаться с ней. Грушева поцеловала ее, увела в спальню, потрепала еще раз по плечу, сказала с ударением, что "искра есть", назвала несколько пьес и назначила два раза в неделю, между репетицией и обедом.

— Какие же ваши условия, Настасья Викторовна?— чуть слышно выговорила Тася.

— Что?.. Условия?.. Да вы богатая?..

— Нет,— не затруднилась ответить Тася.

— Уж это мы после... Что ж мне с вас брать? Если настоящую плату... вроде моих разовых... Дорого! Вот в Петербурге, я слышала, по семидесяти пяти рублей за роль берут. Я этим не живу, голубчик... Ходите...

— Даром,— шептала она,— я не хочу.

— Глядя по рассмотрению,— рассмеялась Грушева.

Все это было сказано так добродушно и просто, что Тася чуть не прослезилась. Она бросилась целовать Грушеву.

— Глядя по рассмотрению,— повторила Грушева и проводила ее в переднюю.

В санях Тася чуть не прыгала. И чего этот Пирожков путал?.. Славная женщина! Сейчас оценила, приняла участие, так с ней ловко и хорошо! И прилично... Правда, актер сел с ногами на кушетку... Но они товарищи.

Полгода каких-нибудь, и с такою учительницей — дебют, поддержка. Все ее знают, слушаются, "сочинитель" не очень-то с ней рассуждает. Взяла карандаш и вычеркнула все "длинноты".

Захотелось Тасе заехать к Пирожкову и сказать ему, что он "тряпочка". Но она не войдет к нему, а только напишет там на стенке и попросит горничную...

Так она и сделала — позвонила, вошла, оторвала листок и написала карандашом:

"Ах, Иван Алексеич! Тряпочка вы! Была: нашли талант. Плыву на всех парусах и вам того же желаю".

Листок она свернула в трубочку и отдала Варе.

К обеду Тася поспела домой.

VI

Только что Пирожков поднялся к себе после завтрака, за ним прибежала Варя. Его прислала звать хозяйка.

— Очень нужно вас,— прибавила запыхавшаяся Варя.

Он сошел вниз. Дениза Яковлевна ходила по зале скорыми шагами в большом волнении.

— Mon ami!.. {Друг мой!.. (фр.).} — воскликнула она.— Это ужасно!

И тут, пополам по-французски, пополам по-русски, рассказала целую историю своих несчастий, грозящих ей совершенным разорением.

Пирожков ничего не знал. Оказалось, что она заарендовала дом у купца, пять лет платила аккуратно, потом концов с концами не свела и задолжала ему. Он в уплату долга взял всю ее мебель и позволил ей продолжать дело уже в звании распорядительницы, за что она оставляла себе пятьдесят рублей, а весь чистый барыш ему. Все шло хорошо; но она перестала ладить с поваром. Он воровал, умничал, кричал на нее, а теперь, когда она его разочла, стакнулся с приказчиком хозяина и грозит выгнать ее вон, буянит пьяный в кухне. Завтра будет приказчик... Он уже приходил раз и сказал, что Гордей Парамоныч приказал вам "отдать отчет, и ежели дохода за три последние месяца нет, то не прогневаться".

Дениза Яковлевна, рассказывая все это, то била кулаком по столу и вскрикивала "le gredin" {негодяй (фр.).}, то принималась плакать, то проклинала страну, где "нет никаких законов". Пирожков старался доказать ей, что нельзя было с купчиной ладиться без контракта, не выговорить на бумаге даже того, какие вещи из мебели, посуды, белья составляют ее собственность. Дениза Яковлевна соглашалась, называла себя, "vieille sotte" {старая дура (фр.).}, а через минуту начинала опять возмущаться, вздевать кверху руки и кричать, что "dans ce gueux de pays tout est possible" {в этой плутовской стране все возможно (фр.).}.

Иван Алексеевич предложил ей поговорить с другими пансионерами за чаем, не согласятся ли они обратиться с письмецом к этому "Гордею Парамонычу", где сказать, что все они чрезвычайно довольны госпожой Гужо и не желают очутиться в номерах, управляемых грязным поваром.

Дениза Яковлевна расцеловала его в обе щеки.

Пирожков тут же набросал текст письма. В десятом часу собирались жильцы пить чай. Дениза Яковлевна прилегла на постель. Ее душило. Она не могла справиться с волнением. Да и как же ей самой просить пансионеров. Чай разольет Варя.

Сошли в залу: старая девица-дворянка, американец, дерптский

кандидат и помещица с дочерью, Пирожков сообщил им, в чем дело. Мать с дочерью разахались, вторила им старая девица, кандидат стал по-русски рассматривать дело с юридической точки зрения. Но когда Пирожков предложил подписать письмо, все отказались, говоря, что они не могут входить в такие дела. Американец ничего не понял и даже отвернулся от Пирожкова. Дениза Яковлевна из своей комнаты все это слышала. Отворилась дверь, она выбежала с примочкой на голове, но в застегнутом доверху корсаже, подбежала к самовару и начала говорить. Посыпались упреки, уверения, что ей ничего не надо, что она не думала выпрашивать у них заступничества, что "cet excellent monsieur Pirochkoff" {этот добрейший господин Пирожков (фр.).} сам от себя предложил им, что она завтра же очутится "sur le pavé" {на улице (фр.).} после шестнадцати лет, в продолжение которых "elle gérait une maison modèle"... {она вела образцовый дом... (фр.).} Кончилось слезами, дамы тоже заговорили, обиделись, дерптский кандидат старался найти "законную почву", Пирожков не знал, куда ему деваться. Мадам Гужо расплакалась и убежала обратно к себе. Все накинулись на Пирожкова. Он наделал всю эту кутерьму; особенно брюзжала старая дворянка. Насилу они ушли, спрашивая его же: а будут ли их держать до конца месяца и кому жаловаться, если вдруг хозяин дома погонит сначала мадам Гужо, потом и их?..

Варя попросила его к Денизе Яковлевне. На нее страшно было смотреть. До истерики дело, однако ж, не дошло. Пирожков сел у кровати и старался толком расспросить ее: имеет ли она хоть какие-нибудь фактические права на инвентарь? Ничего на бумаге у ней не было. Он ей посоветовал — отложив свой гонор, поехать завтра утром к Гордею Парамонычу, просить ее оставить до весны, а самой искать компаньона.

— Perdue, perdue! {Пропала, пропала! (фр.).} — повторяла Дениза Яковлевна, поводя налившимися кровью глазами.

Обещала она рано утром ехать к хозяину, только просила Пирожкова быть дома, когда придет приказчик. Она боялась повара, ждала "quelque brutalité" {какой-нибудь грубости (фр.).} и жалобно охала, растягивала возгласы.

А внизу, в кухне, бушевал пьяный повар,— его не хотели было пускать ночевать.

Он вломился силою, занял свой угол, послал кухонного мужика за пивом, зажег несколько свечей и порывался по лестнице в комнаты.

— Я тебя, толстая колода! — хрипел он, нахлобучивая на затылок белый берет.— Вот тебя завтра фухтелями, фухтелями!..

Варя прибежала к хозяйке в страшном перепуге. Дениза Яковлевна вскочила и хотела посылать за полицейскими. Пирожков насилу удержал ее. Он же должен был призвать дворника; но дворник держал руку повара; через него и домовый приказчик подружился с поваром.

До двенадцатого часу пансион находился в осадном положении, пока повар не заснул, мертвецки напившись.

Старая дворянка сошла сверху осведомиться, будет ли завтра утром какой-нибудь завтрак.

Пирожков, измученный, поднялся в свою комнату. Он с грустью посмотрел на свои книги, покрытые пылью, на микроскоп и атласы. День за днем уплывали у него в заботах "с боку припека", Бог знает за кого и за что, точно будто сам он не имеет никакой личной жизни.

И везде-то всплывал перед ним купец. В истории его квартирной хозяйки француженки опять он, опять Гордей Парамоныч. А вот сам он — дворянское дитя — состоит в каких-то приспешниках и сочувственниках, никому он не может помочь как следует, бессилен сделать и пакость и фактическое добро, никто за ним не охотится, не вожделеет к его мошне, потому что "мошны"-то нет. Даже Тася и та написала: "Тряпочка вы, Иван Алексеич!"

Еще месяц, два — и зима прошла, то есть целый год; а все что-то притягивает к этой мужицкой и купеческой Москве. Иван Алексеевич покраснел, вспомнив, как давно он не видался ни с кем из прежних знакомых, университетских, из того "кружка", который казался ему талантливее и лучше всего, что мог дать ему Петербург.

VII

Рано утром, часу в девятом, в передней, на желтом ясеневом диване уже сидел, сгорбившись, остриженный в скобку мужичок — приказчик Гордея Парамоныча. Его приняли бы за кучера или старшего дворника по короткой ваточной сибирке из темно-синего сукна и смазным сапогам, пустившим дух по гостиной и столовой. Тулуп он оставил в кухне, через которую и поднялся.

Горничные, убиравшие обе комнаты, ходили мимо него и шумели накрахмаленными юбками. Он им уже поклонился раза два, причем волосы падали ему на нос, и он их отмахивал назад привычным движением головы. Ему на вид казалось лет под пятьдесят.

Варя уже два раза докладывала, что приказчик пришел, но Дениза Яковлевна, плохо спавшая, проснулась еще нервнее вчерашнего; а этот ранний приход приказчика расстроил весь ее план. Он предупредил ее визит хозяину. Как тут быть?.. Помочь, наставить ее может только "cet excellent Pirochkoff". Варя была послана наверх. Ивана Алексеевича будили в несколько приемов. К девяти часам он наконец пробормотал, что сейчас оденется и сойдет вниз. Дениза Яковлевна с вечера уже приготовила свое черное шелковое платье с кружевной мантильей и разложила их по комнате. Она одевалась торопливо, оборвала две пуговки спереди на корсаже, который так и трещал. Больше полугода не надевала она этого платья.

— Что он делает? — спрашивала она у Вари в пятый раз о приказчике.

— Сидит-с...

— И ничего не говорит?

— Ничего-с...

— А Филат?

Филат было имя повара, виновника всей истории, в самом деле грозившей ей возможностью очутиться вдруг "sur le pavé".

— Дрыхнет-с...— Варя рассмеялась.

— Hein, что такое?

— Храпит-с...— с презрением выговорила Варя и подала хозяйке мантилью и батистовый носовой платок, спрыснутый одеколоном.

— А тот... другой... повар?

— Еще не бывал-с.

— Господин Пирожков?

— Сейчас сойдут... одеваются...

Кофею Дениза Яковлевна напилась основательно. С пустым желудком, как все французы и француженки, она чувствовала себя и с пустой головой. Для всякого разговора по делу, а особенно по такому, ей необходимо было иметь что-нибудь "sur l'estomac" {в желудке (фр.).}. Она скушала три тартинки. В залу не вошла она, прежде чем не услыхала коротких шажков Ивана Алексеевича с перевальцем и с приятным поскрипыванием.

— Il est là! {Он там! (фр.).} — с дрожью и глухо вскрикнула она, пожав руку Пирожкову.

— Кто?

Он спросонья все еще не особенно понимал, в чем дело.

— Mais lui, le pricastchik... Je le connais!.. C'est l'ami de l'autre {Ну он... приказчик... Я его знаю!.. Это друг того (фр.).}.

И она опустила жирный указательный палец вниз, к полу, желая показать, что "тот", то есть повар Филат, там внизу.

— Беда еще небольшая,— успокоительно заметил Пирожков,— он ведь и хотел прислать приказчика.

Но Дениза Яковлевна заволновалась. Она не знает, что с ним говорить, не побывав у Гордея Парамоныча.

— Так ему и скажите... Он подождет...

— Mais il est capable de faire une saisie!.. {Но он способен наложить арест на имущество!.. (фр.).}

— Какая saisie?..— остановил ее Пирожков.— Ему не нужно прибегать ни к каким мерам. Ведь здесь и без того все принадлежит вашему Гордею Парамонычу.

— Dieu! Dieu! {Боже! Боже! (фр.).} — заплакала Дениза Яковлевна и схватилась за голову.

Предстояло повторение вчерашней сцены. Пирожков чуть заметно поморщился. Искренне жаль ему было француженку, но и очень уж она его допекала своей тревожностью. Он видел, что она ничего не добьется. Дениза Яковлевна, кроме гонора женщины, смотрящей на себя, как на тонко воспитанную особу, приобрела в Москве чисто русское барство... Ей не по чину было кланяться всякому приказчику в сибирке и ладить с пьяным поваром, хотя бы это был вопрос о куске хлеба.

— Parlez lui, de grâce... {Поговорите с ним, сделайте милость... (фр.).} — упрашивала она Пирожкова.

— Позовите его сюда...

— Non, non... {Нет, нет... (фр.).} я уйду!..

И она убежала опять к себе. Пирожков дошел до передней, где приказчик кланялся ему уже раз, когда он проходил мимо, и окликнул его:

— Вы от Гордея Парамоныча?

— Так точно,— мягко ответил приказчик и сейчас же встал.

— Пожалуйте сюда...

Приказчик стал у порога гостиной. Пирожков объяснил ему, что Дениза Яковлевна сама поедет к его хозяину, а он будет так добр и обождет или съездит с ней вместе.

— Да это они напрасно-с,— заговорил приказчик, посматривая на пол и вбок,— Гордей Парамоныч мне препоручили. Со мной и документик, доверенность... если мадам сумлевается... а так как по описи надо принять все и расчет за три месяца...

Пирожков потрепал его по плечу и тихо сказал:

— Вы, дружище, успеете... а она дама, надо же и ей уважение сделать...

— Это точно... Я подожду-с...

— Вы уж без Денизы Яковлевны ничего не производите... она боится...

— Что ж я могу без них? Напрасно они беспокоятся...

Приказчик тряхнул волосами и прибавил:

— Женское дело!.. Известно.

VIII

Варя сбегала за извозчиком. Дениза Яковлевна надела на голову тюлевую косынку, на шею нитку янтарей и взяла все свои книжки: по забору провизии, приходо-расходную и еще две каких-то. Она записывала каждый день; но чистого барыша за все три месяца приходилось не больше ста рублей. Она успела рассказать это Пирожкову, пригласив его к себе в комнату еще раз.

— Знаете,— шепнул он ей,— для своего спокойствия, возьмите вы его с собой... приказчика...

— Он не поедет...

— Поедет... я ему скажу!..

В передней мадам Гужо гордо поклонилась приказчику и предоставила Пирожкову переговорить с ним.

— Вот они,— указал Иван Алексеевич на француженку,— просят вас с ними доехать до Гордея Парамоныча.

— Да я и здесь подожду-с... ничего...

— Успокойте... даму,— с комической миной сказал Пирожков.

Приказчик помялся на одном месте, повернул голову к двери в коридор, точно поджидая, не появится ли оттуда его благоприятель повар, и выговорил:

— Это не суть важно...

Он взял со стула свою барашковую шапку и отошел к двери.

— Сейчас... шубенка моя в кухне...

Дениза Яковлевна, в шелковой беличьей ротонде, громко дышала и натягивала новую черную перчатку на левую руку.

— Вы видите, он смирненький,— сказал Пирожков.

— Oh! Ces moujiks! La perfidie même!.. {О! Эти мужики! Само коварство!.. (фр.).}

Наконец-то она уехала; но Пирожков должен был обещаться не выходить из дома и дожидаться ее,— Гордей Парамоныч в пяти минутах езды, на бульваре.

— Чаю вам, барин, или кофею?— спросила Варя, почувствовав к нему большое сожаление.

— Все равно, чего-нибудь... сюда.

Наверх он уже не хотел подниматься на каких-нибудь полчаса. Варя поставила ему большую чашку кофею на столик около двери в комнату мадамы, под гравюру "Реформации" Каульбаха, к которой Пирожков сделал привычку подходить и в сотый раз разглядывать ее фигуры. Принесла ему Варя и газету.

Пирожков остановился перед окном, наполовину заслоненным растением в кадке. Шел мелкий снежок.

Сбоку, влево, виден был конец бульвара, вправо — пивная с красно-синей вывеской. Прямо из переулка поднимался длинный обоз, должно быть с Николаевской железной дороги. Все та же картина зимней будничной Москвы.

Раздался громкий, нервный, порывистый звонок.

"Это madame",— подумал Иван Алексеевич, и его доброе сердце сжалось; звонок что-то не предвещал ничего хорошего, хотя мог быть такой и от радости.

Не снимая своей меховой ротонды, вкатилась Дениза Яковлевна в столовую, красная, и на ходу, задыхаясь, кинула ему:

— Venez, cher monsieur, venez! {Идите сюда, дорогой мой, идите! (фр.).}

Сибирка приказчика, успевшего сбросить с себя тулуп на лестнице, показалась в глубине анфилады.

"Вот наказанье!" — про себя воскликнул Пирожков, отправляясь вслед за мадамой.

— Oh! le brigand!.. {О! разбойник!.. (фр.).} — уж завизжала Дениза Яковлевна и заметалась по комнате.— Et lui, et sa femme, oh, les cochons! {И он и жена его, о свиньи! (фр.).}

Последовательно она не в состоянии была рассказывать. Наткнулась она на жену... та приняла ее за просящую на бедность... и сказала: "Не прогневайся, матушка",— передразнила она купчиху.— Elle m'a tutoyé! {Она ко мне на "ты" обратилась! (фр.).}. — А сам давно ей "ты" говорил. Он только и сказал: "Ты мне не ко двору!.. Тысячу рублей привезла ли за три месяца?! — Mille roubles.. {Тысяча рублей... (фр.).} — За дом мне четыре тысячи дают без хлопот!"

— И дадут,— подтвердил Пирожков.

— Je suis perdue!.. {Я пропала!.. (фр.).} — уж трагически прошептала Дениза Яковлевна и упала на диван, так что спинка затрещала.— Il m'a donné mes quinze jours! Comme à une cuisinière!.. {Он дал мне расчет за две недели! Как кухарке!.. (фр.).}

Слезы текли обильно, за слезами рыдания, за рыданиями какая-то икота, грозившая ударом. Удара боялся Иван Алексеевич пуще всего.

— Вот что,— заговорил он ей так решительно, что толстуха перестала икать и подняла на него свои круглые красные глаза, полные слез,— вот что, у меня есть приятель...

— Un ami,— машинально перевела она.

— Палтусов, он с купцами в знакомстве, в делах.

— Dans les affaires,— продолжала переводить Дениза Яковлевна.

— Надо через него действовать... я сейчас поеду.

— Голубчик! Родной, батюшка мой! — прорвало француженку.

Она начала душить Пирожкова, прижимать к своей груди короткими, перетянутыми у кисти ручками.

— Oh, les Russes! Quel cœur! Quel cœur! {О русские! Какое сердце! Какое сердце! (фр.).} — всхлипывала она, провожая его в столовую, где еще стояла недопитая чашка Ивана Алексеевича.

IX

— Вот это хвалю! — встретил Пирожкова Палтусов в дверях своего кабинета.— Позвольте облобызаться.

Иван Алексеевич проехал сначала в те меблированные комнаты, где жил Палтусов еще две недели назад. Там ему сказали, что Палтусов перебрался на свою квартиру около Чистых прудов.

Квартира его занимала целый флигелек с подъездом на переулок, выкрашенный в желтоватую краску. Окна поднимались от тротуара на добрых два аршина. По лесенке заново выштукатуренных сеней шел красивый половик. Вторая дверь была обита светло-зеленым сукном с медными бляшками. Передняя так и блистала чистотой. Докладывать о госте ходил мальчик в сером полуфрачке. В этих подробностях обстановки Иван Алексеевич узнавал франтоватость своего приятеля.

Первая комната — столовая — тоже показывала заботливость хозяина, хотя в ней и не бросалось в глаза никаких особенных затей. Тратиться сверх меры Палтусов не желал. Кабинет отделал он гораздо богаче остальных двух комнат — маленького салона и такой же маленькой спальни. Кабинет он оклеил темными обоями под турецкую ткань и уставил мягкой мебелью такого же почти рисунка и цвета. Книг у него еще не было, но шкап под черное дерево, завешенный изнутри тафтой, занимал всю стену позади кресла за письменным столом. Комната смотрела изящным "fumoir'ом" {курительным кабинетом (фр.).}.

Пирожков и Палтусов не видались с самого Татьянина дня, когда они повезли "приказного" в веселое место.

— Чему обязан,— шутливо спросил Палтусов, вводя приятеля в кабинет,— в такой ранний час? Уж не в секунданты ли?

Он, на взгляд Пирожкова, пополнел, борода разрослась, щеки порозовели. Домашний синий костюм, вроде военной блузы, выставлял его стройную, крепкую фигуру. Пирожков заметил у него на четвертом пальце левой руки прекрасной воды рубин.

— В секунданты!— рассмеялся Иван Алексеевич.— Не те времена. Вы в губернии сильный человек, мы к вашим стопам прибегаем.

Палтусов подумал, что Пирожков дурачится, потом сел с ним на низкий глубокий диванчик на двоих. Обстоятельно, полусерьезно, полушутливо рассказал ему приятель историю "о некоем поваре Филате, его друге приказчике, Гордее Парамоныче и его жертве — французской гражданке Денизе-Элоизе Гужо". История насмешила Палтусова, особенно картина бушевания повара и поведение жильцов со старой дворянкой включительно, спустившейся вниз узнать, дадут ли ей завтракать на другой день.

Но лицо Ивана Алексеевича сделалось вдруг серьезным.

— Гогартовская сцена,— сказал он,— но ее ужасно жаль, она ведь очутится sur la paille {Буквально: "на соломе", то есть будет разорена (фр.).}, как в мелодрамах говорится. Я подумал, что спасителем можете быть только вы.

— Почему? — со смехом вскричал Палтусов.

— Купцов много знаете...

— Вот что...

Но на вопрос, кто такой этот Гордей Парамонович, Пирожков затруднился ответить. Он не был уверен — прозывается ли он Федюхиным или Дедюхиным.

— Такого не знаю,— уже деловым звуком откликнулся Палтусов.

Ему рад он был услужить хоть чем-нибудь. Этого человека он выделял из всего московского обывательства и никогда на него и в помыслах не рассчитывал. Он записал его в разряд милых, бесполезных теоретиков и даже, когда раз об нем думал, сказал себе: "Если Пирожков проест свою деревушку и я к тому времени буду в капиталах,— я его устрою".

— Справьтесь, друг, справьтесь... Кто-нибудь из ваших знакомцев.

— Да кто он такой?.. ну хоть приблизительно.

— Кажется, кирпичом промышляет.

— Чудесно! Коли это так, тогда мы до него доберемся. Да позвольте, может быть, и я вспомню... Дедехин... Федюкин...

Палтусов начал припоминать. Пирожков окликнул его:

— Андрей Дмитриевич!

— Что прикажете, дорогой?

— Ведь купец в самом деле все прибрал к своим рукам... в этой Москве...

— А вы как бы думали?— с этими словами Палтусов вскочил и заходил перед диваном.

Он попадал на свою любимую тему.

— Вы дайте срок,— прибавил Пирожков,— тут еще другая история... вас тоже просить приказано... но только на обед... И здесь купец, и там купец...

— Раскусили? — с разгоревшимися глазами вскричал Палтусов, наклоняясь к гостю.— Я говорю вам... никто и не заметил, как вахлак наложил на все лапу. И всех съест, если ваш брат не возьмется за ум. Не одну французскую madame слопает такой Гордей Парамоныч! А он, наверно, пишет "рупь" — буквами "пь". Он немца нигде не боится. Ярославский калачник выживает немца-булочника, да не то что здесь, а в Питере, с Невского, с Морской, с Васильевского острова...

Речь Палтусова прервал звонок.

— Приемный час?— спросил Иван Алексеевич.

— Нет... я позднее принимаю... Это кто-нибудь свой. Может, Калакуцкий... мой, так сказать, принципал... Вот было бы кстати... Он, наверное, знает.

— Он ведь "entrepreneur de bâtisses" {подрядчик по строительным работам (фр.).}, как в песенке поется?

— Именно.

Палтусов ввел в кабинет Калакуцкого и тотчас же познакомил с ним Пирожкова.

Иван Алексеевич не без любопытства оглядел фигуру подрядчика "из благородных" и остался ею доволен; она показалась ему достаточно типичной.

— Душа моя,— торопливо захрипел Калакуцкий,— я к вам на секунду... завернул, чтобы напомнить насчет...

Он отвел Палтусова к окну и басовым хрипом досказал ему остальное.

Палтусов только кивал головой. По тому, как он держался с "принципалом", Иван Алексеевич заключил, что подрядчик им дорожит. Так оно и должно было случиться... Ловкий и бывалый молодец, как Палтусов, стоил дюжины подобных entrepreneurs de bâtisses, про которых поется в шутовской песенке... Пирожков стал ее припоминать и припомнил весь первый куплет:

> Que j'aime à voir autour de cette table
> Des scieurs de long des ébénistes,
> Des entrepreneurs de bâtisses,
> Que c'est comme un bouquet de fleurs![1]

— Вот, Сергей Степаныч, обяжите маленькой услугой моего приятеля,— заговорил громко Палтусов и подвел Калакуцкого к дивану.

— Чем могу?

Палтусов объяснил, в чем дело.

— Как зовут этого Гордея Парамоныча?

— Не то Федюхин, не то Дедюхин,— стыдливо произнес Иван Алексеевич.

— Федюхин!.. А!.. Не Федюхин, батюшка, Нефедин... Это вот так! Каменоломни имеет...

— Да, да!..— обрадовался Пирожков.

— Знаю... мужик простота.

---

[1] Как приятно мне видеть за этим столом пильщиков, столяров и подрядчиков. Это подобно букету цветов! (фр.)

— А не плут?

— Плут... разумеется... но плутует он по-христиански, простота... жирный... все у него приказчики... Жена, говорят, бьет его... По пяти дней запоем пьет каждый месяц.

— Как вы все это знаете? — вырвалось у Пирожкова.

— Еще бы, на том стоим... Его просить... да о чем же, я все в толк не возьму.

— Сергей Степаныч, вы позвольте мне,— вмешался Палтусов.— Вы ведь в делах с ним...

— Был, да и теперь еще придется по весне.

— Ну, так я от вас съезжу... и с Иваном Алексеевичем мы обсудим... чего практичнее добиваться для этой Гужо.

— Вот и прекрасно... Какой у вас приятель-то,— указал Калакуцкий Пирожкову на Палтусова.— На все время есть!.. Сделал бы другой?.. Держите карман!.. Андрей Дмитриевич у нас единственный... Вот всероссийская выставка будет на Ходынском поле... Будем его выставлять!.. Mersi, mersi, mon cher... Еще на пару слов... Мочи нет как тороплюсь... Мое вам почтение,— он кивнул Пирожкову и увлек Палтусова в столовую.

Там еще минуты с две слышался его хрип, который то опускался, то поднимался. Оба чему-то рассмеялись и шумно пошли в переднюю.

"Хлестко живут,— думал Иван Алексеевич, располагаясь поудобнее на диване,— в гору идут... Тут-то вот и есть настоящая русская жизнь, а не там, где мы ее ищем... Палтусов и я — это взрослый человек и ребенок".

Но Иван Алексеевич не способен был кому-либо завидовать. Ему надо одно: быть более хозяином своего времени. Это-то ему и не удавалось. Быть может, с годами придет особый талант, будет и он уметь ездить на почтовых, а не на долгих в своих занятиях, в выполнении своих работ.

— Каков... на ваш вкус? — раздался над ним звонкий голос Палтусова.

— Принципал?

— Да.

— Матёр!

— Между нами,— заговорил Палтусов потише,— он ненадежен.

— В каком смысле?

— Зарывается... Плохо кончит...

Иван Алексеевич услыхал тут же целую исповедь Палтусова: как он попал в агенты к Калакуцкому, как успел в каких-нибудь три-четыре недели подняться в его глазах, добыл ему поддержку самых нужных и "тузистых" людей, как он присмотрелся к этому процессу "объегоривания" путем построек и подрядов и думает начать дело на свой страх с будущей же весны, а Калакуцкого "lâcher" {бросить (фр.).}, разумеется, благородным манером, и сделает это не позднее половины поста. Тогда он начнет иначе, на других основаниях, без татарских замашек, на английский, солидный образец. Да и в Москве есть люди в таком вкусе... Пирожков услыхал имя какого-то Осетрова... Вот это

208

человек! Университетский кандидат, до всего дошел умом, знанием, безупречной честностью. Кредит по всему Волжскому бассейну; без документов наберет сколько угодно денег в Нижнем, Казани, Астрахани... в Сибири... "Вадим Павлыч", одно слово — и кубышки раздаются, и из них текут рубли в руки высокодаровитого предпринимателя.

— Вы с ним уж в деле? — спросил Пирожков, проникаясь удивлением к своему приятелю, к той быстроте, с которой он проник "в мир ценностей и производств", как выражался сам Палтусов.

— Он мне дал два пая в своем последнем крупнейшем предприятии,— конфиденциальным тоном сообщил Палтусов.— Это вздор; но дорого вот что: поддержать с ним связь.

— Фортуну заполучите,— ласково спросил Иван Алексеевич, пристально взглянув на приятеля,— и невинность соблюдете?

Палтусов рассмеялся.

— Вот вам, как духовнику, все рассказал.

Но он забыл или не хотел сообщить Пирожкову того, что накануне Марья Орестовна Нетова, собираясь за границу, поручила ему полной формальной доверенностью заведование своим "особым" состоянием.

— Завлекательно,— выговорил Иван Алексеевич. Палтусов предложил ему закусить. Иван Алексеевич с большой радостью принял предложение.

— Но, любезный друг,— говорил Пирожков, закусывая куском ветчины — они перешли в столовую,— все это так; а конечная цель? Дельцом быть хорошо только до известного предела... для человека, вкусившего, как вы, высшего развития.

Палтусов не смутился.

— Конечно,— согласился он,— что ж! Вы думаете, я, как парижский лавочник или limonadier {хозяин кафе (фр.).}, забастую с рентой и буду ходить в домино играть, или по-российски в трех каретах буду ездить, или палаццо выведу на Комском озере и там хор музыкантов, балет, оперу заведу? Нет, дорогой Иван Алексеевич, не так я на это дело гляжу-с!.. Силу надо себе приготовить... общественную... политическую...

— Ну уж и политическую...

— А вы как бы думали, Иван Алексеевич?.. Из-за чего же вы все бьетесь?

— Кто все? — кротко спросил Пирожков.

— А вот то, что называется интеллигенцией?

— Да мы не из чего не бьемся, а киснем.

— Ха, ха! Именно! Я не хотел употреблять это слово... Я только временно примазывался, Иван Алексеевич, к университету... Но я вкусил все-таки от древа познания... И люди, как вы, должны будут сказать мне спасибо, когда я добьюсь своего... Если вы все мечтаете о том, что нынче называется "идея", ну представительство, что ли... пора подумать, кто же попадет в вашу палату?

— Палата! — вздохнул Пирожков.

— Кто? Вот от города Москвы? А? У кого в руках целые волости, округи, кто скупает земли, кто кормит десятки тысяч рабочих? Да все те

209

же господа коммерсанты, тот же Гордей Парамоныч! В думе они выкурили дворян! Выкурят и в вашей будущей палате.

— Если такие, как Андрей Дмитриевич, не возьмутся за ум,— прибавил весело Пирожков.

— Без ложной скромности, да-с!.. Палтусов выпил стакан вина.

— Вот такие Калакуцкие ничего не сделают... Это мыльные пузыри... Раздулся в несколько минут и — паф!.. Но Осетров — вот сила... Мне лучшего образца не надо!..

— Хоть бы одним глазком посмотреть на вашего богатыря.

— Познакомитесь... со временем... Вот, дорогой Иван Алексеевич, мой объект.

— Хвалю!

— Так вы нашим приятелям и скажите: из тех, кто в Фиваиде жили... Палтусов, мол, только временно в плутократию пустился... Силу накопляет.

— Приятели! — подхватил с горечью Пирожков.— Я никого не вижу... Просто срам... Такую ослиную жизнь веду, ничего не делаю, диссертацию заколодило.

— Эх, Иван Алексеевич, не одни вы... то же поют... здесь только и можно, что вокруг купца орудовать... или чистой наукой заниматься... Больше ничего нет в Москве... После будет, допускаю... а теперь нет. Учиться, стремиться, знаете, натаскивать себя на хорошие вещи... надо здесь, а не в Питере... Но человеку, как вы, коли он не пойдет по чисто ученой дороге, нечего здесь делать! Закиснет!..

Пирожков только вздыхал.

— Исключение допускаю... для сочинителя, романы кто пишет, комедию... О! здесь пища богатая! Так и черпай!.. А засим прощайте, буду вас гнать — пора и за маклачество приниматься.

Он позвонил и приказал мальчику закладывать лошадь.

— И четвероногих завели?— спросил Пирожков, переходя с хозяином в кабинет.

— Завел, дешевле обходится. А какое же у вас еще дело ко мне?

— Вот оно!.. Я забыл, а вы помните... Поэтому-то вы и достигнете своего; а я с диссертацией-то превращусь в ископаемого, в улитку... И назовут меня именем какого-нибудь московского трактира... Есть "Terebratula Alfonskii". Ректор такой здесь был. А тут откроют "Terebratula Patrikewii". И это буду я!

Приятели поцеловались. Палтусов предложил было сани, но Иван Алексеевич пошел гулять на Чистые пруды. Они условились повидаться на другой же день утром: обработать дело мадам Гужо.

X

Плохо освещенная зала Малого театра пестрела публикой. Играли водевиль перед большой пьесой. В амфитеатре сидело больше женщин, чем мужчин. Все посетительницы бенефисов значились тут налицо. Верхняя скамья почти сплошь была занята дамами. Они оглядывали друг друга, надевали перчатки, наводили бинокли на бенуары и ложи бельэтажа. Две модных шляпки заставили всех обернуться, сначала на средину второй скамейки сверху, потом на правый конец верхней. У одной бенефисной щеголихи шляпка в виде большого блюда, обшитого атласом, сидела на затылке, покрытая белыми перьями; у другой — черная шляпка выдвигалась вперед, точно кузов. Из-под него выглядывала голова с огромными цыганскими глазами. Две круглых позолоченных булавки придерживали на волосах этот кузов. Пришли еще три пары, всегда появляющиеся в бенефисах: уже не первой молодости барыня и купчихи и при них молодые люди, ражие, с русыми и черными бородами, в цветных галстуках и кольцах.

Кресла к концу водевиля совсем наполнились. В первом ряду неизменно виднелись те же головы. Между ними всегда очутится какой-нибудь проезжий гусар или фигура помещика, иногда прямо с железной дороги. Он только что успел умыться и переодеться и купил билет у барышников за пятнадцать рублей. В бельэтаже и бенуарах не видно особенно изящных туалетов. Купеческие семьи сидят, дочери вперед, в розовых и голубых платьях, с румяными щеками и приплюснутыми носами. Второй ярус почти сплошь купеческий. В двух ложах даже женские головы, повязанные платками. Купоны набиты разным людом: приезжие небогатые дворянские семьи, жены учителей, мелких адвокатов, офицеров; есть и студенты. Одну ложу совсем расперли человек девять техников. Верхи — бенефисные: чуек и кацавеек очень мало, преобладает учащаяся молодежь.

Убогий оркестр, точно в ярмарочном цирке, заиграл что-то после водевиля. Раек еще не угомонился и продолжал вызывать водевильного комика. В креслах гудели разговоры. В зале сразу стало жарко.

Вдоль поперечного прохода в кресла под амфитеатром уже встали в ряд: дежурный жандармский офицер, частный, два квартальных, два-три не дежурных капельдинера в штатском, старичок из кассы, чиновник конторы и их знакомые, еще несколько неизвестного звания людей, всегда проникающих в этот служебный ряд.

Всем хочется посмотреть, какой будет "прием" первой актрисе. По левому коридору, мимо бенуара, уже понесли две корзинки и венок с буквами из фиалок и гиацинтов. Приехал уже старый генерал в очках. Перед ним вытянулись внизу, у дивана — дежурный солдатик, и у дверей в кресла — плац-адъютант. Капельдинер с этой стороны развертывал билеты и глядел в них в pince-nez, прикладывая его. каждый раз к носу. В глубине коридора, на скамейке, около хода за кулисы, старичок в длинном сюртуке с светлыми пуговицами сидит и зевает.

После водевиля сверху затопали по каменным ступеням, началось перекочевывание в буфет через холодные сени мимо кассы, куда все еще приходили покупать билеты, давно распроданные. Сторожа, в валенках и полушубках, совали входящим афиши. Из "кофейной" — так зовут буфет по-московски — в ободранную дверь валит пар. С подъезда доносятся крики жандармов и окрики квартальных. Под лестницей, при повороте в кресла, молодец в сибирке бойко торгует пирожками и крымскими яблоками. В фойе, где со всех лестниц и из всех дверей так и вторгается сквозной ветер, публика уже толчется, ходит, сидит, усиленно пьет зельтерскую воду и морс. Такая же сибирка, как и внизу, едва успевает откупоривать бутылки, наливает и плещет на пол и поднос. Оркестр смолк. Раздался звонок со сцены. Два солдатика у царской ложи уже наполнили все фойе запахом своих смазных сапог.

XI

Перед самым поднятием занавеса к большой пьесе в кресла вошел Палтусов. За зиму он пропустил много бенефисов: вечера были заняты другим. На этот бенефис следовало поехать, припомнить немного то время, когда он с приятельской компанией отправлялся в купоны и вызывал оттуда до потери голоса сегодняшнюю бенефициантку.

Он любил сидеть в местах амфитеатра. В кассе ему оставили крайнее место на одной из нижних скамеек. Войдя, он остановился в проходе и оглядел в бинокль всю залу. Наперед знал он, кого увидит и в бенуаре, и в бельэтаже, и в креслах. С тех пор как он стал заниматься Москвой в качестве "пионера", он все больше и больше убеждался в том, что "общество" везде одно и то же — куда ни поедешь. Людей много, но люди эти — "обыватели", как выражается и его приятель Пирожков. Вот хоть бы сегодня — не к кому подойти, ни одной интересной женщины. Все купцы и купцы! Палтусов начинал находить, что изучать их полезно, но по вечерам надо хоть бы чего-нибудь поигривее. Направо, в бенуаре,— знакомое ему семейство. Он раскланялся издали. Страшно богатые и недурные люди, гостеприимные и не без образования, но неизлечимо скучные. Налево тоже знакомые. Тут все на дворянскую ногу, жена сейчас о литературе заговорит. И он наперед знает, что именно и каким тоном.

Палтусов чувствовал себя вообще очень довольным. За три дня перед тем в его деловой дороге произошел поворот в сторону скорого и большого обогащения. Он уж более не агент Калакуцкого. Они распрощались без неприятностей, по-джентльменски. Через своего принципала он сошелся с тем самым каменщиком, у которого мадам Гужо заведовала меблированными комнатами. Этому мужику, по натуре доброму, но всегда в руках какого-нибудь приказчика, понравился статный и речистый барин. От него Палтусов узнал в точности, что Калакуцкий сильно зарвался. Состоять при нем не было никакого расчета. Палтусов откровенно сказал Калакуцкому, что хочет попробовать начать свое дело. Тот не стал его удерживать. Купец обещал ему залоги. Навертывался выгоднейший подряд. До весны все будет обработано.

Когда Палтусов садился на свое место, он бросил взгляд вверх, на ряды амфитеатра. Под царской ложей сидела Анна Серафимовна Станицына в своей шляпке с гранатовым пером и черном платье, прикрытая короткой пелеринкой из чего-то блестящего. Она его тотчас же заметила, поклонилась степенно, но глаза улыбнулись. Рядом с ней раскинулась ее кузина Любаша, без шляпки, с длинными двумя косами,

212

в зеленом платье с вырезом на груди. Палтусов не знал, кто она. Он почтительно поклонился Станицыной, обратил внимание и на Любашу, и на блондина с курчавой, чисто купеческой головой, сидевшего рядом с ней. Это был Рубцов.

Станицыну Палтусов не видал больше двух месяцев. Хотел было он на днях поехать к ней и поговорить с ней насчет ее "муженька". Но он этого не сделал из чувства нравственной щекотливости. Это было бы похоже на подлаживанье к богатой купчихе, которая в конце концов может настоять на разводе, выплатить своему Виктору Миронычу тысяч триста — четыреста отступного... Нет, Палтусов не так ведет свои дела с купчихами. Вот хоть бы Марья Орестовна Нетова! Хоть он и не фат, а трудно ему было не понимать, что она к нему начинала чувствовать... А разве он стал ее эксплуатировать?.. Она сама перед отъездом за границу попросила его быть ее "chargé d'affaires", дала ему полную доверенность, поручила свой капитал, прямо показала этим, что доверяет ему безусловно... Иначе и не могло случиться... Он так вел себя с ней...

Лицо Анны Серафимовны обратилось опять к нему. Глаза ее в полусвете театра казались больше и еще красивее. Она немного похудела, нос стал тоньше, черный корсаж из шелкового трико — самая последняя мода — обвивал ее грудь и прекрасные руки. Палтусов все это мог осматривать на свободе в свой бинокль. Препородистая женщина! Он не найдет привлекательнее ее в гостиных коммерсантов. Пора бы ему почаще бывать у ней. Она заслуживает полной симпатии... Свою печальную долю она несет с достоинством. Дело, как слышно, она ведет отлично, на фабрике устроила школу... Чего ж больше желать?.. Нет в ней этого противного залезанья в баре, не тянется она за титулованными дамами-патронессами, ездит только в свое общество, и то очень мало...

А главное, ведь она свободная и одинокая молодая женщина. Разве она может считать себя обязанной чем-нибудь перед Виктором Миронычем?.. Палтусов вспомнил тут разговор с ней в амбаре, в начале осени, когда они остались вдвоем на диване... Какая она тогда была милая... Только песочное платье портило. Но она и одеваться стала лучше...

XII

Занавес поднялся. Через десять минут вышла бенефициантка. Театр захлопал и закричал. После первого треска рукоплесканий, точно залпов ружейной пальбы, протянулись и возобновлялись новые аплодисменты. Капельмейстер подал из оркестра корзины одну за другой. С каждым подношением рукоплескания крепчали. Актриса-любимица кланялась в тронутой позе, прижимала руки к груди, качала головой, потом взялась за платок и в волнении прослезилась.

Когда-то Палтусов находил ее очень даровитой. Но с годами, особенно в последние два года, она потеряла для него всякое обаяние. Они с Пирожковым зачислили ее в разряд "кривляк" и в очень молодых ролях с трудом выносили. Пьеса шла шекспировская. Бенефициантка играла молоденькую, игривую едко-острую девушку, очень старалась, брала всевозможные тоны и ни одной минуты не забывала, что она должна пленить всех молодостью, тонкостью и блеском дарования. Но Палтусову делалось не по себе от всех этих намерений актрисы сильно за тридцать лет, с круглой спиной и широким пухлым лицом. Он поглядел в сторону Анны Серафимовны. Она тоже обернула годову. Глаза ее говорили, что и она чувствует то же самое.

"Ведь вот,— мысленно одобрил ее Палтусов,— понимает... не то что все эти барыни и купчихи с их доморощенными восторгами".

В следующий антракт ему захотелось подсесть к ней. Но это было не легко. Справа рядом с ней сидела странная особа в косах; налево, тоже рядом,— курчавый молодец в коричневом пиджаке.

"Вероятно, родственники,— соображал Палтусов.— Вот это неприятно: иметь такую родню!"

Он встал, наклонил голову, улыбнулся Анне Серафимовне и показал ей, что ему хочется с ней поговорить. Она поняла и что-то сказала Любаше. Та кивнула головой и вскочила с места. Ее широкие плечи, руки, размашистые манеры забавляли Палтусова.

"Прогнала бы их преспокойно,— говорил он про себя,— пускай идут есть крымские яблоки в коридор".

Но Любаша сама предложила Станицыной идти в фойе.

— Сходи с Рубцовым,— сказала Анна Серафимовна, не без задней мысли.

— Сеня, желаете? — громко спросила Любаша через Станицыну.

— Покурить мне хочется...

— Мы сначала в фойе... А оттуда и покурите.

— Как же ты одна останешься?

— Экая важность! Съедят меня, что ли?

— Я бы пошла,— хитрила Анна Серафимовна,— Да я боюсь сквозного ветра.

— А я не боюсь... Сеня! айда!

Анна Серафимовна поглядела на Любашу и даже дернула ее легонько за рукав.

— А мне наплевать! — шепнула Любаша своей кузине, махнула рукой Рубцову и стала проталкиваться, задевая сидевших за колена.

Не очень ловко было за нее Анне Серафимовне. Но ездить одной ей было еще неприятнее. Надо непременно завести компаньонку, чтицу, да скоро ли найдешь хорошую, такую, чтобы не мешала.

Любаша и Рубцов ушли из кресел. Анна Серафимовна взглянула влево. Палтусов улыбнулся и улыбкой своей благодарил ее. Ее этот человек очень интересует. Только она-то для него, должно думать, не занимательна. Не бывает у ней по целым месяцам... Какое месяц?.. С самого Рождества не был!.. Ему не с такими женщинами, как она, весело... Видно, все мужчины на одну стать... Во всех хоть чуточку да сидит ее Виктор Мироныч, который на днях угостил-таки ее векселькою из Парижа. Нашлись добрые люди, дали ему тридцать тысяч франков, наверно по двойному документу. И там этим не хуже нашего занимаются. О муже она теперь думает только в виде векселей и долгов.

Человек совсем не существует для нее. Свободно ей, никто не портит крови, не видит она, как бывало, его долговязой, жидкой фигуры, противной подкрашенной шеи, нахальных глаз, прически, не слышит его фистулы, насмешечек, словечек и французских непристойностей. Только днями засасывает ее одиночество. Если бы не дети — превратилась бы она в злобного конторщика, в хозяйку-колотовку. Утром — счеты, в полдень — амбар, вечером опять счетные книги, корреспонденция, хозяйственный разговор по торговле и производству, да на фабрику надо съездить хоть раза два в неделю. Да еще у ней все нелады с немцем-директором, а контракт ему не вышел, рабочие недовольны, были смуты, к весне, пожалуй, еще хуже будет. Деньжищ за Виктора Мироныча по старым долгам выплачено — шутка — четыреста тысяч! Даже ее банкир и приятель Безрукавкин кряхтеть начинает, и у него не золотые яйца наседка несет...

XIII

Надо было Палтусову пробраться до самой середины верхнего ряда. Это не так легко, когда сидят все барыни. Анна Серафимовна смотрела на него, и только одни глаза ее улыбались, когда какая-то претолстая дама прибирала, прибирала свои колени и все-таки не могла ухитриться пропустить его, а должна была подняться во весь рост...

— Чрез Фермопилы прошел!— сказал ей Палтусов и приятельски пожал руку.

Он сел на место Любаши. Станицыной сильно хотелось упрекнуть его за то, что он забыл ее.

— Вот и вас увидала,— выговорила она с улыбкой.

Это вышло гораздо задушевнее, чем, может быть, она сама желала.

— Виноват, виноват,— говорил Палтусов и не выпускал еще ее руки,— забыл вас. Нет, это я лгу, не забыл нисколько.

— А очень уж делами занялись?

— Да!

— Вы, я погляжу, Андрей Дмитрич, смотрите на нас, как бы это сказать... как на редких зверей...

— Ха, ха, ха, что вы! Господь с вами!

— Право, так. Мы — зверинец для вас... Или вы нас на какое дело употребляете... Я вообще говорю... про купцов.

В словах ее слышалась тонкая насмешка. Палтусова это задело за живое; но он не стал оправдываться... Ему в то же время и понравилась такая шпилька.

— Вы не в счет,— полушутливо вымолвил он в том же тоне.

Их разговор шел вполголоса. Анна Серафимовна прикрывалась большим черным веером, за который заходило немного лицо Палтусова.

— Полноте,— начал он искренней нотой,— вот это-то и доказательство, что я на вас совсем иначе смотрю.

— Что? Не понимаю!.. Ах да! Что вы два месяца глаз не кажете?

Анне Серафимовне сделалось вдруг весело. Столько времени она

215

одна с приказчиками и кой-какими родственниками... Вот только Сеня Рубцов — подходящий для нее человек; но и его она мало видит, он по ее же делам ездит: то на одной фабрике побывает, то на другой... Неужели, в самом деле, ей в "черничку" обратиться?

Она повторила свой вопрос.

— Именно это,— подтвердил Палтусов и слегка наклонил к ней голову.

— Мудрено что-то...

Длинные свои ресницы Анна Серафимовна опустила в эту минуту. Лицо ее вполоборота приняло выражение тихой усмешки и грации, которых Палтусову еще не приходилось подмечать.

И ему стало особенно жаль эту самобытную, красивую и умную женщину, связанную с таким мужем, как Виктор Мироныч... Надо хоть что-нибудь рассказать ей про его похождения. Теперь можно.

— Знаете,— шепотом спросил он,— с кем я кутил две недели назад?

— С кем?

— С вашим мужем.

Она немного затуманилась, но тотчас же весело спросила:

— Нешто он здесь был?

— А вы не знали?

— Говорили мне что-то... будто он в "Славянском базаре" проживал. Я ведь мимо ушей пропустила.

Эти слова отзывались уже другим чувством. Прежде, полгода тому назад, она не стала бы так говорить с ним о муже. Презрение ее растет, да и тон у них другой... Внутри что-то приятно пощекотало Палтусова.

— Анна Серафимовна,— заговорил он еще искреннее,— вам бы надо иметь сведения повернее.

Она сидела с опущенной головой.

— Что об этом! — вырвалось у нее.— Нового ничего нет, все то же.

— Здесь не место,— начал было Палтусов и остановился.

Глаза их встретились.

— Вы все одни? — спросил он.

— Да, и дома одна... Вот родственник мой наезжает.

— Какой это?

— А что сидит рядом... Рубцов... его фамилия.

— Из каких?

— Вы хотите сказать: из русских или из воспитанных на иностранный лад?

— Ну да!

— Он из умных,— оттянула она.— Только, верно, с виду вам показался таким... Он в Англии долго жил.

— В Англии? — переспросил Палтусов.

— И в Америке. Всякую работу работал. По восемнадцатому году уехал. Сам себя образовал.

— Вот как! Анна Серафимовна, это отзывает романом: русский американец, или из одной комедии Сарду... вы знаете, вероятно?

— Он совсем не американец — руаком остался... Вот это я в нем и люблю. Другие сейчас же обезьянить начнут — и шепелявость на себя напустят, и воротничок такой, и пробор... а он все тот же.

216

— Вот что!— сказал с ударением Палтусов и боком поглядел на нее.

XIV

— Что это вы так на меня посмотрели? — спросила Анна Серафимовна.

— Ничего! Так!..

— Ах, Андрей Дмитрич, вам-то не пристало.

Но она сказала это опять-таки легче, чем бы полгода назад.

— Что же такое?— стал с живостью оправдываться Палтусов.— Не придирайтесь ко мне... Хороший человек, молодой, понимающий, да если б вы к нему и страстно привязались, как же иначе?.. В ваших-то обстоятельствах?!

Все это он выговорил тихо, только она могла его слышать в общем гуле антракта. И ей пришелся очень по душе тон Палтусова, простота, приятельское, искреннее отношение к ней.

В ответ она подняла на него глаза и ласково остановила их на нем.

— Полноте,— выговорила она и прикрыла опять лицо веером.

— Об этом в другой раз,— уже совсем шутливо сказал Палтусов.— Так вы все одна. А кто же эта девица с длинными косами?

— Двоюродная сестра.

— Нигилистка из Татарской?

— Ха, ха! Как вы узнали?

— А в самом деле, разве нигилистка?

— Нет, какая нигилистка!.. А так —нраву моему не препятствуй, нынешняя... Они с Рубцовым препотешно воюют. Только он ее побивает... И тут вот, кажется, есть влечение.

— С ее стороны?

— Знаете, как прежде наши маменьки говорили: одно сердце страдает, другое не знает.

— Только вам с ней... тяжело?

— Да-а.

— Вам бы взять чтицу.

— Я сама об этом думаю... Да где?

— Поручите мне.

Палтусов начал говорить ей о Тасе Долгушиной. Мать ее умерла от нервного удара, разбившего ее в несколько секунд. Сиделка подавала ей ложку лекарства; она хотела проглотить и свалилась, как сноп, с своих кресел... Генерала, среди его рысканий по городу, захватила продажа с молотка домика на Спиридоновке. Палтусов умолчал о том, что он дал им поддержку, назначил род пенсиона старухам, отыскал генералу место акцизного надзирателя на табачной фабрике и уже позаботился приискать Тасе дешевую квартиру в одном немецком семействе. Но он знал ее гордость... Надо было найти ей заработок, который бы не отнимал у ней целого дня. От Грушевой он вместе с Пирожковым отвлекли ее не без труда... Они убедили ее дождаться осени для поступления в консерваторию, а пока подыскали ей руководителя из знакомых учителей словесности, хорошего чтеца... Все это сделалось в несколько дней. Палтусов действовал с такой задушевностью, что Пирожков сказал ему даже:

— Я думал, из вас Чичиков выйдет, а вы — человек-рубашка.

— Это вздор!— ответил Палтусов без всякой рисовки.

Делать толковое добро доставляло ему положительное удовольствие.

Анна Серафимовна кивала все головой, слушая его.

— Что же,— откликнулась она тотчас же,— я с радостью возьму вашу родственницу...

— Когда привезти?

— Да каждый день я дома от четырех часов.

алтусов нагнулся к ее уху:

— Вот видите, все-то теперь коммерсантам служит. Генеральская дочь — в чтицах...

— У купчихи,— подсказала Анна Серафимовна.

— Сам генерал — у табачного фабриканта в надзирателях.

— Вам досадно?

— Нет! Такая колея.

— А все у нас,— вздохнула Анна Серафимовна,— ничего нет.— Ее затрудняло слово.

— Где?— спросил заинтересованно Палтусов.

— Да и здесь, и здесь!

Она указала на голову и на сердце.

— Давят тебя со всех сторон...

— Тюки? — подсказал он.

— Да, да!

"Какая ты умница",— подумал Палтусов, встал и протянул ей руку.

Антракт кончился. Оркестр доигрывал с грехом пополам какой-то вальс. Любаша и Рубцов пробирались справа.

— Вы бываете в концертах? — спросила тихо Анна Серафимовна.

— В музыкалке?

— Так их зовут? Я не знала. Да, в музыкалке?

— Билет есть; но в эту зиму забросил... да, знаете, вроде барщины какой-то они делаются.

— Это правда... Я завтра собираюсь,— проронила Анна Серафимовна и, подавая руку, спросила: — Марья Орестовна Нетова как поживает за границей?

Палтусов быстро поглядел на нее.

— Все хворает.

"Вот что!" — прибавил он про себя и, вернувшись на свое место, задумался.

XV

Она что-нибудь подозревает, думает, может быть, что он находится в связи с Нетовой, слышала, пожалуй, про их деловые отношения. Это надо разъяснить, показать ей все в настоящем свете... Он бы никак не хотел терять в мнении именно этой женщины.

Пьеса шла туго... Бенефициантке и первому любовнику удалась одна сцена. Публика вызвала их несколько раз, но Палтусов сидел равнодушно, не хлопал, рассеянно смотрел по сторонам. Малый театр потерял для него прежнее обаяние. Не мог он себя наладить на молодое настроение... Пьеса казалась набитой ненужными вещами, хоть она и шекспировская, обстановка раздражала своей бедностью, актеры читали глухо, деревянно... Совсем не то, что бывало, когда они брали в складчину ложу и после до петухов спорили у себя в номерах за пивом... Насилу дождался он следующего антракта. К Станицыной он не поднялся. Блондин и девица с косами оставались на своих местах.

Палтусов пошел в фойе и наткнулся на Пирожкова. Иван Алексеевич ходил, не снимая своей цилиндрической шляпы.

— Не то,— сказал ему Пирожков.— Хоть не ходи в Малый театр.

— Может, мы сами не те?

— У кого был талант, те изленились, а новые из рук вон плохи...

— А Тасю давно видели? — спросил Палтусов.

— Да она здесь! Я с ней в купонах обретаюсь, пожалуйте.

— Не посмотрела на траур свой?

— Что ж траур? Страсть у нее... В последней пьесе ingénue какая-то новая.

Пирожков взял Палтусова под руку и отвел за колонны.

— Спасибо, спасибо вам, дружище,— заговорил он, ласково глядя на Палтусова.

— А что?

— Да вот за эту девицу... Она мне все рассказала.

— Это пустяки.

— Однако вы, я говорю, сложная натура. И купцов изловлять мастер, и позывы у вас хорошие.

— А вы вот что,— перебил его Палтусов.— Пойдемте-ка к этой самой девице.

Он рассказал приятелю, какой разговор он имел со Станицыной.

Тот одобрил план.

Они поднялись в коридор.

Пирожков вошел в одну из дверок и показался оттуда минуту спустя, ведя за руку Тасю.

В черном суконном платье с узкими рукавами и отложным воротником, похуделая в лице, Тася смотрела совсем девочкой и, подойдя ближе к нему, сказала тихо:

— Вы на меня не дуетесь, Андрюша? — Она теперь так его звала.

— За что?

— А вот, что я в театре.

Палтусов пожал ей руку.

— Что я за цензор нравов?

— Так захотелось, так захотелось видеть эту дебютантку!

Оба приятеля решили, что страсть к сцене у ней — неисправимая. Палтусов предложил ей тут же познакомиться со Станицыной и прибавил — почему.

Тася немного призадумалась, но тотчас же взяла Палтусова за руку и пожала.

— Вы славный! Я думала, вы другой! Хорошо... Это самое лучшее. Ведите меня к вашей купчихе.

— В следующий антракт сойдите в фойе, а я ее приведу.

— Мне еще и потому полезно будет,— соображала вслух Тася,— я увижу там типы молодых купчих. Это нужно изучить.

— Ненасытная!— рассмеялся Пирожков.

— Да, это правда,— созналась Тася,— что только театральное, все это мне надо знать, жадность ужасная!

Тася увидела, что занавес поднимается, и бросилась в свою ложу.

XVI

Анне Серафимовне понравилась "генеральская дочка", так она назвала про себя Тасю. Она просила ее приехать посидеть запросто. Она не стала говорить ей тут же о месте чтицы или компаньонки. Ее такт не ускользнул от Палтусова. Когда она вернулась, Любаша, ходившая также в фойе вместе с Рубцовым, сейчас же спросила:

— Это что за девчурочка в черном?

— Родственница Андрея Дмитриевича Палтусова. Славная, кажется, девушка.

— Что же это она в сукне-то?

— Мать у ней умерла.

— Видно, не очень убивается.

— Ах, Люба,— остановила Анна Серафимовна,— до всего-то тебе дело!

— Она ничего... Должно быть, из оголтелых?

— А вам что? — вступился Рубцов. Он видел Тасю.

— Я люблю, когда с них фанаберию сбивают,— продолжала задорно Любаша.

— С кого? — спросил Рубцов.

— Да с дворянской дряни.

— Люба! — удержала опять Анна Серафимовна.

Люба поглядела на Рубцова, скосившего на особый лад губы, и почувствовала какую-то новую неловкость в его присутствии. Он был недоволен, но это-то и подзадоривало ее.

— Это господин Палтусов? — тихо спросил Рубцов Анну Серафимовну.

— Да...

Она хотела узнать: как он ему понравился, но побоялась резкого отзыва.

— Ловкий, по видимости, человек,— заметил Рубцов как бы про себя.

— Думаете, ловкий?— спросила она.— Вот, однако, не об одном себе хлопочет!

— Ну, это еще не Бог знает что... Родственницу пристроить...

— После,— остановила его Анна Серафимовна, указав на поднимающийся занавес.

Ей был неприятен тон Рубцова. И он сегодня недалеко ушел от Любы. Что у них,— а еще молодые люди,— за замашка: ко всему относиться с недоверием, с злобностью какой-то!

Она в течение акта раза два поглядела в сторону Палтусова. В антракте он издали раскланялся и уехал до конца пьесы. Он ей сказал наверху, что будет завтра в концерте. И ей показалось, как будто он желает говорить с ней о своих отношениях к Нетовой. Зачем это? Правда, она слышала разные вещи. Она им не верит.

Однако это ее все-таки тронуло. Значит, он дорожит ее мнением. А она думала, что он и знать ее не хочет. У него есть что-то и в голосе, и в движениях, и в словах, что ей особенно нравится.

— Тетя,— Любаша толкнула ее под бок,— вы куда-то мечтами унеслись.

— Ах, это ты?

— Право, унеслись... все этот душка штатский вас в такую мерехлюдию привел.

— Пустяки какие ты все говоришь,— сказала Анна Серафимовна и отвернула голову.

— Умен очень? — спросил ее Рубцов пять минут спустя. .

— Вы про кого?

— Да все про вашего ловкача.

— Не зовите его так.

— Ну, не буду.

— Вы спрашиваете, умен ли? Вот как-нибудь, если у меня встретитесь,— поэкзаменуйте его.

— Нам где же-с!

Рубцов решительно не нравился ей в этот вечер. Она хотела пригласить его напиться чаю после театра, но не сделает этого. С ним она могла обо всем толковать: и о делах, и о своем душевном настроении, но о Палтусове разговор не пойдет; пускай они познакомятся. Да вряд ли сойдутся. Сеня горд, в людей не верит, барчонков не любит.

Конец шекспировской пьесы и маленькую комедию, где дебютировала новая ingénue, Анна Серафимовна прослушала с чувством тяжести в груди и в голове. Только на воздухе ей стало легко. Она привезла Рубцова и Любашу в своей карете и должна была развести их по домам. Любаша напрашивалась на чай, но Анна Серафимовна напирала на поздний час. И мать ее будет беспокоиться.

— А вы, Сеня, домой?— спросила Любаша.

— А то куда же?

Анна Серафимовна улыбнулась в темноте кареты... Люба начинала ревновать ее к Рубцову.

— Ну, вот вам и Шекспир! — крикнула Люба.— Такая пустяковина!.. И скучища непролазная!

— Это точно,— подтвердил Рубцов.

Спорить с ними Станицына не могла. Пьеса прошла перед ней точно ряд туманных картин.

Любашу завезли; Рубцов взял извозчика на полпути. Домой Анна Серафимовна возвращалась одна. Было уже около часу ночи.

XVII

Не спится Анне Серафимовне. Она живет все в тех же хоромах, лежит на той же постели, что и перед заключением "сделки" с мужем. Низ заперт и не топится. Да и верх бы она заперла, кроме спальни, столовой да детской. Зачем ей столько комнат? И вообще-то она не любит тратить по-пустому деньги... Просторных две-три комнаты, чтобы чистота была, белье тонкое, свету побольше. Платьев у ней много. На это она готова тратиться. По-старому-то лучше жилось, все было на своем месте; а теперь и мужчины и женщины вышли из пазов, ни к тем, ни к этим не пристали. Она это чувствует на самой себе. Что такое она? Вот хоть бы Андрей Дмитриевич Палтусов, как он на нее смотрит? И не купчиха, какие прежде бывали, и не барыня. Есть у ней в голове неплохие вещи. На фабрике надо многое уладить, казармы рабочих переделать, школу тоже по-другому устроить. "Затеи!— говорят разные кумушки.— Отличиться хочет, чтобы об ней в газетах написали, попасть потом в почетные попечительницы приюта или в председательницы общества".

Бьет два часа. Анна Серафимовна не спит.

Да, хорошо бы все это, что у ней есть на душе, разделить с милым человеком. Сеня Рубцов — малый умный и понимающий. Он не попрекает ее затеями. Только в нем чего-то недостает. Может быть, того же самого, чего и в ней нет. А все это-то и есть в Андрее Дмитриевиче Палтусове... Ей так кажется...

Десять раз перевернулась Анна Серафимовна с боку на бок. Тонкое полотно подушки нагрелось. Она и ее раза два перевернула. Она спит с ночником. В спальне воздуху много, и засвежело немножко. Чего бы, кажется, не спать?

Что ее за положение теперь! Вдова — не вдова, и не девушка и свободы нет. Хорошо еще, что муж детей не требует. По его беспутству, какие ему дети; но настанет час, когда он будет вымогать из нее что может этими самыми детьми... Надо заранее приготовиться... Вот так и живи! Скоро и тридцать лет подползут. А видела ли она хоть один денек света, радости, вот того, чем зачитываются в книжках?! Нужды нет, что после бывает горе, без риску не проживешь...

Счастье!.. Это вот слово как часто повторяют, особливо в книжках. А она, видно, так и дни свои кончит, не узнав, что такое за счастье бывает на земле, особенно из-за которого люди режутся и топятся... А могла бы, и очень!.. Виктора Мироныча, что ли, испугалась, когда жила с ним?..

Бьет три часа. Анна Серафимовна глядит на драпировку окна, приходящегося против кровати. Сон нейдет. Начинает бить в виски.

Хуже вдовства ее положение. А кто виноват? Сама. Прямо потребуй развода, а не пойдет добром — излови, докажи... Нешто это трудно с таким развратником? Ей ведь рассказывали про бракоразводные процессы. Стоит это много, десять тысяч... И свидетели найдутся, которые под присягой покажут. Нет, на это она не пойдет! Изловить. Или откупиться?.. Теперь нельзя еще, и раньше двух лет не покроешь долгов, мужнину фабрику не поставишь на полный лад... Он, поди, сам не прочь. Разве так можно? Все устрой, очисти его от долгов, работай для детей из-за купеческой чести своей, а он все потом заберет, да и скажет: разводиться давай!.. Такой человек на себя вины не возьмет. Ему новая женитьба нужна будет для какой-нибудь новой пакости.

Ох! Пришла бы страсть-зазноба, вмиг бы она все перевернула! Развязки бы добилась. Половину своего бы собственного состояния отдала. Что жадничать? У детей будет кусок хлеба! Ждать ли этой зазнобы? Не прошло ли уже время? Не выели ли горечь и обида и жизнь с постылым мужем то, чем сердце любит, чем душа летит навстречу другой душе?

Душно Анне Серафимовне под атласным одеялом. Хоть на какой бы нибудь приятной мысли заснуть... А завтра-то? В концерте... Андрей Дмитриевич обещал. Туалет надо белый. Он к ней идет. Любу не возьмет с собой. Одна поедет. Сядет в дальней зале, около арки. Он найдет ее.

Бьет четыре часа. Анна Серафимовна забылась и что-то шепчет во сне. Ей снится амбар с полками. На прилавке навалены куски всяких цветов... Но приказчик вырывает у ней из рук штуку сукна; штука развертывается, сукно протянулось через весь амбар, потом дальше, по улице... Ей страшно. Она вскрикивает и просыпается... Бьет пять часов.

XVIII

По мраморной лестнице Благородного собрания поднималась на другой день Анна Серафимовна — одна, без Любаши.

Она любила выезжать одна и в театр лакея никогда не брала. Только на концерты Музыкального общества ездил с ней человек в скромной черной ливрее, более похожей на пальто, чем на ливрею. Первые сени, где пожарные отворяют двери, она быстро прошла в своей синей песцовой шубе. Двери хлопали, сквозной ветер так и гулял. В больших сенях стеной стояли лакеи с шубами. Все прибывающие дамы раздевались у лестницы. Белый и голубой цвета преобладали в платьях. По красному сукну ступенек поднимались слегка колеблющиеся, длинные, обтянутые женские фигуры, волоча шлейфы или подбирая их одной рукой. На площадке перед широким зеркалом стояли несколько дам и оправлялись. Правее и левее у зеркала же топтались молодые люди во фраках, двое даже в белых галстуках. Они надевали перчатки. На этот концерт съехалась вся Москва. В программе стояла приезжая из Милана певица и исполнение в первый раз новой вещи Чайковского.

Мраморный лев глядится в зеркало. Его голова и щит с гербом придают лестнице торжественный стиль. Потолок не успел еще закоптиться. Он лепной. Жирандоли на верхней площадке зажжены во все рожки. Там, у мраморных сквозных перил, мужчины стоят и ждут, перегнувшись книзу. На стуле сидит частный пристав и разговаривает с худым желтым брюнетом в сюртуке, имеющим вид смотрителя.

Анна Серафимовна остановилась на первой площадке у зеркала, подождав немного, пока другие дамы отойдут. Сначала она смотрела вниз по лестнице. Она стояла у перил в том месте, где они заворачивают наверх, около льва. Ей видна была вся суматоха и в сенях и левее, за арками, где отдают на сбережение платье приехавшие без своей прислуги. Оттуда выбегали обдерганные, нечистые лакеи, нанимающиеся поденно, приставали к публике, тащили каждый к себе, совали нумера. На прилавке складывались шубы и пальто, калоши клались в холщовые мешки — и все это исчезало в глубинах помещения с перегородками. Публика все прибывала. "Вся Москва" давала себя знать... Вошло уже более двух тысяч человек. С той площадки, где остановилась Анна Серафимовна, лестница и сени в обоих своих отделениях, с поднимающимися кверху дамами и мужчинами, толкотней за арками, с толпой лакеев, нагруженных узлами, казались каким-то одним телом, громадным пестрым червем, извивающимся в разных направлениях... И все это — Москва, "хорошее" общество, ездящее сюда каждую субботу. Она никого почти не знает, кроме больших купеческих фамилий... Это все господа... А почему она не принимает? Кто мешает ей? На миру надо жить! Свое купеческое общество ее не тянет. Скучно ей в нем до тошноты.

Анна Серафимовна подошла к зеркалу.

Около него только что вертелись две девицы, одна в ярко-красном, другая в нежно-персиковом платье, перетянутые, с длинными корсажами, в цветах, точно они на бал приехали. Их французский язык раздражал ее... Они, может, и купчихи — нынче не разберешь... Одеты обе богато... Шила на них, наверно, Жозефина или Луиза с Тверской. Своим белым сливочного цвета платьем строгого покроя, с кружевными рукавами, Анна Серафимовна довольна. Она не надела только брильянтовые пуговицы, большие — каждая тысячи по две... Не любит она своих вещей; их дарил ей когда-то Виктор Мироныч.... Купленных самой было немного, но все очень ценные.

В зеркало она видна себе вся, и за ней лестница — вниз и вверх. Парадно почувствовала она себя, жутко немного, как всегда на людях. Но ей ловко в платье, перчатки тоже прекрасно сидят, на шесть пуговиц, в глазах сейчас прибавилось блеску, даром, что плохо спала, из-под кружевного края платья видны шелковые башмачки и ажурные чулки. Никогда она еще не находила себя такой изящной. Кажется, все тяжелое, купеческое слетело с нее. Осмотрела она себя быстро, в несколько секунд, поправила волосы, на груди что-то, достала билет из кармана, скрытого в складках юбки, и легкими шагами начала подниматься... Глазам ее приятно; но уже не в первый раз обоняет она запах сапожной кожи... И чем ближе к входу в первую залу, тем он слышнее. Запах этот идет от артельщиков в сибирках, приставленных к контролю билетов. Она знает отлично этот запах. Ее артельщики ходят в таких же сапогах. Она подает одному из них свой абонементный билет. Он у ней нумерованный, но в большую залу она не пойдет; хорошо, если б удалось занять поближе место, за гостиной с арками, там, где полуосвещено. Вероятно, можно. Еще четверть часа до начала.

XIX

У входа во вторую продольную залу — направо — стол с продажей афиш. Билетов не продают. В этой зале, откуда ход на хоры, стояли группы мужчин, дамы только проходили или останавливались перед зеркалом. Но в следующей комнате, гостиной с арками, ведущей в большую залу, уже разместились дамы по левой стене, на диванах и креслах, в светлых туалетах, в цветах и полуоткрытых лифах.

Анна Серафимовна бросила на них взгляд боком. Она знала трех из этих дам, могла назвать и по фамилиям... Вот жена железнодорожника — в рытом бархате, с толстой красной шеей; а у той муж в судебной палате что-то; а третья — вдова или "разводка" из губернии, везде бывает, рядится, на что живет — неизвестно... Все три оглядывают ее. Ей бы не хотелось проходить мимо них, да как же иначе сделать? Виктора Мироныча и его похождения каждая знает... А ни одна, гляди, хорошего слова про нее не скажет: "Купчиха, кумушка, на "он" говорит, ему не такая жена нужна была". Каждую складочку осмотрят. Скажут: "Жадная, платье больше трехсот рублей не стоит, а брильянтов жалко надевать ей, неравно потеряет".

Щеки сильно разгорелись у Анны Серафимовны... Она быстро, быстро дошла до одной из арок, где уже мужчины теснились так, что с трудом можно было проникнуть в большую залу. Люстры были зажжены не во все свечи. Свет терялся в пыльной мгле между толстыми колоннами; с хор виднелись ряды голов в два яруса, открывались шеи, рукава, иногда целый бюст... Все это тонуло в темноте стены, прорезанной полукруглыми окнами. За колоннами внизу, на диванах, сплошной цепью расселись рано забравшиеся посетительницы концертов, и чем ближе к эстраде, помещающейся перед круглой гостиной, тем женщин больше и больше.

В сторону эстрады заглянула было в большую залу и Анна Серафимовна, но сейчас же подалась назад. В гостиной вдоль арок, на четырех рядах кресел, на больших диванах и по всей противоположной стене жужжит целый рой женских сдержанных голосов. Темных платьев почти не было видно... Здесь только в начале концерта слушают, но разговоры не прекращаются. Это салон, приставленный к концертной зале... Углубиться в симфонию невозможно. Анна Серафимовна хоть и не считает себя много смыслящей в музыке, но не одобряет этой гостиной.

Она прошла дальше, в полуосвещенную комнату покороче, почти совсем без мебели. Несколько кресел стояло у левой стены и около карниза. Она села тут за углом, так, чтобы самой уйти в тень, а видеть всех. Это местечко у ней — любимое. Тут прохладно, можно сесть покойнее, закрыть глаза, когда что-нибудь понравится, звуки оркестра доходят хоть и не очень отчетливо, но мягко. Они все-таки заглушают разговоры... Найти ее во всяком случае нетрудно — кто пожелает...

Вот приближается улыбающийся лысый господин в черном сюртуке. От него она хотела бы спрятаться. Непременно подойдет и начнет говорить приторные любезности. Не нужно ей и вот того крошечного гусарика в красных рейтузах и голубом ментике... Он всех знает, переходит от одной дамы к другой, волоски на лбу расчесаны, как у ее сына Мити, что-то такое всем шепчет. А вот и пары пошли. Она их давно заметила. Лучше не смотреть! Какое ей дело?.. Точно завидует. Есть чему! Так открыто держать около себя любовников — срам!

Оркестр грянул. Это была "це-мольная" симфония Бетховена. Анна Серафимовна не могла бы разобрать ее на фортепьяно. Она ноты знала плохо, музыка не давалась ей никогда и в пансионе, но она любила эту именно симфонию, слыхала ее чуть не десятки раз, могла своими ощущениями описать ее. Она знала, что маленькая фраза в несколько нот будет на разные лады повторяться — и так, и этак, стремительнее, образнее, сложнее — и опять прозвучит в первоначальной простоте. Решительно не понимала Анна Серафимовна, как это можно сделать что-то большое, широкое, забирающее за живое, могучее из нескольких ноток, из какого-то окрика или точно кто палочкой или пальцем по стеклу ударил... И пенья виолончели ждала она в andante. Не умеет она выразить, почему в этой мелодии есть что-то прямо отвечающее на ее душевные порывы, но что оно так — она в этом убеждена. А потом, к концу, вдруг пронесется какой-то вихрь: могучий и страстный человек созывает всех на свое торжество.

XX

Палтусов приехал к концу первой части концерта. Он остановился у входа в гостиную с арками. Наплыв публики показался ему чрезвычайным. Куда он ни поглядит, везде туалеты, туалеты, открытые или полуобнаженные руки, цветы. Правда, тут же "вся Москва", и та, что притворяется любительницей музыки, и та, что не знает, где ей показать себя. Он давно говорит, что "музыкалка" превратилась в выставку нарядов и невест, в вечернюю Голофтеевскую галерею, куда ездят лорнировать, шептаться по углам, громко говорить посредине, зевать, встречаться со знакомыми на разъезде. Большой город, большое общество, когда видишь его в куче, и деньгами пахнет, и пожить хочется всем...

Глаза Палтусова искали Анну Серафимовну. Он вспомнил, что видал ее прежде в дальней зале, в сторонке за карнизом... В большую залу он не пойдет. Там ее, наверно, нет. До антракта он постоял у первой арки, позади длинного хвоста мужчин, очень прифранченных. Поклонился он хорошенькой докторше в розовом шелковом платье, другой тоже красивенькой женщине, жене адвоката, оглядел двух жидовочек, с тонкими профилями, в перетянутых донельзя лифах, и трех девиц в белых кашемировых платьях с высоким воротом, сидевших точно в молочной ванне.

Длинный молодой человек с худощавым румяным лицом и русой

бородкой, во фраке, остановил Палтусова, когда он начал пробираться чрез гостиную.

— А, доктор! — откликнулся Палтусов, пожимая ему руку.— Я думал, вы в Париже.

— Всю зиму здесь,— ответил тот с кисловатой усмешкой.

— Все по женским болезням практикуете?

— Как же.

— Со старыми княгинями возитесь?

Доктор повел плечами и засмеялся.

— Всяких успехов! — сказал ему Палтусов и пошел дальше.

Доктор жил когда-то в Фиваиде — на Сретенке, но он тотчас по окончании курса поехал домашним врачом с барской фамилией в Париж и на итальянскую зимовку и с тех пор понагрел уже руки около худосочных богатеньких и стареньких княгинь. Как личность и по репутации он был довольно-таки ему противен.

По теории Палтусова, можно было располагать к себе женщин, но непременно молодых, если уже не красивых, завязывать через них связи, пользоваться их доверием, но ни в каком случае не действовать через них на мужей и не ухаживать за ними из личных расчетов, когда они стары да еще имеют на вас любовные виды. Доктор не отвечал такой программе.

— А! Палтусов, голубчик! — окликнул сзади ласковый, низковатый женский голос.

Он обернулся. Перед ним заблестели два черных бархатных глаза, смотревшие на него бойко и весело. Ему протягивала белую полуоткрытую руку в светлой шведской перчатке статная, полногрудая, красивая дама лет под тридцать, брюнетка, в богатом пестром платье, переливающем всевозможными цветами. Голова ее, с отблеском черных волос, белые зубы, молочная шея, яркий алый рот заиграли перед Палтусовым. На груди блестела брильянтовая брошка.

— Людмила Петровна!

— Хорош, батюшка! Полгода глаз не кажет!

— Виноват! Не оправдываюсь...

Это была его давнишняя знакомая Людмила Петровна Рогожина. Он еще офицером ездил в дом ее отца, читал ей книжки, немножко ухаживал. Тогда уже она обещала развернуться в роскошную женщину. Из небогатой купеческой семьи она попала за миллионера-мануфактуриста.

Сзади, из-за плеча, улыбался супруг, белый, с розовыми щеками, пухлый, обросший каким-то мохом вместо волос, маленького роста, с начинающимся брюшком, во фраке и белом галстуке. Он нес голубую с серебром накидку жены.

— Артамон Лукич, мое почтение! — кивнул ему Палтусов и сделал ручку.

Тот усиленно замотал белокурой головой с плоскими припомаженными височками.

— Виноват,— повторил Палтусов и нагнул голову к плечу Рогожиной.

227

— Бестия-то та уехала?— шепнула она ему в ухо.

— Какая бестия?— рассмеялся он.

— А та! Нетиха!.. Кривляка-то!.. Дохлая!.. При ней небось состоите в адъютантах?

— Полноте!

— Да уж нечего! Все знаю! Ну, Бог простит. Вот что, голубчик. Ко мне в среду на масленице. Большой пляс. Невесту какую подхватить можно!.. У меня и титулованные будут. Пальчики оближете.

— Хорошо!

— То-то же. Без обмана.

Она пожала ему руку и поплыла. Супруг тоже пожал руку и прибавил сладким теноркой:

— Без обману! Ха, ха, ха! В среду!

XXI

Из своего угла Анна Серафимовна видела, как вошел Палтусов, с кем раскланивался, с кем поговорил. Рогожина в этот вечер показалась ей особенно красивой. Они были с ней когда-то приятельницами и до сих пор на "ты". Анна Серафимовна редко ездит к ней. Очень уж в этом доме "ветерок порхает", как она выражалась.

Когда Рогожина пожимала руку Палтусову, а потом что-то сказала ему на ухо, Анну Серафимовну ударило в жар... Она начала обмахиваться веером.

— Вот вы где! — заслышался сбоку голос Палтусова.

Он тотчас же сел рядом с ней.

— Сейчас приехали?— спросила она не тем тоном, каким бы сама желала.

— Перед антрактом.

Станицына показалась ему в этот вечер гораздо больше дамой, чем когда-либо. В ней он ценил чистоту русского старонародного типа. Таких бровей ни у кого не было в этой гостиной, да и глаз также. Стан ее сохранил девическую стройность. В ней чувствовалась страстность женщины, не знавшей ни супружеской любви, ни запретных наслаждений.

— У Рогожиной на масленице большой пляс,— заговорил Палтусов,— вы будете?

— Она меня не звала.

— Конечно, позовет, поезжайте,— убедительно выговорил он.

— А вы? Собираетесь небось?

— Буду.

— Видите что, Андрей Дмитриевич,— продолжала Станицына потише,— мне как-то неловко.

В первый раз она говорила нечто такое постороннему.

— Ах, полноте! — возразил Палтусов.— Зачем это делать из себя жертву?

— Я не делаю, Андрей Дмитриевич,— перебила она и сдвинула брови.

— Делаете! — горячо, но дружеским звуком повторил Палтусов.— Из-за чего же вам отказывать себе во всем? Из-за того, что ваш супруг...

Она остановила его взглядом.

— Ну, не буду... Только вы, пожалуйста, не отказывайтесь от бала у Рогожиной,— рука его протянулась к ней,— попляшем, поедим, шампанского попьем. Кадриль мне пожалуйте сейчас же.

Никогда Палтусов не говорил с ней так оживленно и добродушно.

— Не знаю... платье...

— Ах, Боже мой!

— Надо экономию соблюдать,— шутливым шепотом продолжала она.

— Вы в эту зиму, наверно, не были ни на одном бале?

— Нет, не была.

— Так раскошельтесь на пятьсот рублей.

— Не сделаешь! — деловым тоном сообразила Анна Серафимовна.

Палтусов рассмеялся.

— Да и нельзя,— прибавила она тем же тоном.

— Почему же? Фирму надо поддержать?

— А как бы вы думали, Андрей Дмитриевич? Каждое кружевцо сочтут... Тысячу рублей и клади.

— Не скупитесь! Ведь теперь все фабрики отличные дела делают. Золотая пошлина выручила. У Макарья-то сколько процентиков изволили зашибить?

Они оба рассмеялись над своим разговором.

Ходьба и гул голосов стихли в гостиной. Оркестр заиграл. Смолкли и Станицына с Палтусовым. Он остался тут же, позади ее кресла.

Кто-то играл фортепьянный концерт с оркестром. Такая музыка не захватывала. Анна Серафимовна под громкие пассажи пианиста обдумывала свой туалет у Рогожиных.

Завтра же она поедет к Жозефине. А если та завалена работой, так к Минангуа... Хочется ей что-нибудь побогаче. Что, в самом деле, она будет обрезывать себя во всем из-за того, что Виктор Мироныч с "подлыми" и "бесстыжими" француженками потерял всякую совесть? Да и в самом деле — для фирмы полезно. Каждый будет видеть, что платье тысячу рублей стоит. А ее знают за экономную женщину.

Давно уже она с таким молодым чувством не обдумывала туалет. Платье будет голубое. Если отделать его серебряными кружевами? Нет, похоже на оперный костюм. Жемчуг в моде — фальшивым она не станет обшивать, а настоящего жаль, сорвут в танцах, раздавят... Что-нибудь другое. Ну, да портниха придумает. Коли и Минангуа не возьмет в четыре дня сшить — к Шумской или к Луизе поедет...

Теперь ее тянет на этот бал... Палтусов упрашивает. На бале, в белом галстуке и во фраке, он представительнее всех. У него именно такой рост, какой нужно для молодого мужчины на вечере, в танцах, в любом собрании. Ведь множество здесь всяких мужчин, а никто не смотрит так порядочно и значительно, как он. Или "адвокатишка", она так и называла мысленно, или "конторщик", или мелюзга. Фраки натянули — обрадовались случаю, а всего-то в них и есть содержания, что жилеты от Бургеса да лаковые ботинки от Пироне. И ее уже не смущает то, что она сидит рядом с Палтусовым в полутемном уголке на глазах всех сплетниц.

XXII

— Анна Серафимовна,— шепотом позвал ее сбоку Палтусов.

Она повернула голову.

— Концерт этот вам не очень нравится?

— Нет.

— Можно поговорить?

Вместо ответа она подалась назад. Теперь ее видно было только тем, кто сидел у стены и в заднем ряду стульев, а Палтусов совсем скрылся за ее креслом.

— Правду мне настоящую скажете?— спросил он, наклоняясь к ее затылку.

— Я не охотница лгать.

— Вы зачем вчера в театре намекнули на мои отношения к Марье Орестовне?

Анна Серафимовна слегка покраснела.

— Намекали?— спросил с ударением Палтусов.

— Так что же?

— Это не ответ!

— Вам неприятно было?

— Нет,— перебил Палтусов,— так мы не будем говорить, Анна Серафимовна. Да здесь и не совсем удобно... Я хотел только уверить вас, что никаких особенных отношений не было и не может быть... Вы мне верите?

Его лицо было ей видно наполовину... Оно как будто немного побледнело... Голос зазвучал искренне. По ней пробежала внезапная дрожь.

— Я вам верю, Андрей Дмитриевич.

Эти слова припомнили ей вдруг сцену, виденную на одном бенефисе... Хорошая девушка, купеческая дочь, вверяется любимому человеку... А человек этот — вор, он накануне погрома, ему нужно ее приданое, он обводит ее, вызвал на любовное свидание у колодезя.

Луна светит, поэтическая минута. И эта дура сказала ему точь-в-точь те же слова: "Я вам верю". И "жулик" этот говорил тронутым голосом; актер гримировался ужасно похоже на Палтусова.

— Больше мне ничего и не нужно,— слышался около нее его голос.

Он оправдывается? Стало быть, его за живое задело. Не хотела она его обидеть вчера, а так, с языка соскочило. Мало ли что говорят! Марья Орестовна — женщина тонкая, воспитанная совсем на барский манер... Что же мудреного, если бы и вышло между ними "что-нибудь". Но вряд ли! Вот она за границу уехала; слышно, на полгода. Около денег ее поживиться?.. Нет! Зачем подозревать?.. Гадко!

— Я вам верю,— сказала еще раз Анна Серафимовна и вбок подняла на него свои пушистые ресницы.

"То-то,— выговорил про себя Палтусов,— еще бы ты не верила!"

В эту минуту он чувствовал между собой и всем тем людом, который мелькал пред ним, целую пропасть. Он вот никому не верил из этих фрачников. Каждый на его месте извлек бы из дружеского знакомства с Нетовой, из ее тайной слабости к нему что-нибудь весьма существенное... Все кругом хапает, ворует, производит растраты, теряет даже сознание того, что свое и что чужое. Теперь, войдя в делецкий мир, он видит, на чем держится всякая русская афера. Только у некоторых купеческих фамилий и есть еще хозяйская, хоть тоже кулаческая, честность... Такую Анну Серафимовну приходится уважать. Но и она должна уважать его, ставить его "на полочку", уже по одному тому, как он с ней ведет дело как с женщиной. Разве другой на его месте не старался бы "примоститься" тотчас после того, как она осталась соломенной вдовой?.. Тут миллионом пахнет. Виктора Мироныча спустить, до развода довести, отступного заплатить. Молодая женщина, не старше его, красивая, дельная, крупный характер. А он вот два месяца у ней не был. Ему не нужно бабьих денег. Он и сам пробьет себе дорогу. Как же ей не верить ему и не уважать его? И будет еще больше уважать. И доверять ему станет, коли он захочет, точно так же как Нетова, которую он может обокрасть дотла, если ему это вздумается.

Глаза Палтусова перебегали от одной мужской фигуры к другой.

"Все жулики!" — говорили эти глаза. Ни в ком нет того, хоть бы делецкого, гонора, без которого какая же разница между приобретателем и мошенником?..

— Верите?— спросил он после небольшой паузы.— Спасибо на добром слове.

Она тихо улыбнулась. Фортепьянный концерт кончился среди треска рукоплесканий. Теперь говорить было удобнее, но почему-то они замолчали. На эстраде, после паузы, запела всем обещанная приезжая певица — сопрано. И в разговорном салоне немного примолкли. Певица исполнила два номера. Ей хлопали, но умеренно. Она не понравилась.

— Экая невидаль!— сказал кто-то громко в гостиной. Несколько дам переглянулись.

XXIII

Оставалось еще два номера во второй части программы, но начался уже разъезд. Из боковых комнат, особенно из гостиной, стали подниматься дамы, шумя стульями, мужчины затопали каблуками, из большой залы потянулись также к выходу. Слушать что-нибудь было затруднительно. Но Анна Серафимовна высидела до конца.

Палтусов предложил ей руку. Она еще в первый раз шла с ним под руку в таком многолюдстве, пред всей "порядочной" Москвой. Хорошо ли она делает? Знакомых пока не попадалось. Но ведь ее многие знают в лицо. Идти с ним ловко: они одного роста. С Виктором Миронычем она терпеть не могла ходить и в первый и во второй год замужества, а потом он и сам никуда с ней не показывался...

Вот они в той комнате, откуда все боковые двери ведут на хоры и в круглую гостиную. Сразу нахлынула публика. С хор спускались дамы и девицы в простеньких туалетах, в черных шерстяных платьях, старушки, пожилые барыни в наколках, гимназисты, девочки-подростки, дети.

— Посмотрите, какие милые лица,— указал ей Палтусов на двух девушек, остановившихся у одного из подзеркальников.

Они были, наверно, сестры. Одна высокая, с длинной талией, в черной бархатной кофточке и в кружевной фрезе. Другая пониже, в малиновом платье с светлыми пуговицами. Обе брюнетки. У высокой щеки и уши горели. Из-под густых бровей глаза так и сыпали искры. На лбу курчавились волосы, спускающиеся почти до бровей. Девушка пониже ростом носила короткие локоны вместо шиньона. Нос шел ломаной игривой линией. Маленькие глазки искрились. Талия перехвачена была кушаком.

— Кто это? — спросила Анна Серафимовна.

— Не знаю их фамилий, но вижу всегда в концертах и в Большом театре,— выговорил Палтусов.

К брюнеткам подошли трое мужчин: толстенький офицер с красным воротником, нервный блондин с подстриженной бородой, в длинном сюртуке и, по московской моде, в белом галстуке, и черноватый франт во фраке и лайковых башмаках — с виду иностранец.

Девушка повыше заговорила с военным. Глаза ее еще больше заиграли. Другая улыбалась блондину.

— Вот толкуют — невест нет,— пошутила Анна Серафимовна,— а куда ни взглянешь — все хорошенькие девушки.

— Милые! — выговорил Палтусов.

— Что не женитесь?

— Время не пришло.

— Я не сваха, никого сватать не буду,— прибавила она серьезно.— Да и вы, Андрей Дмитрич, не женитесь. На это надо талан иметь.

Она сказала "талан", а не "талант" — по-московски. Это ему понравилось.

— Батюшки,— прошептала вдруг она,— не уйдешь от старика!

Ее заметил тот лысый господин, которого она уже видала, когда приехала. По дороге он подошел к брюнеткам, пожал им руки продолжительно, с наклонением всего корпуса, щуря свои мышиные глазки.

Он подошел и к Анне Серафимовне и сделал жест, точно хотел приложиться к руке.

— Анна Серафимовна,— сладко проговорил он, и глазки его совсем закрылись.— Как ваше здоровье? Виктор Мироныч как поживает?

Каждый раз он спрашивает ее одно и то же: о здоровье и о Викторе Мироныче.

— Благодарю вас,— сухо ответила она и рукой немного надавила на руку Палтусова, давая ему чувствовать, чтобы он повел ее дальше.

Они перешли в последнюю залу, перед площадкой. Здесь по стульям сидели группы дам, простывали от жары хор и большой залы. Разъезд шел туго. Только половина публики отплыла книзу, другая половина ждала или "делала салон". Всем хотелось говорить. Мужчины перебегали от одной группы к другой.

— Хотите присесть? — спросил Палтусов.

— Нет, здесь на виду очень.

— Все боитесь?

— Ах, Андрей Дмитрич,— выговорила она полушепотом,— вы во мне еще долго не выкурите... купчихи.

— Да и не нужно.

— Ой ли? — вырвалось у нее.

И она довольно громко засмеялась. Они вышли уже на площадку. Палтусов отвел ее в сторону, направо.

— Надо подождать немного,— сказал он, указывая на толпу.

XXIV

— Аннушка, здравствуй! — поздоровалась с Анной Серафимовной Рогожина и стала перед ними.

Муж накинул ей на плечи голубую мантилью, после чего подбежал к Станицыной и низко с ней раскланялся.

Палтусову Рогожина подмигнула. Этот взгляд, говоривший: "Вот ты куда подбираешься!", схватила Анна Серафимовна и внутренне съежилась. Она отдернула наполовину руку, которую держал Палтусов.

— Здравствуй,— выговорила она степенным тоном.

— Искала тебя по всей зале... Ты что же это на твоем месте не сидишь, а?

— Не люблю... Очень жарко и к музыке близко.

— Ну, вот что, голубчик... У меня пляс в среду на масленице... Тебя бы и звать не следовало... Глаз не кажешь. Вот и этот молодчик тоже. Скрывается где-то.— Рогожина во второй раз подмигнула.— Пожалуйста, милая. Вся губерния пойдет писать. Маменек не будет... Только одни хорошенькие... А у кого это место не ладно,— она обвела лицо,— те высокого полета!...

— Вот как,— кончиком губ выговорила Анна Серафимовна. Тон Рогожиной ее коробил.

— Будешь?

— Плохая я танцорка...— начала было Анна Серафимовна.

— Нет-с, нет-с,— вмешался муж Рогожиной,— это никак невозможно. Людмилочка говорит истинную правду: одни только хорошенькие будут. Вам никак нельзя отказаться.

— Не мешайся! — крикнула Рогожина. Станицына покраснела.

К ним подошел приезжий генерал, совсем белый, с золотыми аксельбантами. Он весь вечер любезничал с Рогожиной.

— А! — заговорил он, обращаясь к Рогожиной,— здесь салон... Esprit d'escalier... {Запоздалое остроумие... (фр.).}

233

— Так будете, князь?— Рогожина повернулась к нему и взяла его за обшлаг рукава.

— Непременно...

— Прощай!— сказала Рогожина Анне Серафимовне.— Пойдемте, князь.

Она увела старичка.

— Бой-баба стала моя Людмила Петровна!— заметил Палтусов.

— Ваша?— переспросила Станицына.

— Я ведь ее еще девушкой знал... Мы с ней даже на "ты" были одно время.

— У ней это скоро... А как вы скажете, Андрей Дмитрич... Хорошо ли такой быть, как она?

— В каком смысле?

— Так со всеми обходиться?

— Видите, хорошо... Все к ней ездят... Вся Москва будет... Вот увидите... Только вы-то будьте...

— Буду,— тихо и полузакрыв глаза выговорила она.

Палтусов проводил ее вниз, отыскал ее человека и сам надел на нее шубу. В пуховом белом платке Анна Серафимовна была еще красивее.

Он на нее засмотрелся.

— А ваша Тася! — сказала она ему у дверей вторых сеней.— Когда же ко мне?

— Послезавтра.

— Жду.

Еще раз кивнула она ему головой и пошла, кутаясь в песцовую шубу.

У прилавков, где выдавали платье, давка еще не прекратилась. Из дверей врывался холодный воздух. Палтусов рассудил подняться опять наверх.

С площадки, где зеркало, он увидал наверху, у перил, Нетова. Евлампий Григорьевич стоял, нагнувшись над перилами, и смотрел вниз. Его лицо поразило Палтусова. Он не видал его больше недели. Нетов в последний раз, как они виделись, был возбужден, говорил все о каких-то "предателях", просил прослушать статью, составленную им для напечатания отдельной брошюрой, где он высказывает свои "правила". К этому человеку он чувствует жалость. Прибрать его к рукам очень легко, но как-то совестно. Упускать из рук тоже не следовало.

Нетов спустился на площадку. Он шел, глядя разбегающимися глазами. Шляпа сидела на затылке. Фигура была глупая.

— Евлампий Григорьевич! — окликнул его Палтусов.

— А-а!.. Это вы!

Он точно с трудом узнал Палтусова, но сейчас же подошел, взял за руку и отвел в угол.

— Когда ко мне?— шепнул он таинственно.

— Когда прикажете,— ответил Палтусов, поглядывая на него вопросительно.

— Жду!.. Пообедать! Навестите меня одинокого! И, не прощаясь, он сбежал по ступенькам. "Свихнется",— подумал Палтусов и не пошел за ним. Минуты три он стоял, облокотясь о пьедестал льва. Мимо него прошли сестры-брюнетки и за ними их кавалеры. Тут двинулся и он.

XXV

— Андрей Дмитрич! Monsieur Палтусов! — крикнул кто-то сзади, с площадки.

Его догонял маклер-немчик, к которому он обращался когда-то в "Славянском базаре" от имени Калакуцкого.

Карлуша был в полной бальной форме. Из концерта он ехал на Маросейку, на празднование серебряной свадьбы к немецким коммерсантам-миллионщикам.

— Маленечко подождите!

Он сбежал к Палтусову и шепнул ему на ухо:

— Сергей-то Степанович — в трубу!

— Что вы говорите? — откинулся назад Палтусов. Но он тотчас же подумал: "И следовало ожидать".

— Скажите, что же? — заговорил он, беря маклера под локоть.

Они поднялись прямо на площадку.

— Да что — векселя пошли в протест. Платежей нет. Дома на волоске.

— И дома?

— Беспременно! Мне Леонтий Трофимыч говорил, потому товарищество — тоже кувырком!.. И я не рад, что тогда обращался.. Ну, да мое дело сторона. Вы нешто ничего не слыхали?

— Слышал кое-что... Я ведь больше не занимаюсь его делами.

— То-то! И разлюбезное дело... Прощайте. Мне еще к Теодору заехать... растрепались все волосы от жары. Да-с, профарфорился герр Калакуцкий.

— Как вы говорите?

— Профарфорился!.. Так Алексей Иваныч все изволят выражаться... Наше вам — с огурцом пятнадцать.

Он засмеялся, подал руку Палтусову и, сбегая с ступенек, заложил свою складную шляпу с синим подбоем под левую мышку. Карлуша ездил в бобровой шапке.

Палтусов остановился. Он решил сейчас же ехать к Калакуцкому.

Его вез извозчик. Своих лошадей он уж начал беречь и не ездил на них по вечерам. До дому Калакуцкого было недалеко, но извозчик тащился трусцой.

Палтусов предчувствовал, что "крах" для его бывшего патрона наступит скоро. Хорошо, что он уже более двух месяцев как простился с ним. Паевое товарищество задумано было, в сущности, на фу-фу... Быть может, к весне, если бы Калакуцкому удалось завербовать двух-трех капитальных "мужиков",— дело и пошло бы. Но он слишком раскинулся. Припомнились Палтусову слова: "хапает", сказанные ему Осетровым. Вот тот так человек!

Это пахло полным разорением. Но большой жалости он не чувствовал к Калакуцкому. И даже у него замелькали в голове новые соображения. Подряды его бывшего патрона не все были захвачены с глупым риском. Есть и очень выгодные. Если бы заполучить хоть один из таких стоящих подрядов? Ведь и домов У него целых три... Они пойдут за бесценок... Заложены давно. И строены-то были без копейки. Забастуй тогда Калакуцкий — и был бы он крупный домовладелец, выплачивал бы себе банковские проценты. Ему давали дутые оценки, на треть выше стоимости. Да и теперь можно еще сделаться домовладельцем таким же способом. Все-таки кумовство нужно или, лучше сказать,— организованный обман. А тут дело чистое: приобрел с аукциона... Охотников немало найдется и с своими деньгами. А у него сколько же своих-то? И двадцати тысяч не найдется.

На этом вопросе остановил Палтусова толчок в рытвину, выбитую сбоку улицы. Он оглянулся и крикнул:

— Стой!

Сани уже поравнялись с огромным четырехэтажным домом о двух подъездах. Это и был один из домов Калакуцкого, где проживал сам владелец.

Быстро расплатившись с извозчиком, Палтусов вбежал в подъезд, по сю сторону больших ворот, сквозь которые виден был освещенный газовыми фонарями глубокий двор, весь обстроенный. Ворота стояли еще отворенными на обе половинки.

— Сергей Степаныч? — спросил он у швейцара.

Тот встречал его у лестницы без картуза. Палтусов заметил, что лицо у него расстроенное.

— Батюшка барин,— заговорил шепотом швейцар, седенький старичок,— нездорово у нас.

— Как нездорово?

— Сергей Степанович...— он досказал на ухо Палтусову,— Богу душу отдали...

— Когда?

У Палтусова перехватило голос.

— Да вот с час времени будет... Полиция там, за следователем... или бишь за прокурором послали.

Семейства у Калакуцкого не было. Но Палтусов знал, что он содержит немолодую уже танцовщицу из корифеек. Она жила в том же доме, в особой квартире.

— А Лукерья Семеновна?— спросил он.

— Послали-с... Они в театре... Танцуют сегодня. Ждем с минуты на минуту.

— Да жил он... хоть немного?

— Нет-с... Как, значит, пистолет приставил к виску — сразу!.. И камардин не вдруг вошел. Чай заваривал... Входит с подносом, а они лежат, голова-то на письменном столе. У стола и сидели...

— Так там полиция?

— Да-с — околоточный и хожалый. Доктор уехал, из части взяли... Что же ему за сухота теперь? И крови-то ничего почти не вышло... В мозг, значит, прямо... Страсти! — Старичок вздрогнул и перекрестился. — Пожалуйте!..— показал он рукой вверх.

XXVI

Хозяйская квартира помещалась в бельэтаже. Палтусов оглядел лестницу. Матовый, в виде чаши, фонарь, ковер с медными спицами, разостланный до первой площадки, большое зеркало над мраморным камином внизу — все так парадно и внушительно смотрело на него, вплоть до стен, расписанных в античном вкусе темно-красной краской с фресками. И в этой отделке парадного подъезда виднелся ловкий строитель из дворян, умевший все показать "в авантаже". Ничто не говорило, что за дверьми первой квартиры, по правую руку, доигран был последний акт делецкой драмы.

"Наверно, уголовщина",— сказал себе Палтусов. Он медленно поднимался по большим ступенькам широкой лестницы с чугунными бронзированными перилами.

Без уголовных подробностей, из-за одной несостоятельности такой человек, как Калакуцкий, вряд ли всадил бы себе пулю...

Он позвонил. Отпер "человек" Василий с перекошенным лицом.

— Андрей Дмитрич! — растерянно воскликнул он.— Как вас Бог принес?.. Пожалуйте!..

В передней сидел городовой, в кивере, в пальто с меховым воротником, и сонно хлопал глазами. При входе Палтусова он встал.

— Где?— спросил Палтусов.

— В кабинете-с. Так и оставили... Следователь...

И камердинер повторил ему то, что он уже слышал от швейцара.

— В театр послали,— конфиденциально сообщил камердинер.— Лукерья-то Семеновна... танцует-с... У них сегодня в новом балете, в самом конце, целый номер. Ближе половины двенадцатого не будут.

Камердинер был любитель балета и даже свободно выговаривал такие слова, как "pas de deux".

Передняя освещалась стенной лампой. Висела ильковая шуба Калакуцкого рядом с пальто околоточного. На подзеркальнике лежала меховая шапка и на ней пара новых светлых перчаток.

— Хотели в балет ехать-с,— доложил еще камердинер, снимая пальто с Палтусова.— И лошади были готовы... И вот!..

Он не докончил. Барина он жалел, хоть покойный и давал иногда зуботычины. Жалованья Василий получал тридцать рублей.

Палтусов прошел через столовую и небольшую гостиную — они стояли темными — и остановился в дверях кабинета между двумя тяжелыми портьерами. Свет высокой фарфоровой лампы ярко падал на письменный стол, занимавший всю средину комнаты, просторной и оклеенной темными обоями. Из-за спинки кресел перед большим круглым столом Палтусову не видно было тела самоубийцы. Его оставили в таком положении, как застал его камердинер, все еще боявшийся, что его схватят. Околоточный присел к письменному столу справа. Его курчавая рыжеватая голова с курносым в очках профилем резко выдавалась на фоне зеленого сукна и мглы кабинета за столом. Он писал. Слышно было скрипение пера.

На Палтусова напало что-то схожее с робостью. В трусости он не мог

237

себя упрекнуть. Ему не досталось Георгия, когда он был за Балканами в волонтерах, но саблю за храбрость он имел. Однако надо же было посмотреть недавнего "принципала". Его начинала щемить мысль, что денежная карьера дворянина, собиравшегося обобрать купеческие кубышки, может очень и очень закончиться вот таким выстрелом.

Палтусов вошел наконец в кабинет. Околоточный поднял голову и тотчас же встал. Ему было плохо видно с его места. Он мог принять Палтусова за следователя или товарища прокурора.

— Не беспокойтесь,— сказал ему тихо Палтусов,— продолжайте ваше дело.

Околоточный пристально оглядел его и признал, что это не должностное лицо.

— Что вам угодно? — спросил он.

— Я заехал случайно к Сергею Степановичу,— выговорил Палтусов, но не прибавил, что близко знал покойного, как его бывший агент.

— Любезнейший,— крикнул околоточный Василию,— посторонних-то не пускайте!

— Слушаю-с,— трусливо откликнулся Василий из-за портьеры.

— Я на минуту,— сказал, как бы извиняясь, Палтусов.

Тут только, около самого письменного стола, он разглядел тело Калакуцкого. Голова лежала на обеих руках, сложенных под нею. Кресло было придвинуто плотно к столу. Тело подалось вправо. На левом виске чернелась повыше уха маленькая дырочка с запекшейся кровью. Отложной воротничок рубашки был в двух местах забрызган. Лицо, видное Палтусову в профиль, побледнело и стало очень красивым с его крупным носом, длинными усами и французской бородкой. Можно было принять мертвеца за спящего... Оделся он действительно в театр — в двубортный, обшитый ленточкой сюртук, застегнутый на четыре пуговицы. Пистолет лежал на полу так, как его нашел Василий.

XXVII

— Вы так и оставили? — обратился Палтусов к околоточному и указал на труп.

— Да-с... Лакей хотел на кушетку... Этого нельзя. Следователь забранится. Наверняка и прокурор будет. Поди, как бы генерал не приехали.

И околоточный значительно поглядел на Палтусова.

— Вы не тревожьтесь,— сказал Палтусов,— я сейчас уйду.

— Да и вам лучше... Какое удовольствие!.. И нам-то с этими самоубийствами житья нет. Верьте слову... Хозяева меблированных комнат обижаются чрезвычайно. Приедет с железной дороги как следует, номер возьмет, спросит порцию чаю... А там и выламывай двери. Ночью и натворит безобразия. Или опять в банях, или в номерах для приезжающих. Спервоначалу пройдется насчет женского пола...

— Да? — с улыбкой переспросил Палтусов.

— Первым делом! Или у проститутки ночевал, окажется из

дознания, или притащит с собой, под утро отпустит ее, ну водка или ром,— и наутро пукнет... Анафемское время, я вам скажу!

— Молодые от любви больше?

— Нельзя этого сказать,— вошел в сюжет околоточный и даже выпрямился,— студент — от чувств... бывало это, или так, сдуру, в меланхолию войдет, оставит ерунду какую-нибудь, на письме изложит, жалуется на все, правды, говорит, нет на свете, а я, говорит, не могу этого вынести!.. Мечтания, знаете. Женский пол — от любви, точно... Гимназисты опять попадаются, мальчуганы. Они от экзаменов. А больше растраты...

— Растраты? — повторил Палтусов.

— Так точно. Чуть деньги растратил, хозяйские или по доверенности, или просто запутался...

Околоточный смолк на минуту и прибавил:

— Жуликов расплодилось несть числа!

— Немало,— подтвердил Палтусов.

Он глядел все на голову Калакуцкого. Сбоку от лампы стоял овальный портрет в ореховой рамке. На темном фоне выступала фигура танцовщицы в балетном испанском костюме и в позе с одной вскинутой ногой.

— Несть числа жуликов!— повторил околоточный и поправил на носу очки.— Генерал наш хочет вот наших-то, хотя бы мелюзгу-то карманную, истребить... Ничего не сделает-с! Переодевайся не переодевайся в полушубок — не выведешь. А тысячные-то растраты? Тут уж подымай выше... Изволили близко знать Сергея Степановича?— вдруг спросил он другим тоном.

— Довольно близко,— ответил Палтусов сдержанно.

— Как же это такое происшествие?.. В делах, видно, позамявшись?

— Должно быть...

— Удивления достойно... Человека миллионщиком считали... Дом один этот на триста тысяч не окупишь... Грехи!

— Нашли какое-нибудь письмо? — перебил Палтусов.

Его точно что удерживало в комнате мертвеца.

— Мы на столе ничего не трогали... Изволите сами видеть... Вот около лампы пакет... Как будто только что написан был и положен. Кровинка и на него угодила.

Вправо, выше лампы, около бронзового календаря, лежало письмо большого формата. На него действительно попала капля крови. Палтусов издали, стоя за креслом, прочел адрес: "Госпоже Калгановой — в собственные руки".

— Вы прочли адрес? — осведомился Палтусов.

— Прочел-с... Рука у покойника четкая такая... Госпоже Калгановой. Это их мамошка-с!

— Что?— не расслышал Палтусов.

Околоточный усмехнулся.

— Мамошка-с, я говорю, на держании, стало быть, состояла... Это они напрасно сделали... Что же тут девицу срамить? Лучше бы самолично отвезти или со служителем послать. Да всегда на человека, коли он это самое задумает, найдет затмение... В балете они состоят...

239

Он ткнул пальцем в фамилию, написанную на конверте.

— Послали за ней... Напрасно. Дурачье люди! Прискачет, рев, истерика, крик пойдет... В протокол занесут, допрашивать еще станут, следователь у нас из молодых, не умялся. И только один лишний срам... Они ведь в этом же доме жительство имеют.

— Я знаю,— выговорил Палтусов.

— Мне вот отлучиться-то нельзя... А не надо бы допускать. А как не допустишь?

"Пускай ее!" — подумал Палтусов. Он не станет вмешиваться. Танцовщица утешится. Детей у них нет. Вот разве покойный что-нибудь наблудил; так "гражданская сторона" доберется до разных ее вещей и ценных бумаг. Сумеет спустить. С этой Лукерьей Семеновной он всего раз обедал.

Околоточный вышел на средину кабинета. Палтусов сделал также несколько шагов к двери.

— Прощайте,— громко сказал он.

— Мое почтение-с... Вы хорошо делаете, что не остаетесь!.. Протокол и все такое... И устал же я нынче анафемски,— околоточный весь потянулся,— перед вечернями пожар был, только что в трактир зашел, подчасок бежит: мертвое тело!.. Мое почтение-с!

Палтусов бросил еще взгляд на голову самоубийцы и вышел из кабинета.

XXVIII

Швейцара в сенях уже не было, когда Палтусов проходил назад. Он спускался по ступеням замедленным шагом, с опущенной головой. Раза два обертывался он назад и оглядывал сени. На тротуаре, в подъезде, он постоял немного и, вместо того чтобы кликнуть извозчика, повернул направо и вошел под ворота.

Оставалась отпертою только калитка на цепи. Дворник в тулупе сидел под воротами на скамейке. В глубине подворотни — она содержалась в большой чистоте — горел полукруглый фонарь с газовым рожком.

Странно так показалось Палтусову, что в доме совершенная тишина, даже дворник, по обыкновению, дремлет, а хозяин дома — мертвый в кабинете, с пулей в черепе. Такая же тишина стояла на дворе. Он был гораздо больше, чем думал Палтусов. В глубине помещались сараи, конюшни и прачечная — отдельным флигельком, и перед ним род палисадника, обнесенного низкой чугунной решеткой. Дом шел кругом шестигранным ящиком с выступами в двух местах, со множеством подъездов. На дворе не валялось ни груд сколотого снега, ни мусора, ни кадушек. Снег совсем почти сошел с него, и под ногами чувствовался асфальт.

Палтусов вышел на самую средину, стал спиной к решетке и долго оглядывал все здание. В него, наверное, вложено до пятисот тысяч рублей. Постройка чудесная. Видно, что подрядчик для себя строил.

Расположение этажей, подъезды, выступы, хозяйственные приспособления — все смотрело нарядно и капитально.

В душе бывшего подручного самоубийцы предпринимателя играло в эту минуту проснувшееся чувство живой приманки — большой, готовой, сулящей впереди осуществление его планов... Вот этот дом! Он отлично выстроен, тридцать тысяч дает доходу; приобрести его каким-нибудь "особым" способом — больше ничего не нужно. В нем найдешь ты прочный грунт. Ты пойдешь дальше, но не замотаешься, как этот отставной поручик, кончивший самоубийством.

Фасад дома всегда нравился Палтусову. На улицу он весь был выштукатурен и выкрашен темным колером. Со двора только нижний этаж выведен под камень, а остальные оставлены в кирпичиках с обшивкой настоящим камнем. Калакуцкий любил венские постройки, часто похваливал ему разные дома на Ринге, новые воздвигавшиеся здания ратуши, музеев, университета.

Второй этаж со двора смотрел также нарядно, чего не бывает в других домах. Каждое окно с фронтоном, колонками и балюстрадой внизу. Так аппетитно смотрит на Палтусова вся стена. Он считает окна вдоль и вверх по этажам. Есть что-то затягивающее в этом ощупывании глазом каменной громадины ценностью в полмиллиона рублей. Не следовало ни в каком случае застреливаться, владея таким домом. Всегда можно было извернуться.

Палтусов закрыл глаза. Ему представилось, что он хозяин, выходит один ночью на двор своего дома. Он превратит его в нечто невиданное в Москве, нечто вроде парижского Пале-Рояля. Одна половина — громадные магазины, такие, как Лувр; другая — отель с американским устройством. На дворе — сквер, аллеи; службы снесены. Сараи помещаются на втором, заднем дворе. В нижнем этаже, под отелем,— кафе, какое давно нужно Москве, гарсоны бегают в куртках и фартуках, зеркала отражают тысячи огней... Жизнь кипит в магазине-монстре, в отеле, в кафе на этом дворе, превращенном в прогулку. Кругом лавки брильянтщиков, модные магазины, еще два кафе, поменьше, в них играет музыка, как в Милане, в пассаже Виктора-Эммануила. Это делается центром Москвы, все стекается сюда и зимой и летом.

Тянет его к себе этот дом, точно он — живое существо. Не кирпичом ему хочется владеть, не алчность разжигает его, а чувство силы, упор, о который он сразу обопрется. Нет ходу, влияния, нельзя проявить того, что сознаешь в себе, что выразишь целым рядом дел, без капитала или такой вот кирпичной глыбы.

Тихо вышел Палтусов на улицу. У подъезда, ведущего в квартиру Калакуцкого, уже стояло двое саней. Он перешел улицу и стал у фонаря. Долго осматривал он фасад дома, а на сердце у него все разгоралось желание обладать им.

XXIX

Домой приехал Палтусов в первом часу. Мальчика он отпустил, сказав, что сам разденется.

В сюртуке и не снимая перчаток, присел он к письменному столу, отпер ключом верхний ящик и вынул оттуда бумагу. Это была доверенность Марьи Орестовны Нетовой. Ее деньги положены были им, в разных бумагах, на хранение в контору государственного банка. Но он уже раза два вынимал их и менял на другие.

Прощаясь, она сказала ему:

— Андрей Дмитрич, вы не гонитесь за большими процентами, а впрочем, как знаете.

Он уже ей тогда говорил про акции рязанской дороги и учетного банка.

— Как знаете,— повторила она,— я на вас полагаюсь.

— Ну, а представится случай купить выгодно дом? — так, между прочим, спросил он ее тогда.

— Дом? Зачем! Я не знаю,— выговорила она с гримасой,— как мне из этой отвратительной Москвы уехать.

— Землю или вообще недвижимость?..

— Как рассудите,— повторила она.— Только, чтобы меня не привязали к Москве.

— А дом доходный,— заметил он,— лучше земли.

— Как знаете.

Это были ее последние слова.

Он припоминал их, перечитывая бумагу. Читала ли она сама хорошенько эту доверенность? Он ее списал с обыкновенной формы полной доверенности. По ней может он и покупать, и продавать за свою доверительницу, и расходовать ее деньги, как ему заблагорассудится.

Кровь прилила к голове Палтусова. Он два раза перечел доверенность, точно не веря ее содержанию, встал, прошелся по кабинету, опять сел, начал писать цифры на листе, который оторвал от целой стопки, приклеенной к дощечке.

В половине второго он вышел из дому. Мальчика он не будил, а запер дверь снаружи ключом, взял извозчика и велел везти себя к Тверскому бульвару.

На площади у Страстного монастыря он сошел с саней.

Через десять минут он опять стоял перед домом Калакуцкого. У подъезда дожидались те же двое саней. В окна освещенного кабинета, сквозь расшитые узорами гардины, видно было, как ходят; мелькали тени и в следующих двух комнатах, уже освещенных.

Но это не занимало его. Он глядел на дом. Ночь делалась светлее. Фасад четырехэтажного здания выступал между невзрачными домиками с мезонинами и заборами. Несколько балконов и фонариков белелись в полумгле ночи.

Обладать им есть возможность! Дело состоит в выигрыше времени. Он пойдет с аукциона сейчас же, по долгу в кредитное общество. Денег потребуется не очень много. Да если бы и сто тысяч — они есть, лежат же без пользы в конторе государственного банка, в билетах восточного займа. Высылай проценты два раза в год. Через два-три месяца вся операция сделана. Можно перезаложить в частные руки. И этого не надо. Тогда векселя учтут в любом банке. На свое имя он не купит, найдет надежное лицо.

В мозгу его так и скакали одна операция за другой. Так это выполнимо, просто — и совсем не рискованно! Разве это присвоение чужой собственности? Он сейчас напишет Нетовой, и она поддержит его; но он не хочет. Зачем ему одолжаться открыто, ставить себя в положение клиента? Она доверяет ему — ну и доверяй безусловно. Деньги ей нужны только на заграничную жизнь, покупать она сама ничего не хочет. Откуда же грозит опасность?

И опять его потянуло внутрь. Он перешел улицу, нырнул в калитку мимо того же дворника и обошел кругом по тротуару всю площадь двора. Что-то особенно притягательное для него было в этой внутренности дома Калакуцкого. Ни на один миг не всплыла перед ним мертвая голова с запекшейся раной, пистолет на полу, письмо танцовщице. Подрядчик не существовал для него. Не думал он и о возможности такой смерти. Мало ли сколько жадных аферистов! Туда им и дорога!.. Свою жизнь нельзя так отдавать... Она дорого стоит.

Так же тихо, как и в первый раз, вышел он на улицу. Сани все еще стояли. Только свету уже не было в столовой. Голова Палтусова пылала. Он пошел домой пешком.

XXX

Дом Рогожиных горел огнями. Обставленная растениями галерея вела к танцевальной зале. У входа в нее помещался буфет с шампанским и зельтерской водой. Тут же стоял хозяин, улыбался входящим гостям и приглашал мужчин "пропустить стаканчик". Сени и лестница играли разноцветным мрамором. Огромное зеркало отражало длинные вереницы свечей во всю анфиладу комнат.

Палтусов вошел в галерею перед самым вальсом. Хозяин подхватил его и заставил выпить шампанского.

— Вы не брезгуйте этим местом, Андрей Дмитрич,— говорил он, придерживая его за руку.— Постойте, здесь все дамы проходят. Ревизию можете произвести. Вы ведь жених... Еще стаканчик!

— Довольно,— решительным голосом сказал Палтусов.

— Веселей будете! Слава тебе, Господи, что зима на исходе. К святой мы с Людмилой — фюить!.. В местечко Париж!.. Калакуцкий, слышали, застрелился?

Этот вопрос уже раз сто предложили Палтусову в последние пять дней.

— И видел.

— Расскажите, пожалуйста, голубчик! Вот хоть этакая история, и то слава Богу. Немножко языки почешут. А то верите... Вот по осени вернешься из-за границы, такая бодрость во всех жилах, есть о чем покалякать, что рассказать... И чем дальше, тем хуже. К Новому году и говорить-то никому уж не хочется друг с другом; а к посту ходят, как мухи сонные. Так как же это Калакуцкий-то?

Румяное лицо хозяина так радостно улыбалось, точно будто он приготовился слушать нескромный анекдот. Палтусов передал ему, что сам видел.

— А ведь вы знаете что? Подлог открыли по подряду. Это мне судейский один говорил.

Артамон Лукич еще шире осклабил свой рот. По галерее прошло несколько дам.

— Статьи-то, статьи-то какие,— шепнул Палтусову хозяин и побежал раскланиваться.

Людмила Петровна сдержала слово: старых и дурных дам совсем не входило. Свежие лица, стройные или пышные бюсты резко отличали купеческие семейства. Уж не в первый раз замечал это Палтусов. К Рогожиным ездило и много дворянок. У тех попадалось больше худых, сухих талий, слишком длинных шей. Лица были у некоторых нервнее, но неправильнее с некрасивыми носами. Туалеты купчих решительно убивали дворянские.

В дверях залы показалась хозяйка в белом атласном платье, с красной камелией в волосах. Она принимала своих гостей запросто, особенно мужчин. Палтусову она шепнула:

— Посмотрите-ка, голубчик, какая барышня. Приданого нет, зато телеса!..

Впереди высокой пожилой дамы с пепельным шиньоном шла брюнетка. Палтусов видел ее не в первый раз. Он знал, что эта девица — графиня Даллер. Ей минуло уже двадцать семь лет. Еще военным он помнил ее на балах. Она должна выезжать не меньше десяти лет. Черные глаза, большие, маслянистые, совсем испанский овал лица, смуглого, но с нежным румянцем, яркие губы, белые атласные плечи, золотые стрелы в густой косе; огненное платье с корсажем, обшитым черными кружевами, выступало перед ним на фоне боковой двери в ту комнату, где приготовлен был рояль для тапера. Какая красавица! И сидит в девках! Еще три-четыре года, и начнет блекнуть. Рогожина верно говорит: вот ему невеста. Но когда? Когда он будет в двухстах тысячах дохода, не раньше. Такую ему нужно жену для салона, для отдыха от дел, с бойким жаргоном, с хорошей фамилией, титулованную. Нужды нет, если она не очень умна.

— Представить вас? — спросила Рогожина.

— Представьте,— почти обрадовался Палтусов.

Хозяйка подвела его к этим дамам. Тетка девицы важно поклонилась Палтусову. Девица заговорила быстро, быстро, немного картавя на парижский лад; глаза ее заметали искры, плечами она повела, а полная рука, в перчатке чуть не до плеча, замахала веером. Во всем ее существе было что-то близкое к отчаянию девицы, считающей одиннадцатый сезон. Палтусов говорил с ней и глядел на ее гибкую талию и пышный корсаж. Сколько тут рук перебывало — на этой девичьей тальке! Сколько военных и штатских кавалеров кружило ее в вальсах, кадрилях и котильонах! Он пригласил ее на кадриль. Красавица так ласково взглянула на него, что он спросил тут же: не свободна ли была у ней и мазурка? Она отдала ему и мазурку. Ее французский разговор очень напоминал ему парижских женщин, с какими ему случалось ужинать в cabinets particuliers {отдельных кабинетах (фр.).}. Никто бы не сказал, что это незамужняя женщина. Но с ней ему было весело. Как такая девица жаждет жизни! Меньше двухсот тысяч ей нельзя проживать. Зато — жена будет загляденье! Для такой захочешь получать и триста тысяч доходу. И добьешься их! Они пустились вальсировать. Она легла на его руку и отвернула голову, ресницы полуопустила. Танцует она с особой негой. Бедная! И так-то вот вытанцовывает она себе партию... Один, два, три тура... Кто-то наступил ей на платье, когда Палтусов сажал ее на место. Она, запыхавшись, говорит певуче "mersi" — и скорыми шагами пробирается в гостиную.

XXXI

Палтусов смотрит ей вслед. Много тут и бюстов, и талий, и наливных плеч. Но у ней походка особенная... Порода сказывается! Он обернулся и поглядел на средину залы. В эту только минуту заметил он Станицыну в голубом. Она была хороша; но это не графиня Даллер. Купчиха! Лицо слишком строго, держится жестко, не знает, как опустить руки, цветы нехорошо нашиты и слишком много цветов. Голубое платье с серебром — точно риза.

Их взгляды встретились. Анна Серафимовна покраснела. И Палтусова точно что кольнуло. Не волнение влюбленного человека. Нет! Его кольнуло другое. Эта женщина уважает его, считает не способным ни на какую сделку с совестью. А он... что же он? Он может еще сегодня смотреть ей прямо в глаза. В помыслах своих он ей не станет исповедоваться. Всякий вправе извлекать из своего положения все, что исполнимо, только бы не залезать к чужому в карман.

Разом пришли ему все эти мысли. Он быстро подошел к Станицыной, точно хотел подавить в себе наплыв неприятного чувства.

— Уже танцевали?— спросила она его и поглядела на него с усмешкой женщины, чувствующей неловкость.

— С графиней Даллер,— ответил Палтусов тоном танцора.

— Поздравляю!.. Красавица!

Слова эти сорвались с губ Анны Серафимовны.

— Сколько хорошеньких! Молодец Людмила Петровна! Какой бомонд! {высший свет (фр.).}

У Анны Серафимовны явилась та же усмешечка неловкости.

Проиграли ритурнель.

— Вы со мной?— спросил Палтусов.

— А вы нешто забыли?

"Нешто" резнуло его по уху. Никогда она не смахивала так на купчиху. Ему стоило усилия, чтобы улыбнуться. Надо было подать ей руку. Станицына вздрогнула; он это почувствовал.

Они стали около дверей. Визави Палтусова был распорядитель танцев, низенький офицер с пухлым лицом.

— Масса хорошеньких!— еще раз сказал Палтусов и оглядел пары кадрили.

Анна Серафимовна поглядела на него и чуть заметно улыбнулась.

— Славный вечер,— заметила она.— Людмила Петровна — мастерица.

Она не завидовала хозяйке бала. Всякому свое. У Рогожиной уменье давать вечера. И то хорошо. Заставляет ездить к себе настоящих барынь. Сколько их тут!..

— Как вам нравится вон та девица... вы ее не знаете?

Он указал глазами на графиню Даллер, забыв, что о ней уже был разговор.

— Видала. Она давно выезжает.

— Да, лет десять,— подтвердил Палтусов.— Прежде я как-то мало замечал ее.

— А теперь заметили,— подчеркнула Станицына.

— Мне ее жаль.

— Что так?

— Посмотрите... Это целая трагедия... Десять лет выезжает!..

— Какая жалость!

Тон ее раздражал Палтусова. Многого совсем не понимают эти купчихи, даже и умные.

И Анна Серафимовна никогда не сознавала так резко разницу между собой и Палтусовым. Как ни возьми, все-таки он барин. Вот титулованная барышня небось привлекает его. Понятно. А что бы мешало ей самой привлечь к себе такого мужчину? Ведь она ни разу не говорила с ним задушевно. Он, быть может, этого и ждет. Разговор их во время кадрили не клеился. В шене {Фигура в танцах (от фр.: chaîne — цепь).}, после шестой фигуры, Анна Серафимовна не захотела участвовать. Палтусов повел ее в дамский буфет.

Весь в живых цветах — гиацинтах, камелиях, розах, нарциссах — поднимался буфет с десертом. Графиня Даллер пришла туда позднее. Она приняла чашку чая из рук Палтусова и села. Он стоял над нею и любовался ее бюстом, полными плечами, шеей, родинкой на шее, ее атласистыми волосами, так красиво проткнутыми золотой стрелой.

Кто-то заговорил с Станицыной и отвел ее в сторону. Палтусов этого и не заметил даже. Кавалер увлек графиню Даллер при первых звуках нового вальса. Палтусов не пошел танцевать. Ему захотелось было одному походить по этим купеческим хоромам. Он был в особом возбуждении... Вот еще месяц, другой, много полгода, ну год — и он станет членом той же семьи приобретателей и денежных людей. Нет-нет, да у него и пробегут по спине мурашки... Он все обсудил... Опасности, риску — нет никакого. Больше нечего и думать. Лучше вбирать в себя краски, ощущения вечера. На что ни упадет взгляд — все нарядно и богато. Этот буфетный салон обдает вас запахом живых цветов. Со стен массивные лампы и жирандоли лили свет на темно-малиновый штоф. Вазы с фруктами и конфетами, стена камелий, серебряный самовар, бритые лица официантов пестрели пред ним. И все это купец заказал, все это ему сделали. А ведь во все это можно вложить свой дворянский вкус... Года через два.

Из дверей виднелась средина танцевальной залы со скульптурным потолком, бледными штофными стенами и венецианскими хрустальными люстрами. Контраст с буфетной комнатой приятно щекотал глаз. Дверь налево вела в столовую. Палтусов знал уже, что там с десяти часов устроен род ресторана. Это было по-московски. Он заглянул туда и остановился в дверях... Там уже шла желудочная жизнь.

XXXII

В этой первой столовой ели с самого начала вечера. Она действительно смотрела залой ресторана. Накрыты были маленькие столики. На каждом лежали карточки, как в трактире. Официанты подходили и спрашивали — что угодно. За одним из столиков сидели трое любителей еды из купцов и не старый еще генерал с белым крестом на шее. Купцы подливали ему, красные, потные, завязавшись салфетками. Палтусов узнал генерала. Еще так недавно все носились с ним как с героем. А теперь он заживается в Москве, в нумере гостиницы, приехал, слышно, искать денег или компаньона на какой-то "гешефт". Видно, энтузиазм — дело скоротечное. Компаньоны что-то не являются. Быть может, к нему же, Палтусову, направят этого генерала, как к дельному человеку, ходко пошедшему в деловом мире?.. Ему вспомнилась сцена из его волонтерской жизни... Тогда и он на все смотрел иначе... Во что-то верилось. Не очень, впрочем, долго. Разве не следовало предвидеть, что герой кончит исканьем московской кубышки, чтобы не перебиваться в бедности до конца дней своих? Все сюда идут!

Импровизованный ресторан наполнялся. Охотников засесть с самого начала вечера за столы явилось очень много. Дам еще не было. Трактирным воздухом сейчас же запахло. Наемные официанты внесли с собой суету клубной службы и купеческих парадных поминок у "кондитера". Столовую уже начал обволакивать пар... Свечи горели тусклее.

Палтусов прошел мимо стола с генералом. Ему хотелось оглядеть и другие комнаты. Он знал, что должна быть поблизости еще комната с закуской, равняющейся целому ужину, с водкой, винами и опять с шампанским.

В закусочной, помещавшейся в курильной комнате, рядом с кабинетом хозяина, Палтусов наткнулся на двух профессоров и одного доктора по душевным болезням. Он когда-то встречал их в аудиториях.

Из профессоров один был очень толстый брюнет, с выдавшимся животом, молодой человек в просторном фраке. Его черные глаза смотрели насмешливо. В эту минуту он запускал в рот ложку с зернистой икрой. Другой, блондин, смотрел отставным военным. Вдоль его худых, впалых щек легли длинные, загнутые кверху усы. Оба выказывали некоторую светскость.

— Что-с,— громко шепнул Палтусову толстый,— каковы купчишки-то? Всю губернию заставили у себя плясать!

— Есть экземпляры богатые,— сказал громко блондин.

Он был естествоиспытатель.

— Из какого класса?— спросил его весело Палтусов.

— Из головоруких!

Они расхохотались.

— Вы танцевать?

— Да, пойду,— ответил Палтусов толстому.

— Нет, мы вот закусить; а закусим — и в ресторанчик в том же заведении, спросим паровую стерлядку или дичинки!

— И бутылочку холодненького,— прибавил Палтусов.

— Нет, хозяин уж заставил нас пропустить по три стакана.

— Вот лакают-то!— вскричал толстый.

Все трое опять рассмеялись. В балагурстве этих профессоров заслышались ему звуки завистливого чувства. Палтусов подумал:

"Прохаживайтесь, милые друзья, над купчишками, а все-таки шампанское их лакаете и объедаетесь зернистой икрой. Съедят эти купчишки и вас, как съели уже дворянство".

Профессора ушли. К Палтусову пододвинулся доктор-психиатр, благообразный, франтоватый, с окладистой бородой, большого роста.

— А вы все в Москве?— спросил он, выпив рюмку портвейну.

— Пустил корни!

— Что вы!.. Вольный казак и коптите в нашей трясине!.. Хотите, видно, нажить душевную болезнь?

— Полноте,— рассмеялся Палтусов,— вы, должно быть, как доктор Крупов, всех считаете сумасшедшими?

— Не всех, а что на воле ходят кандидаты в Преображенскую — то верно.

— Кто же, например?

— Да вот хоть бы,— заговорил потише доктор,— Нетов Евлампий Григорьевич, знаете?

— Знаю,— ответил спокойно Палтусов,— он здесь?

— В карты играет в кабинете.

— И что?

— Готов! Прогрессивный...

— Какой? — переспросил Палтусов.

— Прогрессивный паралич.

— Скажите, пожалуйста!

И Палтусов припомнил странные глаза Евлампия Григорьевича, его взгляд, звук голоса.

Он задумался.

— Нетов в кабинете?

— Да!

Палтусов отошел от доктора. В кабинет он не заглянул. Ему почему-то не хотелось идти раскланиваться с Евлампием Григорьевичем. Начинали кадриль. Он бросился искать свою даму.

Танцы чередовались. После третьей кадрили очистили залу и

248

открыли форточки. Хозяйка плавала по комнатам, подмигивала мужчинам, пристраивала девиц, сама много танцевала. Хозяин с маслеными глазами дежурил у шампанского и говорил неприличности. Тапер-итальянец переиграл все свои опереточные мотивы. Вечер удался на славу.

XXXIII

Мазурку украшал проезжий гвардейский гусар в малиновых рейтузах, с худеньким девичьим личиком и маленькой головкой на длинной худой шее. Он выучился танцевать мазурку в Варшаве. Никто, кроме него, не позволял себе выкидывать ногу вперед и несколько вверх и делать ею потом род вензеля. Дирижер танцев, армейский пехотинец, с завистью поглядывал на эти "выкрутасы", как он назвал своей даме штуки гусара. Мазурку соединили с котильоном. В комнате, где играл тапер, на столе разложены были все вещицы для котильона: множество небольших букетов из свежих цветов, звезды, банты, картонные головы. Все это пестрело и блестело в свете двух канделябр. Нетанцующие мужчины подходили и рассматривали эти предметы; иные дотрагивались до них. Тапер играл так же сильно и шумно, как и в начале вечера. Ему была поставлена бутылка шампанского на столик около рояля.

Анна Серафимовна сидела около двери этой проходной комнаты. Ее пригласил на мазурку биржевой маклер, знакомый Палтусова. Напротив них, у двери в гостиную, поместился Палтусов с графинею Даллер. Они разговаривали живо и громко. Он близко-близко глядел на свою даму. Им было очень весело... Поболтают, посмеются и оглянут залу. В их глазах Станицына читала: "Отчего же и не повеселиться у купчишек".

Она не слыхала, что ей говорил ее кавалер. Карлуша прискучил ей ужасно перечислением тех вечеров, на каких он должен "обязательно" плясать до поста.

Насилу дождалась она ужина.

Ужин подали около четырех на отдельных столиках в столовой побольше, рядом с рестораном. Растения густо обставляли эту залу и делали ее похожей на зимний сад. Воздух сгустился. Испарения широких листьев и запах цветов наполняли его. Огни двух люстр и стенных жирандолей выходили ярче на темной зелени.

Свою даму Палтусов посадил за столик в четыре прибора, под тень развесистой пальмы. Он во время мазурки раза два поглядел на Станицыну. Ему сделалось немного совестно. Надо бы лишний раз выбрать ее в котильоне, а он сделал с ней всего один тур, точно тяготился ею. Милая она женщина; да приелись ему уж очень купчихи... Он ей скажет это при случае.

— Вы позволите около вас? — раздался голос Карлуши.

Маклер вел под руку Станицыну. Палтусов наклонил голову.

— Jolie femme {Красивая женщина (фр.).},— сказала громко его дама и улыбнулась Станицыной.

249

Пара села. Купчиха и титулованная барышня оглядели друг друга. Станицына разгорелась от танцев. Один раз и Палтусов наклонился в ее сторону и сказал что-то обидное по своему снисходительному тону.

Станицына замолчала. Ей стыдно стало и за своего кавалера. Он то и дело вмешивался в разговор другой пары, фамильярничал с Палтусовым, отчего того коробило. Девица с роскошными плечами улыбнулась раза два и ему. И конца ужина Анна Серафимовна насилу дождалась.

Карлуша проводил Анну Серафимовну по галерее и в сени и крикнул:

— Человек Станицыной!..

Графиня Даллер уже уехала. Палтусов поднимался по лестнице в галерею. Наемные ливрейные лакеи обступили его, спрашивая его номер. Он увидал на площадке у зеркала Анну Серафимовну и подошел к ней. Щеки ее горели. Глаза с поволокой играли и немного как бы злобно улыбались.

— Проводили вашу красавицу? — спросила она и покачнулась всем корпусом.

— Проводил,— простым тоном выговорил Палтусов.

— Остаетесь еще?

— Нет, пора.

Глаза Станицыной сделались еще ярче.

— Анна Серафимовна, пожалуйте! —раздался снизу голос маклера.

— Вы с ним? — спросил Палтусов и улыбнулся.

— Как с ним? — живо переспросила Станицына.

— Он вас провожает?

— С какой стати!

— Что ж, это, кажется, делается в Москве.

— Не знаю... А вашу лошадь вы отпустили?

— Отпустил.

— Хотите, я вас подвезу?

— Подвезите.

— Пожалуйте! — крикнул немчик.

— Иду.

Палтусов спустился вслед за нею. Ему показалось странно, что строгая Станицына пригласила его в карету. Немчик укутал ее и сказал несколько прибауток.

— Вы еще остаетесь? — спросила она.

— Ручку у хозяйки поцеловать? Это — первым делом.

Он убежал. Палтусов надел шубу, дал лакею двугривенный и отворил дверь Анне Серафимовне.

— Поедемте,— смело сказала она. Ее глаза сверкнули в полутьме улицы.

XXXIV

Карета глухо загремела по рыхлому масленичному снегу. Внутрь ее свет от фонарей проходил двумя мерцающими полосками. Палтусов сел в угол и поглядел сбоку на Анну Серафимовну.

Она замолчала. Ей вдруг стало очень стыдно и даже немного страшно. Что за выходка? Зачем она пригласила его? Это видели. Да если бы никто и не видал — все равно. Будь он другой человек, старичок Кливкин — ее вечный ухаживатель, даже кто-нибудь из самых противных адъютантов Виктора Мироныча... А то Палтусов!

И ему было неловко. Приглашение Анны Серафимовны походило на вызов. В ней заговорило женское чувство, очень близкое к ревности. Ни за что он не воспользуется им. Конечно, другой на его месте сейчас же бы начал действовать... Взял бы за руку, подсел бы близко-близко и заговорил на нетрудную тему. Ведь она такая красивая — эта Анна Серафимовна, по-своему не хуже той девицы... Не виновата она, что у ней нет чего-то высшего, того, что французы называют "fion" {лоск (фр.).}.

Он не придвигался. С женщинами у него особые, строгие правила. Были у него любовные истории. В них он почти всегда только отвечал — не из фатовства, но так случалось. И не помнит он, чтобы женщина захватила его совсем, чтобы он сам безумствовал, бросался на колени или замер в изнеможении от полноты страсти или сильного случайного порыва. Ничего такого с ним не бывало, сколько он себя помнил. Он нравился нескольким, его отличали, пожалуй увлекались; на все это он отвечал, как молодой человек со вкусом и нервами, когда нужно. Зачем же станет он теперь пользоваться, быть может, минутным капризом хорошей и несчастной женщины? Сделаться ее любовником так, просто из мужского тщеславия или потому, что это "даром",— пошло. Он на это не способен! Привязаться к ней, жениться? Нет! Обуза. Живой муж, развод, история... У ней большое состояние... Какой же это будет иметь вид? Точно он обрадовался устроить свою "фортуну", разбогатеть на жениных хлебах. Никогда!

От шубы Анны Серафимовны шел смешанный запах духов и дорогого пушистого меха. Ее изящная голова, окутанная в белый серебристый платок, склонилась немного в его сторону. Глаза искрились в темноте. До Палтусова доходило ее дыхание. Одной рукой придерживала она на груди шубу, но другая лежала на коленях, и кисть ее выставилась из-под края шубы. Он что-то предчувствовал, хотел обернуться и посмотреть на нее пристальнее, но не сделал этого.

Молча проехали они минуты с две. Это молчание начало тяготить его. Анна Серафимовна вдруг закрыла глаза и откинулась в глубь кареты. Стыд прошел. Ей приятно было сидеть рядом с ним. Что-то жгучее вдруг защемило у ней в груди и потом сладко разлилось по всему телу. Столько лет она терпит несносную долю!.. Молода, красива, горячая кровь льется по жилам — и некого приласкать, хоть раз в жизни отдаться без оглядки. В голове ее стали мелькать образы. Все его лицо представляется. Сидят они одни в амбаре после ее сцены с мужем. И тогда он глядел на нее так добро, жалел ее, она ему нравилась. Теперь — он смущен.

— Хороший вы человек,— раздался тихий голос Палтусова. Он берет ее свободную руку. В горле ее сперся дух. Ей неудержимо захотелось плакать. Она быстро обернулась к нему, вскинула руками, обвила ими вокруг его шеи и начала целовать крепко, точно душила его, молча. Только ее горячее, порывистое дыхание слышалось в карете. Ухаб заставил карету покачнуться. Анна Серафимовна отняла руки так же быстро, схватилась ими за голову и зарыдала. Палтусов хотел что-то сказать и пододвинулся. Она отстранила его рукой и совсем отвернулась. Рыдания она сдержала и выпрямила голову.

— Слышите...— шептала она прерывающимся голосом,— я вас умоляю... ничего между нами не было, ничего, ничего!

— Успокойтесь,— сказал он тихо.

— Ничего!.. Это... это!.. Я не знаю что... Господи!

Она закрыла лицо руками и уже тихо заплакала. Палтусов не двигался, он оставлял ее плакать минуты две.

— Полноте,— начал он дружеским тоном.

— Андрей Дмитрич... вы честный человек... Оставьте меня... Нешто не довольно того, что было?..

Анна Серафимовна не договорила. Щеки ее горели, даже уши под платком точно жгли ее. Она готова была выпрыгнуть из кареты.

— Прошу вас,— произнес Палтусов самым искренним тоном.

Она смолкла, подавила слезы, глотала их, чувствовала себя точно маленькой.

— Андрей Дмитрич...— начала она и не договорила. Он понял, что всего лучше ему выйти из кареты.

— До моей квартиры два шага,— сказал он мягко и покойно.

Анна Серафимовна молчала. Палтусов дернул за шнурок, но кучер не сразу остановил лошадей. Пришлось дернуть еще раз.

— Хороший вы человек,— прошептал он, наклонившись к ней.— Я ваш друг, имейте ко мне побольше доверия.

И он поцеловал ее руку, лежавшую поверх темной бархатной шубы.

"Не любит, не любит,— повторяла про себя Анна Серафимовна.— Господи, срам какой!.."

Она ничего не могла сказать ему, не могла и протянуть руки. Она сидела точно окаменелая.

Карета остановилась у бульвара. Палтусов вышел, запер дверку, прежде чем лакей соскочил с козел, запахнул свою шубу и крикнул кучеру:

— Трогай!

Было около пяти часов утра. Еще не начинало светать, но ночь уже минула. Он оглянулся. Стоял он на площади у въезда на Арбат, в десяти шагах от решетки Пречистенского бульвара. Фонари погасли. Он посмотрел на правый угловой дом Арбата и вспомнил, что это трактир "Прага". Раз как-то, еще вольным слушателем, он шел с двумя приятелями по Арбату, часу в двенадцатом. И всем захотелось есть. Они поднялись в этот самый трактир, сели в угловую комнату. Кто-то из них спросил сыру "бри". Его не оказалось, но половой вызвался достать. Принесли целый круг. Запивая пивом, они весь его съели и много смеялись. Как тогда весело было! Тогда он мечтал о кандидатском экзамене и о какой-нибудь "либеральной" профессии, адвокатстве, писательстве...

А теперь?

Палтусов вошел на Пречистенский бульвар, сел на скамейку и смотрел вслед быстро удалявшейся карете. Только ее глухой грохот и раздавался. Ни души не видно было кругом, кроме городового, дремавшего на перекрестке. Истома и усталость от танцев приковывали Палтусова к скамье. Но ему не хотелось спать. И хорошо, что так вышло!.. Ему жаль было Станицыну... Но не о ней стал он думать. Завтра надо действовать. Поскорей в Петербург — не дальше первой недели поста.

Он огляделся. Некрасива матушка-Москва: куда ни взглянешь — все серо, грязно, запущено, тускло. Пора очищать ее, пора добираться и до ее сундуков... Смелым Бог владеет!..

Подполз извозчик. Палтусов взял его.

КНИГА ПЯТАЯ

I

Вторая неделя поста. На улицах оттепель. Желтое небо не шлет ни дождя, ни снега. Лужи и взломанные темно-бурые куски уличного льда — вот что видела Любаша Кречетова из окна гостиной Анны Серафимовны.

Любаша приехала рано для нее. Она вставала в одиннадцатом часу; а сегодня ей удалось быть одетой в десять, чаю напилась она наскоро. В четверть двенадцатого она входила уже в сени дома Станицыных.

— Анна Серафимовна выехали,— сказал ей швейцар.

Что-нибудь экстренное заставило ее двоюродную сестру выехать утром. Обыкновенно она выезжала после двух. Но Любаша все-таки прошла наверх, завернула в детскую, где бонна-англичанка играла с детьми в какую-то поучительную игру, и справилась у Авдотьи Ивановны, в котором часу приходит новая "компаньонка".

Авдотья Ивановна доложила ей, что барышня "приходят" разно — как условятся с Анной Серафимовной,— иной раз днем, к полудню, а то и вечером "сидят". Весь день никогда не "остаются".

— Ты что же,— оборвала ее Любаша,— об ней говоришь, точно она Милитриса Кирбитьевна какая: "остаются, сидят"?

— А как же, матушка?— степенно и кротко спросила Авдотья Ивановна.

— Не велика фря! Мамзель!

— Генеральского роду. Сразу видно.

— В надзирателях, слышь, отец-то, в акцизных.

— Что ж, матушка,— возразила Авдотья Ивановна,— это несчастье, Господь попустил. А сейчас видно: барышня... обращение одно. И добрейшей души. Гордости никакой.

— Еще бы! Из милости!.. Чего тут гордиться?

Любаша и рвала и метала. Она не хотела даже и продолжать разговора о "мамзели", который сама же начала. Все это оттого, что накануне Рубцов сидел у них и говорил о Тасе Долгушиной с сочувствием. Любаша несколько раз перебивала его возгласом:

— Губы!

— Что такое губы? — дал он ей окрик уже не в первый раз.

— Губы у вашей милости особенные, когда вы об этом генеральском потрохе изволите расписывать.

Рубцов вскочил с кресла.

— Глупо и грубо! — выговорил он, поводя презрительно губами...— Вам, сестричка, до такого потроха далеко, хоть он и генеральский!

С тем и ушел. Любаша бросилась было догонять его, да остановилась посредине залы.

— Наплевать!— вслух сказала она и пошла в свою комнату, стащила с себя платье, порвала на лифе три пуговицы, разделась вплоть до рубашки и начала хохотать со злости.

Что за чудо-юдо эта генеральская дочь? Отчего это Семен Тимофеич изволят, говоря о ней, на особый манер губами поводить? Надо "обнюхать" ее. Завтра же она на целый день отправится к Станицыной, спозаранок; туда явится, наверно, и "мериканец", умеющий только поддразнивать ее, как негодную девчонку-птичницу или судомойку!

Так она и сделала. Туалетом своим она хоть и второпях, но занялась больше обыкновенного, вымыла руки старательно, вычистила ногти, волосы завернула на затылке и заткнула модной шпилькой.

— А Семен Тимофеевич,— не утерпела, спросила она Авдотью Ивановну,— когда бывает больше?

— Да тоже разно,— продолжала докладывать та, не меняя своего истового и благодушного тона,— частенько и днем... Сегодня, наверное, будут: Анна Серафимовна посылали за ним и приказывали просить подождать.

Любаша выслушала это немного поспокойнее, но внутри у нее продолжало клокотать. "Наверное, тут были разные "миндальности". Эта генеральская мамзель под шумок начала лебезить с купеческим братом. Думает: у него миллионы. А он только через край о себе воображает, а никогда из него настоящего негоцианта не выйдет. Анна Серафимовна вот что-то директором-то не берет... И шельма же эта тетя: чтоб у нее побольше мужчин бывало, так она девицу наняла — читать, изволите видеть, занимать приятными разговорами... Сама она по-французски-то с грехом пополам, да и на "он" отшибает ее говор. Так — под прикрытием тонко воспитанной барышни — она будет куда превосходнее!.."

Надоело Любаше стоять у окна и хлопать глазами на уличную слякоть. Она подошла к зеркалу, вделанному в стену. И вся эта гостиная с золоченой мебелью, ковром, лепным потолком раздражала ее.

"Черти, дьяволы! — бранилась она про себя.— И за каким шутом, прости Господи, чертоги такие вывели? Муж с женой не живут вместе. Она — скаред, делами заправляет, над каждой копейкой дрожит... Так и жила бы на своей фабрике... А то лектрису ей понадобилось. На-ко поди!.. На Волге-то — там тятька за косы таскал; а здесь барыню из себя корчит и под предлогом благочестия шашни со всеми заводит..."

II

Тася вошла так тихо в гостиную, что Любаша увидала ее только в зеркало и круто повернулась на одном каблуке.

"Так вот эта Милитриса Кирбитьевна!.. Этакая пигалица: нос с пуговку, голова комочком, волосики жидкие; девчоночка из приютских, только что талия узка; да и манер никаких не видно".

Анна Серафимовна уже говорила Тасе про свою двоюродную сестру. Тася видела ее в театре, в тот бенефис, когда познакомилась со Станицыной. Сверху, из своих купонов, она заметила лицо и фигуру Любаши, когда та говорила, нагнувшись с Станицыной. Ее размашистые манеры она также заметила и спросила еще тогда Пирожкова:

— Будто бы это купчиха?

— А что? — откликнулся он.

— Да она отзывается... как бы это сказать?

— Должно быть, из купеческих дарвинисток. Нынче и такие есть.

Вот уже неделя, как Тася ходит к Станицыной. Она все еще присматривалась к этому совсем новому для нее миру... Ей было гораздо ловчее, чем она думала. Анну Серафимовну она сразу поняла, почувствовала в ней характер, заинтересовалась ею, как оригинальным типом. В голове Таси сидело множество лиц из купеческих комедий. Она все и сравнивала. Анна Серафимовна ни под какое лицо не подходила. С Рубцовым они уже разговаривали. И его она прикидывала к разным "Ваням", "Андрюшам" и "Митям" из пьес Островского, но и он отзывался совсем не тем; только в говоре был слышен иногда купеческий брат... В нем все прочно сложилось. Он много жил, много видал за границей, работал, говорил грубовато, смело, без утайки и с каким-то "себе на уме" в глазах, которое ей нравилось. Насчет Любаши Анна Серафимовна ее предупредила, сказала ей даже:

— Уж вы, пожалуйста, извините ей — для нее закон не писан, юродство на себя напустила; а девушка недурная и с мозгом.

Тася протянула Любаше руку и выговорила:

— Я вас знаю. Вы кузина Анны Серафимовны... Садитесь, пожалуйста.

Любаша на рукопожатие ответила: но внутренне опять обругала ее: как смеет из себя хозяйку представлять? Сейчас: "садитесь" — точно она к ней пришла в гости.

Но тихий и веселый тон Таси посмягчил ее немножко. Она села и закурила папиросу. Тася положила принесенную с собой книгу на стол и подсела к ней.

— Тетя загуляла? — спросила Любаша.

— Какое-нибудь спешное дело,— заметила Тася.— Анна Серафимовна всегда дома в это время.

"Да ты что меня, мать моя, занимаешь?" — начала опять обрывать про себя Любаша.

Лицо у ней стало злое, глаза потемнели. Она их отводила в сторону; но нет-нет, да и обдаст ими Тасю. Той сделалось вдруг тяжело. Эта дарвинистка принесла с собой какое-то напряжение, что-то грубое и бесцеремонное. На лице так и было написано, что она никому спуску не даст и на все человечество смотрит, как на скотов.

— Что теперь читаете с тетей?— спросила Любаша.— Роман небось какой французский?

— Нет, статью одну критическую.

— Ишь ты!

В зале по паркету приближались шаги. Любаша покраснела. Она узнала шаги Рубцова. Тася тоже подумала: не он ли? Ей бы теперь приятен был его приход. Она просто начинала побаиваться Любашу.

Обе девушки обернулись разом, когда вошел Рубцов.

Любаша сейчас же отметила про себя, что "Сеня" одет гораздо франтоватее обыкновенного. К ним он ходит в "похожалке" — серенький сюртучок у него такой, затрапезный. Тут же, извольте полюбоваться, пиджак темно-синий, и галстук новый, и воротнички особенные. А главное, усы начал отпускать,— не хочет, видно, смахивать на голландца машиниста с парохода.

Рубцов уже два-три раза разговаривал с Тасей. Он подошел к ней с протянутой рукой и совсем не так, как он поздоровался потом с Любашей. И это резнуло Любашу по сердцу. В первый раз, когда он обедал с Тасей у Анны Серафимовны, вначале он высматривал "генеральскую дочь", как-то она еще поведет себя. Но Тася начала рассказывать про свою страсть к сцене, про отца и мать, про старушек,— он размяк. После обеда он сам уже присел к ней. Она читала какую-то новую повесть. Ее голосок повеял на него приятной теплотой. И так бойко передавала она разговорную речь, чувствовался юмор и понимание.

— Барышню вы хорошую приобрели, сестричка,— сказал он Станицыной через три дня.

— Пришел ее послушать небось?— спросила Анна Серафимовна.

— Чтица толковая... И такая субтильненькая; дворянская дитя, а без важничанья. Хвалю!

Во второй вечер Рубцов заговорил с Тасей без всяких прибауток и угловатостей, так что Станицына диву далась.

— Нет Анны Серафимовны,— встретила его Тася.

Любаша сейчас же вмешалась в разговор.

— Тетя-то ненасытная какая,— заговорила она, напуская на себя перед Рубцовым еще большую развязность.

— Почему так?— суховато спросил он.

— К делам ненасытная... На Макарьевской, видно, в этом году хочет полмиллиона зашибить! Вон как ее спозаранку по городу носит...

Тася чуть заметно усмехнулась. Рубцов понял значение этой усмешки.

— Сестричку-то извините,— сказал ей Рубцов, мотнув как-то особенно головой.

— Что такое? А? — закричала Любаша и встала.

— Очень уж, для Великого поста, удержу себе не имеете.

— Это что еще?

В другое бы время Любаша начала браниться. А тут она точно чем подавилась, замолчала и съежилась.

— Великий небось пост идет,— все с тем же спокойным балагурством сказал Рубцов.— Говеете, поди?

— Отстань! — вырвалось у Любаши.

Она резко встала и отошла к окну. Тася вопросительно поглядела на Рубцова и тотчас же улыбкой как бы заметила ему: "Зачем вы ее дразните?"

— Вы позволите вас послушать? — обратился к ней Рубцов, сел поближе и потер руки.

— Сегодня беллетристики не будет... критическая статья.

— Тем приятнее-с.

Любаша у окна не проронила ни одного слова... Ей делалось невыносимо. И где это рыщет "мерзкая" тетя? Вот разлетелась сама компаньонку высматривать. И радуйся теперь!

257

Станицына быстро вошла в гостиную и остановилась в двух шагах от двери. Она была очень бледна.

— Извините, Таисия Валентиновна, заждались вы меня. Любаша, здравствуй... Сеня! Спасибо. На минутку пожалуй сюда.

Она не подошла к ним здороваться и жестом показала Рубцову.

— Сейчас,— обратилась она к девицам.— Сеня, на два слова!

Рубцова она увела через залу в свою уборную, небольшую комнату около детской.

Ни шляпы, ни пальто с меховой отделкой она не снимала.

— Дела, Сеня! — заговорила она отрывисто.— Виктор Мироныч угостил на этот раз изрядно... Сто тысяч франков, срок послезавтра.

— Ловко! — вырвалось у Рубцова.

— И на фабрике неладно.

— Что такое?

— Дело дойдет, пожалуй, до стачки... А я этого не хочу. Немца я разочту... Неустойку плачу.

— Сколько?

— Десять тысяч... Но это важнее. Ты идешь ко мне?

Рубцов помолчал.

— Скорей говори.

— Да мы, сестричка, вдруг как не поладим?

— Это почему?

— Так, я замечаю.

— Полно...

Она вскинула на него ресницы.

— Вы привыкли теперь к другим людям...

— Не болтай пустого, Сеня,— строго сказала она.— Ты знаешь, что я тебя разумею за честного человека. Дело ты смыслишь.

— Ну ладно, ну ладно,— шутливо заговорил он и взял ее за руку.

Рука дрожала.

— Сестричка, милая,— почти нежно вымолвил он,— что же это вы как расстроились? Стоит ли? Все уладим. А от Виктора Мироныча и надо было ждать этого. Ваша воля носить ярмо-то каторжное!..

— Что же мне делать?— почти с плачем воскликнула она и опустилась на стул.

— Известное дело — что!

— Говори.

— Оставить его на веки вечные...

— Я не хочу, чтоб дети...

— Полноте,— остановил ее Рубцов,— к чему жадничать?

— Я не жадничаю.

— Ан жадничаете. У вас свое состояние большое. Хватит на двоих. Ну, хотели поддержать имя, фирму, что ли, опыт произвели. Ничего вы не поделаете! Купить у него мануфактуру... Достанет ли у вас на это собственного капитала или кредита?.. Да он и не продаст. Он без продажи с молотка не кончит. А вы не пожелаете покупать с аукциона, пока он Ваш муж; да и не нужно вам.

— Я не жадничаю,— повторила она, задетая его словами.

— Это все отчего идет? Где корень?

— Развестись надо! — обронила она.

— Правильно!

— Шутка сказать!

— И совсем не трудно... Что же, пятнадцати тысяч целковых, что ли, не найдете?

— Дешевле будет,— точно про себя выговорила Станицына.

— И дешевле... Такие доки есть по этой части.

Рубцов понизил голос и опять взял ее за руку. Анна Серафимовна закрыла на минуту глаза. "Ведь вот и он — честный малый и умница — говорит то же, что и она себе уже не раз твердила... Разорение и срам считаться женой Виктора Мироныча!.."

— Не знаю, Сеня,— промолвила она.

— Да ведь это, сестричка, все равно что когда зуб гнилой заведется. Одно малодушие эликсирами его разными смачивать, ковырять, пломбу вкладывать. Дайте дернуть хорошенько. И конченое дело!..

— Это дело длинное, а выйти теперь-то как...

— По векселю? Заплатить — известно.

— Оградить себя чем ни есть...

— Ничем не оградите. Уж позвольте вам заметить, что тогда вы сгоряча такую сделку предложили супругу-то... Он парень не глуп, сейчас же смекнул, что ему это на руку... Ступай на все четыре стороны, вот тебе, батюшка, пенсиону тридцать тысяч, долги твои все покроем, а если тебе заблагорассудится, голубчик, еще навыпускать документиков — мы с полным удовольствием...

— Полно, Сеня,— остановила Анна Серафимовна.— Ну да, глупость великую сделала в те поры, каюсь...

— А теперь тем же манером желаете?

— Ох, не знаю!

Но она застыдилась самой себя. Точно она какая девочка-подросток... И так и этак...

Лицо у ней приняло сейчас же степенный вид.

— Ты что же, Сеня, идешь ко мне?

— Да коли у вас никого нет, не стоять же делу...

— Спасибо... Ну, я сейчас... поди к барышням, я приду... Ты у нас на целый день?

— На целый, коли милости вашей будет угодно.

Она усмехнулась и ласково кивнула ему головой.

IV

Оставшись одна, Анна Серафимовна опустила голову,— она забыла, что была в шляпке и пальто,— и сидела так минут с пять.

Прошло больше десяти дней с того, что случилось в карете. Она видела Палтусова всего раз мельком, в Большом театре. Она возила детей в балет, в утренний спектакль, в конце масленицы. Он подошел к бенуару, а потом, в следующий антракт, вошел и в ложу. Так должен был поступить умный, тонко чувствующий человек. Никакой перемены в тоне, разговоре. Да и как же ему было вести себя? Даже если бы он и готов был полюбить ее? Ведь она вела себя, как безумная... Она замужем, желает жить "в законе", блюдет свое достоинство, гордость и хочет оставить детям имя добродетельной матери.

А в карете кинулась!.. И он хоть бы взглядом сказал ей: "Что же вы ломаетесь, не угодно ли и дальше пойти, я так дурачить себя не позволю!" Не любит? Равнодушен? Противна она ему? Кто это сказал? Чего же она-то ждет? Зачем не высвободит себя? Вот Сеня Рубцов и тот прямо говорит: "Скиньте вы с себя это каторжное ярмо!" Она встала, сняла пальто и шляпу, начала стягивать перчатки, потом поправила волосы перед зеркалом. На лбу ее не пропадала морщина. Из гостиной доносились молодые голоса. Вот эти "юнцы" не знают небось ее заботы. И между ними что-нибудь тоже будет. Люба и теперь уж гоняется за Рубцовым. Ах! Зачем ей самой не восемнадцать, не двадцать лет?

Любаша все еще стояла у окна, когда Анна Серафимовна вернулась в гостиную. Рубцов снова разговаривал с Тасей.

— Извините, Таисия Валентиновна,— сказала с особенной вежливостью Станицына,— я вас заставила даром просидеть.

"Вот какие нежности,— думала Любаша,— все меня хочет поразить своими "учтивостями".

— Да вы сегодня, кажется, очень утомлены, не до чтения.

— Действительно... Сеня,— обратилась к Рубцову Станицына,— ведь надо бы нам на фабрику съездить.

— Когда угодно.

— Да хоть сегодня.

— Я свободен.

— Это далеко?— спросила Тася.

— Нет, за Бутырками, в полчаса можно долететь,— ответила Станицына.

— Я никогда не бывала ни на одной фабрике,— сказала Тася.

— Не хотите ли?— предложила Станицына и поглядела на Рубцова. Тот одобрительно кивнул головой.

— Очень бы интересно,— выговорила Тася серьезно и наивно.

— Вот и будущий директор фабрики,— показала Станицына на Рубцова.

— Семен Тимофеевич? — весело вскричала Тася.

Любаша сейчас же отошла от окна.

— Честь имею проздравить, ваше степенство,— сошкольничала она и присела.

Анна Серафимовна подумала в эту минуту, что ведь Долгушина — кузина Палтусова. Вот она увидит фабрику. Он узнает от нее, как ведется дело... Заинтересуется и сам, быть может, попросится посмотреть.

"Показать ей школу, порядок на фабрике. Пускай же она ему все расскажет..."

— Славно, тетя!— крикнула Любаша.— Возьмите и меня.

За эту поездку она схватилась. Дорогой и там, на фабрике, можно будет как-нибудь поддеть эту барышню-чтицу.

Она ничего, наверно, не читала стоящего, только пьески да романы... В естественных науках — наверняка ни бельмеса. Вот она и порасспросит ее, так, между прочим, и насчет химии и разного другого. Случаи будут.

— А тетенька заволнуется?

— Эка важность! Ну, пошлите, что к обеду не буду...

— Обедать у меня. Мы вернемся к шести часам... Вам занятно будет,— обратилась Станицына к Тасе.

— Как же! как же! — весело откликнулась та и даже захлопала в ладоши.

"Актерка поганая,— выбранилась Любаша,— все нарочно, егозит перед Сенькой".

— Да у нас немецкая масленица будет! — оживленно выговорил Рубцов и потер руки.— Ведь мы на тройке небось, сестричка!

Решили ехать на тройке. Пока привели сани — все трое закусили. Анна Серафимовна была рассеянна. Любаша несколько раз пробовала поддевать Тасю. Рубцов каждый раз не давал ей разойтись. Тася старалась не смотреть на то, как Любаша действует ножом и вилкой, и не понимала еще, чего от нее хочет эта купеческая "злюка".

V

Тройка миновала Бутырки. Погода прояснилась. Тасю посадили рядом с Анной Серафимовной. Против нее сел Рубцов. Рядом с ним — на передней же скамейке — Любаша. Она сама предложила Тасе поместиться на задней скамейке, но ей было очень неприятно, что Рубцов "угодил" напротив "мамзели".

Тася ехала и вспоминала другую тройку, когда они скакали раз в парк, к "Яру", с Грушевой. Опять она с купцами. Должно быть, из этого уж не высвободишься. Все купцы! И едет она не к цыганам, а на фабрику, в первый раз в жизни. Что-то такое крепко жизненное входило в сердце Таси. Ее теперешняя "хозяйка" — миллионщица — настоящий человек, управляет двумя фабриками, сколько народу под командой! И какая у ней выдержка! Всегда ровна, приветлива, а на душе у ней, наверно, неладно... Даже эта Любаша,— нужды нет, что она вульгарна,— все-таки характер. Что чувствует, то и говорит. И у ней, наверно, сто тысяч приданого, и она будет тоже заведовать большой торговлей или фабрикой, если муж попадется плохонький. Глаза Таси перешли к Рубцову. Он сидел молодцевато, в меховой шапке... Отложной куний воротник красиво окладывал овал его лица. Похож, разумеется, на приказчика, если посмотреть дворянскими глазами... А тоже — натура. Вот директором целой фабрики будет... Все дело, работа... Не то что в их дворянских переулках...

261

Сани ныряли в ухабы. Любаша вскрикивала... Всем сделалось веселее. Рубцов раза два спросил Тасю:

— Не беспокою ли я вас?

Взяли влево. Кругом забелело поле. Вдали виднелся лесок. Кирпично-красный ящик фабрики стоял на дворе за низким забором.

Директора не было на фабрике. Станицына имела с ним объяснение утром в амбаре. Он не возвращался еще из города.

Их ветретил в сенях его помощник, коренастый остзейский немец, в куртке и без шапки. Лицо у него было красное, широкое, с черной подстриженной бородкой. Анна Серафимовна поклонилась ему хозяйским поклоном. Тася это заметила.

Они вошли в помещение, где лежали груды грязной шерсти. Воздух был пресыщен жирными испарениями. Рядом промывали. В чанах прела какая-то каша и выходила оттуда в виде чистой желтоватой шерсти. Рабочие кланялись хозяйке и гостям. Они были все в одних рубашках. Анна Серафимовна хранила степенное, чисто хозяйское выражение лица. Любаша как-то все подмигивала.. Ей хотелось показать Станицыной и Рубцову, что они "кулаки".

— Здесь уж такое место,— обратилась Станицына к Тасе,— чистоту трудно наблюдать.

— Что вы оправдываетесь, тетя! Сами видим,— вмешалась Любаша.

Заглянули и туда, где печи и котлы. Тасе жаль сделалось кочегаров. Запах масла, гари, особый жар, смешанный с парами, обдали ее. Рабочие смотрели на них добродушно своими широкими потными лицами. У одного кочегара ворот рубашки был расстегнут и ноги босые.

— Так легче!— сострила Любаша.— Добровольная каторга,— прибавила она громко.

Анна Серафимовна посмотрела на нее с укоризной. Рубцов сказал ей насмешливо:

— Не хотите ли по верхней вон галерее пройтись? Там градусов сорок. Пользительно будет.

В нижних топленных сенях и на чугунной лестнице показалось очень холодно после паровиков. Они поднялись наверх.

Прядильные машины всего больше заняли Тасю. В огромных залах ходило взад и вперед, двигая длинные штуки на колесах, по пяти, по шести мальчиков. Хозяйка говорила с ними, почти каждого знала в лицо. Рубцов шел позади дам, подробно объяснял все Тасе; отвечал и на вопросы Любаши, но гораздо кратче.

— А что вот этакий мальчик получает? — позволила себе спросить Тася, понизив голос.

— Известно, малость,— вмешалась Любаша.

— Рублей шесть,— сказал Рубцов.

— Да,— подтвердила Анна Серафимовна.

— Не разорительно! — подхватила Любаша.

Тася не знала, много это или мало.

На окнах, за развешанными кусками сукна, сидели девушки в ситцевых капотах, подвязанные цветными платками, больше босые.

— Что они делают? — спросила Тася.

— Пятнышки красят,— пояснила сама Анна Серафимовна.

Девушки прикладывались кисточками к чуть заметным белым пятнышкам сукна. Они смотрели бодро, отвечали бойко.

— Небось рублика три жалованья?— сказала Любаша и поморщилась.

— Пять рублей,— сухо сообщила Станицына.

Она решительно сожалела, что взяла с собой свою кузину. Ей приятно было показать Тасе, какое у ней благоустройство на фабрике, а эта Любаша расстраивала все впечатление своими неуместными окриками и выходками.

Минут с двадцать проходили они по другим залам, где ткацкие паровые станки стояли плотным рядом и шел несмолкаемый гул колес и машинных ремней. Побывали и в самом верхнем помещении, со старыми ручными станками.

VI

В большой комнате, где лежали всякие вещи: металлические прессы, образчики, бракованные куски сукна, Любаша остановила Рубцова. Анна Серафимовна еще не сходила с Тасей с верхнего этажа. Рубцову захотелось курить.

— Сеня,— начала Любаша,— ты идешь к ней в директоры?

Она не сказала даже к "тете".

— Иду.

— Есть охота!.. В наймиты!

— Это почему?

Рубцов прислонился к столу, взял в руку пачку образчиков и, наморщивая один глаз, стал их рассматривать.

— Да все как в услужение.

— Все вы зря...

— И не верю я ей ни на грош! — заговорила горячо Любаша и заходила взад и вперед между двумя шкапами.

— Кому — ей? — спросил Рубцов.

— Да хозяйке твоей, Анне Серафимовне. Зачем она нас сюда притащила?

— Сами напросились.

— Точно мы не понимаем. Выставить себя хочет благодетельницей рода человеческого: как у ней все чудесно на фабрике! И рабочих-то она ублажает! И детей-то их учит!.. А все едино, что хлеб, что мякина... Такая же каторжная работа... Постой-ка так двенадцать часов около печки или покряхти за станком...

— Как же быть?

— Ах ты, американец! Как же быть?! Прежде ваша милость что-то не так изволила рассуждать.

— Эх!..— вырвалось у Рубцова.

— Да, известно, испортился ты! — почти крикнула Любаша и

подскочила к нему.— Рассуди ты одно: рабочий полтинник в день получает...

— И до трех рублей.

— Ну, до трех... На своих харчах небось? А бабы, а девки? Пять целковых, и копти целый день! А барыши идут, изволите ли видеть, на уплату долгов Виктора Мироныча и на чечеревят Анны Серафимовны... Сколотить лишний миллиончик, тогда откупиться можно... Развестись... Госпожой Палтусовой быть!

— Это почему?

— Смотрите, какая мудрость догадаться, что она как кошка врезамшись... Всё господа дворяне соблазняют... Такая уж у нас теперь болезнь купеческая...

Она вызывающе-насмешливо взглянула на него. Рубцов чуть заметно покраснел.

— Слушать тошно!

— Это отчего? — уже совсем рассердилась Любаша, близко подошла к нему и взяла его за руку.— Это отчего? Или и у вашей милости рыльце-то в пушку?..

Рубцов отвел ее движением руки.

— Вы бы, Любовь (он в первый раз ее так назвал), лучше на себя оглянулись. Другие люди живут как люди — кто как может, а вы только бранитесь да без толку болтаете. Книжки читали, да разума их не уразумели. Нет, этот товар-то дешевый!.. А угодно другим в нос тыкать их кулачеством, так так бы поступали... Не трудно это сделать... Подите к тем, кому ваши деньги понадобятся... Отдайте их...

Любаша вся раскраснелась сразу, повела глазами и стала против Рубцова.

— И отдам, когда мне захочется. Когда они у меня будут! — глухо крикнула она, но тотчас же ее голос зазвучал по-другому, глаза мигнули раз, другой и как будто подернулись влагой.— У меня теперь ничего нет,— продолжала она уже не гневно, а искренне,— а когда меня выделят, я сумею употребить с толком деньгу, какая у меня будет. Я и хотела... по душе с тобой говорить... Устроили бы не кулаческое заведение... Коли ты другой человек, не промышленник, вот бы и мог...

Она не досказала, обернулась и отошла к окну, испугалась, что заплачет и выкажет ему свою слабость...

— Эх вы! — задорно крикнула она прежним тоном, оборачиваясь лицом к Рубцову.— Все-то вы на одну стать!.. Ну вас!

Любаша готова была бы "оттаскать" его в эту минуту. И зачем это она в "чувствие" вдалась с этаким "чурбаном", с "шельмой-парнишкой"... Ему дворянка нужна — видимое дело. Сколотить себе капитал и разъезжать с женой, генеральской дочерью, по заграницам!..

— Желаю вам всякого успеха!— сухо сказал Рубцов, бросил на пол окурок папиросы и затоптал его.

Очень уж она ему надоела в последние две недели.

— Слышишь! — крикнула Любаша.— Я тебе ничего не говорила... ничего!

Дверь отворилась. Станицына вошла первая. Любаша опять

отскочила к окну. Лицо Таси сделалось ей в эту минуту так ненавистно, что она готова была броситься на нее.

— По домам? — спросил Рубцов.

— Вот Таисии Валентиновне желательно на школу поглядеть.

— Да,— подтвердила Тася.

— И то дело,— сказал Рубцов и двинулся за ними. Любаша пошла, кусая ногти, последней.

VII

Отправились сначала в "казарму". Анне Серафимовне хотелось, чтобы родственница Палтусова видела, как помещены рабочие. Побывали и в общих камерах и в квартирках женатых рабочих. В одной из камер стоял очень спертый воздух. Любаша зажала себе с гримасой нос и крикнула:

— Ну вентиляция!..

Она же подбежала к одной из коек и так же громко крикнула:

— Насекомых-то сколько! Батюшки!

Анна Серафимовна покраснела и тотчас же сказала, обращаясь к Тасе и Рубцову:

— Директор с рабочими из-за чистоты тоже воевал. Не очень-то любит ее... наш народец...

— Вентилировать можно бы,— заметил Рубцов.

— Да и постельки-то другие завести,— подхватила Любаша.

Тася только слушала. Она не могла судить, хорошо ли содержат рабочих или нет. У них в людских, куда она иногда заходила, и грязи было больше, совсем никаких коек, а уж о тараканах и говорить нечего!..

В казармах женатых рабочих воздух был тоже "не первого сорта", по замечанию Любаши; нумера смотрели веселее, в некоторых стояли горшки с цветами на окнах, кое-где кровати были с ситцевыми занавесками. Но малые ребятишки оставались без призора. Их матери все почти ходили на фабрику.

— Кто побольше — учатся,— заметила Анна Серафимовна.

Любаша замолчала. Она только взглядывала на Рубцова. Всех троих — и его, и Тасю, и Станицыну — она посылала "ко всем чертям".

В школе они застали послеобеденный класс. Девочки и мальчики учились вместе. Довольно тесная комната была набита детьми. И тут стоял спертый воздух. Учитель — черноватый молодой человек с чахоточным лицом — и весь класс встали при появлении Станицыной.

— Пожалуйста, садитесь,— сказала она, немного стесненная.

Лишних стульев не было. Посетители сели на окнах. Анна Серафимовна попросила учителя продолжать урок.

Учитель, стоя на кафедре, говорил громко и раздельно фразы и заставлял класс схватывать их на память. После каждой фразы он спрашивал:

— Кто может?

И десять девочек и мальчиков подскакивали на своих местах и поднимали руку.

— Откуда учитель?— тихо спросила Тася у Анны Серафимовны.

— Из учительской семинарии.

Раза два-три выходили "осечки". Вскочит мальчуган, начнет и напутает; класс тихо засмеется. Учитель сейчас остановит. Одна девочка и два мальчика отличались памятью: повторяли отрывки из басен Крылова в три-четыре стиха. Тасю это очень заняло. Она тихо спросила у Рубцова, когда он пододвинулся к их окну:

— Это все на счет Анны Серафимовны?

— Как же,— с удовольствием ответил он.

Станицына улыбнулась и сказала Тасе:

— А к осени хочу два класса устроить... тесно; а может быть, и ремесленную школу заведу.

— Благое дело! — подтвердил Рубцов.

Любаша молчала. Она подошла к кафедре, когда остальные посетители уходили, и спросила учителя:

— Жалованье что получаете?

Учитель быстро поглядел на нее недоумевающими глазами и тихо ответил:

— Шестьсот рублей-с.

— С харчами?

— Квартира и дрова.

Она кивнула головой и пошла с перевальцем.

Анна Серафимовна спускалась молча с лестницы. Она была недовольна посещеньем фабрики. Правда, в рабочих она не нашла большой смуты. О стачке ей наговорил директор. Его она разочтет на днях. С Рубцовым она поладит.

Разговор с Любашей немного расстроил Рубцова. Его мужская гордость была задета. Не этой "шалой, озорной девчонке" учить его благородству. Не кулак он! И не станет он потакать — хотя бы и в директоры пошел — хозяйской скаредности. Его "сестричка" — баба хорошая. Немец был плут, знал свой карман, ненавистничал с фабричными. Можно все на другую ногу поставить. Только зачем ему такие палаты, какие выведены тут на дворе для директора? Он — один... Глядел он вслед Тасе. Она семенила ножками по рыхлому снегу... Такая милая девушка — в мамзелях!

Лицо Рубцова вдруг просветлело. Что-то заиграло у него в голове.

А Тася шла задумавшись. Она чувствовала, что ей, генеральской дочери, придется долго-долго жить с купцами... даже если и на сцену поступит.

VIII

Мертвенно тихо в доме Нетовых. Два часа ночи. Евлампий Григорьевич вернулся вчера с вечера об эту же пору и нашел на столе депешу от Марьи Орестовны. Депеша пришла из Петербурга, и в ней стояло: "Буду завтра с курьерским. Приготовить спальню". Больше ничего. Последнее письмо ее было еще с юга Франции. Она не писала около трех месяцев.

Депеша его не обрадовала и не смутила. Прежних чувств Евлампий Григорьевич что-то не находил в себе. Вот на вчерашнем вечере он жил настоящей жизнью. Там ему хоть и делалось по временам жутко, зато подмывали разные вещи. Богатый и литературный барин пригласил его на свой понедельник. Его хотели опять залучить. Вспоминали покойного Лещова, предостерегали, видимо добивались, чтобы он опять плясал по их дудке. Там были и его родственнички — Краснопёрый и Взломцев. Краснопёрый много болтал, Взломцев отмалчивался. Хозяин сладко так говорил... В нем, значит, нуждаются! Известно что: денег дай на газету... А он их отбрил! Они думали, что он не может ходить без помочей, ан вышло, что очень может. Ни в правых, ни в левых — ни в каких он не желает быть! Хотел он вынуть из кармана свое "жизнеописание" и прочесть вслух. Он три месяца его писал и напечатает отдельной брошюрой, когда подойдут выборы, чтобы все знали — каков он есть человек.

Вернулся он сильно возбужденный, в голове зародилось столько мыслей. И вдруг эта депеша... Марья Орестовна отставила его от своей особы сразу и навещать себя за границей запретила. Потосковал он вначале, да что-то скоро забывать стал. Казалось ему минутами, что он и женат никогда не бывал. Любовь куда-то ушла... Боялся он ее, а теперь не боится... Все-таки она женского пола. Попросту сказать — баба! Куда же ей против него? Вот он всю зиму и думал, и говорил, и даже писал сам... Может, ей неприятно бы было, чтобы он ее встретил на железной дороге. Он и не поехал. Послал карету с лакеем.

Ее привезли. Из кареты вынесли. Приехал с ней и брат. Понесли и по лестнице. Она совсем зеленая; но голос не изменился... Первым делом язвительно сказала ему:

— На вокзал-то не пожаловали... И хорошо сделали...

Брат шепнул ему, что надо сейчас же за доктором. Евлампий Григорьевич распорядился, но без всякой тревоги и суетливости...

Только что ее уложили в постель, он ушел в кабинет и не показывался. Это очень покоробило брата Марьи Орестовны. Евлампий Григорьевич, когда тот вошел к нему в кабинет, встретил его удивленно. Он опять засел за письменный стол и поправлял печатные листки.

— Братец...— начал полушепотом Леденщиков,— вы видите, в каком она положении.

— Кто-с? — спросил рассеянно Нетов.

— Мари.

— Да!.. Доктор сейчас будет.

— Я думаю, нужно консилиум... Я боюсь назвать болезнь...

Нетов не слушал. Глаза его все возвращались к листкам, лежащим на столе.

— Я должен вас предупредить...

— А что-с?

— Да как же... Мари ведь опасна...

— Опасна-с?

Евлампий Григорьевич оставил свои листки и повыше приподнял голову.

Брат Марьи Орестовны, при всей своей сладости, сжал губы на особый лад. Такая бесчувственность просто изумляла его, казалась ему совершенно неприличной.

— А вот доктор что скажет... Я ничего не могу... Не обучали-с...

Глаза Нетова бегали. Он почти смеялся. Леденщиков даже сконфузился и пошел к сестре. Она его прогнала.

Приехал годовой доктор. Евлампий Григорьевич поздоровался с ним, потирая руки, с веселой усмешкой, проводил его до спальни жены и тотчас же вернулся к себе в кабинет. Леденщиков в кабинете сестры прислушивался к тому, что в спальне. Минут через десять вышел доктор с расстроенным лицом и быстро пошел к Нетову. Леденщиков догнал его и остановил в зале.

— Серьезно? — прокартавил он.

— Очень, очень!— кинул доктор.

Он сказал Нетову, что надо призвать хирурга, а он будет ездить для общего лечения, намекнул на то, что понадобится, быть может, и консилиум.

Нетов слушал его в позе делового человека и все повторял:

— Так-с... так-с...

Доктор раза два поглядел на него пристально и, уходя, на лестнице сказал Леденщикову:

— Вы уж займитесь уходом за больной. Евлампий Григорьевич очень поражен.

— Поражен?— переспросил Леденщиков.— Не знаю, мы его нашли таким же... странным...

Брат Марьи Орестовны желал одного: чувствительной сцены с своей "бесценной" Мари.

IX

В спальне Марьи Орестовны тяжелый воздух. У ней на груди язва. Перевязывать ее мучительно больно. Она лежит с закинутой головой. Ее оскорбляет ее болезнь — карбункул. С этим словом Марья Орестовна примирилась... Мазали-мазали... Она ослабла,— это показалось ей подозрительным. Это был рак. Доктора сказали ей наконец обиняками.

Собралась она тотчас же в Москву — умирать. Так она и решила про себя. Брат повез ее. Она этого не желала. Он пристал. Довезли бы и так, довольно было ее толковой и услужливой горничной-немки. За границей брат ей еще больше опротивел. Имела она глупость сказать ему, что у ней есть свое состояние... Он, хотя и глуп, а полегоньку многое от нее выпытал. Вот теперь и будет канючить, приставать, чтобы она завещание написала в его пользу... А она не хочет этого. Будь Палтусов с ней понежнее... она бы оставила ему половину своих денег. Писал он аккуратно и мило, почтительно, умно... Но к ней сам не собрался, даже и намека на это не было... Горд очень... Насильно милой не будешь! Все-таки она посоветуется с ним... Довольно этому тошному братцу-"клянче" и ста тысяч рублей... Камер-юнкерства-то ему что-то не дают; да, и мало ли болтается камер-юнкеров совсем голых?

"Не встану,— говорит про себя больная,— нечего и волноваться". И минутами точно приятно ей, что другие боятся смерти, а она — нет... Заново жить?.. Какая сладость! За границей она — ничего. Здесь опостылело ей все... Один человек есть стоящий, да и тот не любит...

Да, сделать бы его своим наследником, дать ему почувствовать, как она выше его своим великодушием, так и сказать в завещании, что "считаю, мол, вае достойным поддержки, верю, что вы сумеете употребить даруемые мною средства на благо общественное; а я почитаю себя счастливой, что открываю такому энергическому и талантливому молодому человеку широкое поле деятельности..."

В голове ее эти фразы укладываются так хорошо. Голова совсем чиста и останется такой до последней минуты — она это знает.

А то можно по-другому распорядиться. Ну, оставить ему что-нибудь, тысяч пятьдесят, что ли, да столько же брату или побольше, чтобы не ходил по добрым людям и не жаловался на нее... Да и то сказать, где же ему остаться без добавочного дохода к жалованью. Да и удержится ли он еще на своем консульском месте? Она дает ему три тысячи в год, иногда и больше. И надо оставить столько, чтобы проценты с капитала давали ему тысячи три, много — четыре.

Остальное связать со своим именем. Завещать двести тысяч — цифра эффектная — на какое-нибудь заведение, например хоть на профессиональную школу... Никто у нас не учит девушек полезным вещам. Все науки, да литература, да контрапункт, да идеи разные... Вот и ее, Марью Орестовну, заставь скроить платье, нарисовать узор, что-нибудь склеить или устроить, дать рисунок мастеру,— ничего она не может сделать. А в такой школе всему этому будут учить.

Два часа продумала Марья Орестовна. И боли утихли, и про смерть забыла... Завещание все у ней в голове готово... Вот приедет Палтусов, она ему сама продиктует, назначит его душеприказчиком, исполнителем ее воли... Он выхлопочет, чтобы школа называлась ее именем...

Лежит она с закрытыми глазами, и ей представляется красивый двухэтажный дом, где-нибудь в стороне Сокольников или Нескучного, на дворе за решеткой... И ярко играют на солнце золотые слова вывески: "Профессиональная школа имени Марии Орестовны Нетовой". И каждый год панихида в годовщину ее смерти: генерал-губернатор, гражданский губернатор, попечитель, все власти, самые сановные дамы. Сколько простоит заведение, столько будет и панихид. Но этого еще мало... Палтусов составит ее жизнеописание. Выйдет книжка к открытию школы... Ее будут раздавать всем даром, с ее портретом. Надо, чтобы сняли хорошую фотографию с того портрета, что висит у Евлампия Григорьевича в кабинете. Там у ней такое умное и приятное выражение лица... Палтусов сумеет сочинить книжку...

И желание его видеть стало расти в Марье Орестовне с каждым часом. Только она не примет его в спальне... Тут такой запах... Она велит перенести себя в свой кабинет... Он не должен знать, какая у нее болезнь. Строго-настрого накажет она брату и мужу ничего ему не говорить... Лицо у ней бледно, но то же самое, как и перед болезнью было.

Она так мало интересовалась леченьем, что ответила брату, сказавшему ей насчет консилиума:

— Пускай! Все равно!

X

На консилиуме смертный исход был научно установлен. Операции делать нельзя, антонов огонь уже образовался и будет разъедать, сколько бы ни резали.

Годовому доктору поручили сказать Евлампию Григорьевичу, что надо приготовить Марью Орестовну.

Он это принял так равнодушно, что доктор поглядел на него.

— Приготовить?— переспросил Евлампий Григорьевич и улыбнулся.— Извольте. Я скажу-с. Все смертны. Оно, знаете, и лучше, чем так мучиться.

Доктор с этим согласился.

А больная лежала в это время с высоко поднятой грудью — иначе боли усиливались — и с низко опущенной головой и глядела в лепной потолок своей спальни... По лицам докторов она поняла, что ждать больше нечего...

— Ах, поскорее бы! — вырвалось у ней со вздохом, когда они все вышли из спальни.

В который раз она перебирала в голове ход болезни и конец ее — не то рак, не то гангрена. Не все ли равно... А ум не засыпает, светел, голова даже почти не болит. Скоро, должно быть, и забытье начнется. Поскорее бы!

Противны сделались ей осенью Москва, дом, погода, улица, муж, все... А за границей болезнь нашла, и умирать там не захотелось... Сюда приехала... Только бы никто не мешал... Хорошо, что горничная-немка ловко служит...

За изголовьем кашлянули.

"Что ему?" — подумала с гримасой Марья Орестовна. Она узнала покашливанье мужа... С тех пор как она здесь опять, он ей как-то меньше мозолит глаза... Только в нем большая перемена... Не любит она его, а все же ей сделалось странно и как будто обидно, что он все улыбается, ни разу не всплакнул, ободряет ее каким-то небывалым тоном.

— Это ты?— спросила Марья Орестовна.

Она ему говорит "ты", он ей "вы", как и прежде, только не тот звук.

Евлампий Григорьевич подошел, потирая руки.

— Как себя чувствуете? — спросил он и присел на стул, в ногах кровати.

— Что тут спрашивать? — оборвала она его.

— Конечно-с,— вздохнул он.— Сами изволите разуметь... Кто под колею попадет... А кто и так.

Марья Орестовна начала всматриваться в него и подниматься. Улыбка глупее прежней, а по теперешнему настроению — жена умирает — и совсем точно безумная, глаза разбегаются.

Она еще приподнялась и молча глядела на него.

— Все под Богом-с,— выговорил он, встал и начал, потирая руки, скоро ходить по комнате.

"Да он помутился,— подумала она, и ей жаль стало вдруг.— Не от любви ли к ней? Кто его знает! Просто оттого, что без указки остался и не совладал с своей душонкой".

— Сядь! — строго сказала она ему. Он присел на край постели.

— Ты видишь, мне недолго жить,— выговаривала она твердо и поучительно,— ты останешься один. Брось ты свои должности и звания разные... Не твоего это ума. Лещов умер, у дяди твоего дела много. Краснопёрый тебя же будет везде в шуты рядить... Брось!.. Живи так — в почете; ну, добрые дела делай, давай стипендии, картины, что ли, покупай. Только не торчи ты во фраке, с портфелем под мышкой, если желаешь, чтобы я спокойно в могиле лежала. Советуйся с Палтусовым, с Андреем Дмитриевичем... И по торговым делам... А лучше бы всего, чтоб тебя приказчики не обворовывали, живи ты на капитал, обрати в деньги... Ну, дом-то этот держи... угощай, что ли, Москву... Дадут и за это генерала... Числись каким-нибудь почетным попечителем... А дашь покрупнее взятку, так и Станислава повесят через плечо...

Евлампий Григорьевич не дослушал жены. Он встал, подошел к ее изголовью, расставил как-то странно ноги, щеки его покраснели, глаза загорелись и гневно, почти злобно уставились на нее.

— Не ваша сухота, не ваша сухота! — заговорил он обиженным тоном.— Мы не в малолетстве... Вы о себе лучше бы, Марья Орестовна... напутствие, и от всех прегрешений... А я на своих ногах, изволите меня слышать и понимать? На своих ногах!.. И теперь какую в себе чувствую силу, и что я могу, и как хочу отдать себя, значит, обществу и всему гражданству — я это довольно ясно изложил... И брошюра моя готова... Только, может, страничку-другую...

Он махнул рукой и опять заходил.

— Сядь!..— приказала она ему.

Но он не послушался и заговорил с таким же волнением.

— Оставь меня! — утомленно сказала она. Нетов ушел.

Ей было все равно. Поглупел он или собирается совсем свихнуться. Не стоит он и ее напутствия... Пусть живет, как хочет... Хоть гарем заводи в этих самых комнатах... Авось Палтусов не даст совсем осрамиться.

XI

Два раза посылала она на квартиру Палтусова. Мальчик и кучер отвечали каждый раз одно и то же, что Андрей Дмитрич в Петербурге, "адреса не оставляли, а когда будут назад — неизвестно". Кому телеграфировать? Она не знала. Ее брат придумал, послал депешу к одному сослуживцу, чтобы отыскать Палтусова в отелях... Ждали четыре

271

дня. Пришла депеша, что Палтусов стоит у Демута. Туда телеграфировали, что Марья Орестовна очень больна — "при смерти", велела она сама прибавить. Получен ответ: "Буду через два дня".

Прошли сутки... А его нет... Что же это такое?.. Он — доверенное лицо, у него на руках все ее состояние, ему шлют отчаянную депешу, он отвечает: "Буду через два дня", и — ничего.

Сколько ей жить? Быть может, два дня, быть может, неделю — не больше... Она хотела распорядиться по его совету, оставить на школу там, что ли, или на что-нибудь такое. Но нельзя же так обращаться с ней!..

Ну, не нравится она ему как женщина, так по крайней мере покажи внимание. Вот они — тонкие, воспитанные мужчины... За ее ласку, доверие — такая расплата! Его только она и отличала изо всей Москвы. Его мнением только и дорожила, в последний год особенно... Пропади пропадом все ее состояние! Не хочет она никакого завещания писать. Еще утомляться, подписывать, слушать, братец будет канючить, с Евлампием Григорьевичем надо будет говорить... Кто наследник, тот пускай и будет наследник. Мужу четвертая часть опять вернется, остальное тому... глупому, долговязому.

Досадно ей, горько... Но оставить на школу — кому поручить? Украдут, растащат, выйдет глупо. А то еще братец процесс затеет, будет доказывать, что она завещание писала не в своем уме. Его сделать душеприказчиком?.. Он только сам станет величаться... Довольно с него.

На другой день с утра Марья Орестовна почувствовала себя легко... Пришел братец. Она поглядела на него с насмешливой улыбкой и спросила:

— Ты что же не просишь меня?

— О чем, Мари?

— Да чтоб побольше денег тебе оставила?

Он опустил глаза и покраснел.

— Ах, полно... Бесценная моя,— начал было он.

— Сладок ты очень, дружок,— перебила она его.— Не обижу.

— Твоя воля, Мари, священна для меня... Но если б ты желала...

Марья Орестовна тихо рассмеялась.

— Завещания, хочешь ты сказать? Для тебя невыгодно будет.

Леденщиков глупо и испуганно поглядел на нее. Она расхохоталась и тотчас же поморщилась от боли. Он наклонился к ней.

— Мари, дорогая...

— Ступай, ступай!

Очень уж сделались ей противны его лицо, голос, фигура, полуфальшивая сладость его тона.

Тут в голове у ней пошла муть, жар стал подступать к мозгу, в глазах зарябило. Она подняла было голову — и беспомощно опустила на подушку.

— Ступай, ступай! — повторила она еще раз.

И захотелось ей умереть сегодня же, но одной, совсем одной, чтобы ее заперли.

272

Под вечер Евлампию Григорьевичу доложил камердинер, что "Марья Орестовна кончаются".

Он и это принял холодно и только спросил:

— В памяти?

Послали за священником. Леденщиков не знал еще точно суммы сестрина состояния. Но ему надо было теперь распорядиться, как законному наследнику,— Евлампий Григорьевич в каком-то странном расстройстве. И он долго не протянет.

Марья Орестовна хоть и умирала в полузабытьи, но никого не пускала к себе, кроме своей камеристки Берты.

Дорогие хоромы коммерции советника Нетова замирали вместе с той женщиной, которая создала их... Лестница, салоны с гобеленами, столовая с резным потолком стояли в полутьме кое-где зажженных ламп. В кабинете сидел за письменным столом повихнувшийся выученик Марьи Орестовны. По зале ходил другой ее воспитанник, глупый и ничтожный...

К ночи началась суета, поднимающаяся в доме богатой покойницы... Но Евлампий Григорьевич с суеверным страхом заперся у себя в кабинете. Он чувствовал еще обиду напутственных слов своей жены. Вот снесут ее на кладбище, и тогда он будет сам себе господин и покажет всему городу, на что он способен и без всяких помочей... Еще несколько дней — и его брошюра готова, прочтут ее и увидят, "каков он есть человек"!

XII

Петербургский поезд опоздал на двадцать минут. Последним из вагона первого класса вышел пассажир в бобровой шапке и пальто с куньим воротником.

Это был Палтусов. Лицо его осунулось. С обеих сторон носа легли резкие линии. Сказывалась не одна плохо проведенная ночь. Он еще не совсем оправился от болезни. Депеша брата Нетовой застала его в постели. Накануне ночью он проснулся с ужасными болями в печени. Припадки длились пять дней. Доктор не пускал его. Но он настаивал на решительной необходимости ехать... Боли так захватили его, что он забыл и о депеше, и об опасной болезни Нетовой... Как только немного отпустило, он встал с постели и, сгорбившись, ходил по комнате, послал депешу, написал несколько городских писем. У него было два-три человека с деловыми визитами.

В Москве у себя он не оставил петербургского адреса. Его удивило то, что депеша от Нетовой, подписанная ее братом, пришла к нему прямо в отель Демут... Всю дорогу он был тревожен. Дома мальчик доложил ему, что от Нетовых присылали три раза; а вот уже три дня, как никто больше не приходил.

Это усилило его беспокойство. Он велел сейчас же приготовить одеваться и закладывать лошадь. Был первый час.

В передней позвонили.

— Никого не принимать!— крикнул он мальчику.

Тот пошел отпирать. Из кабинета слышно было, как кто-то вошел в калошах.

— Господин Леденщиков,— доложил, показываясь в дверях, мальчик,— требуют-с... я не впускал.

— Проси,— поспешно приказал Палтусов. Он заметно побледнел.

Брат Марьи Орестовны остановился в дверях — в длинном черном сюртуке, с крепом на рукаве и с плерезами на воротнике.

— Марья Орестовна? — первый спросил Палтусов и подал руку.

— Моя сестра скончалась вчера в ночь...

В голосе не слышно было слез, но глаза тревожно смотрели на Палтусова.

— Вчера ночью? — переспросил Палтусов и подался назад.

Он забыл попросить гостя сесть, но тотчас же спохватился.

— Прошу,— указал он Леденщикову на кресло у стола.

В один миг сообразил он, зачем тот приехал и что отвечать ему.

— Monsieur Палтусов,— начал Леденщиков.— Но она сообщила мне еще задолго до кончины, что вы заведовали ее делами.

— Точно так,— сухо ответил Палтусов.

— Состояние, предоставленное ей мужем, все было, сколько мне известно, в бумагах?

— В бумагах.

"Не тяни, животное!" — выбранился про себя Палтусов.

— Так вот я бы и просил вас покорнейше привести в известность всю наличную сумму. Она должна быть в пятьсот тысяч капитала. Я обращаюсь к вам как брат и наследник... за выделом четвертой части Евлампию Григорьевичу...

Леденщиков переложил шляпу — и она уже была с крепом — с правого колена на левое.

Палтусов сделал несколько шагов в угол комнаты и вернулся. Лицо его оставалось бледным.

— Очень хорошо-с,— заговорил он глуше обыкновенного.— Но вы, вероятно, знаете, что сестра ваша поручила мне свой капитал в полное распоряжение?

— Я имею копию с доверенности.

— Поэтому часть этих денег находится... как бы вам это сказать... в обороте...

— В каком обороте? — уже с явной боязнью в голосе спросил Леденщиков.

— В обороте,— повторил Палтусов.

— Вы отдали их под залог? В таком случае у вас есть закладная или другие документы.

— Словом,— перебил его Палтусов,— сто тысяч рублей, даже несколько больше, я не могу реализовать сейчас же.

— Но я вас не понимаю, monsieur Палтусов,— более сладким тоном начал Леденщиков.— Эти деньги должны же быть где-нибудь... Как вы ими распоряжались в интересах вашей доверительницы, я не знаю, но они должны быть налицо.

— Я прошу вас дать мне сроку несколько дней, неделю. Ведь я же не мог предвидеть внезапной кончины вашей сестры.

— Мы вам несколько раз телеграфировали.

— Я сам заболел в Петербурге.

— Но, cher monsieur Палтусов, я ведь не требую, чтобы вы мне сию минуту выложили весь капитал Мари. Он в банке, в бумагах... это само собой понимается... Но надо привести в известность сейчас же.

— К чему? — возразил более спокойным, деловым тоном Палтусов.— Ваша сестра умерла без завещания. Вы и муж ее — наследники... Известно, что я занимался ее делами... Мировой судья будет действовать охранительным порядком.

— Но почему же этого не сделать просто, домашним образом? Вы пожалуете к нам и привезете все эти ценности.

— Да, конечно, но я прошу вас дать мне срок.

— Срок? — Губы Леденщикова начали бледнеть.

— Я распоряжался самостоятельно.

— Да-с, monsieur Палтусов,— перебил Леденщиков и встал,— но я должен вас предупредить, что если вам не угодно будет до вечера послезавтра пожаловать к нам со всеми документами... я должен буду...

— Хорошо-с,— сухо отрезал Палтусов.

— Послезавтра,— повторил Леденщиков и подал Палтусову руку.

К передней он отретировался задом. Палтусов проводил его до дверей.

Кровь сразу прилила к его лицу, как только он остался один.

Этот глупый и сладкий гостинодворческий дипломат не даст ему передышки... Не даст! Все было у него так хорошо рассчитано. И вдруг смерть Нетовой!.. Просить, каяться перед двумя купчишками?! Никогда!

Надо выиграть время... Будь это не такой купеческий "братец" — они бы столковались... Но тут трусливая алчность: хочется поскорее пощупать свой капитал, свалившийся с неба.

Первый, кто пришел на мысль Палтусову, был Осетров. Вот к нему надо ехать... сию минуту. Если и не будет успеха, то хоть что-нибудь дельное вынесешь из разговора с ним.

"А если он откажет?.." — Палтусов закусил губу, и в глазах его мелькнула решимость особого рода.

Через десять минут он летел к Осетрову.

XIII

Осетров был у себя. Он нанимал целый этаж, на бульваре, в доме разорившихся миллионеров, которым и остался только этот дом. Палтусов не был у него на квартире и не видал его больше трех месяцев.

Он шел за лакеем по высоким комнатам уверенно, но внутри тревога росла. Надо было сохранить на лице выражение деловой и немного светской развязности; надо показать, что с того дня, когда они познакомились в конторе, утекло немало воды в его пользу. Тогда он отрекомендовался как фактотум подрядчика из офицеров; теперь он должен явиться самостоятельной личностью, деловой единицей, действующей на свой страх... С Осетровым он, кажется, умеет говорить, попадать в тон... В его предприятии у него три пая, по тысяче рублей... Со своим пайщиком, хотя бы и на такую малость, не станет тот разыгрывать набоба: слишком он умен для этого, да и сумел давно оценить, что в его пайщике есть кое-что, стоящее и внимания, и поддержки, и доверия...

Слово "доверие" не смутило. Палтусова и в эту минуту. Почему же не доверие? Разве Осетров знает, что сейчас произошло между ним и Леденщиковым?.. Да хоть бы каким-нибудь чудом и догадался? Надо предупредить его, говорить прямо, без утайки, как было дело. Он человек практики... ему постоянно поручались куши чужими людьми, да и воротилой-то он сделался только на одни чужие деньги... Что он такое был? Учитель...

— Пожалуйте-с,— пригласил лакей и остановился перед темной дверью с глубокой амбразурой.

Палтусов не заметил, через какие комнаты прошел до кабинета.

Осетров сидел за письменным столом в такой же позе, как в конторе, когда Палтусов в первый раз явился к нему от Калакуцкого.

Рассматривать обширный кабинет некогда было. Палтусов перешел к делу.

— Поддержите меня,— сказал он Осетрову без обиняков,— мое положение очень крутое. Вы сами человек, разбогатевший личной энергией... У меня была доверительница — поручила мне свое денежное состояние. Я распоряжался им по своему усмотрению. Она скоропостижно умерла. Наследник требует — вынь да положь — всего капитала... А у меня нет целой четверти...

Палтусов остановился.

— Где же он у вас? — спросил Осетров, мягко поглядывая на него.

— Я пустил его в оборот...

— На свое имя?

— Нет... на чужое...

— В какой же это оборот?

— Я дал бумаги в залог.

— Ну так что же за беда? Вы так и объявите наследнику... Это не пропащие деньги...

— Я не могу этого сделать,— решительно выговорил Палтусов.

— Почему же?

— Потому что наследник — скупой дурачок. Он сочтет это за растрату...

— Да...

Осетров закурил папиросу и прищурил глаз.

— Что же я-то могу для вас сделать?

— Дайте мне ваше поручительство... Я выдам векселя...

— Мое поручительство?.. Нет, любезный Андрей Дмитрич, я не могу этого.

Палтусов опустил глаза. Они оба молчали.

— Я заслужу вам,— начал Палтусов.— В моем поступке вы, деловой человек, не должны видеть что-нибудь особенное... Отчего же я не мог воспользоваться случаем? Дело шло о прекрасной операции... Она удалась бы через два-три месяца... Я возвращаю капитал доверительнице и сразу приобретаю хорошее денежное положение.

— Почему же вы так не поступили?

— Надо было сейчас же действовать. Она жила в Ницце... Я вам уже сказал, что она имела ко мне полное доверие. Ее смерть — неудача. И больше ничего!

— Это растяжимые деловые принципы,— выговорил Осетров.

— Но вам,— уже горячо возразил Палтусов,— разве не доверяли сотни тысяч без расписок? Вы их пускали в оборот от своего имени. Стало, рисковали чужим достоянием.

— Совершенно верно,— остановил Осетров,— но я возвращал сейчас же, сейчас, все, что у меня было, при первом требовании, или указывал, во что у меня всажены деньги. Сделайте то же и вы.

— Но я вам говорил, что наследник скупердяй, дурак... с ним это невозможно, бумаги представлены взаем другим лицом! Какое же я обеспечение могу дать такому трусливому и алчному наследнику?

— Напрасно с таким народом дело имеете...

На лице Осетрова Палтусов прочел решительный отказ.

— Вадим Павлович,— выговорил он,— я ожидал от вас другого...

— И получили бы другое,— ответил Осетров, приподнимаясь над столом.— Наживать можно и должно, но только не так, как вы задумали.

Это было сказано серьезно, без всякого вызова. Оставалось удалиться.

— У вас есть наши акции? — спросил Осетров, как бы спохватившись.— Если вам угодно, я куплю у вас их по полторы тысячи — больше вам не дадут...

Палтусова охватило такое злобное чувство, что он с усилием сдержал себя на пороге кабинета.

XIV

"Ехать к Станицыной?" — мелькнуло у него. Он вышел на крыльцо и глядел на обширный двор. Кучер еще не заметил его и не подавал. Так простоял он минуты две...

Станицына! Она выручит! Кто это сказал? В ней теперь женское чувство расходилось. Она увидала, пожалуй, в том, как он повел с ней себя,— прямое оскорбление. Да, другой бы упал на колени и, долго не думая, предложил бы ей сожительство, довел бы до развода с мужем, прибрал бы к своим рукам ее фабрику и наличные деньги. Полно, есть ли они, наличные-то?.. Она должна была в эту зиму заплатить за мужа несколько сот тысяч... без этого она не подняла бы кредиту. А коли наличных нет или есть только на оборот, на поддержку текущих дел по обеим фабрикам, так из-за чего же он будет соваться?

Да и не хочет он ей говорить правды. Ее на мякине не проведешь. Она все-таки кулак-баба... Позволить ей заподозрить его, и так, в глаза... Ни за что!

С женщинами у него — неизменная мораль... Так он поступал, так и будет поступать. Что-то поднимает внутри его гордость, чувство мужского превосходства, когда он думает о своих отношениях к женщинам. Обязанным им он ничем не хочет быть. Сначала он перепробует все.

Ну что же?

В ту минуту, когда Палтусов крикнул: "Подавай!" — голова его осветилась новой фигурой ярко и отчетливо, и тотчас вспомнил он свой визит к родственнику Долгушина, к тому "ископаемому", что сидит в птичнике... у него есть деньги. Он, наверно, тайный ростовщик. Но что же предложить ему в залог? Одну половину бумаг? Так это будет тришкин кафтан. Нелепо!

Почему-то, однако ж, он схватился за эту мысль.

Он вспомнил адрес старого барина, но не приказал кучеру ехать туда, а взял извозчика.

Барин принял его. Он вышел к Палтусову совершенно так же одетый, как и в тот раз, и так же попросил его во вторую комнату. Старик помнил о его визите, опять сказал, что служил когда-то с одним Палтусовым. Про Долгушина осведомился в шутливом тоне, и когда Палтусов сообщил ему, что генерал служит акцизным надзирателем на табачной фабрике,— выговорил:

— И это для него большой пост. Свистун!

Палтусов сидел так, что ему была видна часть стены, где он в первый раз заметил несгораемый шкап. Глаза его остановились на продольной, чуть заметной щели. Опять разглядел он и маленькое отверстие для ключа.

— Чем могу? — спросил барин и поправил паричок.

— На этот раз,— начал Палтусов,— я к вам от себя.

Он пристально поглядел на старика.

— Чем могу? — повторил тот.

— Не найдете ли возможности дать мне под обеспечение?..

Губы барина слегка пошевелились, и что-то мелькнуло в глазах.

— Я знаю, что вы ссужаете,— решительно выговорил Палтусов и даже похвалил себя внутренне за такую проницательность.

— Вы изволите говорить,— не меняя тона, переспросил старик,— под обеспечение?

— Ценностями... разных наименований.

— И какую сумму?

"А! ты ростовщик!" — вскрикнул про себя Палтусов.

— Сто тысяч рублей.

— Сто тысяч рублей?.. Такой свободной суммы я не имею...

— Ну, сколько имеете.

Старик поглядел на Палтусова косвенным взглядом.

— А почему же вы, государь мой, не желаете заложить ваши ценности в любом банке?

Вопрос этот уже побывал в голове Палтусова, когда он подъезжал к его дому.

— Это фамильные вещи,— уже солгал Палтусов.

— Брильянты?— быстро спросил старик.

— Разные ценности.

В голове Палтусова разыгрывалась сцена. Вот он привозит свои бумаги. Это будет сегодня вечером. Старик приготовит сумму... Она у него есть — он врет. Он увидит процентные бумаги вместо брильянтов, но можно ему что-нибудь наговорить. Не все ли ему равно? Он пойдет за деньгами... Броситься на него... Раз, два!.. А собаки? А люди? Разве так покончил со стариком недавно в Петербурге саперный офицер? То было в квартире. Даже кухарку услал... Да и то поймали.

Все это пронеслось в мозгу Палтусова и заставило его мгновенно покраснеть. И вдруг его визит к этому барину, разговор, расчеты представились ему во всей их глупости и гадости. Как мог он остановиться хоть минуту на такой мысли?.. А просто заложить бумаги можно в первом попавшемся банке... Да какой же толк в этом?..

Он должен был сознаться, что голова его ослабела. Устыдившись, он тотчас же встал и протянул руку хозяину.

— Позвольте заехать к вам на днях,— сказал он, любезно улыбаясь.— Вы, во всяком случае, не прочь? О процентах мы тогда переговорим...

— Милости прошу,— кратко ответил ему немного удивленный старик и пошел провожать его через комнату с птицами.

Собаки тоже провожали Палтусова. Он сбежал с лестницы, чувствуя, что щеки его горят. В первый раз он подумал о том, как можно придушить живого человека из-за денег.

XV

Звонили ко всенощной... Мартовский воздух смяк. Днем сильно таяло. Солнце повертывало на лето. Путь лежал Палтусову со Знаменки Кремлем. Он извозчика не взял, пошел пешком.

Миновал он ворота с прорезными бойницами проездной башни Кутафьи, белеющей, точно шатер без крыши. Зажигалась яркая ночь. Вокруг полного месяца, не поднявшегося еще кверху, от утреннего тумана шла круглая пелена, открывающая посредине овал — посинее, безоблачный, глубокий. И одна только звезда внизу и сбоку от месяца ярко мерцала. Других звезд еще не было заметно.

Палтусов остановился у перил моста через Александровский сад и засмотрелся на него. Это позволило ему уйти от тревог сегодняшнего дня. Внизу темнели голые аллеи сада, мигали фонари. Сбоку на горе уходил в небо бельведер Румянцевского музея с его стройными павильонами, точно повисший в воздухе над обрывом. Чуть слышно доносилась езда по оголяющейся мостовой...

Палтусов пошел дальше, мостом и Троицкими воротами поднялся в Кремль. Слева сухо и однообразно желтел корпус арсенала, справа выдвигался ряд косо поставленных пушек, а внизу пирамиды ядер. Гул соборных колоколов разливался тонкою заунывною струей. Ему захотелось туда, за решетку, откуда золоченые главы всплывали в матовом сиянии луны. Он скорыми шагами перешел поперек площади,

279

повернул вправо и взял в узкий коридорчик, откуда входят в Успенский собор.

Темные расписанные столбы собора, полусвет, лики иконостаса, ладан и тихое мелькание молящегося народа навели на Палтусова род дремы... Он сначала совсем забыл про себя. Ему нужно было за чем-нибудь следить глазами, что-нибудь слушать... В собор не попадал он много лет, даже и не помнит, когда это было. Теперь его занимала служба, как ребенка. Идет архиерей в длинной ризе, ее поддерживает сзади иподьякон, впереди дьякон со свечой. Архиерей кадит перед образами... Такого облаченья и всего этого шествия Палтусов не видал еще никогда... Он глядел ему вслед. Служба перешла на средину собора. Долго он не мог слушать ее. Кровь прилила к голове, сделалось душно, напала тревожность, столбы и иконостас точно давили его.

Он вышел на воздух. И разом все вернулось к нему... Он вор!.. Хотел разжиться на чужие деньги. Мог сегодня,— когда брат Нетовой явился к нему,— прямо сказать: "Я вложил в такое-то дело сто тысяч... Вот кем представлены залоги... Вот документ, обеспечивающий эту сделку... нате". И как ни жаден этот идиот, он все-таки пошел бы на соглашение. А не пошел бы?.. Пускай начинал бы процесс, даже уголовное дело. Так нет! Захотелось вынырнуть с чужим капиталом!

Машинально двигался Палтусов к Ивану Великому, поднялся кверху, на площадку, где ход в церковь... Там только он очнулся.

Гадость сделана. Леденщиков не даст ему передышки, если б и рассказать ему все начистоту, покаяться... Будет дело. Оно уж и теперь началось... Умышленное присвоение чужой собственности уже совершено, в глазах настоящих, честных людей он уже погиб...

Вспомнил он своего недавнего "принципала" — Калакуцкого. Череп с чернеющей ранкой представился ему... И курносое лицо околоточного... Вот застрелился же! От уголовного суда сам ушел. А не Бог знает какой великой души был человек...

Зазвонили. Палтусов поднял голову и поглядел вверх, на колокольню. Чего же стоит забраться вон туда, откуда идет звон. Дверь теперь отперта... Звонарь не доглядит. Дать ему рубль. А потом легонько подойти к перилам. Один скачок... и кончено!.. В Лондоне бросаются же каждый год с колонн на Трафальгар-сквере, и с колокольни св. Павла целыми дюжинами бросаются...

Он зажмурил глаза и открыл их через несколько секунд. Внизу плиты уже обнажились от снега, кое-где просохли и светились. Его схватило за сердце. Но он не успел испугаться. Новое чувство уже залегло ему на душу...

"Вор!— думал он и начал чуть заметно улыбаться.— Пускай! Смерть от своей руки еще не ушла. Лучше пистолет, чем такой прыжок с колокольни. Сделать это приличней и скромней".

Он начал спускаться по ступенькам. Ему стало вдруг легко. Ни к кому он больше не кинется, никаких депеш и писем не желает писать в Петербург; поедет теперь домой, заляжет спать, хорошенько выспится и будет поджидать. Все пойдет своим чередом... Не завтра, так послезавтра явится и следователь. Не поедет он и на похороны Нетовой. Не напишет

280

и Пирожкову. Успеет... Никогда не рано отправиться на тот свет из этой Москвы!..

Благовест продолжается. Выйдя за решетку, Палтусов провалился в рыхлом снеге. Это его рассмешило.

XVI

Пирожков не хотел верить слуху, что Палтусов "арестован". Ему кто-то сказал это накануне вечером. Он вскочил с постели в девятом часу, торопливо оделся и поехал к приятелю. Мальчика, отворившего ему дверь, он ни о чем не расспрашивал. Тот принял его со словами:

— Пожалуйте-с, барин у себя.

Квартирка смотрела так же чисто и нарядно, как и в тот раз, когда он заехал к Палтусову попросить за мадам Гужо. Ничто не говорило про беду.

— Дома! — вслух выговорил Иван Алексеевич в передней.

Значит — вздор, вранье, никакого ареста не было. Палтусова он нашел на кушетке.

— Что с вами, нездоровится? — спросил его Пирожков и сильно потряс ему руку.

Лицо Палтусова показалось ему и желтым, и осунувшимся.

— Да вот с приезда не могу поправиться,— откликнулся Палтусов и встал с кушетки.

На нем был халат, чего Пирожков никогда не видал.

— Вы в Петербурге заболели?

— Да, чуть не воспаление в печени схватил.

В глазах приятеля Палтусов прочел причину его прихода.

— Иван Алексеевич,— начал он простым, задушевным тоном,— вам, наверно, сказали уже, что меня схватили?

— Действительно.

— Этого еще нет; но может быть сейчас. Я не знаю. Пока я дал подписку.

Он на одну секунду опустил голову и добавил с тихой усмешкой:

— Попаду в кутузку — это верно.

— Но за что же? — искренней нотой крикнул Иван Алексеевич.

— За что? за растрату чужого имущества...

Пирожков ничего не сказал на это, а только усмехнулся отрицательно.

— Право!— подтвердил Палтусов и опять сел на кушетку, подложив под себя ноги.

— Да объясните!

— Дело самое простое... Получил доверенность на распоряжение капиталом.

— Большим?

— В несколько сот тысяч.

— И что же?

— Распорядился по своему усмотрению... на это имел право...

Доверительница умерла в мое отсутствие... Наследник пристал к горлу — давай ему все деньги... А у меня их нет.

— Как же нет?— изумленно переспросил Пирожков.

— Так, в наличности нет...

— Но вы можете доказать.

— Вот что, дорогой Иван Алексеевич,— начал горячее Палтусов и подался вперед корпусом,— взбесился я на этих купчишек, вот на умытых-то, что в баре лезут, по-английски говорят! Если б вы видели гнусную, облизанную физиономию братца моей доверительницы, когда он явился ко мне с угрозой ареста и уголовного преследования! Я хотел было повести дело просто, по-человечески. А потом озорство меня взяло... Никаких объяснений!.. Пускай арестуют!

— Но зачем же? — Пирожков присел к нему на кушетку и взял его за руки.— Зачем же так, Палтусов? Что за бравада? Вы же говорили мне вот в этом самом кабинете, что купец — сила, все прибрал к своим рукам...

— Посмотрим, кто кого пересилит... Тут ум надо, а не капиталы.

— Ум!.. Но, Андрей Дмитриевич... к чему же доводить себя?

— Да ведь я уже под сюркупом... Обязался подпиской о невыезде...

— Что же вы теперь делаете? Какие меры?

Пирожков расстроенно глядел на Палтусова. Тот пожал ему руку.

— Добрая вы душа, сочувственная. Не бойтесь. Я волноваться не желаю. С адвокатом я виделся. Выбрал не краснобая, а честного чудака... Я вижу... вам хочется подробностей. Зачем копаться в этих дрязгах? Для меня — это партия в шахматы... На одном осекся, на другом выплыву!..

Что-то новое слышалось Пирожкову в звуках голоса Палтусова. Ему сделалось не по себе. Точно он попал в болото и нога ступает на зыбкую кочку.

— Ха, ха, ха! — разразился Палтусов.— Полноте... Говорю, выплыву. А если вы увидите, что я в этой кулаческой Москве сам позапылился,— вы забудете, что у вас был такой приятель.

— Ну вот, ну вот!— возразил Пирожков, встал и в недоумении заходил по кабинету.

Палтусов посмотрел на стенные часы.

— Иван Алексеевич! — окликнул он.— Знаете что, не засиживайтесь. Я, по моим соображениям, жду сегодня архангелов.

— Каких?

— Следователя или полицию. Уходите. Коли надо будет куда-нибудь съездить, к адвокату, что ли,— дам вам знать; только не стесняйтесь... Прямо откажите.

— Полноте! — вырвалось у Пирожкова теплой нотой.

Он решительно не знал, как ему говорить с приятелем. Через пять минут он вышел.

На улице он перебирал про себя, какое чувство возбуждает в нем Палтусов, и не мог ответить, не мог сказать: "Нет, он честен, это разъяснится".

Ему показалось на повороте к Чистым прудам, что в пролетке проехал полицейский офицер со штатским.

XVII

Больше трех недель, как Анна Серафимовна ничего не слыхала о Палтусове. Она спрашивала Тасю. Та знала только, что он куда-то уехал... Надо было решиться — разрывать или нет с мужем. Рубцов продолжал стоять за разрыв. Голова уже давно говорила ей, что она промахнулась, что она только себя разорит, если будет заведовать делами Виктора Мироныча.

Но не одни дела. Когда же наступит полная законная воля? Неужели обречь себя на вечное вдовство или махнуть на все и жить себе с "дружком". Да где он, этот дружок? И его нет!

За эти дни она исхудала, под глазами круги, во рту гадко, всю поводит. Но она не хочет поддаваться никакой "лихой болести". Не таковская она!

Анна Серафимовна собралась ехать в амбар. Вошла Тася в шляпе и кофточке. Это не был еще ее час.

— Вы слышали,— выговорила она с расстановкой,— Андрей Дмитрия...

Станицына побледнела. Сердце у ней точно совсем пропало.

— Что?

— Посадили его.

— Посадили!..

Анна Серафимовна не могла прийти в себя.

— За политическое?

— Нет.

Тася замялась.

— По какому же делу?

— Я не знаю хорошенько... Говорят про... растрату какую-то... После смерти Нетовой открыли...

— После Нетовой?

Она все сообразила. Но быть не может! Это не такой человек!

Рука ее протянулась к Тасе. Они обнялись. Анна Серафимовна поцеловала ее горячо.

— Это так что-нибудь,— порывисто заговорила она.— Он не мог...

Обе сели.

Тася прильнула к ней. Ей захотелось признаться этой "купчихе" в том, что до тех пор она считала неловким рассказывать.

Анна Серафимовна узнала, что Палтусов помогал семейству Долгушиных еще при жизни матери. Про себя Тася умолчала.

— Вот видите,— успокоивала и самое себя Станицына,— такой человек не мог! Где же он сидит?

— Я не знаю,— пристыженно ответила Тася.

— Надо узнать...

Анна Серафимовна расспросила, где живет Палтусов, и приказала подавать экипаж.

— Вы оставайтесь,— сказала она Тасе,— подождите меня...

— Мне бы надо,— тихо выговорила Тася.

Она чувствовала, как "барышня" проснулась в ней в эту минуту.

Боится она разыскивать, где сидит ее родственник, боится полиции совершенно так, как ее старушки, чуть дело запахнет хоть городовым. А вот такая купчиха не боится... Она любит... она может и спасти его, пожалуй, и в Сибирь бы пошла за ним... Но стоит ли он этого? Поручиться нельзя.

Тася покраснела. Что же это такое? Он помогает ей и старушкам, а она точно сейчас же готова выдать его.

— Анна Серафимовна,— придержала она Станицыну в зале,— вы не подумайте, что я такая гадкая... бессердечная... Вот вы — посторонняя, и так тепло к нему относитесь... А мне бы следовало...

— Я узнаю, я узнаю,— повторяла Станицына, идя к лестнице.

По лестнице поднимался Рубцов. Он заехал больше для Таси, отправляясь на фабрику.

— Сеня,— сказала ему Станицына,— побудь с Таисией Валентиновной — мне к спеху...

Он заметил большую перемену в ее лице и успел спросить у ней на лестнице:

— Что, иль опять от муженька супризец?

— Нет, не то,— ответила она и быстро начала сходить вниз.

— Что такое? — спросил Рубцов Тасю.

Рубцов и Тася проходили залой. Тася не знала, говорить ли ей... Это может повредить Палтусову... Но ведь она сказала уже Станицыной. А Рубцов добрый, в эти две недели они сошлись, точно родные.

В гостиной она села на то место, где обыкновенно читала Анне Серафимовне, и состроила принужденную улыбку.

— Да вы полноте-с,— начал шутливо Рубцов,— мы хоть лыком шиты, а понимаем... не томите...

Тася передала "слух" про арест Палтусова.

— И сестричка кинулась куда же-с?

— Не знаю!

— Вот что,— значительно выговорил Рубцов и отошел к окну.

Тася молчала. Он несколько раз поглядел на нее. Ей тяжело было начинать разговор о Палтусове.

XVIII

Рубцов все еще стоял у окна, за штофной портьерой.

Тася сидела на пуфе, в трех шагах от него.

— Вам-то что же особенно убиваться?

— Семен Тимофеич... вы не знаете...

Она не договорила.

— Что же такое именно не знаю?

— А то, что...

Опять у нее слово стало в горле.

— Насчет этого... Палтусова? Что ж тут знать?.. И предвидеть, мне кажется, было возможно. Человек крупного места не имел. Доверие к себе внушил именитой коммерции-советнице, денежками ее поживился... Такая нынче мода... вы извините, что я так про вашего родственника... А может, и понапрасну.

— Понапрасну? — повторила Тася и подбежала к нему.— Вы думаете?

— Как же я могу знать в точности, Таисия Валентиновна?.. Поветрие это... все этим занимаются... И господа дворяне, и председатели земских управ, и адвокаты... а о кассирах так и говорить совестно!

— Вот видите, Семен Тимофеич,— начала смущенно Тася.— Я бы должна была ехать к нему.

— Да, пожалуй, он в секрете сидит, так и не пустят.

— Анна Серафимовна поехала же.

— Уж это их дело...

— Я должна была,— повторила Тася.— Но очень уж мне показалось гадко... если б еще он что-нибудь другое...

— Зарезал бы, примерно.

— Ах, вы все шутите... Что же, страсть может так налететь на человека... а то ведь... это все равно что... украсть.

— Недалеко лежит от кражи.

— Вот видите... Только мне бы не надо было так говорить. Ведь Палтусов,— она понизила голос,— поддерживал меня...

— Вас? — переспросил Рубцов.

— И не меня одну, Семен Тимофеич, и старушек моих...

Ей уже не было стыдно изливаться перед купчиком. Она рассказала ему всю свою историю... Старушки живут теперь в одной комнатке, в нумерах; содержание их обходится рублей в пятьдесят... эти деньги давал Палтусов. Да платил еще за ее уроки.

— Да вы чему же учитесь? — осведомился Рубцов и опустил голову.

Он уже сидел около Таси.

Она ему рассказала опять про свою страсть к театру. В консерваторию поступать было уже поздно, сначала она ходила к актрисе Грушевой, но Палтусов и его приятель Пирожков отсоветовали. Да она и сама видела, что в обществе Грушевой ей не следует быть. Берет она теперь уроки у одного пожилого актера. Он женатый, держит себя с ней очень почтительно, человек начитанный, обещает сделать из нее актрису.

Глаза Таси заискрились, когда она заговорила о своем "призвании". Рубцов слушал ее, не поднимая головы, и все подкручивал бороду. Голосок ее так и лез ему в душу... Девчурочка эта недаром встретилась с ним. Нравится ему в ней все... Вот только "театральство" это... Да пройдет!.. А кто знает: оно-то самое, быть может, и делает ее такой "трепещущей". Сердца доброго, в бедности, тяготится теперь тем, что и поддержка, какую давал родственник, оказалась не из очень-то чистого источника.

— Послушайте, голубушка,— Рубцов в первый раз так назвал ее и взял ее за руку.— Вы не тормошите себя... Вы видите, как сестричка вас полюбила... Что же с нами чиниться... Понимаю я, "дворянское дите".

И он тихо рассмеялся.

— Была, Семен Тимофеич, была. А теперь ничего мне не надо. Только бы старушкам моим кусок хлеба и...

— Театр? — подсказал Рубцов.

— Да, да! — точно вдохнув в себя, выговорила Тася.

— А вы вот что мне скажите,— почти шепотом спросил Рубцов,— как этот ваш родственник, может ли воспользоваться хоть бы теперь увлечением сестрички? А она таки увлечена; это верно.

— Я не знаю, Семен Тимофеич; вот в том-то и беда, что мы, в нашем барском кругу, ничего не знаем... Никто нас не учит людей разбирать... Деньги-то его, что он нам давал... были, пожалуй, чужие...

— Ну, это еще неизвестно. Ведь он, наверно, получал немало... агентом, кажется, был у того, Калакуцкого, подрядчика, что застрелился недавно.

— Все-таки...

Тасе сделалось еще тяжелее.

— Полноте,— громко и весело сказал Рубцов.— Не обижайте нас! Что, в самом деле, все дворянский-то свой гонор соблюдаете. Мы друзья ваши... это лучше родственников. Только, чур, уж не считаться ни с сестричкой, ни со мной... А жалко вам этого Палтусова, повидайтесь с ним, посмотрите, почувствуйте, каков он на самом деле.

Рубцов встал и еще раз протянул ей руку. Тася, слушая его, притихла. Да, с этим человеком стыдно считаться. Генеральская дочь давно умерла в ней.

XIX

В частном доме ***-ской части наступили послеобеденные сумерки.

Шестой час. В узкой комнатке, с одним окном, на волосяной кушетке лежит Палтусов. Третий день проводит он под арестом. Накануне утром он писал Пирожкову и просил его побывать у адвоката Пахомова, считавшегося, кроме своей уголовной практики, и хорошим "цивилистом".

Перед обедом адвокат был у него. Они проговорили больше часа. Прощаясь, адвокат сказал ему:

— Не знаю, могу ли я взять на себя ваше дело. Не замедлю дать ответ.

Палтусов изложил ему свою систему защиты. Тот отмалчивался или издавал неопределенные звуки. Это совещание не удовлетворило арестанта.

Арестант!.. Он довольно спокойно думал о том, где он "содержится", что ожидает его в недальнем будущем: дело перешло уже в руки обвинительной власти. Допрос следователя завтра утром. К нему он приготовлен.

Комнатка,— где он лежит,— дворянская. Собственно, тут дежурят квартальные. Но в настоящей арестантской камере все и без того занято. С утра перед ним проходила жизнь "съезжей". Он слышал из своей камеры голоса письмоводителя, околоточных, городовых, просителей. Какая-то баба, должно быть в передней, выла добрых два часа. Частный приходил раза три. С Палтусовым он обошелся мягко. Они оказались в

286

шапочном знакомстве по Большому театру. Указывая на него дежурному квартальному, он употребил выражение "они". Квартальный — бывший драгунский поручик — пришел покурить, заспанный, даже не полюбопытствовал, по какому делу сидит Палтусов.

Зала квартиры частного примыкала к канцелярии. Палтусов слышал, как майор ходил, звякая шпорами, и напевал из "Корневильских колоколов":

> Взгляните здесь, смотрите там:
> Нравится ль все это вам?

Когда умолкла вся утренняя суета, Палтусов заглянул в опустелую канцелярию. У одного из столов сидел худой блондин, прилично одетый, вежливо ему поклонился, встал и подошел к нему. Он сам сказал Палтусову, что содержится в том же частном доме; но пристав предоставил ему письменные занятия, и ему случается, за отсутствием квартального или околоточного, распоряжаться.

— А по какому вы делу? — спросил его Палтусов.

— Я литограф... Привлечен... по подозрению насчет билетов, оказавшихся подложными.

И он сейчас же протянул Палтусову руку и сказал:

— Позвольте быть знакомым.

Надо было пожать руку. Литограф вызвался заботиться о том, чтобы Палтусову служил получше солдат, вовремя носил самовар и еду. Пришлось еще раз пожать руку товарищу-арестанту.

На кушетке, в надвигающихся сумерках, Палтусов лежал с закрытыми глазами, но не спал. Он не волновался. Факт налицо. Он в части, следствие начато, будет дело. Его оправдают или пошлют в "Сибирь тобольскую", как острил один студент, с которым он когда-то читал лекции уголовного права.

Палтусов впервые проходил в голове свою собственную историю и спрашивал себя: полно, было ли у него когда в душе хоть что-нибудь заветное? Кто ему мог передать нехитрую, ограниченную честность? Отец — игрок и женолюб. Про мать все знали, что она никем не пренебрегала... даже из дворовых... Еще удивительно, как из него вышел такой "порядочный человек". Да, он порядочный!.. И с сердцем, и не трус... Увлекался же Сербией и там вел себя куда лучше многих. На войне в Болгарии не сделал же ни одной гадости. Возмущался и воровством, и нагайками, и адъютантским шалопайством, и бессердечием разных пошляков к солдату. Не может без слез вспомнить обмороженные ноги целых батальонов...

А вот теперь ему не стыдно своего "случая", а просто досадно. Если его что мозжит, так — неудача, сознание, что какой-нибудь купеческий "gommeux" {хлыщ (фр.).}, глупенький господин Леденщиков, столкнулся с ним, заставляет его теперь готовиться к уголовному процессу, губит, хоть и на время, его кредит.

И все горче и горче делалось ему только от этого. За себя он не боялся. Но, быть может, с процесса-то и пойдет он полным ходом?..

Сначала строгие люди будут сторониться... Зато масса... Кто же бы на его месте из людей бойких и чутких не воспользовался? В ком заложен несокрушимый фундамент?.. Даже разбирать смешно!..

К нему постучались. Из полуотворенной двери показалась белокурая голова литографа.

— К вам посетительница.

Палтусов быстро встал с кушетки.

— Дама? — спросил он и подумал: "Верно, Тася".

— Да-с. Вы не извольте беспокоиться. Пристав приказал.

— Благодарю вас.

Голова скрылась. Из-за двери слышался легкий шорох.

XX

Палтусов вышел в канцелярию. У стола, ближайшего к его двери, сидела дама. Он не сразу в полутемноте узнал Станицыну.

— Анна Серафимовна! — тихо вскрикнул он.

Она встала в большом смущении. Палтусов нагнулся, взял ее руку и поцеловал.

Вуалетки Станицына не поднимала. Сквозь нее, в сумерках, виднелось милое для нее лицо Палтусова. По туалету он был тот же: и воротнички чистые, и короткий, модного покроя пиджак. Только бледен, да глаза потеряли половину прежнего блеска.

— Хворали?— спросила она, и голос ее дрогнул.

— В Петербурге, да... Садитесь, пожалуйста... Только... здесь так темно.

— Ничего,— сказала она.

Он не смущен. Лицо тихо улыбается. Ему совсем не стыдно, что его посадили на "съезжую". Так она и ожидала. Не может быть, чтобы он был виноват!..

В эту минуту она и думать забыла про то, что случилось в карете после бала Рогожиных. Ей все равно, что бы и как бы он об ней ни думал. Не могла она не приехать. А ее не сразу пустили. Да и самой-то не очень ловко было упрашивать пристава.

— Он вам родственник, сударыня? — спрашивает. Лгать она не хотела. Пристав усмехнулся.

Долго держал Палтусов ее руку. Она тихо высвободила и спросила:

— Зачем же вас сюда? Нешто нельзя было на поруки?

— Залог надо...— спокойно ответил он,— а следователь требует тридцать тысяч. У меня таких денег нет.

— Андрей Дмитрич...— чуть слышно вымолвила Станицына,— позвольте мне...

Она сидит почти без капитала... Но такие-то деньги сейчас найдутся! Ни одной секунды она не колебалась... Вся расчетливость вылетела.

Он молча пожал ей руку.

Когда он заговорил, голос его дрогнул от искреннего чувства.

— Славная вы, Анна Серафимовна, я вам всегда это говорил... Вы думали, быть может, что я так только, чувствительными фразами отделывался?.. Спасибо.

— Скажите,— продолжала она в большом смущении,— куда поехать, кому внести?

— Полноте, не нужно,— остановил он ее и выпустил ее руку.— Залог можно бы было найти. Я было и думал сначала, да рассудил, что не стоит...

— Как же не стоит?

Она подняла голову и оглянулась.

— Мне это зачтется.

— Как зачтется, Андрей Дмитрич?

— После... когда кончится дело.

— Дело!— повторила Станицына.

Его голос так и лился к ней в душу, и стало его нестерпимо жаль.

— Андрей Дмитрич... скажите... сколько вся сумма... Можно будет достать... скажите.

Щеки ее пылали.

Палтусов взял ее за обе руки.

— Спасибо! — горячо выговорил он.— Ничему это теперь не поможет... Дело началось... уголовным порядком... Внесу я или нет что следует, прокурорский надзор не прекратит дела... Да если б и не поздно было... Анна Серафимовна, я бы...

Он немного помолчал; но потом рассказал ей, что ему пришла мысль ехать к ней после визита Леденщикова... Он знал, что она способна помочь ему.

— Не могу я от женщин, даже от таких, как вы, принимать денежных услуг.

Эти слова не удивили ее. Такой человек и должен этак говорить и чувствовать. Ей сделалось вдруг легко. Она верила, что его оправдают. Украсть он не может. Просто захотел выдержать характер и выдержит.

Лицо ее Виктора Мироныча представилось ей. Тот — на воле, именитый коммерсант, с принцами крови знаком; а этот — в части сидит "колодником"... А нешто можно сравнить? Будь она свободна, скажи он слово, она пошла бы за ним в Сибирь...

— Вы довольны Тасей?— спросил он ее, видимо желая переменить разговор.

— Очень!

Анна Серафимовна начала ее расхваливать и намекнула Палтусову, что ей известно, кто поддерживал Тасю и ее старушек.

— Вот что, голубушка,— сказал ей Палтусов.— Она девушка хорошая, но дворянское-то худосочие все-таки в ней сидит. Теперь ей неприятно будет принимать от меня... Сделайте так, чтобы она у вас побольше заработала... Окажите ей кредит... А всего лучше выдайте замуж... Это будет вернее сцены... А потом счетец мне представьте,— кончил он весело,— когда я опять полноправным гражданином буду!..

И это тронуло ее. Она встала и начала прощаться с ним.

— Пускай Тася не волнуется — ехать ей ко мне или нет,— сказал Палтусов, провожая Станицыну до передней,— ко мне ей не надо ездить... Это еще успеется. Только такие, как вы,— прибавил он и крепко пожал ей руку,— умеют навещать "бедных заключенных".

И он тихо рассмеялся. Станицына уехала глубоко тронутая.

XXI

— Обождите,— сказала Пирожкову горничная, смахивавшая на гувернантку, вводя его в кабинет присяжного поверенного Пахомова.

Он уже во второй раз заезжал к нему — все по просьбе Палтусова. В первый раз он не застал адвоката дома и передал ему в записке просьбу Палтусова быть у него, если можно, в тот же день. Теперь Палтусов опять поручил ему добиться ответа: берет он на себя дело или нет?

Жутко себя чувствует Иван Алексеевич. Всего неприятнее ему то, что он сам не может разъяснить себе: как он, собственно, относится к своему приятелю? Считает ли его жертвой, или подозревает, или просто уверен в растрате? Палтусов говорил с ним в таком тоне, что нельзя было не подумать о растрате. Только приятель его смотрел на нее по-своему.

Но как отвернуться от него, не исполнить его просьбы, не заехать лишний раз к адвокату?..

Пирожков осмотрелся. Он стоял у камина, в небольшом, довольно высоком кабинете, кругом установленном шкапами с книгами. Все смотрело необычно удобно и размеренно в этой комнате. На свободном куске одной из боковых стен висело несколько портретов. За письменным узким столом, видимо деланным по вкусу хозяина, помещался род шкапчика с перегородками для разных бумаг. Комната дышала уютом тихого рабочего уголка, но мало походила на кабинет адвоката-дельца.

В камине тлели угли. Иван Алексеевич любил греться. Он стоял спиной к огню, когда вошел хозяин кабинета — человек лет под сорок, среднего роста. Светло-русые волосы, опущенные широкими прядями на виски, удлиняли лицо, смотревшее кротко своими скучающими глазами. Большой нос и подстриженная бородка были чисто русские; но держался адвокат, в длинноватом темно-сером сюртуке и белом галстуке, точно иностранец доктор.

— Покорно прошу,— пригласил он Пирожкова на диван высоким теноровым голосом.

Пирожков попросил ответа по делу Палтусова.

— Видите ли,— заговорил адвокат искренне и точно рассуждая с самим собой,— я бы взялся защищать господина Палтусова, если бы он не насиловал мою совесть.

— Вашу совесть?

— Да-с, мою совесть. Мне вовсе не нужно проникать в глубину души подсудимого. Это метода опасная... Скажет он мне всю правду — хорошо. Не скажет — можно и без этого обойтись. Но если он мне рассказал факты, то мне же надо предоставить и освещать их; так ли я говорю? — кротко спросил он.

— Безусловно,— подтвердил Пирожков.

— Ваш знакомый может служить типическим знамением времени...

— В каком же смысле? — спросил Пирожков.

— Он смотрит на себя как на героя... У него нет ни малейшего сознания... неблаговидности его поступка... Он требует от меня солидарности с его очень уж широким взглядом на совесть.

От этих слов адвоката Ивана Алексеевича начало коробить.

— Знамение времени,— повторил Пахомов.— Жажда наживы, злость бедных и способных людей на купеческую мошну... Это неизбежно; но нельзя же выставлять себя на суде героем потому только, что я на чужие деньги пожелал составить себе миллионное состояние...

— А если он будет оправдан? — полувопросительно выговорил Пирожков.

— Очень может быть, но только при моей системе защиты — вряд ли.

"Странный адвокат",— подумал Пирожков.

— Можно добиться легкого наказания, да и то софизмами, на которые я не пойду... Ваш знакомый обратился не к тому, к кому следовало.

По унылому лицу адвоката прошла улыбка.

— Как общественный симптом,— продолжал он,— это меня нисколько не удивляет. Так и следует быть среди той нравственной анархии, в какой мы живем... Господин Палтусов вовсе не испорченнее других... Вы, вероятно, и сами это знаете... У него есть даже много... разных points d'honneur... {достоинств... (фр.).} Он ведь бывший военный?

— Да, служил в кавалерии,— кратко ответил Пирожков,— потом слушал лекции.

— На юридическом? — не без иронии осведомился Пахомов.

— На юридическом.

— Самая опасная смесь... После практики в законном убийстве людей — хаос нелепых теорий и казуистики... Естественные науки дали бы другой оборот мышлению. А впрочем, у нас и они ведут только к первобытной естественности правил.

Он тихо рассмеялся, молча потерев руки. Пирожков встал и, пожав ему руку, у дверей спросил:

— Так и передать Палтусову?

— Так и передайте-с... Насиловать свою совесть — не допускаю.

С педантической вежливостью проводил он Пирожкова до лестницы.

XXII

Арестанта Пирожков застал за обедом, перед грязным столиком у окна.

Ему принесли еду из соседнего трактира. Она состояла из широкого, во всю тарелку, бифштекса с жирной подливкой, хреном и большими картофелинами, подового пирога и пары огурцов. На столе стояла бутылка вина.

Палтусов начинал поправляться в лице.

— Сплю, как сурок,— встретил он Пирожкова,— и, странное дело,— совсем нет охоты к книге... Читать просто не хочется! Ну, что же?

Пирожков замялся.

— Отказывается?

— Да.

— Недосуг?

По мягкости Иван Алексеевич хотел было солгать, но что-то его точно подтолкнуло.

— Нет,— мягко, но без уклончивости ответил он.

— Против его принципов? — уже не тем голосом спросил Палтусов.

— Да... он говорит, что не может принять вашей системы защиты.

— А другой я не могу допустить.

— Однако позвольте, Андрей Дмитриевич,— заговорил Пирожков, подсаживаясь к нему и понизив голос,— одно из двух: или вы признаете факт, или нет.

— Какой факт?

— Факт... который вам вменяют.

— Я сказал адвокату то же, что и вам,— горячее продолжал Палтусов.— А ему я прибавил: если б я был и виноват, то предварительного заключения — ведь меня могут и в острог перевести — одного достаточно, чтобы произвести уравнение,— слишком даже достаточно!..

Иван Алексеевич показал своей миной, что он не совсем согласен.

— Да как же?.. — спросил, поднимая голову, Палтусов.— Ведь я могу быть оправдан!.. И буду оправдан. Но если б и была признана некоторая моя виновность... разве мало просидеть несколько месяцев?

Палтусов бросил салфетку на стол, встал и заходил в другом углу узкой комнаты. Пирожков поглядывал на него и прислушивался к звукам его голоса. В них пробивалось больше веры, чем раздражения.

— Добрейший Иван Алексеевич,— продолжал Палтусов,— вы человек святой, знаете своих моллюсков или этнографию Фиджийских островов; а я человек дела. Позвольте хоть раз в жизни начистоту открыться вам... А потом вы можете и плюнуть на меня, сказать: "Вор Палтусов — и больше ничего!" Не могу я не бороться с купеческой мошной!.. Без этого в моей жизни смыслу нет.

— Будто...— вставил Пирожков.

— Что же!.. Вам приятнее было бы, чтоб я пошел в чинушки, губернатора добился через десять лет? Тут я идею провожу... не улыбайтесь — идею... Все дело в том: замараюсь или не замараюсь. Если не замараюсь — ладно!.. И заставлю купецкую утробу признать сметку, какая у меня здесь значится.

Он ударил себя по лбу, после чего подошел к Пирожкову и сел на кушетку.

— Как вам угодно, Иван Алексеевич, так и принимайте то, что я вам сейчас сказал... Я вас беспокоить не стану... Будет вашей милости угодно,— он весело улыбнулся,— зайдете иногда за справочкой... А этому квакеру,— вот какие нынче адвокаты завелись,— я сам напишу, что в услугах его не нуждаюсь... Возьму какого-нибудь замухрышку... Ведь это я на первых порах только волновался... В законе не тверд... А теперь мне и не нужно уголовной защиты.

— Как же не нужно?— наивно воскликнул Пирожков.

— Меня незаконно арестовали. Поусердствовали следователь и прокурор. Они меня подвели под статью тысяча семьсот одиннадцатую... А тут простой гражданский иск.

— Так вы надеетесь... попасть на свободу?

— Положительно надеюсь... Мне хороший цивилист нужен, кляузник... Пахомов плох... Все это я обработаю... Ну, подержат меня еще недельку, но не больше... Судебная палата не допустит... У меня уже был здесь один барин... А раз дело на гражданской почве — я выплыл. Это несомненно. Тогда я вправе требовать времени для реализации того, что я пустил в оборот, выгодный для моей покойной доверительницы...

По лицу Пирожкова видно было, что он плохо понимает все это. Палтусов взял его за руку и потряс.

— Для вас это тарабарская грамота!.. Видите — я трусу не праздную... Не судите меня очень строго: я чадо своего века. Каждому своя дорога, Иван Алексеевич!..

Продолжать разговор Пирожкову сделалось неловко. Палтусов это понял и сам выпроводил его через несколько минут. Арестанта жалеть было нечего: он уверен в том, что его выпустят... Может, и так! "Статья 1711" осталась в памяти Ивана Алексеевича. Он даже позавидовал приятелю, видя в нем такую бойкость и уверенность в "идее" своей житейской борьбы.

XXIII

В два часа Пирожков должен был попасть в университет на диспут. Сколько времени не заглядывал он на университетский двор... Своей жизнью он решительно перестал жить. Зима прошла поразительно скоро. И в результате ничего... Работал ли он в кабинете счетом десять раз? Вряд ли... Даже чтение не шло по вечерам... Беспрестанные помехи!..

Этот диспут служил ему горьким напоминанием. Он встречал магистранта в одном студенческом кружке. По крайней мере лет на пять старше он его по выпуску. И вот сегодня его магистерский диспут... И книгу написал по политической науке. А это берет больше времени, чем работа по точной науке, где не так велика литература, не нужно столько корпеть над материалами.

И магистрант — из купцов. Вот и подите! Дворяне, культурные люди, люди расы, с другим содержанием мозга, и не могут стряхнуть с себя презренной инертности... А тут — тятенька торговал рыбой, или "пунцовым" товаром каким-нибудь, или пастилу мастерил, а сынок пишет монографии о средневековых цехах или об учении Гуго Гроция.

Обидно!

На дворе нового университета сбоку у подъезда стояло три кареты и штук десять господских саней. Вся шинельная уже была переполнена, когда Пирожков вошел в нее. Знакомый унтер снял с него пальто и сказал ему:

— Не пущают!.. Набито — страсть... Вот нешто кругом.

Он шепнул швейцару. Тот провел Пирожкова кругом, по боковой лестнице, через коридор, ведущий в физическую аудиторию, и тихонько впустил в дверь. За колоннами уже все было полно. На скамьях стояли студенты и молодые девушки. Весь помост, поднимающийся амфитеатром, усыпали головы. Ни публики перед эстрадой, ни оппонентов не было видно. Позади эстрады — белый большой подвижной щит для демонстраций по физике. На нем выделялась фигура магистранта — румяного коренастого блондина с бородкой. Он уже говорил свою речь, покачиваясь перед столом, покрытым красным сукном. На столе — графин и стакан.

Пирожков оглянулся во все стороны — места нет. С трудом взобрался он на помост и стал тут, держась за угол "парты". Поглядел он наверх — хоры тоже усеяны головами. Сводчатый потолок, расписанный побледневшими малярными фресками, полукруглое окно, впускавшее сероватый свет дня, позади помоста — решетка, из-за которой видны шкапы и разные приводы. На решетку взобралось несколько человек. Аудитория неспокойна. То сзади что-нибудь упадет и затрещит, то хлопают дверью, то слышится щелк замка, то гул раздается с большой площадки, где толпа требует входа, а "суб" с сторожами не пускают.

Женщин очень много. Пирожков узнал некоторых в лицо, хоть и не знал их фамилий... На скамьях помоста, между студентами, сидели больше курсистки — так казалось Ивану Алексеевичу. Внизу, на креслах для гостей около самых профессорских вицмундиров,— дамы в туалетах. Пирожков узнал разных господ, известных всей Москве: двух славянофилов, одного бывшего профессора, трех-четырех адвокатов, толстую даму-писательницу, другую — худую, в коротких волосах, ученую девицу с докторским дипломом. Заглядывая вниз, он разглядел и двоих оппонентов, и декана, сидевшего левее.

Речь магистранта затянулась. Он, видимо, заучил ее наизусть и произносил тоном проповедника, с умышленными паузами и с примесью какого-то акцента. Пирожков вспомнил, что этого купчика воспитывали по-немецки.

Речи похлопали, но не очень сильно. Первым оппонировал молодой толстый доцент в черном фраке. Он начал мягко и держался постоянно джентльменски вежливых выражений; но насмешливая нота зазвучала, когда он стал доказывать магистранту, что тот пропустил самый важный источник, не знал, откуда писатель, изученный им для диссертации, взял половину своих принципов. Доказательства полились обильно, прерываемые взрывами короткого смеха самого же оппонента. Все притихло. По аудитории разносился только его жирный голос вперемежку с этим коротким смехом. Студенты переглядывались. Лица стали оживляться. Духота еще усилилась. Тихо спрашивали у соседей те, кто плохо расслышал, что сказал оппонент. Гул на площадке смолк. Возбуждение умственной игры засветилось на молодых лицах. Пирожков почувствовал, что и он молодеет... Он обрадовался такому настроению.

Магистрант не менял выражения лица, только краснел и часто мигал. Все видели, что в работе его большой промах. Но он начал возражать уверенно, доказывал, что настоящего пропуска нет, что материалы, приводимые им, достаточно указывают на его начитанность. Оппонент опять начал "донимать" его, как выразился один студент около Пирожкова. Огрызаться магистрант не смел и сделался тихоньким. Аудитория поняла это. Оппонент кончил несколькими любезными фразами, похвалил изложение и "способность к синтезу". Ему сильно и долго хлопали. Второй оппонент ограничивался мелкими заметками и больше смешил слушателей. Но и он пощипал магистранта.

Диспут кончился в половине пятого. Провозглашение степени подняло рукоплескания. Захлопали гораздо сильнее, чем ожидал Пирожков. У него внутри Закопошилось недоброе чувство к этому "купчику", удостоенному степени магистра. Разве он, Пирожков, не развитее его? А вот стоит в толпе, ничем себя не заявляет, слушает аплодисменты такому купчику, посидевшему лишний год над иностранными книжками. Говорит этот купчик туго и напыщенно, диалектики нет, таланта нет, будет весь свой век пережевывать факты, добытые другими. А поди кафедру дадут. Уже кругом говорили студенты, что он куда-то приглашен. Кафедра давно стоит пустая, а никто, видно, не расчел... в адвокаты все идут.

Туго расходились. Разом прорвался гул разговоров, раздались оклики, молодой смех, захлопали дверьми, застучали большими сапогами по помосту, хоры очищались. Знакомых студентов Пирожкова не было. Да, и отстал он от студентов. Ему кажется, что он другой совсем человек. Лица, длинные волосы, рубашки с цветными воротами, говор, балагурство — все это стесняло его. Он точно совестился обратиться к кому-нибудь с вопросом.

На площадке с чугунным полом, перед спуском по лестнице, Пирожков в густой еще толпе, где скучились больше дамы, столкнулся с рослым блондином в большой окладистой бороде; тот вел под руку плотную даму, лет под тридцать, в черном, с энергическим лицом.

Встрече с ними Пирожков обрадовался. Это были муж и жена, близко стоявшие к университету по своим связям.

— Где вы пропадали? — спросил его блондин.

Иван Алексеевич кратко и беспристрастно изложил повесть своего хождения по Москве. Муж и жена посмеялись и пригласили его в этот же вечер посидеть. Магистранта они оба пощипали. Пирожкову приятно было слышать, с какой интонацией жена выговаривала:

— Купчик!

А муж сделал презрительную мину и сказал:

— Не ахтительный!..

Они взяли с него слово быть у них вечером и пошли под руку вниз по двору, покрытому лужами и кучами еще не растаявшего снега.

С год не бывал Пирожков в этом семействе. Он знал, что у них собирается хороший кружок; кое с кем из их друзей он встречался. Ему давно хотелось поближе к ним присмотреться. Теперь случай выпал отличный.

Опять почувствовал себя Иван Алексеевич университетским. Съел он скромный рублевый обед в "Эрмитаже", вина не пил, удовольствовался пивом. Машина играла, а у него в ушах все еще слышались прения физической аудитории. Ничто не дает такого чувства, как диспут, и здесь, в Москве, особенно. Вот сегодня вечером он по крайней мере очутится в воздухе идей, расшевелит свой мозг, вспомнит как следует, что и он ведь магистрант.

Но вечер скорее расстроил его, чем одушевил. Собралось человек шесть-семь, больше профессора из молодых, один учитель, два писателя. Были и дамы, Разговор шел о диспуте. Смеялись над магистрантом, потом пошли пересуды и анекдоты. За ужином было шумно, но главной нотой было все-таки сознание, что кружки развитых людей — капля в этом море московской бытовой жизни... "Купец" раздражал всех. Иван Алексеевич искренне излился и позабавил всех своими на вид шутливыми, но внутренне горькими соображениями.

"Магистрант" в нем не воспрянул и после этой вечеринки. О работах никто не говорил. Совсем не о том мечтал он. Поужинал он плотно и слишком много пил пива.

XXIV

Весь город ждет — остается десять минут до полночи. По площади Большого театра проехала карета в шесть лошадей с форейтором и кучером в треугольных шляпах. Везли митрополита. Извозчиков мало, прогудит барская или купеческая коляска, продребезжат дрожки, и опять станет тихо. По тротуарам спешат пешеходы: чуйки, пальто мастеровых и приказчиков, мелькают подолы платьев и накрахмаленных юбок мещанок и горничных. Несут пасхи и куличи. В воздухе потянуло запахом плошек и шкаликов. Колокольни освещены. Их арки выглядывают в темноте и трепещут веселым розовым светом.

Ждут удара в колокол на Иване Великом. Но вот где-то в Замоскворечье ударили раньше минуты на три, еще где-то ближе к Кремлю, за храмом Спаса, в Яузской части, и пошел гул, еще мягкий и прерывающийся, а потом залилось и все Замоскворечье. Густая толпа ждала этой минуты у перил обрыва.

Иван Великий облит светом плошек и шкаликов по всем своим выступам и пролетам. Головы усыпали и выемы большой колокольни, и парапет первой площадки, где церковь, и арки бокового корпуса. Из-под среднего колокола выглядывают также лица. Они ярко освещены плошками. Легкий ветерок в засвежевшем воздухе и пар от дыхания относят книзу и в сторону чад горящего сала. Стена Успенского собора, обращенная к Ивану, вся белеет от света иллюминации и свечей, мелькающих полосами и кучками в темной толпе. Она делается всего скученнее вокруг Успенского собора — ждет хода. Можно еще слышать негромкий, переливающийся шелест голосов. Сквозь большие стеклянные двери собора внутренность церкви — точно пылающий костер. Свет паникадил играет на золоте иконостаса: снопы огненных лучей внизу, вверху, со всех сторон. Многоэтажный фас здания Крестовой палаты также светел. На него падают разноцветные огни чугунной решетки. В полусвете мощенной плитами площади выступает менее массивный византийский ящик Архангельского собора.

На Благовещенском, по ту сторону ворот, позолота крыши, такая яркая днем, скрыта ее изгибами. На крыльце сплошной стеной стоит народ, но свеч меньше, чем в толпе, ожидающей хода вокруг Успенского собора.

Ровно двенадцать. Пронизывает воздух удар в сигнальный "серебряный" колокол. И вот с высоты Ивана поплыл и точно густой волной стал опускаться низкий трепетный гул. Он покрыл все звуки тысячной толпы, треск подъезжающих экипажей, отдаленный звон Замоскворечья, ближайший благовест других кремлевских церквей. На гауптвахте заиграли горнисты. Красное крыльцо, левее, стоит в темноте. Из-за толпы не видно солдат. Слышны только скачущие резкие звуки рожков на фоне все той же спокойной, ласкающей ухо волны большого колокола. Поближе к Ивану можно распознать, что колокол надтреснут. При каждом ударе языка слышно звяканье, оно сливается с основной нотой могучего гуденья и придает музыке колокола что-то более живое.

Проходит еще минут десять. Первой вышла процессия из церкви Ивана Великого, заиграло золото хоругвей и риз. Народ поплыл из церкви вслед за ними. Двинулись и из других соборов, кроме Успенского. Опять сигнальный удар, и разом рванулись колокола. Словно водоворот ревущих и плачущих нот завертелся и стал все захватывать в себя, расширять свои волны, потрясать слои воздуха. Жутко и весело делалось от этой бури расходившегося металла. Показались хоругви из-за угла Успенского собора.

В толпе, сузившей оставленную аршина в два дорожку, пробежала дрожь, все подались вперед. Два квартальных прошли скорым шагом, приглашая податься. Головы обнажились.

Впереди два молодца, один в черной чуйке, другой в пальто, несли факелы. Хоругви держало каждую по нескольку человек за подвижные, идущие в разные стороны древки. Хоругвеносцы — в галунных кафтанах, с позументом на крестцах. Один из них, с широчайшей спиной, на ходу как-то особенно изгибался под тяжестью кованой хоругви. Певчие, не в очень свежих кунтушах — красное с синим,— шли попарно, со свечами. В колеблющемся ярком свете мелькали стриженые головы и худощавые лица дискантов и альтов. Рукава кунтушей закинуты у них вокруг шеи. Псаломщики со свечами, дьяконы, священники и архимандриты шагали попарно, потом группами. Заблестели дикирии и трикирии... Проплыла седая борода "владыки" с глубоко надетой митрой под возвышающимися над нею золотыми коваными кругами. Головой выше других, прошел молодой, еще не ожирелый, протодьякон, переваливаясь слегка на правый бок. Шитые мундиры генералов искрились поверх красных лент... А там повалил вплотную народ, раздвинул дорожку и заставил стоявших на пути податься назад.

Обошли кругом. Взвилась в небо ракета... И с кремлевской стены раздался грохот пушки. Несколько минут не простыл воздух от сотрясений меди и пороха... Толпа забродила по площади, начала кочевать по церквам, спускаться и подниматься на Ивана Великого; заслышался гул разговора, как только смолк благовест.

У высокого парапета площадки Ивана Великого стояли Рубцов и Тася Долгушина. Они забирались и под колокола. Тасю сначала оглушило, но вскоре она почувствовала какое-то дикое удовольствие. Глаза ее блестели. С Рубцовым у них шло на лад. Они совсем уж спелись.

— Посмотрите, Семен Тимофеич,— напрягаясь, говорила она ему,— как это красиво... Вот свечи стали гасить, скоро и совсем погаснут.

— А вы думаете, внизу-то там кто больше? Православный народ?

— Разумеется!..

— Сойдемте — увидите, что больше немчура. Контористы, гезеля {подмастерья (от нем.: Geselle).} всякие... Сойдемте — сами увидите.

Они начали спускаться. У Таси немного закружилась голова от крутой лестницы, чада плошек и снующего вверх и вниз народа. Рубцов взял ее под руку и сказал под шумок:

— Вот и видно, что дворянское дитя; нервы-то надо укрепить — сбираетесь ведь ими действовать.

— Где? — наивно спросила Тася.

— Вот тебе раз? А на сцене-то?

Так они и остались под ручку и внизу. Толпы расползлись уже по площади. Стало темнее. Кучки гуляющих, побольше и поменьше, останавливались, кочевали с места на место. Беспрестанно слышались возгласы: "Ах, здравствуйте! Христос воскрес!.. Вы давно?.. Куда теперь?.." Видно было, что сюда съезжаются, как на гулянье, ищут знакомых, делают друг другу визиты. Немало приезжих из Петербурга, из губернских городов, явившихся утром по железным дорогам. Им много говорили про эту ночь в Москве. Они осматривались с большим напряжением, чем туземная масса.

Рубцов был прав. Обилие немецкого языка удивило Тасю. Ее прежде никогда не возили в Кремль в эту ночь. Немцы и французы пришли как на зрелище. Многие добросовестно запаслись восковыми свечами. То и дело слышались смех или энергические восклицания. Трещал и настоящий французский язык толстых модисток и перчаточниц из Столешникова переулка и с Рождественки.

Молоденький комми и аптекарские ученики увивались за парами "немок" с Кузнецкого.

— А где же наши? — спросила Тася Рубцова.

— Должно быть, на паперти Благовещенского. Хотите посмотреть на пасхи с куличами, там вон, где церковь-то Двенадцати апостолов, наверху?..

— Предложимте им...

В полусвете паперти Тася узнала Анну Серафимовну и Любашу. Уже больше двух недель, как Любаша почти перестала кланяться с "конпаньонкой". Тасю это смешило. Она не сердилась на крутую купеческую девицу, видела, что Рубцов на ее стороне.

— Куда же это провалились? — встретила их Любаша и вся вспыхнула, увидав, что Рубцов под руку с Тасей.

— Похристосуемся,— сказал Анне Серафимовне Рубцов.

— Дома,— проговорила она ласково и грустно, протягивая руку Тасе.— Вы ко мне... Пора уже... Сыро делается...

— А с вами? — насмешливо спросил Рубцов Любашу.

— Не желаю...

— Как угодно...

— Вы ко мне, Любаша? — пригласила Анна Серафимовна.

— Нет, мать дожидается. Прощайте,— резко обратилась ко всем Любаша и пошла.

Ее дожидалась своя коляска. На ночь Светлого Воскресенья Любаша почему-то возлагала тайные надежды. Но Рубцов даже не предложил ей подняться на Ивана Великого.

Да она бы и не поехала, если бы не надеялась на какой-нибудь разговор.

Разговора не вышло. Она видела, что дворянка отбила у нее того, кого она прочила себе в мужья.

"И наслаждайся!" — выразилась она мысленно, садясь в коляску.

Рубцов повел Станицыну и Тасю смотреть куличи и пасхи. Анна Серафимовна была особенно молчалива. Тася взяла ее за руку и прижалась к ней.

— Тяжело вам, голубушка? — полушепотом спросила она на ходу.

Анна Серафимовна поцеловала ее в лоб. Рубцов заметил это.

Когда они сходили с лестницы, собираясь домой, Рубцов взял Станицыну за руку, повыше кисти, и сказал, заглядывая ей в лицо:

— И на нашей, сестричка, улице праздник будет!

— На твоей-то и скоро,— шепнула она и, пропустив вперед Тасю, прибавила:— Что плошаешь?.. Вот тебе девушка... На красную бы горку...

Он тихо рассмеялся.

XXV

На разговенье внезапно явился Виктор Мироныч. Станицына только что села за стол с Тасей и Рубцовым — больше никого не было,— как вошел ее муж, во фраке и белом галстуке, улыбающийся своей нахальной усмешкой, поздоровался с ней английским рукопожатием, попросил познакомить его с Тасей, с недоумением поглядел на Рубцова и, когда Анна Серафимовна назвала его, протянул ему два пальца.

Появление мужа сначала рассердило Станицыну, но она тотчас же сообразила, что это неспроста, и внутренне обрадовалась. Она даже не спросила его, где же он остановился, почему не въехал к себе и не занял свою половину. Ему и прежде случалось жить в гостинице, а числиться в Петербурге или Париже.

— Были в Кремле?— спросил он, оглядывая их всех.— Нанюхались шкаликов?.. Все одно и то же.

Он пополнел. Его шея не так вытягивалась. Манеры сделались как бы попроще.

Тася незаметно оглядывала его. Рубцов кусал губы и презрительно на него поглядывал, чего, впрочем, Виктор Мироныч не замечал. У всех точно отшибло аппетит. Пасхальная баба в виде толстого ствола, вся в цукатах и заливных фигурках, стояла непочатой. До прихода Станицына поели немного пасхи и по одному яйцу. Ветчина и разные коместибли {снедь (от фр.: comestible).} стояли также нетронутыми.

— Какая охота портить желудок! — заметил брезгливо Виктор Мироныч, ни к чему не прикасаясь, но налил себе полстакана лафиту, выпил, поморщился и съел корочку хлеба.

Рубцов и Тася скоро ушли. На лестнице они условились осматривать вместе картинную галерею Третьякова на третий день праздника.

— Что это значит? — шепотом спросила его Тася, надевая свое пальто.

— Скоро конец всему будет... я это чую.

Они пожали друг другу руку и ласково переглянулись...

В столовой жена сидела на углу стола; муж прошелся раза два по комнате, потом подошел к ней и положил руку на стол.

— Annette,— заговорил он, поглядывая на нее боком,— вам мой приезд неприятен?

— Мне все равно, вы знаете,— сухо и твердо произнесла Анна Серафимовна. Она заметно побледнела.

— Я приехал вот зачем: хотите свободу?

— Какую? — точно машинально спросила она.

— Полную... Я предлагаю вам раздел имущества и развод. Вину я беру на себя.

— Вам это нужно?

— Конечно, иначе бы я не предлагал вам. А то, что вы надумали,— извините меня,— очень плохая сделка. Вы, я думаю, и сами это видите?

Она только повела головой.

— Сколько же вы желаете?

— Как это вы спросили! Кажется, я с вами джентльменом поступаю... Я беру свое состояние, у вас останется свое. Детей я у вас не отниму. Согласен давать на их воспитание.

— Не надо! — вырвалось у нее. Она помолчала.

— Вы женитесь? — спросила она и подняла голову.

— Зачем вам знать? Довольно того — я беру вину на себя. Если и обвенчаюсь, так не в России.

Она все поняла. Наскочил, значит, на какую-нибудь прелестницу... И нельзя иначе, как законным браком... А знает, что жена вины на себя не примет. Ну и пускай его разоряется. Неужели же жалеть его?

Детей она не отдаст, да и требовать он не посмеет, коли берет на себя вину.

Вдруг ей стало так весело, что даже дух захватило. Свобода! Когда же она и была нужнее, как не теперь?

300

И представилась ей комнатка в части. Лежит теперь арестант на кушетке один, слышит звон колоколов, а разговеться не с кем, рядом храпит хожалый, крыса скребется. Захотелось ей полететь туда, освободить, оправить, сказать ему еще раз, что она готова на все.

— Подумайте,— раздался в просторе высокой комнаты женоподобный голос Виктора Мироныча.— Я остановился в "Славянском базаре". Теперь уже поздно. Буду ждать ответа. Если вам неприятно меня видеть — пришлите адвоката.

Она отошла к окну, постояла с минуту, быстро обернулась и, сдерживая волнение, сказала громко:

— Согласна.

Через три минуты Станицын уехал. В белом пасхальном платье сидела Анна Серафимовна в опустелой столовой одна еще с четверть часа. Свечи в двух канделябрах ярко горели. Пасхальная еда переливала яркими красками. Тишина точно испугала ее. Она подперла рукой голову, и взор ее еще долго уходил в один из углов комнаты. Решение было принято бесповоротно. Арестант выйдет из своего заключения. Он не может быть вором! Вот он на свободе! Дело решится в его пользу. Выпишет она ему адвоката из Петербурга, если здешние плохи. Не пройдет и полугода...

Румянец покрыл ее щеки. Пора ей сбросить с себя тяжесть постылой жизни: пришел и для нее светлый праздник!..

XXVI

О Третьяковской галерее Тася часто слыхала, но никогда еще не попадала в нее.

Она доехала одна. Ее везли по Замоскворечью, переехали два моста, повернули направо, потом в какой-то переулок. Извозчик не сразу нашел дом.

Тася прошла нижней залой с несколькими перегородками. У лестницы во второй этаж ждал ее Рубцов.

В первый раз она немного смутилась. Он жал ей руку и ласково оглядывал ее.

— Как много картин...— выговорила она тоном девочки.

— Наверху еще больше. Там новейшие мастера. А тут старые. Все — русское искусство. Видели по дороге, какая богатая коллекция ивановских этюдов?..

Она должна было сознаться, что про Иванова слыхала что-то очень смутно, никогда даже не видела его большой картины.

— Ведь она здесь, в Румянцевском музее висит,— сказал Рубцов,— как же вы?

— Да я,— чистосердечно призналась она,— ничего не знаю. Люблю красивые картинки... а хорошенько ничего не видала.

Ей легче стало после того, как она повинилась Рубцову в своей неразвитости по этой части.

301

— Очень уж в театр ушли,— приятельски заметил он и повел ее опять к выходу.

Он все знал, начал указывать ей на портреты работы старых русских мастеров. И фамилий она таких никогда не слыхала. Постояли они потом перед этюдами Иванова. Рубцов много ей рассказывал про этого художника, про его жизнь в Италии, спросил: помнит ли она воспоминания о нем Тургенева? Тася вспомнила и очень этому обрадовалась. Также и про Брюллова говорил он ей, когда они стояли перед его вещами.

"Вот он все знает,— думала Тася,— даром что купеческий сын; а я круглая невежда — генеральская дочь!"

Но это ее не раздражало. Она сказала ему почти то же вслух, когда они поднялись наверх. Рубцов рассмеялся.

— Всякому свое,— заметил он,— большой премудрости тут нет... захаживал, почитывал кое-что...

Присели они на диван у перил лестницы. Справа, и слева, и против них глядели из золотых и черных рам портреты, ландшафты, жанры с русскими лицами, типами, видами, колоритом, освещением. Весь этот труд и талант говорили Тасе, что можно сделать, если идти по своей настоящей дороге. Рубцов точно угадал ее мысль.

— Таисия Валентиновна,— начал он вполголоса,— вы в себе истинное призвание чувствуете насчет сцены?

— О да! — вырвалось у нее.— А вы как на это смотрите, что я в актерки идти хочу?

— Как следует смотрю. Если б девушка, как вы, была моей женой и захотела бы этому делу себя посвятить — я бы всей душой поддержал ее.

Щеки Таси загорелись. Рубцов исподлобья поглядел на нее.

— Я не думала, что вы так широко смотрите на вещи,— выговорила она.

— Не обижайте. Ежовый у меня облик. Таким уж воспитался. А внутри у меня другое. Не все же господам понимать, что такое талант, любить художество. Вот, смотрите, купеческая коллекция-то... А как составлена! С любовью-с... И писатели русские все собраны. Не одни тут деньги — и любви немало. Так точно и насчет театрального искусства. Неужли хорошей девушке или женщине не идти на сцену оттого, что в актерском звании много соблазну? Идите с Богом! — Он взял ее за руку.— Я вас отговаривать не стану.

Они поглядели друг на друга; Тася отняла свою руку и сидела молча.

— Таисия Валентиновна,— окликнул ее Рубцов,— можно ли нам столковаться, а?

— Отчего же нельзя? — спросила она, отводя немного голову.

— Ой ли?

Рубцов радостно вздохнул и встал.

Снизу показались две барыни с девочкой.

Еще с полчаса оставалась молодая пара в верхней зале. Рубцов продолжал все рассказывать Тасе. Многих писателей она не узнавала по портретам. Картины были для нее новизной. Ее никогда не возили на выставки. И эта галерея стала ей мила. Здесь что-то началось новое. Она нашла прочного человека, способного поддержать ее. Он ее любит, просит ее руки, соглашается сразу на то, чтобы она была актрисой. Офицер или камер-юнкер заставил бы сойти со сцены, если б и влюбился, да и родня каждого жениха "хорошей фамилии". А это люди новые, ни от кого не зависят, кроме самих себя.

Вот и она купчихой будет. И славно!.. Они сходили по лестнице под руку. Еще раз постояли они внизу, перед эскизами Иванова и перед портретами Брюллова и Тропинина.

— Мы побываем здесь еще раз,— сказала Тася на крыльце.

— Хоть каждое воскресенье. Я ведь теперь на фабрике.

У ней было такое чувство, точно он ее давнишний друг, назначенный ей в мужья и покровители.

"Купчиха и артистка. Славно",— решила про себя Тася.

XXVII

— Вас господин Нетов желает видеть,— доложил Палтусову солдатик.

Евлампий Григорьевич вошел скорыми шагами, во фраке, с портфелем под мышкой и с крестом на груди. На лице его играл румянец; волосы он отпустил.

Палтусов принял его точно у себя дома в кабинете, без всякой неловкости.

— Милости прошу,— указал он ему на кушетку. Нетов сел и положил портфель рядом с собой.

— Я к вам-с,— торопливо заговорил он и тотчас же оглянулся.— Мы одни?

— Как видите,— ответил Палтусов и сразу решил, что муж его доверительницы в расстройстве.

— Узнал я, что брат моей жены... вы знаете, она скончалась... Да... так брат... Николай Орестович начал против вас дело... И вот вы находитесь теперь... я к этому всему неприкосновенен. Это, с позволения сказать,— гадость... Вы человек в полной мере достойный. Я вас давно понял, Андрей Дмитриевич, и если бы я раньше узнал, то, конечно, ничего бы этого не было.

— Благодарю вас,— сказал Палтусов, ожидая, что дальше будет.

— Вы одни во всей Москве-с... человек с понятием. Помню я превосходно один наш разговор... у меня в кабинете. С той самой поры, можно сказать, я и встал на собственные ноги... три месяца трудился я... да-с... три месяца, а вы как бы изволили думать... вот сейчас...

Он взял портфель, отпер его и достал оттуда брошюрку в светленькой обертке, в восьмую долю.

— Это ваше произведение?— совершенно серьезно спросил Палтусов.

— Брошюра-с... мое жизнеописание: пускай видят, как человек дошел по полного понятия... Я с самого своего малолетства беру-с... когда мне отец по гривеннику на пряники давал. Но я не то что для восхваления себя, а открыть глаза всему нашему гражданству... народу-то православному... куда идут, кому доверяют. Жалости подобно!.. Тут у них под боком люди, ничего не желающие, окромя общего благоденствия... Да вот вы извольте соблаговолить просмотреть.

Нетов совал в руки Палтусова свою брошюру.

С первой же страницы Палтусов увидал, что писано это человеком не в своем уме. Он не подал никакого вида и с серьезной миной перелистывал все шестьдесят страниц.

— Вы мне позволите,— сказал он,— на досуге просмотреть?

— Сделайте ваше одолжение. И позвольте явиться к вам... Мне ваше суждение будет дорого... А то, что вы здесь находитесь, это ни с чем не сообразно и, можно сказать, очень для меня прискорбно... И я сейчас же к господину прокурору...

— Нет, уж вы этого не делайте, Евлампий Григорьевич,— остановил его Палтусов.— Я буду оправдан... все равно...

И в то же время он думал:

"Ловко бы можно было воспользоваться душевным состоянием этого коммерсанта. Он еще на воле гуляет".

Но он на это не способен. Это хуже, чем выезжать на увлечении женщин.

Долго сидел у него Нетов, сам принимался читать отрывки из своей брошюры, но как-то сердито, ядовито поминал про покойную жену, называл себя "подвижником" и еще чем-то... Потом стал торопливо прощаться, рассмеялся и ухарски крикнул на пороге:

— Не нам, не нам, а имени твоему!

Палтусову стало еще легче от сознания, что деньги Марьи Орестовны, и как раз четвертая часть,— наследство человека, повихнувшегося умом. Его не нынче завтра запрут, а состояние отдадут в опеку.

Это так и вышло. Нетов поехал к своему дяде. Тот догадался, задержал его у себя и послал за другим родственником, Краснопёрым. Они отобрали у него брошюру, отправили домой с двумя артельщиками и отдали приказ прислуге не выпускать его никуда. Евлампий Григорьевич сначала бушевал, но скоро стих и опять сел что-то писать и считать на счетах.

Краснопёрый привез того доктора, с которым Палтусов говорил на бале у Рогожиных.

Психиатр объявил, что "прогрессивный паралич" им давно замечен у Нетова, что болезнь будет идти все в гору, но медленно.

— Куда же его?— спросил Краснопёрый,— в Преображенскую или к вам в заведение?

— Можно и в доме держать.

— Да ведь он один, урвется, будет по городу чертить... срам!..

— Тогда помещайте у меня.

Через неделю опустел совсем дом Нетовых. Братец Марьи Орестовны уехал на службу, оставив дело о наследстве в руках самого дорогого адвоката. В заведении молодого психиатра, в веселенькой комнате, сидел Евлампий Григорьевич и все писал.

304

XXVIII

По одной из полукруглых лестниц окружного суда спускался Пирожков. Он приходил справляться по делу Палтусова.

Иван Алексеевич заметно похудел. Дело его "приятеля" выбило его окончательно из колеи. И без того он не мастер скоро работать, а тут уж и совсем потерял всякую систему... И дома у него скверно. Пансион мадам Гужо рухнул. Купец-каменщик, которого просил Палтусов, дал отсрочку всего на два месяца; мадам Гужо не свела концов с концами и очутилась "sur la paille". Комнаты сняла какая-то немка, табльдотом овладели глупые и грубоватые комми и приезжие комиссионеры. Он съехал, поместился в нумерах, где ему было еще хуже.

Дело приятеля измучило Ивана Алексеевича. Бросить Палтусова — мерзко... Кто ж его знает?.. Может быть, он по-своему и прав?.. Чувствует свое превосходство над "обывательским миром" и хочет во что бы то ни стало утереть нос всем этим коммерсантам. Что ж!.. Это законное чувство... Иван Алексеевич в последние два месяца набил себе душевную оскомину от купца... Везде купец и во всем купец! Днями его тошнит в этой Москве... И хорошо в сущности сделал Палтусов, что прикарманил себе сто тысяч. Он их возвратит — если его оправдают и удастся ему составить состояние,— наверное возвратит. Сам он вполне уверен, что его оправдают...

"Купец" (Пирожков так и выражался про себя — собирательно) как-то заволок собою все, что было для Ивана Алексеевича милого в том городе, где прошли его молодые годы. Вот уже три дня, как в нем сидит гадливое ощущение после одного обеда.

Встретился он с одним знакомым студентом из очень богатых купчиков. Тот зазвал его к себе обедать. Женат, живет барином, держит при себе товарища по факультету, кандидата прав, и потешается над ним при гостях, называет его "ярославским дворянином". Позволяет лакею обносить его зеленым горошком; а кандидат ему вдалбливает в голову тетрадки римского права... Постоянная мечта — быть через десять лет вице-губернатором, и пускай все знают, что он из купеческих детей!

Так стало скверно Ивану Алексеевичу на этом обеде, что он не выдержал при всем своем благодушии, отвел "ярославского дворянина" в угол и сказал ему:

— Как вам не стыдно унижаться перед этакой дрянью?

Целые сутки после того и во рту было скверно... от зеленого горошка, которым обнесли кандидата.

Теплый, яркий день играл на золотых главах соборов. Пирожков прошел к набережной, поглядел на Замоскворечье, вспомнил, что он больше трех раз стоял тут со святой... По бульварам гулять ему было скучно; нет еще зелени на деревьях; пыль, вонь от домов... Куда ни пойдешь, все очутишься в Кремле.

Возвращался он мимо Ивана Великого, поглядел на царь-пушку, поискал глазами царь-колокол и остановился. Нестерпимую тоску почувствовал он в эту минуту.

— Ба! кого я зрю?.. Царь-пушку созерцаете?.. Ха, ха, ха!..— раздалось позади Пирожкова.

Он почти с испугом обернулся. Какой-то брюнет с проседью, в очках, с бородкой, в пестром летнем костюме, помахивает тростью и ухмыляется.

— Не узнали?.. А?..

Пирожков не сразу, но узнал его. Ни фамилии, ни имени не мог припомнить, да вряд ли и знал хорошенько. Он хаживал в нумера на Сретенку, в Фиваиду, пописывал что-то и зашибался хмельным.

— Ха, ха!.. Дошли, видно, до того в матушке бело-каменной, что основы московского величия созерцаете? Дойдешь! Это точно!.. Я, милый человек, не до этого доходил.

В другой раз Ивану Алексеевичу такая фамильярность очень бы не понравилась, но он рад был встрече со всяким — только не с купцом.

— Да,— искренне откликнулся он,— вон надо. Засасывает.

— А под ложечкой у вас как?.. Закусить бы... Хотите в "Саратов"?

— В "Саратов"? — переспросил Пирожков.

— Да, там меня компания дожидается... Журнальчик, батенька, сооружаем... сатирическое издание. На общинном начале... Довольно нам батраками-то быть... Вот я тут был у купчины... На крупчатке набил миллиончик... Так мы у него заимообразно... Только кряжист, животное!.. Едемте?

Куда угодно поехал бы Иван Алексеевич. Царь-пушка испугала его. После того один шаг — и до загула.

Литератор с комическим жестом подал ему руку и довел до извозчика.

XXIX

На перекрестке у Сретенских ворот низменный двухэтажный дом загнулся на бульвар. Вдоль бокового фасада, наискось от тротуара, выстроился ряд лихачей. К боковому подъезду и подвез их извозчик.

— У нас тут — кабине партикюлье,— пригласил Пирожкова его спутник.

Иван Алексеевич помнил, что когда-то кутилы из его приятелей отправлялись в "Саратов" с женским полом. Традиция эта сохранялась. И лихачи стоят тут до глубокой ночи по той же причине.

Литератор ввел его в особую комнату из коридора. Пирожков заметил, что "Саратов" обновился. Главной залы в прежнем виде уже не было. И машина стояла в другой комнате. Все смотрело почище.

В "кабине партикюлье" уже заседало человека четыре. Пирожков оглядел их быстро. Фамилии были ему неизвестны. Один, белокурый, лохматый, в красном галстуке, говорил сипло и поводил воспаленными глазами. Двое других смотрели выгнанными со службы мелкими чиновниками. Четвертый, толстенький и красный, коротко стриженный господин, подбадривал половых, составлял душу этого кружка.

306

Когда литератор усадил Пирожкова, он обратился к остальной компании.

— Братцы,— сказал он,— наш гость — ученый муж. Но мы и его привлечем... А теперь, Шурочка, как закусочка?

Шурочкой звали красного человечка.

— А вот вашей милости дожидались. Ерундопель соорудить надо.

— Ерундопель? — спросил удивленно Пирожков.

— Не разумеете? — спросил Шурочка. — Это драгоценное снадобье... Вот извольте прислушать, как я буду заказывать.

Он обратился к половому, упер одну руку в бок, а другой начал выразительно поводить.

— Икры салфеточной четверть фунта, масла прованского, уксусу, горчицы, лучку накрошить, сардинки четыре очистить, свежий огурец и пять вареных картофелин — счетом. Живо!..

Половой удалился.

— Ерундопель,— продолжал распорядитель,— выдумка привозная, кажется из Питера, и какой-то литературный генерал его выдумал. После ерундопеля соорудим лампопо моего изобретения.

Про лампопо Пирожков слыхал.

Начали пить водку. Все выпили рюмок по пяти, кроме Пирожкова. Его стал уже пробирать страх от таких "сочинителей". Они действительно затевали сатирический журнал.

— Савва Евсеич должен быть,— повторял все толстенький, размешивая в глубокой тарелке свой ерундопель.

Приехал и Савва Евсеич, молодой купчик, совсем крупитчатый, с коротким пухлым лицом и маслеными глазами.

Все вскочили, стали жать ему руку, посадили на диван. Пирожкова представили ему уже как "сотрудника". Он ужаснулся, хотел браться за шляпу, но сообразил, что голоден, и остался.

Через десять минут ели ботвинью с белорыбицей. Купчик вступил в беседу с двумя другими "сочинителями" о голубиной охоте. До слуха Пирожкова долетали все не слыханные им слова: "турмана, гонные, дутыши, трубастые, водные, козырные", какие-то "грачи-простячки". Это даже заинтересовало немного; но компания сильно выпила... Кто-то ползет с ним целоваться...

Купчик уже переменил беседу. Пошли любительские толки о протодьяконах, о регентах, рассказывалось, как такой-то церковный староста тягался с регентом басами, заспорили о том, что такое "подголосок".

Ужас овладел Иваном Алексеевичем. Ведь и он, если поживет еще в этой Москве, очутится на иждивении вот у такого любителя тонных турманов и партесного пения.

Он собрался уходить. Литератор (Пирожков так и не вспомнил его фамилии) удерживал его, обнимал, потом начал ругать его "дрянью, ученой важнючкой, аристократишкой". Компания гоготала; купчик пустил ему вдогонку:

— Прощайте-с, без вас веселей!

Иван Алексеевич на улице выбранил себя энергически. И поделом

307

ему! Зачем идет в трактир с первым попавшимся проходимцем? Но "купец" делался просто каким-то кошмаром. Никуда не уйдешь от него... И на сатирический журнал дает он деньги; не будет сам бояться попасть в карикатуру: у него в услужении голодные мелкие литераторы. Они ему и пасквиль напишут, и карикатуру нарисуют на своего брата или из думских на кого нужно, и до "господ" доберутся.

— Вон! вон! — повторил Пирожков, спускаясь по Рождественскому бульвару.

День разгулялся на славу. Всю линию бульваров проделал Иван Алексеевич и только на Никитском бульваре немного отдохнул. Но пошел и дальше.

XXX

Пречистенский бульвар пестрел гуляющими.

Говорили про дело Палтусова, про сумасшествие Нетова, про развод Станицыной. Толки эти шли больше между коммерсантами. Дворянские семьи держались особо. Бульвар уже несколько лет как сделался модным. Высыпала публика симфонических концертов.

Пирожков столкнулся с парой: маленькая фигурка в черном и блондин с курчавой головой в длинном темно-сером "дипломате".

— Иван Алексеевич! — окликнули его.

Ему улыбалась Тася. Ее вел под руку Рубцов.

— Вот мой жених,— представила она его. Рубцов молча протянул ему руку. Его лицо понравилось Ивану Алексеевичу.

Он повеселел.

— Вот как!— вскричал он.— А сцена?

— Сцена впереди,— выговорила с уверенностью Тася.— Я с этим условием и шла...

Рубцов тихо улыбнулся.

— Вас это не пугает?— спросил его Пирожков.

— Авось пройдет,— сказал с усмешкой Рубцов,— а не пройдет, так и слава Богу!

"Купец,— подумал Пирожков,— так и есть... И тут без него не обошлось".

Тася немного потупилась.

— Андрея Дмитрича давно не видали?.. Я хотела к нему поехать, но он передавал (она промолчала, через кого), что не надо...

Ей было совестно. Пирожков продолжал глядеть на нее добродушно.

— Он надеется...

— Выгорит его дело? — купеческим тоном спросил Рубцов.

Звук этого вопроса покоробил Пирожкова.

— Он говорит,— продолжал уже барскими нотами Пирожков,— что его незаконно арестовали.

— Будто-с?— переспросил с усмешкой Рубцов.

— Хорошо, кабы!..— вырвалось у Таси.— А вы знаете... бабушка здесь... вон там, через три скамейки направо.

— Пойду раскланяться... очень рад повидать Катерину Петровну... А вы еще погуляете?

— Да, еще немножко,— ответила Тася и поглядела на Пирожкова.

В ее взгляде было: "Вы не думайте, что я стыжусь своего жениха, я очень счастлива".

"И славу Богу",— подумал Иван Алексеевич, приподнимая шляпу.

Он чувствовал все приливающее раздражение.

Старушки сидели одни на скамейке.

Катерина Петровна держалась еще прямо, в старушечьей кацавейке и в шляпе с длинным вуалем. На Фифине было светлое пальто, служившее ей уже больше пяти лет.

Иван Алексеевич подошел к руке Катерины Петровны. Она усадила его рядом.

— Видел сейчас вашу внучку,— заговорил он,— и поздравил ее...

— Ах, вы знаете, милый мой... И слава Богу!

Катерина Петровна оглянулась на обе стороны и продолжала:

— Такое время, mon cher monsieur, такое время. La noblesse s'en va... {Дворянство уходит... (фр.).} Посмотрите вот, какие туалеты... все ведь это купчихи... Куда бы она делась?.. А он — директор фабрики. Немного мужиковат, но умный... В Америке был... Что делать... Нам надо потише.

Она понизила голос. Фифина приниженно улыбалась.

— С нами почтителен,— добавила Катерина Петровна.

"И кормить вас будет",— подумал Пирожков.

Он бы с охотой посидел еще. Старушка всегда ему нравилась. Но Ивана Алексеевича защемило дворянское чувство. Он должен был сознаться в этом. Ему стало тяжело за Катерину Петровну: Засекина — и на хлебах у купчика, жениха ее внучки!..

Посмотрел он через бульвар, и взгляд его уперся в богатые хоромы с башней, с галереей, настоящий замок. И это — купеческий дом! А дальше и еще, и еще... Начал он стыдить себя: из-за чего же ему-то убиваться, что его сословие беднеет и глохнет? Он — любитель наук, мыслящий человек, свободен от всяких предрассудков, демократ...

А на сердце все щемило да щемило.

— У нас не побываете? — спросила его глупенькая Фифина.

— Где же, mon ange... оне заняты,— сказала Катерина Петровна.

"Оне! — чуть не с ужасом повторил про себя Пирожков.— Точно мещанка или купчиха... Бедность-то что значит".

Ему положительно не сиделось. Он простился с старушками и скорыми шажками пошел к выходу в сторону храма Спасителя. По обеим сторонам бульвара проносились коляски. Одна коляска заставила его поглядеть вслед... Показалась ему знакомой фигура мужчины. Цветное перо на шляпе дамы мелькнуло красной полосой.

"Точно Палтусов",— подумал он и перестал глядеть по сторонам.

— Вот и опять встретились,— остановил его голос Таси.

Пришлось еще раз остановиться.

— Как нашли бабушку?..— спросила Тася.

— Бодра.

— Старушки у нас будут жить,— сказала с ударением Тася и поглядела на Пирожкова.

Этот взгляд значил: "Ты не думай, мой будущий муж все сделает, что я желаю".

— А генерал как поживает? — спросил Пирожков.

— Он — при месте... Жалуется... Можно будет его иначе пристроить.

"На купеческие хлеба",— прибавил мысленно Пирожков.

В эту минуту прогремела коляска. Они стояли почти у перил бульвара и разом обернулись.

— Анна Серафимовна! — вскрикнула Тася.— С кем это?

— Да это Палтусов! — вскрикнул и Пирожков.

— Ваш приятель-с? — спросил его с улыбкой Рубцов.

— Да-с,— ответил ему в тон Иван Алексеевич.

— Стало, его выпустили! — искренне воскликнула Тася.— Ну вот видите,— обратилась она к Рубцову.— Разумеется, он не виновен!

Тот только выпустил воздух под нос, скосив губу.

— Третьего дня он еще сидел,— сказал Пирожков,— но для него это не сюрприз... Все доказывал, что статья тысяча семьсот одиннадцатая к нему не применима.

— Какая-с? — полюбопытствовал Рубцов.

— Тысяча семьсот одиннадцатая,— повторил Пирожков и раскланялся.

— Все устроится!..— крикнула ему вслед Тася.

"Все устроится,— думал Иван Алексеевич.— И Палтусов на свободе катается с купчихой: она его и спасет, и женит на себе... Теперь он, Пирожков, никому не нужен... Пора в деревню — скопить деньжонок — и надолго-надолго за границу... работать".

Вдруг у него заныло под ложечкой. Он опять голоден... И вспомнил он сейчас же, что сегодня надо ехать в "Московский".

XXXI

Против Воскресенских ворот справлялось торжество — "Московский" трактир праздновал открытие своей новой залы. На том месте, где еще три года назад доживало свой век "заведение Гурина" — длинное замшаренное двухэтажное здание, где неподалеку процветала "Печкинская кофейная", повитая воспоминаниями о Мочалове и Щепкине,— половые-общники, составивши компанию, заняли четырехэтажную громадину.

Эта глыба кирпича, еще не получившая штукатурки, высилась пестрой стеной, тяжелая, лишенная стиля, построенная для еды и попоек, бесконечного питья чаю, трескотни органа и для "нумерных" помещений с кроватями, занимающих верхний этаж. Над третьим этажом левой половины дома блестела синяя вывеска с аршинными буквами: "Ресторан".

Вот его-то и открывали. Залы — в два света, под белый мрамор, с темно-красными диванами. Уже отслужили молебен. Половые и мальчишки в туго выглаженных рубашках с малиновыми кушаками празднично суетились и справляли торжество открытия. На столах лежали только что отпечатанные карточки "горячих" и разных "новостей" — с огромными ценами. Из залы ряд комнат ведет от большой машины к другой — поменьше. Длинный коридор с кабинетами заканчивался отделением под свадьбы и вечеринки, с нишей для музыкантов. Чугунная лестница, устланная коврами, поднимается наверх в "нумера", ожидавшие уже своей особой публики. Вешалки обширной швейцарской — со служителями в сибирках и высоких сапогах — покрывались верхним платьем. Стоящий при входе малый то и дело дергал за ручки. Шел все больше купец. А потом стали подъезжать и господа... У всех лица сияли... Справлялось чисто московское торжество.

Площадь перед Воскресенскими воротами полна была дребезжания дрожек. Извозчики-лихачи выстроились в ряд, поближе к рельсам железно-конной дороги. Вагоны ползли вверх и вниз, грузно останавливаясь перед станцией, издали похожей на большой птичник. Из-за нее выставляется желтое здание старых присутственных мест, скучное и плотно сколоченное, навевающее память о "яме" и первобытных приказных. Лавчонки около Иверской идут в гору. Сноп зажженных свечей выделяется на солнечном свете в глубине часовни. На паперти в два ряда выстроились монахини с книжками. Поднимаются и опускаются головы отвешивающих земные поклоны. Томительно тащатся пролетки вверх под ворота. Две остроконечные башни с гербами пускают яркую ноту в этот хор впечатлений глаза, уха и обоняния. Минареты и крыши Исторического музея дают ощущение настоящего Востока. Справа решетка Александровского сада и стена Кремля с целой вереницей желтых, светло-бирюзовых, персиковых стен. А там, правее, огромный золотой шишак храма Спасителя. И пыль, пыль гуляет во всех направлениях, играя в солнечных лучах.

Куда ни взглянешь, везде воздвигнуты хоромины для необъятного чрева всех "хозяев", приказчиков, артельщиков, молодцов. Сплошная стена, идущая до угла Театральной площади,— вся в трактирах... Рядом с громадиной "Московского" — "Большой Патрикеевский". А подальше, на перекрестке Тверской и Охотного ряда,— опять каменная многоэтажная глыба, недавно отстроенная: "Большой новомосковский трактир". А в Охотном — свой, благочестивый трактир, где в общей зале не курят. И тут же внизу Охотный ряд развернул линию своих вонючих лавок и погребов. Мясники и рыбники в запачканных фартуках молятся на свою заступницу "Прасковею-Пятницу": красное пятно церкви мечется издали в глаза, с светло-синими пятью главами.

Гости все прибывают в новооткрытую залу. Селянки, расстегаи, ботвиньи чередуются на столах. Все блестит и ликует. Желудок растягивается... Все вместит в себя этот луженый котел: и русскую и французскую еду, и ерофеич и шато-икем.

Машина загрохотала с каким-то остервенением. Захлебывается трактирный люд. Колокола зазвенели поверх разговоров, ходьбы, смеха, возгласов, сквернословия, поверх дыма папирос и чада котлет с горошком. Оглушительно трещит машина победный хор:

"Славься, славься, святая Русь!"

311

www.ingramcontent.com/pod-product-compliance
Lightning Source LLC
Chambersburg PA
CBHW021950010726
47494CB00003B/668